STORM / DER SCHIMMELREITER

THEODOR STORM

DER SCHIMMELREITER

VERLEGT BEI
KAISER

Alle Rechte vorbehalten
Copyright © 1986 by Neuer Kaiser Verlag –
Gesellschaft m.b.H., Klagenfurt
Neuauflage 1998
Einbandgestaltung: Karl Bauer
Schrift: 10 Punkt Times
Druck und Bindearbeit: Mladinska knjiga Tiskarna – Slowenien

CARSTEN CURATOR

Eigentlich hieß er Carsten Carstens und war der Sohn eines Kleinbürgers, von dem er ein schon vom Großvater erbautes Haus an der Twiete des Hafenplatzes ererbt hatte und außerdem einen Handel mit gestrickten Wollwaren und solchen Kleidungsstücken, wie deren die Schiffer von den umliegenden Inseln auf ihren Seefahrten zu gebrauchen pflegten. Da er indes von etwas grübelnder Gemütsart und ihm, wie manchem Nordfriesen, eine Neigung zur Gedankenarbeit angeboren war, so hatte er sich von jung auf mit allerlei Büchern und Schriftwerk beschäftigt und war allmählich unter seinesgleichen in den Ruf gekommen, daß er ein Mann sei, bei dem man sich in zweifelhaften Fällen sicheren Rat erholen möge. Gerieten, was wohl geschehen konnte, durch seine Leserei ihm die Gedanken auf einen Weg, wo seine Umgebung ihm nicht hätte folgen können, so lud er auch niemanden dazu ein und erregte folglich dadurch auch niemandes Mißtrauen. So war er denn der Curator einer Menge von verwitweten Frauen und ledigen Jungfrauen geworden, welche nach der damaligen Gesetzgebung bei allen Rechtsgeschäften noch eines solchen Beistandes bedurften.

Da bei ihm, wenn er die Angelegenheiten anderer ordnete, nicht der eigene Gewinn, sondern die Teilnahme an der Arbeit selbst voranstand, so unterschied er sich wesentlich von denen, welche sonst derartige Dinge zu besorgen pflegten; und bald wußten auch die Sterbenden als Vormund ihrer Kinder und die Gerichte als Verwalter ihrer Konkurs- und Erbmassen keinen anderen Mann als Carsten Carstens an der Twiete, der jetzt unter dem Namen „Carsten Curator" als ein unantastbarer Ehrenmann allgemein bekannt war.

Der kleine Handel freilich sank bei so vielen Vertrauensämtern, welche seine Zeit in Anspruch nahmen, zu einer Nebensache herab und lag fast nur in den Händen einer unverheirateten Schwester, welche mit ihm im elterlichen Hause zurückgeblieben war.

Im übrigen war Carsten ein Mann von wenigen Worten und kurzem Entschluß, und wo er eine niedrige Absicht sich gegenüber fühlte, auch auf eigene Kosten unerbittlich. Als eines Tages ein sogenannter „Ochsengräser", der seit Jahren eine Fenne Landes, nach derzeitigen Verhältnissen zu billigem Zinse, von ihm in Heuer gehabt hatte, unter Beteuerungen versicherte, daß er für das nächste Jahr bei solchem Preise nicht bestehen könne, und endlich, als er damit kein Gehör fand, sich dennoch zu dem früheren und, da jetzt auch dieses Angebot zurückgewiesen wurde, sogar zu einem höheren Heuerzinse verstand, erklärte Carstens ihm, daß es keineswegs seine Sache sei, jemanden mit seiner Fenne in unbedachten Schaden zu bringen, und gab hierauf das Landstück zu dem alten Preise an einen Bürger, der ihn früher darum angegangen war.

Und dennoch hatte es einen Zeitraum in seinem Leben gegeben, wo man auch über ihn die Köpfe schüttelte. Nicht als ob er in den ihm anvertrauten Angelegenheiten etwas versehen hätte, sondern weil er in der Leitung seiner eigenen unsicher zu werden schien; aber der Tod, bei einer Gelegenheit, die er öfters wahrnimmt, hatte nach ein paar Jahren alles wieder ins gleiche gebracht. — Es war während der Kontinentalsperre, in der hier so genannten Blockadezeit, wo die kleine Hafenstadt sich mit dänischen Offizieren und französischem Seevolk und andererseits mit mancher Art fremder Spekulanten gefüllt hatte, als einer der letzteren auf dem Boden seines Speichers erhängt gefunden wurde. Daß dies durch eigene Hand geschehen, war nicht anzuzweifeln, denn die Verhältnisse des Toten waren durch rasch folgende Verluste in Ruin geraten; der einzige Aktivbestand seines Nachlasses, so wurde gesagt, sei seine Tochter, die hübsche Juliane; aber bis jetzt hätten sich viele Beschauer und noch keine Käufer gefunden.

Schon am anderen Vormittag gelangte von dieser die Bitte an Carstens, sich der Regulierung ihrer Angelegenheiten zu unterziehen; aber er wies das Ansuchen kurz zurück: „Ich will mit den Leuten nichts zu tun haben." Als indessen der alte Hafenarbeiter, der dasselbe überbracht hatte, am Nachmittage wiederkam: „Seid nicht so hart, Carstens; es ist ja nur noch das Mädchen da; sie schreit, sie müsse sich ein Leides tun", da stand er rasch auf, nahm seinen Stock und folgte dem Boten in das Sterbehaus.

In der Mitte des Zimmers, wohinein ihn dieser führte, stand der offene Sarg mit dem Leichnam; daneben auf einem niedrigen Schemel, mit angezogenen Knien, saß halb angekleidet ein schönes Mädchen. Sie hatte einen schildpattenen Frisierkamm in der Hand und strich sich damit durch ihr schweres goldblondes Haar, das aufgelöst über ihren Rücken herabhing; dabei waren ihre Augen gerötet, und ihre Lippen zuckten von heftigem Weinen; ob aus Ratlosigkeit oder aus Trauer über ihren Vater, mochte schwer entscheidbar sein.

Als Carstens auf sie zuging, stand sie auf und empfing ihn mit Vorwürfen: „Sie wollen mir nicht helfen?" rief sie; „und ich verstehe doch nichts von alledem. Was soll ich machen? Mein Vater hat viel Geld gehabt; aber es wird wohl nichts mehr da sein! Da liegt er nun, wollen Sie, daß ich auch so liegen soll?"

Sie setzte sich wieder auf ihren Schemel, und Carstens sah sie fast staunend an. „Sie sehen ja, Mamsell", sagte er dann, „ich bin eben hier, um Ihnen zu helfen; wollen Sie mir die Bücher Ihres Vaters anvertrauen?"

„Bücher? Ich weiß nichts davon; aber ich will suchen." Sie ging in ein Nebenzimmer und kam bald wieder mit einem Schlüsselbunde zurück. „Da", sagte sie, indem sie ihn vor Carstens auf den Tisch legte, „Sie sollen ein guter Mann sein; machen Sie, was Sie wollen; ich kümmere mich nun um nichts."

Carstens sah verwundert, wie anmutig es ihr ließ, da sie diese leichtfertigen Worte sprach; denn ein Aufatmen ging durch ihren ganzen Körper und ein Lächeln wie plötzlicher Sonnenschein über ihr hübsches Angesicht.

Und wie sie es gesagt hatte, so ward es: Carstens arbeitete, und sie kümmerte sich um nichts; wozu sie eigentlich ihre Zeit verbrauchte, konnte er nie erforschen. Aber die frischen roten Lippen lachten wieder, und der schwarze

Traueranzug ward an ihr zum verführerischen Putz. Einmal, da er sie seufzen hörte, fragte er, ob sie Kummer habe; sie möge es ihm sagen. Sie sah ihn mit einem halben Lächeln an: „Ach, Herr Carstens", sagte sie und seufzte noch einmal; „es ist so langweilig, daß man in den schwarzen Kleidern gar nicht tanzen darf!" Dann, wie ein spiellustiges Kind, fragte sie ihn, was er meinte, ob sie dieselben nicht, mindestens für einen Abend, einmal würde wechseln können; der Vater hab' sie immer tanzen lassen, und nun sei er ja auch längstens schon begraben.

Als Carstens demungeachtet es verneinte, ging sie schmollend fort. Sie hatte längst gemerkt, daß sie ihn so für seine Sittenstrenge am besten strafen könne; denn während unter seiner Hand die Vermögensverwirrung des Toten sich wenigstens insoweit gelöst hatte, daß Gut und Schuld sich auszugleichen schienen, war er selbst in eine andere Verwirrung hineingeraten: die lachenden Augen der schönen Juliane hatten den vierzigjährigen Mann betört. Was ihn sonst wohl stutzen gemacht hätte, erschien in dieser Zeit, wo der gleichmäßige Gang des bürgerlichen Lebens ganz zurückgedrängt war, weit weniger bedenklich, und da andererseits das der Arbeit ungewohnte Mädchen einen sicheren Unterschlupf den sie sonst erwartenden Mühseligkeiten vorzog, so kam trotz Schwester Brigittens Kopfschütteln zwischen diesen beiden ungleichen Menschen ein rasch geschlossener Ehebund zustande. Die Schwester freilich, die jetzt in der Wirtschaft nur um so unentbehrlicher war, hatte nichts als eine doppelte Arbeitslast dadurch zu empfangen; den Bruder aber erfüllte der Besitz von so viel Jugend und Schönheit, worauf er nach seiner Meinung weder durch seine Person noch durch seine Jahre einen Anspruch hatte, mit einem überströmenden Dankgefühl, das ihn nur zu nachgiebig gegen die Wünsche seines jungen Weibes machte. So geschah es, daß man den sonst so stillen Mann bald auf allen Festlichkeiten finden konnte, mit denen die stadt- und landfremden Offiziere bemüht waren, die Überfülle ihrer müßigen Stunden zu beseitigen; eine Geselligkeit, die nicht nur über seinen Stand und seine Mittel hinausging, sondern in die man ihn auch nur seines Weibes wegen hineinzog, während er selbst dabei eine unbeachtete und unbeholfene Rolle spielte.

Doch Juliane starb im ersten Kindbett. — „Wenn ich erst wieder tanzen kann!" hatte sie während ihrer Schwangerschaft mehrmals geäußert; aber sie sollte niemals wieder tanzen, und somit war für Carsten die Gefahr beseitigt. Freilich auch zugleich das Glück; denn mochte sie auch kaum ihm angehört haben, wie sie vielleicht niemandem angehören konnte, und wie man sie auch schelten mochte, sie war es doch gewesen, die mit dem Licht der Schönheit in sein Werktagsleben hineingeleuchtet hatte; ein fremder Schmetterling, der über seinen Garten hinflog und dem seine Augen noch nachstarrten, nachdem er längst schon seinem Blick entschwunden war. Im übrigen wurde Carstens wieder, und mehr noch, als er es zuvor gewesen, der verständige, ruhig abwägende Mann. Den von der Toten nachgelassenen Knaben, der sich bald als der körperliche und allmählich auch als der geistige Erbe seiner schönen Mutter herausstellte, erzog er mit einer seinem Herzen abgekämpften Strenge; dem gutmütigen, aber leicht verführbaren Liebling wurde keine verdiente Züchtigung erspart; nur wenn die schönen Kinderaugen, wie es in solchen Fällen stets geschah, mit einer Art ratlosen Entsetzens zu ihm aufblickten, mußte der Vater sich Gewalt tun, um nicht den Knaben gleich wieder mit leidenschaftlicher Zärtlichkeit in seine Arme zu schließen.

*

Seit Julianens Tode waren über zwanzig Jahre vergangen. Heinrich — so hatte man nach seines Vaters Vater den Knaben getauft — war in die Schule und aus der Schule in die Kaufmannslehre gekommen; aber in seinem angeborenen Wesen hatte sich nichts Merkliches verändert. Seine Anstelligkeit ließ ihn sich leicht an jedem Platz zurechtfinden; aber auch ihm, wie einst seiner Mutter, stand es hübsch, wenn er den Kopf mit den lichtbraunen Locken zurückwarf und lachend seinen Kameraden zurief: „Muß gehen! Wir kümmern uns um nichts!" Und in der Tat war dies der einzige Punkt, in dem er gewissenhaft sein Wort zu halten pflegte; er kümmerte sich um nichts oder doch nur um Dinge, um die er besser sich nicht gekümmert hätte. Tante Brigitte weinte oftmals seinetwegen, und auch mit Carsten legte sich abends in seinem Advokatenbette etwas auf das Kissen, was ihm, er wußte nicht wie, den Schlaf verwehrte; und wenn er sich aufrichtete und sich besann, so sah er seinen Knaben vor sich, und ihm war, als sähe er mit Angst ihn größer werden.

Aber Heinrich blieb nicht das einzige Kind des Hauses. — Ein entfernter Verwandter, der mit Carstens durch gegenseitige Anhänglichkeit verbunden war, starb plötzlich mit Hinterlassung eines achtjährigen Mädchens; und da das Kind die Mutter bereits bei der Geburt verloren hatte, so wurde nach dem Wunsche des Verstorbenen Carsten nicht nur der Vormund der kleinen Anna, sondern sie kam auch völlig zu Kost und Pflege in sein Haus. Seine Treue gegen den Heimgegangenen aber bewies er insbesondere damit, daß er durch Leistung von Vorschüssen und derzeit nicht gefahrloser Bürgschaft für dessen Tochter derselben einen kleinen Landbesitz erhielt, der später unter verbesserten Zeitläuften zu erhöhtem Werte veräußert werden konnte.

Anna war einer anderen Mutter nachgeartet als der um ein Jahr ältere Heinrich. Dieser, trotz des besten Willens, brachte es nie zustande, so wenig wie sein eigenes, so auch nur der Allernächsten Wohl und Wehe bei seinem Treiben zu bedenken; bei Anna dagegen — wie oft griff Tante Brigitte in die Tasche und gab ihr zur Schadloshaltung einen Dreiling und einen derben Schmatz dazu: „Du dumme Trine, hast dich denn richtig wieder selbst vergessen!" Zu ihrem Bruder aber, wenn sie ihn erwischen konnte, sprach sie dann wohl: „Der Vetter Martin hat's doch gut mit uns gemeint; er hat uns seinen Segen nachgelassen!"

Bei aller Herzensgüte war das Wesen des Mädchens doch von einer frohen Sicherheit, und wenn Carstens auf seine mitunter ängstliche Erkundigung nach Heinrich von Brigitte die Antwort erhielt: „Er ist bei Anna; sie näht ihm Segel zu seinen Schiffen", oder: „Sie hat ihn sich geholt; er muß ihr die Kirschbaumnetze flicken helfen", dann nickte er und setzte sich beruhigt an seine Arbeit. — Zur Zeit, wo wir diese Erzählung weiterführen, an einem Spätsommervormittage, war das Mädchen eben mündig geworden und stand, eine vollausgewachsene blonde Jungfrau, mit ihrem grauhaarigen Vormunde auf dem Rathause vor dem Bürgermeister, um die infolgedessen nötigen Handlungen zu vollziehen.

„Ohm", hatte sie vor dem Eintritt in das Gerichtszimmer gesagt, „ich fürcht' mich."

„Du, Kind. Das ist nicht deine Art."

„Ja, Ohm; aber auf Herrendiele!"

Der alte hagere Mann, der dort ganz zu Hause war, hatte lächelnd auf das frische Mädchenantlitz geblickt, das mit heißen Wangen zu ihm aufsah, und dann die Tür des Gerichtszimmers aufgedrückt.

Aber der Bürgermeister war ein alter jovialer Herr. „Mein liebes Kind", sagte er, mit Wohlgefallen sie betrachtend, „Sie wissen doch, daß Sie noch einmal wieder unmündig werden müssen; freilich nur, wenn Sie sich den goldenen Ring an den Finger stecken lassen! Mög' dann Ihr Leben in ebenso getreue Hand kommen!"

Er warf einen herzlichen Blick zu Carstens hinüber. Dem Mädchen aber, obgleich ein leichtes Rot ihr hübsches Antlitz überflog, war bei diesem Lobe ihres Vormundes alle Befangenheit vergangen. Ruhig ließ sie sich den Bestand ihres Vermögens vorlegen und sah, wie man es von ihr verlangte, alles sorgfältig und verständig durch; dann aber sagte sie fast beklommen: „Achttausend Taler! Nein, Ohm, das geht nicht."

„Was geht nicht, Kind?" fragte Carstens.

„Das da, Ohm, das mit den vielen Talern" — und sie richtete sich in ihrer ganzen jugendlichen Gestalt vor ihm auf — „was soll ich damit machen? Ihr habt mich das nicht lernen lassen; nein, Herr Bürgermeister, verzeiht, ich kann heute noch nicht mündig werden."

Da lachten die beiden Alten und meinten, das hülfe ihr nun nichts; mündig sei sie und mündig müsse sie für jetzt auch bleiben. Aber Carstens sagte: „Sei ruhig, Anna; ich werde dein Curator; bitte nur den Herrn Bürgermeister, daß er mich dazu bestelle."

„Curator, Ohm? Ich weiß wohl, daß die Leute Euch so heißen."

„Ja, Kind; aber diesmal ist es so: du behältst mein und meiner alten Schwester Leib und Seele in deiner Obhut, und ich helfe dir wie bisher die bösen Taler tragen; so wird's wohl richtig sein."

„Amen", sagte der alte Bürgermeister; dann wurde die Quittung über richtige Verwaltung des Vermögens von Anna durch ihre saubere Namensunterschrift vollzogen.

Während sie und Carstens sich hierauf beurlaubten, hatte der Bürgermeister, wie von Geschäften aufatmend, einen Blick auf die Straße hinaus getan.

„O weh!" rief er; „Herr Makler Jaspers! Was mag der Stadtunheilsträger mir wieder aufzutischen haben!"

Carsten lächelte und faßte unwillkürlich die Hand seiner Pflegetochter.

Als die beiden draußen die breite Treppe ins Unterhaus hinabzusteigen begannen, stieg ein kleiner ältlicher Mann in einem braunen abgeschlissenen Rock dieselbe in die Höhe. Auf dem Treppenabsatz angelangt, stützte er sich keuchend auf sein schwankes Stöckchen und starrte aus kleinen grauen Augen zu den Herabsteigenden hinauf, indem er ein paarmal seinen hohen Zylinderhut über einer fuchsigen Perücke lüftete.

Carsten wollte mit einem kurzen „Guten Tag" vorbeipassieren; aber der andere streckte seinen Stock vor den beiden aus. „Oho, Freundchen!" — Und es war eine wirkliche Altweiberstimme, die aus dem kleinen faltigen Gesicht herauskrähte. — „So kommt Ihr mir nicht durch!"

„Der Bürgermeister wartet schon auf Euch", sagte Carsten und schob den Stock zur Seite.

„Der Bürgermeister?" Herr Jaspers lachte ganz vergnüglich. „Laßt ihn warten! Dieses Mal war's auf Euch abgesehen, Freundchen; ich wußte, daß Ihr hierherum zu haben waret."

„Auf mich, Jaspers?" wiederholte Carstens, und aus seiner Stimme klang eine Unsicherheit, die ihm sonst nicht eigen war. Wie schon seit langem bei allem Unerwarteten, das ihm angekündigt wurde, war der Gedanke an seinen

Heinrich ihm durch den Kopf gefahren. Derselbe stand seit kurzem bei einem hiesigen Senator im Geschäft; aber der strenge alte Herr, mit dem Carstens selbst einst bei dessen Vater in der Kaufmannslehre gewesen war, hatte sich bis jetzt zufrieden gezeigt und nur einmal ein scharfes Wort über den jungen Menschen fallen lassen. Erst gestern, am Sonntag, war Heinrich von einer Geschäftsreise für seinen Prinzipal zurückgekehrt. Nein, nein; von Heinrich konnte Herr Jaspers nichts zu erzählen haben.

Dieser hatte indes mit offenem Munde zu dem weit größeren Carstens aufgeblickt und voll augenscheinlichen Behagens dessen wechselnden Gesichtsausdruck beobachtet. „He, Freundchen!" rief er jetzt, und es klang eine einladende Munterkeit aus seiner Stimme. „Ihr wißt ja, 's kann immer noch schlimmer kommen; und wenn der Kopf auch weggeht, es bleibt doch immer noch ein Stummel sitzen."

„Was wollt Ihr von mir, Jaspers?" sagte Carstens düster. „Tut's nur hier gleich von Euch, so seid Ihr die Last ja los."

Doch Herr Jaspers zog ihn am Rockschoß zu sich herab. „Das sind nicht Dinge, von denen man hier im Rathaus spricht." Dann, sich zu dem Mädchen wendend, setzte er hinzu: „Die Mamsell Anna findet wohl allein den Weg nach Hause."

Und mit seiner haspeligen Hand, die immer nach etwas zu greifen schien, noch einmal den Zylinder lüftend, stapfte er geschäftig die Treppe wieder hinab.

Als sie aus dem Hause getreten waren, wies er mit seinem Stöckchen nach einer Nebengasse, an deren Ecke seine Wohnung lag. Anna blickte fragend ihren Vormund an; der aber winkte ihr schweigend mit der Hand und folgte wie unter lähmendem Bann dem „Stadtunheilsträger", der jetzt an seiner Seite eifrig die Straße hinaufstrebte.

*

In dem kleinen Hofe hinter dem Hause an der Twiete stand außer dem Kirschbaum, für den die Kinder einst die Netze flickten, an der Längsseite eines schmalen Bleichplätzchens ein mächtiger Birnbaum, der die Freude der Nachbarskinder und zugleich eine Art Familienheiligtum war; denn der Großvater des jetztigen Besitzers hatte ihn gepflanzt, der Vater selbst in seiner Lehrzeit ihn aus den in der Stadt beliebtesten Sorte mit drei verschiedenen Reisern gepfropft, die jetzt, zu vielverzweigten Ästen aufgewachsen, je nach der ihnen eigenen Zeit eine Fülle saftiger Zweige reiften. Was davon mit der Brunnenstange zu erreichen war, das pflegte freilich nicht in das Haus zu kommen; sonst hätten die Kinder bei Jungfer Anna nicht so freien Anlauf haben müssen. So aber, wenn von den nach Westen anliegenden Höfen aus die Nachbarn ein herzliches Mädchenlachen hörten, wußten sie auch schon, daß Anna an dem Baum zu Gange war, und daß die junge Brut sich auf dem Rasen um die herabgeschlagenen Früchte balgte.

Auch jetzt, als sie vom Rathaus kommend ins Haus treten wollte, hatte Anna ein solches Nachbarspummelchen sich aufgesackt. Im Pesel, einem kühlen mit Fliesen ausgelegten Raume hinter dem Hausflur, legte sie Hut und Tuch ab und trat dann, das Kind rittlings vor sich auf den Armen haltend, durch die von hier nach dem Hofe führende Tür in den Schatten des mächtigen Baumes.

„Siehst du, Levke", sagte sie, „da oben liegt die Katz; die möchte auch die schöne gelbe Birne haben! Aber wart' nur, ich will die Stange holen."

Als sie sich aber hierauf dem hinter der Hoftür des Hauses befindlichen Brunnen zuwandte, stieß sie einen Schrei aus und ließ das Kind fast hart zu Boden fallen. Auf der vermorschten Holzeinfassung, deren Erneuerung nur durch einen Zufall verzögert war, saß ihr Jugendgenosse, ihr Kindergespiel, die Füße über die Tiefe hängend, den Kopf wie schon zum Sturze vorgebeugt.

Im selben Augenblicke aber war sie auch schon dort, hatte von hinten mit beiden Armen ihn umschlungen und zog ihn rückwärts, daß die morschen Bretter krachend unter ihm zusammenbrachen. Sie war in die Knie gesunken, während der blasse, fast weiblich hübsche Kopf des jungen Menschen noch an ihrer Brust ruhte.

Dieser rührte sich nicht; es war, als wenn er sich allem, was ihm geschähe, willenlos überlassen habe. Auch als das Mädchen endlich aufsprang, blieb er, ohne sie anzusehen, mit aufgestütztem Kopfe zwischen den Brettertrümmern liegen. Sie aber sah ihn fast zornig an, indem ein paar Tränen in ihre blauen Augen sprangen. „Was fehlt dir, Heinrich? Warum hast du mich so erschreckt? Weshalb bist du nicht auf deinem Kontor beim Senator?"

Da strich er sich das seidenweiche Haar aus der Stirn und sah sie müde an. „Zum Senator geh ich nicht wieder", sagte er.

„Nicht wieder zum Senator?"

„Nein; denn ich habe nur noch zwei Wege; entweder hier in den Brunnen oder zum Büttel ins Gefängnis."

„Was sprichst du für dummes Zeug! Steh auf, Heinrich! Bist du toll geworden?"

Er stand gehorsam auf und ließ sich von ihr nach der kleinen Bank unter dem Birnbaum führen. — Aber da war noch das Kind, das mit verwunderten Augen dem allem zugesehen hatte. „Armes Ding", sagte Anna, „hast noch immer keine Birne! Da, kauf' dir heute einen Dreilingskuchen!"

Und als das Kind mit der geschenkten Münze davongelaufen war, stand das Mädchen wieder vor dem jungen Menschen.

„Nun sprich!" sagte sie, während sie sich den dicken blonden Zopf wieder aufsteckte, der ihr vorhin in den Nacken gestürzt war. „Sprich rasch, bevor dein Vater wieder da ist!"

Mit fliegendem Atem harrte sie einer Antwort; aber er schwieg und sah zur Erde.

„Du kamst am Sonnabend von Flensburg!" sagte sie dann. „Du hattest Geld einzukassieren!"

Er nickte, ohne aufzublicken.

„Sag's nur! Ich kann's schon denken — du bist einmal wieder leichtsinnig gewesen; du hast das Geld umherliegen lassen, im Gastzimmer oder sonstwo! Und nun ist's fort!"

„Ja, es ist fort", sagte er.

„Aber vielleicht ist es noch wiederzubekommen! Warum sprichst du nicht? So erzähl' doch!"

„Nein, Anna — es ist nicht so verloren, wie du es meinst. Wir waren lustig; es wurde gespielt —"

„Verspielt, Heinrich? Verspielt?" Die Tränen stürzten ihr

aus den Augen, und sie warf sich an seine Brust, mit beiden Armen seinen Hals umschlingend.

Oben in der Krone des Baumes rauschte ein leiser Wind in den Blättern; sonst war nichts hörbar als dann und wann ein tiefes Schluchzen des Mädchens, in der alle kurz zuvor entwickelte Tätigkeit gebrochen schien.

Aber der junge Mensch selbst suchte sie jetzt mit sanfter Abwehr zu entfernen; die schöne Last, die das Mitleid ihm an die Brust geworfen hatte, schien ihn zu erdrücken. „Weine nicht so", sagte er, „ich kann das nicht ertragen."

Es hätte dieser Mahnung nicht bedurft; Anna war schon von selber aufgesprungen und suchte eilig ihre Tränen abzutrocknen. „Heinrich", rief sie, „es ist schrecklich, daß du es getan hast; aber ich habe Geld, ich helfe dir!"

„Du, Anna?"

„Ja, ich! Ich bin ja mündig geworden. Sag' nur, wieviel du dem Senator abzuliefern hast."

„Es ist viel", sagte er zögernd.

„Wieviel denn? Sprich nur rasch!"

Er nannte eine nicht eben kleine Summe.

„Nicht mehr? Gott sei Dank! Aber" — und sie stockte, als sei ein neues Hindernis ihr aufgestiegen — „du hättest heute auf deinem Kontor sein sollen. Wenn er fragt, was willst du dem Senator sagen?"

Heinrich schüttelte sich die weichen Locken von der Stirn, und schon flog wieder der alte Ausdruck sorglosen Leichtsinns über sein Gesicht.

„Dem Senator, Anna? Oh, der wird nicht fragen; und wenn auch, das laß meine Sorge sein."

Sie blickte ihn ernsthaft an. „Siehst du; nun müssen wir auch schon lügen!"

„Nur ich, Anna; und ich versprech' es dir, nicht mehr, als nötig ist. Und das Geld —"

„Ja, das Geld!"

„Ich verzins' es dir, ich stelle dir einen Schuldschein aus; du sollst keinen Schaden bei mir leiden."

„Sprich nicht wieder so dummes Zeug, Heinrich. Bleib' hier im Garten; wenn dein Vater kommt, werd' ich ihn um die Summe bitten."

Er wollte etwas erwidern; aber sie war schon ins Haus zurückgegangen. Behutsam schlich sie an der Küche vorüber, wo heute Tante Brigitte für sie am Herd hantierte, und dann hinauf in ihre Kammer, um sich zunächst die verweinten Augen klarzuwaschen.

*

Nicht viel jüngeren Datums als der alte Birnbaum waren Einrichtung und Gerät des schmalen Wohnzimmers, das mit seinen Ausbaufenstern nach dem Hofplatze hinaus lag. In dem Alkovenbette dort in der Tiefe desselben, dessen Glastüren über Tag geschlossen waren, hatten schon die Eltern des Hausherrn sich zum nächtlichen und nacheinander auch zum ewigen Schlafe hingelegt; schon derzeit, wie noch heute, stand in der Westecke des Ausbaues der lederbezogene Lehnstuhl, in dem nach beendigtem Einkauf die alten Kapitäne vor dem ihnen gegenübersitzenden Hausherrn ihr Gespinste abzuwickeln pflegten. Die Sachen waren dieselben geblieben; nur den Menschen hatten sich unmerklich andere untergeschoben; und während einst dem weiland Vater Carstens derlei Berichte aus fremden Welten nur einen Stoff zum behaglichen Weitererzählen geliefert hatten, regten sie in dem Sohne oft eine Kette von Gedanken an, für deren Verarbeitung er nur auf sich selber angewiesen war.

Auch der Tisch, der zwischen einem Stuhle und dem Ledersessel unter den Ausbaufenstern stand, hatte seinen alten Platz behauptet; nur waren die ausländischen Muscheln, welche jetzt auf demselben als Papierbeschwerer für allerlei Schriftwerk dienten, früher eine Zierde der seitwärts stehenden Schatulle gewesen; statt dessen hatte auf dieser der jetzige Besitzer ein kleines Regal errichten lassen, auf welchem außer einzelnen mathematischen Werken und den Chroniken von Stadt und Umgebung auch Bücher wie Lessings „Nathan" und Hippels „Lebensläufe in auf- und absteigender Linie" zu finden waren.

Ein Kanapee war nicht ins Zimmer gekommen; es wäre auch kein Platz dazu gewesen. Andererseits aber fehlte es nicht an einem ziemlich stattlichen Ahnenbilde, in dessen Anschauung der kleinbürgerliche Mann, wenn auch nicht in der französischen Formulierung „noblesse oblige", in schweren Stunden sein wankendes Gemüt zu stärken pflegte.

Es war dies freilich kein farbenbrennendes Ölbild, sondern ganz im Gegenteil nur eine mächtig große Silhouette, welche, in braun untermalten Glasleisten eingerahmt, an der westlichen Wand zunächst dem Ausbau hing, so daß der Hausherr von seinem Arbeitstische aus die Augen darauf ruhen lassen konnte. Sein Vater, von dem freilich nicht mehr viel zu sagen ist, als daß er ein einfacher und sittenstrenger Mann gewesen, hatte es bald nach dem Tode seiner Ehefrau von einem durchreisenden Künstler anfertigen lassen; so zwar, daß es einen Abendspaziergang der nun halbverwaisten Familie darstellte. Voran ging der Vater selbst, wie jetzt der Sohn, eine hagere Gestalt, im Dreispitz und langem Rockelor, eine gebückte alte Frau, die Mutter der Verstorbenen, am Arme führend; dann kam ein hoher Baum von unbestimmter Gattung, sonst aber augenscheinlich auf den Spätherbst deutend; denn seine Äste waren fast entlaubt, und unter dem Glase der Schilderei klebten hier und dort kleine schwarze Fetzchen, die man mit einiger Phantasie als herabgewehte Blätter erkennen mochte. Dahinter folgte ein etwa vierjähriger Junge, gar munter mit geschwungener Peitsche auf einem Steckenpferd reitend; den Beschluß machten ein stakig aufgeschossenes Mädchen und ein anderer etwa zehnjähriger Knabe mit einer tellerrunden Mütze, welche beiden, wie es schien, in bewundernder Betrachtung des munteren Steckenreiters, keinen Blick für die Anmut der Abendlandschaft übrig hatten. Und doch war hierzu just die rechte Stunde und solches auch in dem Bilde sinnig ausgeführt; denn während im Vordergrunde Baum und Menschen auf tiefschwarzem Papier geschnitten waren, zogen sich dahinter, abendliche Ferne andeutend, die Linien einer sanft gebogenen Ebene aus dunklem und dann aus lichtgrauem Löschpapier gebildet. Das übrige aber hatte die Malerei vollendet; hinter der letzten Ferne ergoß sich durch den ganzen Horizont ein mild leuchtendes Abendrot, das die Schatten der sämtlichen Spaziergänger nur um so schärfer hervortreten ließ; darüber in braunvioletter Dämmerstunde kam die Nacht herab.

Das lustige Reiterlein war bald nach Anfertigung des Bildes von den schwarzen Blattern hingerafft, und nur sein Steckenpferdchen hatte noch lange in dem Gehäuse der Wanduhr gestanden, die dem Bilde gegenüber noch jetzt wie damals mit gleichmäßigem Ticktack die fliegende Zeit zu messen suchte. Von den fünf Abendspaziergängern lebten nur noch die beiden älteren Geschwister, wie damals unter demselben Dache und, selbst während der kurzen Ehe des Bruders, ungetrennt. Manchmal, in stiller Abendstunde oder wenn ein Leid sie überfiel, hatten sie — sie wußten selbst kaum wie — sich vor dem Bilde Hand in Hand gefunden und sich der Eltern Tun und Wesen aus der Erinnerung wachgerufen. „Da sind wir übrigen denn noch beisammen", hatte der Vater gesagt, als er das Bild an demselben Stifte an die Wand hing, der es auch noch heute trug; „eure Mutter ist nicht mehr da, dafür ist nun das Abendrot am Himmel"; und dann nach einer Weile, nachdem er den Kindern sein Antlitz abgewendet und einige starke Hammerschläge auf den Stift getan: „Auch von den Toten bleibt auf Erden noch ein Schein zurück; und die Nachgelassenen sollen nicht vergessen, daß sie in seinem Lichte stehen, damit sie sich Hände und Antlitz rein erhalten."

Tante Brigitte, die als alte Jungfer von etwas seufzender Gemütsart war und es liebte, mit völliger Uneigennützigkeit Luftschlösser in die Vergangenheit hineinzubauen, pflegte nach solchen Erinnerungen, auf den Schatten des kleinen Steckenreiters deutend, wohl hinzuzusetzen:

„Ja, Carsten, wenn nur unser Bruder Peter noch am Leben wäre! Meinst du nicht auch, daß er von uns dreien doch der Klügste war?" Und das Gespräch der Geschwister mochte dann etwa folgenden Verlauf nehmen.

„Wie meinst du das, Brigitte?" entgegnete der Bruder. „Er starb ja schon in seinem fünften Jahre."

„Freilich starb er leiderdessen, Carsten; aber du weißt doch, wie unsere große gelbbunte Henne immer ihre Eier hinter dem Aschberg weglegte! Er war erst vier Jahre alt, aber er war schon klüger als die Henne; er ließ sie erst ihre Eier legen, und dann eines schönen Morgens brachte er sein ganzes Schürzchen voll mit in die Küche. Ach, Carsten, des Senators Vater hatte ja zu ihm Gevatter gestanden; er würde gewiß auf die Lateinische Schule gekommen sein und nicht, wie du, bloß beim Rechenmeister."

Und der lebende Bruder ließ sich eine solche Bevorzugung des früh Verstorbenen allzeit gern gefallen.

*

Das Zimmer mit seinem alten Geräte und seinen alten Erinnerungen war noch immer leer, obgleich nur die vor dem Hause stehende Lindenreihe die Strahlen der schon hochgestiegenen Mittagssonne abhielt. Der weiße Seesand, womit Anna vor ihrem Gange nach dem Rathause die Dielen bestreut hatte, zeigte noch fast keine Fußspur, und die alte Wanduhr tickte in der Einsamkeit so laut, als wolle sie ihren Herrn an die gewohnte Arbeit rufen. Da endlich schellte die Haustürglocke, und Anna, die oben harrend in ihrer Kammer saß, hörte den Schritt ihres Pflegevaters, der gleich darauf unten in dem Wohnzimmer verschwand. Noch eine kleine Weile, dann richtete sie sich zu raschem Entschluß auf, drückte noch ein paarmal mit einem feuchten Tuch auf ihre Augen und ging ins Unterhaus hinab.

Als sie das Wohnzimmer betrat, sah sie ihren Pflegevater noch mit Hut und Stock in der Hand stehen, fast, als müsse er sich erst besinnen, was er in seinen eigenen Wänden jetzt beginnen solle. Eine Furcht befiel das Mädchen; es kam ihr vor, als sei er auf einmal unsäglich alt geworden. Gern wäre sie unbemerkt wieder fortgeschlichen; aber sie hatte ja keine Zeit zu verlieren.

„Ohm!" sagte sie leise.

Der Ton ihrer Stimme machte ihn fast zusammenschrekken; als er aber das Mädchen vor sich stehen sah, trat ein freundliches Licht in seine Augen. „Was willst du von mir, mein Kind?" sagte er müde.

„Ohm!" — Nur zögernd brachte sie es heraus. „Ich bin doch mündig; ich möchte etwas von meinem Vermögen haben; ich brauche es ganz notwendig."

„Jetzt schon, Anna? Das geht ja schnell."

„Nicht viel, Ohm; das heißt, ich habe ja noch so viel mehr; nur etwa hundert Taler."

Sie schwieg; und der alte Mann sah eine Weile stumm auf sie herab. „Und wozu wolltest du das viele Geld gebrauchen?" fragte er dann.

Ein flehender Blick traf ihn aus ihren Augen; sie murmelte etwas, das er nicht verstand.

Er faßte ihre Hand. „So sag' es doch nur laut, mein Kind!"

„Ich wollte es nicht für mich", erwiderte sie zögernd.

„Nicht für dich, für wen denn anders?"

Sie hob wie ein bittendes Kind beide Hände gegen ihn auf. „Laß mich's nicht sagen, Ohm! Oh, ich muß, ich muß es aber haben!"

„Und nicht für dich, Anna?" — Wie in plötzlichem Verständnis ließ er die Augen auf ihr ruhen. „Wenn du es für Heinrich wolltest — da sind wir beide schon zu spät gekommen."

„O nein, Ohm! O nein!" Und sie schlang ihre Arme um den Hals des alten Mannes.

„Doch Kind! Was meinst du, daß Herr Jaspers mir anderes zu erzählen hatte? Schon gestern war der Senator von allem unterrichtet."

„Aber wenn doch Heinrich ihm das Geld nun bringt?"

„Ich habe es ihm selber bringen wollen; aber er wollte weder mein Geld noch meinen Sohn. Und was das letzte anbelangt — ich konnte nichts dawider sagen."

„Ach, Ohm, was wird mit ihm geschehen?"

„Mit ihm, Anna? Er wird mit Schande das ehrenwerte Haus verlassen."

Als sie erschreckt das reine Antlitz zu dem ihres Pflegevaters emporhob, blickte ihr daraus ein Gram entgegen, wie sie ihn nie in einem Menschenangesichte noch gesehen hatte. „Ohm, Ohm!" rief sie. „Was aber habt denn Ihr verbrochen?" Und aus den jungfräulichen Augen brach ein so mütterliches Erbarmen, daß der alte Mann den grauen Kopf auf ihren Nacken senkte.

Dann aber, sich wieder aufrichtend und die Hand auf ihren

blonden Scheitel legend, sprach er ruhig: „Ich, Anna, bin sein Vater. Geh nun und rufe mir meinen Sohn!"

*

Auch dieser Tag verging. Nach dem schweren Vormittag eine Mittags- und später ebenso eine Abendmahlzeit, bei der die Speisen, fast wie sie aufgetragen, wieder abgetragen wurden; dazwischen ein nicht enden wollender Nachmittag, während dessen Heinrich, durch den überlegenen Willen des Vaters gezwungen, noch einmal zum Senator mußte und von dem entlassen wurde. — Auch dieser Tag war endlich nun vergangen und die Nacht gekommen. Nur der Hausherr wanderte noch unten im Zimmer auf und ab; mitunter blieb er vor dem Bilde mit den Familienschatten stehen, bald aber strich er mit der Hand über die Stirn und setzte sein unruhiges Wandern fort. Daß Anna in raschem jugendlichem Entschlusse ebenfalls bei dem Senator gewesen war, davon hatte er ebenso wenig etwas erfahren, als daß dieser ihr gegenüber nur kaum, aber schließlich dennoch seine Unerbittlichkeit behauptet hatte.

Die kleine Schirmlampe, welche auf dem Arbeitstische brannte, beleuchtete zwei Briefe, der eine nach Kiel, der andere nach Hamburg adressiert; denn für Heinrich mußten auswärts neue Wege aufgesucht werden.

Carsten war ans Fenster getreten und blickte in die mondhelle Nacht hinaus; es war so still, daß er weit unten das Rinnenwasser in den Hafen strömen hörte, mitunter ein mattes Flattern in den Wimpeln der Halligschiffe. Jenseits des Hafens zog sich der Seedeich wie eine schimmernde Nebelbank; wie oft an der Hand seines Vaters war er als Knabe dort hinausgewandert, um ihre derzeit erworbene Fenne zu besichtigen!

Carsten wandte sich langsam um; dort lagen die beiden Briefe auf seinem Arbeitstische; er hatte ja jetzt selber einen Sohn.

In der Tiefe des Zimmers waren die Glastüren des Alkovens, wie jeden Abend, von Anna offengestellt, und die abgedeckten Kissen des darin stehenden Bettes schienen den an gute Bürgerszeit Gewöhnten einzuladen, dem überlangen Tag ein Ende zu machen. Er nahm auch seine große silberne Taschenuhr aus dem Gehäuse und zog sie auf. „Mitternacht!" sagte er, indem er in den Alkoven trat. Als er aber, wie er zu tun pflegte, die Uhr am Bettpfosten aufhängen wollte, hatte die stählerne Kette sich in einen goldenen Ring verhäkelt, den er am kleinen Finger trug, daß dieser herabgerissen wurde und klirrend auf dem Boden fortrollte. Mit fast jugendlicher Raschheit bückte sich der alte Mann danach, und als der Ring wieder in seiner Hand war, trat er in das Zimmer zurück und hielt ihn sorgsam unter den Schirm der Lampe. Seine Augen schienen nicht loszukommen von dem Weibernamen, der auf der inneren Seite eingegraben war; aber aus seinem Munde brach ein Stöhnen, wie um Erlösung flehend.

Da hörte er auf dem Flur die Stiegen der Treppe krachen. Er machte eine hastige Bewegung, als wolle er den Ring an den Finger stecken, als eine Hand sich sanft auf seinen Arm legte. „Bruder Carsten", sagte seine alte Schwester, die in ihrem Nachtgewande zu ihm eingetreten war, „ich hörte dich hier unten wandern; willst du noch nicht zur Ruhe gehen?"

Er sah ihr wie erwägend in die Augen. „Es gibt Gedanken, Brigitte, die uns keine Ruhe gönnen, die immer wieder ins Gehirn steigen, weil sie nie herausgelassen werden."

Die alte Jungfrau blickte ihren Bruder völlig ratlos an. „Ach, Carsten", sagte sie, „ich bin eine alte einfältige Person! Wäre unser Bruder Peter nur am Leben geblieben; vielleicht wäre er jetzt unser Pastor und hätte unsern Heinrich getauft und konfirmiert; der hätte gewiß auch heute Rat gewußt."

„Vielleicht, Brigitte", erwiderte der Bruder sanft; „vielleicht auch hätten wir uns nicht so ganz verstanden; du aber lebst und bist meine alte treue Schwester."

„Ja, ja, Carsten, leider Gottes! Wir beide sind allein noch übrig."

Er hatte ihre Hand gefaßt. „Brigitte", sagte er hastig, „sahst du, wie blaß der Junge heute abend war, als er in seine Kammer hinaufging? Noch nimmer hat er seiner Mutter so geglichen; so sah Juliane in ihren letzten Tagen aus, als schon der Tod die irdischen Gedanken von ihr genommen hatte."

„Sprich nicht von ihr, Bruder; das tut dir jetzt nicht gut; sie ruht ja längst."

„Längst, Brigitte; — aber nicht hier, hier nicht!" Und er drückte die Hand, in der er noch den Ring umschlossen hielt, an seine Brust. „Es kommt mir alles immer wieder; am letzten Ostersonntag waren es gerade dreiundzwanzig Jahre!"

„Am letzten Ostersonntage? Ja, ja, Bruder, ich weiß es nun wohl; ihr waret dazumal beide, wo ihr nimmer hättet sein sollen."

„Schilt jetzt nicht, Schwester", sagte Carsten; „du selber konntest nicht die Augen von ihr wenden, als du ihr damals die blaue Schärpe umgeknüpft hattest. Ich weiß jetzt wohl, daß sie nicht für mich ihr schönes Haar aufsteckte und die Atlasschuhe über ihre kleinen Füße zog; ich gehörte nicht in diese Gesellschaft vornehmer und ausgelassener Leute, wo sich niemand um mich kümmerte, am wenigsten mein eigenes Weib.

Nein, nein", rief er, da die Schwester ihn unterbrechen wollte. „Laß mich es endlich einmal sagen! — Siehst du, ich wollte zwar auch meinen Platz ausfüllen, ich tanzte ein paarmal mit meiner Frau; aber sie wurde mir immer von den Offizieren fortgeholt. Und wie anders tanzte sie mit diesen Menschen! Ihre Augen leuchteten vor Lust; sie ging von Hand zu Hand; ich fürchtete, sie würden mir mein Weib zu Tode tanzen. Sie aber konnte nicht genug bekommen und lachte nur dazu, wenn ich sie bat, daß sie sich schonen möchte. Ich ertrug das nicht länger und konnt' es doch nicht ändern; darum setzte ich mich in die Nebenstube, wo die alten Herren an ihrem L'hombre saßen, und nagte an meinen Nägeln und an meinen eigenen Gedanken.

Du weißt, Brigitte, der französische Kaperkapitän, den die anderen den ‚schönen Teufel' nannten — wenn ich je zuweilen in den Saal hinguckte, immer war sie mit ihm am Tanzen. Als es gegen drei Uhr und der Saal schon halb geleert war, stand sie neben ihm am Schenktisch, beide mit einem vollen Glas Champagner in der Hand. Ich sah, wie sie rasch atmete, und wie seine Worte, die ich nicht verstehen konnte, ein Mal über das andere ein fliegendes Rot über ihr blasses Gesicht jagten; sie selber sagte nichts, sie stand stumm vor ihm; aber als beide jetzt das Glas an ihre Lippen hoben, sah ich, wie ihre Augen ineinandergingen. — Ich sah das alles wie ein Bild, als sei es hundert Meilen von mir; dann aber plötzlich überfiel es mich, daß jenes schöne Weib dort mir gehöre, daß sie mein Weib sei; und dann trat ich zu ihnen und zwang sie, mit mir nach Hause zu gehen."

Carsten stockte, als habe er die Grenze seiner Erzählung erreicht; seine Brust hob sich mühsam, sein hageres Gesicht war gerötet. Aber er war noch nicht zu Ende; nur blickte er nicht wie vorhin zur Schwester hinab, er sprach über ihren Kopf weg in die leere Luft.

„Und als wir dann in unserer Kammer waren, als sie mir keinen Blick gönnte, sondern wie zornig Gürtel und Mieder von sich warf, und als sie dann mit einem Ruck den Kamm aus ihren Haaren riß, daß es wie eine goldene Flut über ihre Hüften stürzte — es ist nicht immer wie es sein sollte, Schwester — denn was mich hätte von ihr stoßen sollen — ich glaub' fast, daß es mich nur mehr betörte."

Die Schwester legte sanft die Hand auf seinen Arm. „Laß das Gespenst in seiner Gruft, Bruder; laß sie, sie gehörte nicht zu uns."

Er achtete nicht darauf. „So" — sprach er weiter — „hatte ich nimmer sie gesehen; nicht in unserer kurzen Ehe und auch im Brautstande nicht. Aber es war nicht die Schönheit, die unser Herrgott ihr gegeben hatte, es war die böse Lust, die sie so schön machte, die noch in ihren Augen spielte. — Und so wie an jenem Abend und in jener Nacht war es noch so viele Male, viele Wochen und Monde, bis nur ein halbes Jahr vor ihrem Tode übrig war; — als alle diese Fremden unsere Stadt verließen."

„Bruder Carsten", sagte Brigitte wieder, „hast du nicht neues Leid genug? Wenn du schwach warst gegen dein Weib, weil du sie lieber hattest, als dir gut war — es ist schon bald ein Menschenleben darüber hin; was quälst du dich noch jetzt damit!"

„Jetzt, Brigitte? Ja, warum sprech' ich denn dies alles jetzt zu dir? — War sie mein Eheweib in jener Zeit, wo ihre Sinne von leichtfertigen Gedanken taumelten, die nichts mit mir gemein hatten? — Und doch — aus dieser Ehe wurde jener arme Junge dort geboren. Meinst du" — und er bückte sich hinab zum Ohr der Schwester —, „daß die Stunde gleich sei, in der unter des allweisen Gottes Zulassung ein Menschenleben aus dem Nichts hervorgeht? — Ich sage dir, ein jeder Mensch bringt sein Leben fertig mit sich auf die Welt; und alle, in die Jahrhunderte hinauf, die nur einen Tropfen zu seinem Blute gaben, haben ihren Teil daran."

Draußen vom Kirchturm schlug es eins. „Stell' es dem lieben Gott anheim", sagte Brigitte; „ich verstehe das nicht, was aus deinen Büchern dir im Kopf herumgeht; ich weiß nur, daß der Junge, leider Gottes, nach der Mutter eingeschlagen ist."

Carsten fühlte wohl, daß er eigentlich nur mit sich selbst gesprochen habe, und daß er nach wie vor mit sich allein sei. „Geh schlafen, meine gute alte Schwester", sagte er und drängte sie sanft auf den Flur hinaus; „ich will es auch versuchen."

Auf der untersten Treppenstiege, wo Brigitte es zuvor gelassen hatte, brannte ein Licht mit langer Schnuppe. Sie blickte noch einmal mit fest geschlossenen Lippen und gefalteten Händen den Bruder an; dann nickte sie ihm zu und ging mit dem Lichte in das Oberhaus hinauf.

Aber Carsten dachte nicht an Schlaf; nur allein hatte er wieder sein wollen. Noch einmal nahm er den kleinen Ring und hielt ihn vor sich hin; durch den engen Rahmen sah er, wie tief in der Vergangenheit, die Luftgestalt des schönen Weibes, deren außer ihm kein Mensch auf Erden noch gedachte. Ein seliges Selbstvergessen lag auf seinem Antlitz; dann aber zuckte plötzlich ein Schmerz darüber hin: sie schien so gar verlassen ihm dort unten. — Als er sich aufrichtete, steckte er den Ring an seinen Finger; und es geschah das mit einer feierlichen Innigkeit, als wollte er die Tote sich noch einmal, und fester als zuvor im Leben, anvermählen; so wie sie einst gewesen war, in ihrer Schönheit und in ihrer Schwäche und mit der kargen Liebe, die sie einst für ihn gehegt hatte. Dann schritt er zur Tür und horchte auf den Flur hinaus; als alles ruhig blieb, ging er zur Treppe und stieg behutsam zur Kammer seines Sohnes hinauf. Er fand den jungen Menschen ruhig atmend und in tiefem Schlafe, obgleich der Mond sein volles Licht über das unter dem Fenster stehende Bett ausgoß. Bei dem gelockten lichtbraunen Haar, das sich seidenweich an die Schläfen legte, hätte man das hübsche blasse Antlitz des Schlafenden für das eines Weibes halten können.

Carsten war dicht herangetreten; ein leises Zittern lief durch seinen Körper. „Juliane!" sagte er. „Dein Sohn! Auch er wird mir das Herz zerreißen!" Und gleich darauf: „Mein Herr und Gott, ich will ja leiden für mein Kind, nur laß ihn nicht verlorengehen!"

Bei diesen unwillkürlich laut gesprochenen Worten schlug der Schlafende die Augen auf; seine Seele aber mochte schlummernd in den Schrecknissen des vergangenen Tages fortgeträumt haben; denn als er plötzlich in der Nacht die brennenden Augen und den zitternd über ihn erhobenen Arm des alten Mannes erblickte, stieß er einen Schrei aus, als ob er den Todesstoß von seines Vaters Hand erwarte; dann aber streckte er flehend die Arme zu ihm auf.

Und mit einem Laut, als müsse es ihm die Brust zersprengen: „Mein Kind, mein einziges Kind!" brach der Vater an dem Bette des verbrecherischen Sohnes zusammen.

*

Durch einen Freund in Hamburg hatte Carsten es möglich gemacht, seinen Sohn dort in einem kleineren Geschäft unterzubringen. Indessen war trotz der Achtung, der er sich erfreute, dies Ereignis seines Hauses schonungslos genug in der kleinen Stadt besprochen, freilich bei dieser Gelegenheit das Gedächtnis der armen Juliane nicht eben sanft aus ihrer Gruft hervorgeholt worden. Nur Carsten selbst erfuhr nichts davon. Als er eines Tages aus einem befreundeten Bürgerhause auffallend gedrückt nach Hause gekommen war, fragte Brigitte ihn besorgt: „Was ist dir Carsten? Du

hast doch nichts Schlimmes über unseren Heinrich gehört?"
— „Schlimmes?" erwiderte der Bruder; „o nein, Brigitte; man hat, seit er fort ist, auch nicht einmal seinen Namen gegen mich genannt." — Und mit gesenktem Haupte ging er an seinen Arbeitstisch.

Briefe von Heinrich kamen selten, und oftmals forderten sie Geld, da mit dem geringen Gehalte sich dort nicht auskommen lasse. — Sonst ging das Leben seinen stillen Gang; der alte Birnbaum im Hofe hatte wieder einmal geblüht und dann zur rechten Zeit und zur Freude der Nachbarskinder seine Frucht getragen. Besonderes war nicht vorgefallen, wenn nicht, daß Anna den Heiratsantrag eines wohlstehenden jungen Bürgers abgelehnt hatte; sie war keine von den Naturen, die durch ihr Blut der Ehe zugetrieben werden: sie hatte ihre alten Pflegeeltern noch nicht verlassen wollen.

Als aber kurz vor Weihnachten Carsten seinem Sohne den plötzlich eingetroffenen Tod des Senators gemeldet hatte, erfolgte in einigen Tagen schon eine Antwort, worin Heinrich seinen Besuch zum Weihnachtsabend ansagte. Eine Geldforderung enthielt der Brief nicht; nicht einmal die Reisekosten hatte er sich ausgebeten.

Es war doch eine Freudenbotschaft, die sofort im Hause verkündigt wurde. Und wie eine glückliche Unruhe kam es über alle, da nun das Fest heranrückte; die Händedrücke, die Carsten im Vorbeigehen mit seiner alten Schwester zu wechseln pflegte, wurden inniger; mitunter haschte er sich die geschäftige Pflegetochter, hielt sie einen Augenblick an beiden Händen und sah ihr zärtlich in die heiteren Augen.

Endlich war der Nachmittag des Heiligen Abends herangekommen. Im Hause hatte eine erwartungsvolle Tätigkeit gewaltet; doch bald schien alles zum Empfange des Christkinds und des Gastes vorbereitet. Vom Arbeitstische, der heute von allen Rechnungs- und Kontobüchern entlastet war, blinkte auf schneeweißem Damast das Teegeschirr mit goldenen Sternchen, während daneben die frisch gebackenen Weihnachtskuchen dufteten. Der Tür gegenüber auf der Kommode war Heinrichs Bescherung von den Frauen ausgebreitet: ein Dutzend Strümpfe aus feinster Zephirwolle, woran die sorgsame Tante das ganze Jahr gestrickt hatte; daneben von Annas sauberen Händen eine reichgestickte Atlasweste und eine grünseidene Börse, durch deren Maschen die von Carsten gespendeten Dukaten blinkten. Dieser selbst ging eben in den Keller, um aus seinem bescheidenen Vorrat zwei ganz besondere Flaschen heraufzuholen, die er vorzeiten von einem dankbaren Schutzbefohlenen zum Geschenk erhalten hatte; er sollte heute einmal nichts gespart werden.

Statt seiner trat Tante Brigitte herein, zwei blank polierte Leuchter in den Hängen, auf denen schneeweiße russische Lichter in ebenso weißen Papiermanschetten steckten, denn schon war die Dämmerung des Heiligen Abends hereingebrochen; draußen zogen die Scharen der kleinen Weihnachtsbettler, und ihr Gesang tönte durch die Straßen: „Vom Himmel hoch, da komm ich her."

Als Carsten wieder eintrat, brannten auch die Lichter schon; die Stube sah ganz festlich aus. Die alten Geschwister wandten die Gesichter gegeneinander und blickten sich herzlich an. „Es wird auch Zeit, Carsten!" sagte Brigitte; „die Post pflegt immer schon um vier zu kommen."

Carsten nickte, und nachdem er noch eilig seine Flaschen hinter dem warmen Ofen aufgepflanzt hatte, langte er mit zitternder Hand seinen Hut vom Türhaken.

„Soll ich nicht mit Euch, Ohm?" rief Anna; „hier ist für mich nichts mehr zu tun."

„Nein, nein, mein Kind, das muß ich ganz allein." Mit diesen Worten nahm er sein Bambusrohr aus dem Uhrgehäuse und ging hinaus.

Das Postgebäude lag derzeit hoch oben in der Norderstraße; aber es war völlig windstill, ein leichter Frostschnee sank ebenmäßig herab. Carsten schritt rüstig vorwärts, ohne rechts oder links zu sehen: als er jedoch fast sein Ziel erreicht hatte, hörte er sich plötzlich angerufen: „He, Freundchen, Freundchen, nehmt mich mit!" Und Herrn Jaspers' selbst in der Dunkelheit nicht zu verkennende Gestalt schritt aus einer Nebenstraße, munter mit dem Schnupftuche winkend, auf ihn zu. „Merk's schon", sagte er, „Ihr wollt Euern Heinrich von der Post holen? Hab' nur gehört, soll ein Staatskerl geworden sein, der junge Schwerenöter!"

„Aber", sagte Carsten, indem er längere Schritte machte, denen der andere, mit beiden Armen schaukelnd, nachzukommen strebte, „ich dächte, Jaspers, Ihr hättet niemanden zu erwarten!"

„Nein, Gott sei Dank, Carsten! Nein, niemanden! Aber — zum Henker, Ihr braucht nicht so zu rennen! — man muß doch sehen, was zum lieben Fest für Gäste kommen."

Sie waren an einer Straßenecke in der Nähe des Posthauses angelangt, wo sich bereits ein Anzahl Menschen angesammelt hatte, um die Ankunft der Post hier abzuwarten, als Herr Jaspers von einem vorübergehenden Amtsschreiber angerufen wurde.

„Hört Ihr nicht, Jaspers? Der Mann wünscht Euch zu sprechen", sagte Carsten, der eben aus der Tiefe der Straße das Rummeln eines schweren Wagens heraufkommen hörte.

Aber der andere stand wie gemauert. „Ei, Gott bewahre, Carsten! Laßt den Hasenfuß laufen! Ich bleibe bei Euch, Freundchen; wer weiß, was noch passieren kann! Ihr kennt doch die Geschichte von dem Flensburger Kandidaten, der seine Liebste aus der Kutsche heben wollte, und dem ein schwarzer Negerjunge auf den Nacken sprang!"

„Ich kenne alle Eure Geschichten, Jaspers", erwiderte Carsten ungeduldig; „aber wenn Ihr's wissen wollt, ich wünsche meinen Sohn allein zu empfangen; ich brauche Euch nicht dabei."

Herrn Jaspers' unerschütterliche Antwort wurde von Peitschenknall und dem schmetternden Klange eines Posthorns übertönt; und gleich darauf rollte auch der schwerfällige Wagen vor die Tür des Posthauses, in den matten Schein, den die darüber befindliche Laterne auf die leicht beschneite Straße hinauswarf. Dann sprang der Postillon vom Bock, vom Schirrmeister wurde die Wagentür aufgerissen, und die Leute drängten sich herzu, um die Fahrgäste aussteigen zu sehen.

Carsten war etwas zurück im Schatten der Mauer stehengeblieben. Da er von hoher Statur war, so konnte er auch von hier aus die in Mäntel und Pelze vermummten Gestalten, welche eine nach der anderen aus dem Wagenkasten auf die Straße traten, deutlich genug erkennen.

„Niemand mehr darin?" frug der Schirrmeister.

„Nein, nein!" tönte es von mehreren Seiten; und die Wagentür wurde zugeworfen.

Carsten umklammerte die Krücke seines Stockes und stützte sich darauf; sein Heinrich war nicht gekommen. — Er blickte wie abwesend auf die dampfenden Pferde, die auf dem Pflaster scharrten und klirrend ihre Messingbehänge schüttelten, und wollte sich endlich schon zum Gehen wenden, als er bemerkte, daß er hier nicht der einzige Getäuschte sei. Eine junge Dirne hatte sich an den Postillon herangemacht, der eben die Decke über seine Tiere warf, und schien ihn mit aufgeregten Fragen zu bedrängen. „Ja, ja, Mamsellchen", hörte er diesen antworten, „es kann noch immer sein; es kommt noch eine Beichaise."

„Noch eine Beichaise!" Carsten wiederholte die Worte unwillkürlich; ein tiefer Atemzug entrang sich seiner Brust. Der Postillon war ihm bekannt; er hätte ihn fragen können: „Sitzt denn mein Heinrich mit darin?" Aber er vermochte sich nicht vom Fleck zu rühren; mit geschlossenen Lippen stand er und sah bald darauf den Wagen fortfahren und blickte auf die leeren Geleise, die in dem Schnee erkennbar waren, auf welche leis und unaufhaltsam neuer Schnee herabsank und sie bald bedeckte.

Um ihn her war es ganz still geworden; selbst Herr Jaspers schien verschwunden; das Mädchen hatte sich schweigend neben ihn gestellt, die Arme in ihr Umschlagetuch gewickelt. Mitunter klingelte eine Türschelle, dann sangen die Kinderstimmen: „Vom Himmel hoch, da komm' ich her!" Die kleinen Weihnachtsbettler mit ihrem tröstlichen Verkündigungsliede zogen noch immer von Haus zu Haus.

Endlich kam es abermals die Straßen herauf, näher und näher kam es, noch einmal knallte die Peitsche und schmetterte das Posthorn, und jetzt rollte die verheißene Beichaise in den Laternenschein des Posthauses hinein.

Und ehe die Pferde noch zum Stehen gebracht waren, sah Carsten die Gestalt eines hohen Mannes behende aus dem Wagen springen und gegen sich herankommen. „Heinrich!" rief er und stürzte vorwärts, daß er fast gestrauchelt wäre; aber der Mann wandte sich zu dem Mädchen, die jetzt mit einem Freudenschrei an seinem Halse hing. „Ich dachte schon, du wärst nicht mehr gekommen!" — „Ich? Nicht kommen, am Weihnachtsabend? Oh!"

Carsten blickte den beiden nach, wie sie durch den fallenden Schnee Arm in Arm die Straße hinabgingen; als er sich umwandte, war auch der Platz vor dem Hause leer, wo vorhin die Chaise gehalten hatte. „Er ist nicht gekommen, er wird krank gewesen sein", sagte er halblaut zu sich selber.

Da legte sich eine breite Hand auf seinen Arm. „Oho, Freundchen!" sprach dicht neben ihm Herrn Jaspers' wohlbekannte Stimme, „dachte ich's nicht, daß Ihr Euch Grillen fangen würdet! Krank, meint Ihr? Nein, Carsten, das laßt Euch den Heiligen Abend nicht verderben. Ihr wißt doch, in Hamburg gibt's ganz andere Weihnachten für die jungen Burschen als in Eurem alten Urgroßvaterhause an der Twiete. Aber, seht Ihr, war's nicht hübsch, daß ich Euch warten half? Da habt Ihr doch Gesellschaft auf dem Rückweg!"

Herrn Jaspers' Stimme hatte einen fast zärtlichen Ausdruck angenommen; aber Carsten hörte nicht darauf. Auch auf dem Rückwege ließ er Herrn Jaspers ungestört an seiner Seite traben; er war ein geduldiger Mann geworden.

Als er wieder in sein Haus trat, hörte er rasch die Stubentür von innen anziehen. „Noch einen Augenblick Geduld!" rief Annas helle Stimme; dann gleich darauf wurde die Tür weit aufgeschlagen, und die schlanke Mädchengestalt stand wie in einem Bilderrahmen auf der Schwelle. Sie schritt auch nicht hinaus, sie starrte regungslos auf ihren alten Pflegevater.

„Allein, Ohm?" fragte sie endlich.

„Allein, mein Kind."

Dann gingen beide zu Tante Brigitte in die festlich ausgeschmückte Stube, und die Frauen, während Carsten schweigend in dem Ledersessel danebensaß, erschöpften sich in immer neuen Mutmaßungen, was es nur gewesen sein könne, das ihnen alle Freude so zerstört habe, bis endlich der Abend vergangen war und sie still die Lichter löschten und die Geschenke wieder fortträumten, welche sie kurz zuvor so geschäftig zusammengetragen hatten.

*

Auch die Weihnachtsfeiertage verflossen, ohne daß Heinrich selber oder ein Lebenszeichen von ihm erschienen wäre. Als auch der Neujahrsabend herankam und die langerwartete Poststunde wieder so vorüberging, hatten in dem alten Manne die Sorgen der letzten Tage sich zu einer fast erstickenden Angst gesteigert. Was konnte geschehen sein? Wenn Heinrich krank läge dort in der großen fremden Stadt! Die diesmal ruhigere Überlegung der Frauen vermochte ihn nicht zurückzuhalten, er mußte selber hin und sehen. Vergebens stellten sie ihm die Beschwerlichkeit der langen Reise bei dem eingetretenen scharfen Frost vor Augen; er suchte sich das nötige Reisegeld zusammen und hieß Brigitte seine Koffer packen; dann ging er in die Stadt, um sich zum anderen Morgen Fuhrwerk zu verschaffen.

Als er nach vielfachen Umherrennens erschöpft nach Hause kam, war ein Brief von Heinrich da; ein Versehen des Postboten hatte die Abgabe verspätet. Hastig riß er das Siegel auf; die Hände flogen ihm, daß er kaum seine Brille aus der Tasche ziehen konnte. Aber es war ein ganz munterer Brief, Herr Jaspers hatte recht gehabt; mit Heinrich war nichts Besonderes vorgefallen; er hatte nur gedacht, es sei doch richtiger, den Weihnachtsmarkt in Hamburg zu genießen und dann später nach Hause zu kommen, wenn erst im Hof der große Birnbaum blühe und sie miteinander auf den Deich hinausspazieren könnten; dann folgte die lustige Beschreibung verschiedener Feste und Schaustellungen; von den Kümmernissen, die er den Seinen zugefügt, schien ihm keine Ahnung gekommen zu sein.

Auch eine Nachschrift enthielt der Brief: er habe auf eigene Hand mit einem guten Freunde einige Geschäfte eingefädelt, die schon hübschen Gewinn abgeworfen hätten; er wisse jetzt, wo Geld zu holen sei, sie würden bald noch anderes von ihm hören. — Wie gewagt, nach mehr als einer Seite hin, diese Geschäftsverbindung sei, davon freilich war nichts geschrieben.

Carsten, da er alles einmal und noch einmal gelesen hatte, lehnte sich müde in seinen Stuhl zurück; der Name „Juliane" drängte sich unwillkürlich über seine Lippen. Aber jedenfalls — Heinrich war gesund; es war nichts Schlimmes vorgefallen.

„Nun, Ohm?" fragte Anna, die auf Mitteilung harrend mit Tante Brigitte vor ihm stand.

Er reichte ihnen den Brief. „Leset selbst", sagte er, „vielleicht daß ich heute einmal besser schlafe! Und dann, Anna, bestelle mir den Fuhrmann ab, meine alten Beine können nun nicht mehr!"

Er sah fast glücklich aus bei diesen Worten; ein Ruhepunkt war eingetreten, und er wollte ihn redlich zu benutzen suchen.

Am anderen Morgen wurden die Weihnachtsgeschenke aus den Schubladen wieder hervorgeholt und, sorgsam in ein Kistchen verpackt, an Heinrich auf die Post gegeben; obenauf lag ein Brief von Anna, voll herzlichen Zuredens und voll ehrlicher Entrüstung. Als Antwort erhielt sie nach einigen Monaten ein Osterei von Zucker, aus welchem, da es sich öffnen ließ, eine goldene Vorstecknadel zum Vorschein kam; einige neckende Knittelverse, welche für die guten Lehren dankten, waren auf einem Papierstreifen darumgewunden.

Wenn die goldene Nadel ein Ertrag der eingefädelten Geschäfte war, so blieb sie jedenfalls das einzige Zeichen, das davon nach Hause gelangte; in den spärlichen Briefen geschah derselben entweder gar nicht oder nur noch in allgemeinen Andeutungen Erwähnung.

Die Zeit rückte weiter, und nach den Ostern war jetzt der Nachmittag des Pfingstfestes herangekommen. Die Frauen befanden sich beide auf dem sonnigen Hausflur in emsiger Beschäftigung; Tante Brigitte hatte das Gardinenbrett des Ladenfensters vor sich auf dem Zahltisch liegen, bemüht, einen blütenweißen Vorhang daran festzunadeln; Anna, der eine Anzahl grüner Waldmeisterkränze über dem einen Arm hingen, suchte gegenüber an der frisch getünchten Wand nach Haken oder Nägeln, um daran den Festschmuck zu befestigen. Zwei Kränze waren glücklich angebracht; bei dem dritten saß der Nagel doch zu hoch, als daß der ausgestreckte Arm des schlanken Mädchens ihn mit dem Kranz erreichen konnte.

„Kind, Kind!" rief Tante Brigitte vom Ladentisch herüber, „du wirst ja kochheiß, so hol' doch einen Schemel!"

„Nein, Tante, es muß!" erwiderte Anna lachend und begann unter herzlichem Stöhnen ihre vergeblichen Anstrengungen zu erneuern.

Plötzlich wurde die Haustür aufgerissen, daß das Läuten der Schelle betäubend durch den Flur schallte; dazwischen rief eine jugendliche Männerstimme: „Mannshand oben!" und zugleich war auch der Kranz aus Annas ausgestreckter Hand genommen und hing im selben Augenblick oben an dem Nagel. Anna selbst sah sich in den Armen eines schönen Mannes mit gebräuntem Antlitz und stattlichem Backenbarte, dessen Kleidung den Großstädter nicht verkennen ließ. Aber schon hatte sie mit einer so kräftigen Bewegung ihn von sich gestoßen, daß er geradewegs auf Tante Brigitte zuflog, die vor ihrem Gardinenbrett beide Hände über dem Kopf zusammenschlug. Da brach der Mißhandelte in ein lustiges Gelächter aus, das noch das Ausläuten der Türschelle übertönte.

„Heinrich, Heinrich! Du bist es!" riefen die Frauen wie aus einem Munde.

„Nicht wahr, Tante Brigitte, das nennt man überraschen!"

„Junge", sagte die Alte noch halb erzürnt; „in deinem modischen Rock steckt doch noch der alte Hansdampf; wenn du dich ansagst, kann man sich zu Tode warten, und wenn du kommst, könnte man vor Schreck den Tod davon haben."

„Nun, nun, Tante Brigitte, ihr sollt mich auch bald genug schon wieder loswerden; unsereiner hat nicht lange Zeit zu feiern."

„Ei, Heinrich", sagte die gute Tante, indem sie ihn mit sichtlicher Zufriedenheit betrachtete, „so sollte es nicht gemeint sein! Was du gesund aussiehst, Junge! Nun aber hilf auch mir noch ein paar Augenblicke mit deiner hübschen Leibeslänge!"

Mit einem Satz war Heinrich über den Ladentisch hinüber und stand gleich darauf auf der Fensterbank, das Gardinenbrett mit den daranhängenden weißen Fahnen in den Händen.

Als kurz darauf ein gemessenes Läuten der Türschelle die Ankunft des bisher abwesenden Hausherrn anzeigte, saß Heinrich bereits wohlversorgt im Zimmer vor dem Kaffeetische, den aufhorchenden Frauen Wunder der Großstadt und seiner eigenen Tätigkeit verkündend. Gleich darauf stand er dem Vater gegenüber, und dieser ergriff seine beiden Hände und sah ihm mit verhaltenem Atem in die Augen. „Mein Sohn!" sagte er endlich; und Heinrich fühlte, wie aus dem Körper des alten Mannes ein Zittern in den seinen überging.

Noch lange, als sie schon mit den anderen am Tische saßen, hingen so die Blicke des Vaters an des Sohnes Antlitz, währenddessen bald wieder in Fluß gekommene Reden fast unverstanden an seinem Ohr vorübergingen. Heinrich schien ihm äußerlich fast ein Fremder; die Ähnlichkeit mit Juliane war zurückgetreten, er sagte sich das mit schmerzlicher Befriedigung; die Zeit seines Fortganges aus der Vaterstadt, obgleich nur wenige Jahre seitdem vergangen waren, lag jetzt weit dahinter. Ein freudiger Gedanke erfüllte plötzlich das Herz des Vaters; was auch damals geschehen war, es war nur der Fehler eines in der Entwicklung begriffenen, noch knabenhaften Jünglings, wofür die Verantwortlichkeit dem jetzt vor ihm sitzenden Manne nicht mehr aufgebürdet werden konnte. Carsten faltete unwillkürlich seine Hände; als Annas Blicke sich zufällig auf ihn wandten, hörte auch sie nicht mehr auf Heinrichs Wunderdinge: ihr alter Ohm saß da, als ob er betete.

Später freilich, als Sohn und Vater sich allein gegenübersaßen, mußte Heinrich auch diesem Rede stehen. Er war jetzt auf einer Geschäftsreise für seine Firma; am zweiten Festtag schon mußte er weiter, dem Norden zu. Aus dem eleganten Taschenbuche, das Heinrich hervorzog, wurde Carsten in manche Einzelheiten eingeweiht, und er nickte zufrieden, da er den Sohn in wohlgeordneter Tätigkeit erblickte. Weniger deutlich waren die Mitteilungen, die Heinrich über seine auf eigene Hand betriebenen Geschäfte machte; er verstand es, über diese selbst mit leichter Andeutung fortzugehen und sich dagegen ausführlich über neue Unternehmungen auszulassen, die mit dem unzweifelhaften Gewinn der ersten begonnen werden sollten. Carsten war in solchen Dingen nicht erfahren; aber wenn in Heinrichs wortreicher Darlegung die Projekte immer höher stiegen und das Gold aus immer reicheren Quellen floß, dann war es mitunter, als blickten wieder Julianes Züge aus des Sohnes Antlitz und zugleich in Angst und Zärtlichkeit ergriff er dessen Hände, als könnte er ihn so auf festem Boden halten.

Dennoch, als sie am anderen Vormittage miteinander in der Kirche saßen, konnte er sich einer kleinen Genugtuung nicht erwehren, wenn über den Gesangbüchern in allen Bänken sich die Köpfe nach dem stattlichen jungen Mann herumwandten, ja, es war ihm fast leid, daß heute nicht auch Herr Jaspers aus seinem gewohnten Stuhl herüberpsalmodierte.

Am Nachmittage, während drinnen Carsten und Brigitte ihr Schläfchen hielten, saßen Heinrich und Anna draußen auf der Bank unter dem Birnbaume. Auch sie hielten Mittagsruhe, nur daß die jungen Augen nicht zufielen wie die alten drinnen; zwar sprachen sie nicht, aber sie hörten auf den Sommergesang der Bienen, der tönend aus dem mit Blüten überschneiten Baume zu ihnen herabklang. Bisweilen, und dann immer öfter, wandte Anna den Kopf und betrachtete verstohlen das Gesicht ihres Jugendgespielen, der mit seinem Spazierstöckchen den Namen einer berühmten Kunstreiterin in den Sand schrieb. Sie konnte sich noch immer nicht zurechtfinden; der bärtige Mann an ihrer Seite, dessen Stimme einen nun so ganz anderen Klang hatte, war das der Heinrich noch von ehedem? — Da flog ein Star vom Dach herab auf die Einfassung des Brunnens, blickte sie mit seinen blanken Augen an und begann mit geschwellter Kehle zu schnattern, als wollte er ihr ins Gedächtnis rufen, wer dort statt seiner einst gesessen habe. Anna öffnete die

Augen weit und blickte hinauf nach einem Stückchen blauen Himmels, das durch die Zweige des Baumes sichtbar war; sie fürchtete den Schatten, der drunten aus der Brunnenecke in diesen goldenen Sommertag hineinzufallen drohte.

Aber auch Heinrichs Erinnerung war durch den geschwätzigen Vogel geweckt worden; nur sahen seine Augen keinerlei Schatten aus irgendeiner Ecke. „Was meinst du, Anna", sagte er, mit seinem Stöckchen nach dem Brunnen zeigend; „glaubst du, daß ich damals wirklich in das dumme Ding hineingesprungen wäre?"

Sie erschrak fast über diese Worte. „Wenn ich es glauben müßte", erwiderte sie, „so wärest du jedenfalls nicht wert gewesen, daß ich dich davon zurückgerissen hätte."

Heinrich lachte. „Ihr Frauen seid schlechte Rechenmeister! Dann hättest du mich ja jedenfalls nur sitzen lassen können!"

„O Heinrich, sage lieber, daß so etwas nie — nie wieder geschehen könne!"

Statt einer Antwort zog er seine kostbare goldene Uhr aus der Tasche und ließ diese und die Kette vor ihren Augen spielen.

„Wir machen jetzt selbst Geschäfte", sagte er dann; „nur noch einige Monate weiter, da werfe ich den Erben des Senators die paar lumpigen Taler vor die Füße; wollen sie's nicht aufheben, so mögen sie es bleiben lassen; denn freilich, bezahlt muß so was werden."

„Sie werden es schon nehmen, wenn du es bescheiden bietest", sagte Anna.

„Bescheiden?" Er hatte sich vor sie hingestellt und sah ihr ins Gesicht, das sie sitzend zu ihm erhoben hatte. „Nun, wenn du meinst", setzte er wie gedankenlos hinzu, während seine Augen den Ausdruck aufmerksamer Betrachtung annahmen. „Weißt du wohl, Anna", rief er plötzlich, „daß du eigentlich ein verflucht hübsches Mädchen bist?"

Die Worte hatten so sehr den Ton unwillkürlicher Bewunderung, daß Anna fast verlegen wurde. „Du hast dir wohl andere Augen aus Hamburg mitgebracht", sagte sie.

„Freilich, Anna; ich verstehe mich jetzt darauf! Aber

weißt du auch wohl, daß du nun bald dreiundzwanzig Jahre alt bist? Warum hast du immer noch keinen Mann?"

„Weil ich keinen wollte. Was sind das für Fragen, Heinrich!"

„Ich weiß wohl, was ich frage, Anna; heirate mich, dann bist du aus aller Verlegenheit."

Sie sah ihn zornig an. „Das sind keine schönen Späße!"

„Und warum sollen es denn Späße sein?" erwiderte er und suchte ihre Hand zu fassen.

Sie richtete sich fast zu gleicher Höhe vor ihm auf. „Nimmer, Heinrich, nimmer." Und als sie diese Worte, heftig mit dem Kopfe schüttelnd, ausgestoßen hatte, machte sie sich los und ging ins Haus zurück; aber sie war blutrot dabei geworden bis in ihr blondes Stirnhaar hinauf.

*

Die Geschäfte, von denen Heinrich sich goldene Berge versprochen hatte, mußten doch einen anderen Erfolg gehabt haben. Kaum einen Monat nach seiner Abreise kamen Briefe aus Hamburg, von ihm selbst und auch von Dritten, deren Inhalt Carsten den Frauen zu verbergen wußte, der ihn aber veranlaßte, sich bei seinem Gönner, dem sowohl im bürgerlichen als im peinlichen Rechte wohlerfahrenen alten Bürgermeister, eine vertrauliche Besprechung zu erbitten. Und schon am nächsten Abend im Ratsweinkeller raunte Herr Jaspers bei seinem Spitzglas Roten seinem Nachbar, dem Stadtwaagemeister, zu: der alte Carstens — der Narr mit seinem liederlichen Jungen — es sei aus guter Quelle, daß er vormittags mehrere seiner besten Hypothekenverschreibungen mit einer hüschen Draufgabe gegen Bares umgesetzt habe. Der Stadtwaagemeister wußte schon noch mehr: das Geld, eine große Summe, war bereits am Nachmittage nach Hamburg auf die Post gegeben. Man kam überein, es müsse dort etwas geschehen sein, das rasche und unabweisbare Hilfe erfordert habe. „Hilfe!" wiederholte Herr Jaspers, mit den dünnen Lippen behaglich den Rest seines Roten schlürfend; „Hans Christian wollte auch der Ratze helfen und füllte kochend Wasser in die Kesselfalle!"

Jedenfalls, wenn eine Gefahr vorhanden gewesen war, so schien sie für diesmal abgewendet; selbst Herr Jaspers konnte nichts Weiteres erkundschaften, und was an Gesprächen darüber in der kleinen Stadt gesummt hatte, verstummte allmählich. Nur an Carsten zeigte sich von dieser Zeit an eine auffallende Veränderung; seine noch immer hohe Gestalt schien plötzlich zusammengesunken, die ruhige Sicherheit seines Wesens war wie ausgelöscht; während er das eine Mal ersichtlich den Blicken der Menschen auszuweichen suchte, schien er ein andermal in ihnen fast ängstlich eine Zustimmung zu suchen, die er sonst nur in sich selbst gefunden hatte. Über mancherlei unbedeutende Dinge konnte er in jähem Schreck zusammenfahren; so, wenn unerwartet an seine Stubentür geklopft wurde, oder wenn der Postbote abends zu ihm eintrat, ohne daß er ihn vom Fenster aus vorher gesehen hatte. Man hätte glauben können, der alte Carsten habe sich noch in seinen hohen Jahren ein böses Gewissen zugelegt.

Die Frauen sahen das; sie hatten auch wohl ihre eigenen Gedanken, im übrigen aber trug Carsten seine Last allein; nur sprach er mitunter mit Bedauern aus, daß er statt aller anderen Dinge nicht lieber seine Kraft auf die Vergrößerung des ererbten Geschäftes gelegt habe, so daß Heinrich es jetzt übernehmen und in ihrer aller Nähe leben könnte. — Es stand nicht zum besten in dem Hause an der Twiete; denn auch Tante Brigitte, deren sorgende Augen stets an ihrem Bruder hingen, kränkelte; nur aus Annas Augen leuchtete immer wieder die unbesiegbare Heiterkeit der Jugend.

Es war an einem heißen Septembernachmittag, als die Glocke an der Haustür läutete und gleich darauf Tante Brigitte aus der Küche, wo sie mit Anna beschäftigt war, auf den Flur hinaustrat. „In Christi Namen!" rief sie, „da kommt der Stadtunheilsträger, wie der Herr Bürgermeister ihn nennt! Was will der von uns?"

„Fort mit Schaden!" sagte Anna und klopfte mit dem Messer, das sie in der Hand hielt, unter den Tisch. „Nicht wahr, Tante, das hilft?"

Mittlerweile stand der Berufene schon vor der offenen

Küchentür. „Ei, schönsten guten Tag miteinander!" rief er mit seiner Altweiberstimme, indem er mit seinem blaukarierten Taschentuche sich die Schweißtropfen von den Haarspitzen seiner fuchsigen Perücke trocknete. „Nun, wie geht's, wie geht's? Freund Carstens zu Hause? Immer fleißig an der Arbeit?"

Aber bevor er noch eine Antwort bekommen konnte, hatte er die alte Jungfrau mit einem neugierigen Blick gemustert. „Ei, ei, Brigittchen, Ihr sehet übel aus; Ihr habt verspielt, seit wir uns nicht gesehen."

Tante Brigitte nickte. „Freilich, es will nicht mehr so recht; aber der Physikus meint, jetzt bei dem schönen Wetter werd' es besser werden."

Herr Jaspers ließ ein vergnügliches Lachen hören. „Ja, ja, Brigittchen, das meinte der Physikus auch bei der kleinen dänischen Marie im Kloster, als sie die Schwindsucht hatte. Ihr wißt, sie nannte ihr Stübchen immer ‚min lütje Paradies'" — er lachte wieder höchst vergnüglich — „aber sie mußte doch fort aus das lütje Paradies."

„Gott bewahr' uns in Gnaden", rief Tante Brigitte, „Ihr alter Mensch könntet einem ja mit Euren Reden den Tod auf den Hals jagen!"

„Nun, nun, Brigittchen; alte Jungfern und Eschenstangen, die halten manche Jahre!"

„Jetzt aber macht, daß Ihr aus meiner Küche kommt, Herr Jaspers", sagte Brigitte; „mein Bruder wird Euch besser auf Eure Komplimente dienen."

Herr Jaspers retirierte; zugleich aber hob er sich die dampfende Perücke von seinem blanken Schädel und reichte sie auf einem Finger gegen Anna hin. „Jungfer", sagte er, „sei Sie doch so gut und hänge Sie mir derweile das Ding zum Trocknen auf Ihren Plankenzaun; aber pass' Sie auch ein wenig auf, daß es die Katz nicht holt."

Anna lachte. „Nein, nein, Herr Jaspers; tragt Euer altes Scheusal nur selbst hinaus! Und unsere Katz', die frißt solch' rote Ratzen nicht."

„So, so? Ihr seid ja ein naseweises Ding!" sagte der Stadtunheilsträger, besah sich einen Augenblick seinen abgehobenen Haarschmuck, trocknete ihn mit seinem blaukarierten Taschentuche, stülpte ihn wieder auf und verschwand gleich darauf in der Tür des Wohnzimmers.

Als Carsten, der bei seinen Rechnungsbüchern saß, Herrn Jaspers' vor Geschäftigkeit funkelnde Äuglein durch die Stubentür erscheinen sah, legte er mit einer hastigen Bewegung seine Feder hin. „Nun, Jaspers", sagte er, „was für Botschaft führt Ihr denn heute wiederum spazieren?"

„Freilich, freilich, Freundchen", erwiderte Herr Jaspers, „aber Ihr wißt ja, des einen Tod, des anderen Brot!"

„Nun, so macht es kurz und schüttet Eure Taschen aus!"

Herr Jaspers schien den gespannten Blick nicht zu beachten, der aus den großen, tiefliegenden Augen auf sein kleines, faltenreiches Gesicht gerichtet war. „Geduld, Geduld, Freundchen!" sagte er und zog sich behaglich einen Stuhl herbei — „also; der kleine Krämer in der Süderstraße, wo die Ostenfelder immer ihre Notdurft holen — Ihr kennt ihn ja; das Kerlchen hatte immer eine blanke wohlgekämmte Haartolle; aber das hat ihm nichts geholfen, Carsten, nicht für einen Sechsling! Ich hoffe nicht, daß Ihr mit diesem kleinen Kiebitz irgendwo verwandt seid."

„Ihr meint durch meinen Geldbeutel? Nein, nein, Jaspers; aber was ist mit dem? Es war bei seinen Eltern eine gute Brotstelle."

„Allerdings, Carstens; aber eine gute Brotstelle und ein dummer Kerl, die bleiben doch nicht lang zusammen; er muß verkaufen. Ich hab's in Händen; viertausend Taler Anzahlung, fünftausend protokollierte Schulden gehen in den Kauf. — Nun? Guckt Ihr mich an? — Aber ich dachte gleich, daß wäre so etwas für Euren Heinrich, wie es Euch nicht alle Tage in die Hände läuft!"

Carsten hörte das; er wagte nicht zu antworten; unruhig schob er die Papiere, die vor ihm lagen, durcheinander. Dann aber sagte er, und die Worte schienen ihm schwer zu werden: „Das geht doch nicht; mein Heinrich muß erst noch älter werden!"

„Älter werden?" Herr Jaspers lachte wieder höchst vergnüglich. „Das meinte auch unser Pastor von seinem Jungen; aber Freundchen, was zu einem Esel geboren ist, wird seine Tage nicht kein Pferd."

Carsten spürte starken Drang, gegen seinen Gast sein Hausrecht zu gebrauchen; aber er fürchtete unbewußt, die Sache selber mit zur Tür hinauszuwerfen.

„Nein, nein, Freundchen", fuhr der andere unbeirrt fort; „ich weiß Euch besseren Rat: eine Frau müßt Ihr dem Heinrich schaffen, versteht mich, eine fixe; und eine, die auch noch so ein paar Tausender in bonis hat! Nun" — und er machte mit seiner Fuchsperücke eine Bewegung nach der Gegend der Küche hin — „Ihr habt ja alles nahebei."

Carsten sagte fast mechanisch: „Was Ihr Euch doch um anderer Leute Kinder für Sorgen macht!"

Aber Herr Jaspers war aufgestanden und sah mit einem schlauen Blick auf den Sitzenden hinab. „Überlegt's Euch, Freundchen, ich muß noch auf die Kämmerei; bis morgen halt' ich Euch die Sache offen."

Er war bei diesen Worten schon zur Tür hinaus. Carsten blieb mit aufgestütztem Kopf an seinem Tische sitzen; er sah es nicht, wie gleich darauf, während Herrn Jaspers' hoher Zylinder sich draußen an den Fenstern vorüberschob, die kleinen zudringlichen Augen noch einen scharfen Blick ins Zimmer warfen.

*

Die Vorschläge des „Stadtunheilsträgers" schienen dennoch nachgewirkt zu haben. — Das war es ja, wonach Carsten sich so lange umgesehen; das zu Kauf gestellte, jetzt zwar herabgekommene Geschäft konnte bei guter Führung und ohne zu hohe Zinsenlast als eine sichere Versorgung gelten. Hier am Orte konnte der Vater selbst ein Auge darauf halten, und Heinrich würde allmählich auf sich selber stehen lernen. Carsten faßte sich ein Herz; mit zitternder Hand holte er noch einmal aus seinem Schreibpult jene Hamburger Briefe, die ihn vor nicht langer Zeit den größten Teil seines kleinen Vermögens gekostet hatten, und las sie, einen nach dem anderen, sorgsam durch. Dem letzten lag ein quittierter Wechsel bei; der Name unter dem Akzept war mit vielen Strichen unleserlich gemacht.

Wie oft hatte er jene Briefe nicht schon durchgesehen, und immer aufs neue sich zu überzeugen, daß alles geordnet sei, daß für die Zukunft kein Unheil mehr daraus entstehen könne! Aber sie sollten endlich nun vernichtet werden. Er zerriß sie in kleine Fetzen und warf sie in den Ofen, wo dann das erste Winterfeuer sie ganz verzehren mochte.

Als habe er heimlich eine böse Tat begangen, so leise drückte er die Tür des Ofens wieder zu. Dann stand er lange noch vor seinem offenen Pulte, den Schlüssel in der Hand; er atmete mühsam, und sein grauer Kopf sank immer tiefer auf die Brust. Aber dennoch — und immer wieder stand ihm das vor Augen —, wozu die Verhältnisse der Großstadt den schwachen Sohn verführt hatten, hier in der kleinen Stadt war das unmöglich! Wenn er ihn nur bald, nur gleich zur Stelle hätte! Eine fieberhafte Angst befiel ihn, sein Sohn könne eben jetzt, im letzten Augenblick, wo doch vielleicht der sichere Hafen ihm bereitstehe, noch einmal sich in jenen Strudel wagen.

Das Pult zwar wurde endlich abgeschlossen; aber wohl eine Stunde lang ging der sonst nie müßige Mann wie zwecklos in Haus und Dorf umher, sprach bald mit den Frauen ein Wort über Dinge, um die er sich nie zu kümmern pflegte, bald ging er durch den Pesel in den Hof, um die seit langem hergestellte Brunneneinfassung zu besichtigen. Von hier zurückkommend, öffnete er eine Tür, die aus dem Pesel in einen Seitenbau und in dessen oberem Stockwerk zu Julianens Sterbekammer führte. Die schmale, seit Jahren nicht gebrauchte Treppe krachte unter seinen Tritten, als führe die alte Zeit aus ihrem Schlafe auf. Droben in der Kammer, unter dem Fenster, das auf die düstere Twiete ging, stand ein leeres, von Würmern halb zerstörtes Bettgestell. Carsten zog den einzigen Stuhl heran und blieb hier sitzen. Vor seinen Augen füllten sich die nackten Bretter; aus weißen Kissen sah ein blasses Antlitz, zwei brechende Augen blickten ihn an, als wollten sie ihm jetzt verheißen, was zu gewähren doch zu spät war.

Erst am späten Nachmittage saß Carsten wieder an seinem Arbeitstisch. Doch waren es nicht die gewohnten Dinge, die er heute vornahm; eine Curatelrechnung, obwohl sie morgen zur Konkurssache eingerichtet werden sollte, war beiseitegeschoben, und dagegen ein kleines Buch aus dem Pult genommen, das den Nachweis des eigenen Vermögensstandes enthielt; die großen dunklen Augen irrten unstet über die aufgeschlagenen Paginas. Der Alte seufzte; über die besten Nummern war ein roter Strich gezogen. Dennoch begann er sorgsam seinen Status aufzustellen: was gegenwärtig an Mitteln noch vorhanden war, worauf er in Zukunft noch zu rechnen hatte. Da es nicht reichen wollte, kalkulierte er überdies den Wert seiner kleinen Marschfenne, die er bisher noch immer festgehalten hatte; aber die Landpreise waren zu jener Zeit nur unerheblich. Er dachte daran, zu seinen übrigen Arbeiten noch ein städtisches Amt zu übernehmen, das man ihm neulich angeboten, das er aber seiner geschwächten Gesundheit halber nicht anzunehmen gewagt hatte; nun meinte er, er sei zu zag gewesen; gleich morgen wollte er sich zu der noch immer unbesetzten Stelle melden. Und aufs neue machte er seine Berechnung; aber das gehoffte Resultat wollte nicht erscheinen. Er legte die Feder hin und wischte sich den Schweiß aus seinen grauen Haaren.

Da klang ihm vor den Ohren, was Jaspers ihm geraten hatte, und seine Gedanken begannen in den wohlhabenden Bürgerhäusern herumzuwandern. Freilich, es waren schon Mädchen dort zu finden, wirtschaftlich und sittsam, und einzelne — so dachte er — wohl fest genug, um einen schwachen Mann zu stützen; aber würde er für seinen Heinrich dort anzuklopfen wagen?

Während er sich selbst zur Antwort langsam seinen Kopf schüttelte, trat Anna in der ganzen heiteren Entschlossenheit ihres Wesens in die Stube; wie ein Aufleuchten flog es über seine Augen, und unwillkürlich streckte er beide Arme nach ihr aus.

Anna sah ihn befremdet an. „Wolltet Ihr was, Carsten Ohm?" fragte sie freundlich.

Carsten ließ die Arme sinken. „Nein, Kind", sagte er fast beschämt, „ich wollte nichts; laß dich nicht stören; du wolltest wohl zum Vesperbrote anrichten."

Er nahm wieder die Feder, als wolle er in der vor ihm liegenden Berechnung fortfahren; aber seine Augen blieben an dem Mädchen hängen, während diese den Klapptisch von der Wand ins Zimmer rückte und dann, kaum hörbar, mit ihrer sicheren Hand die Dinge zum gewohnten Abendtee zurechtsetzte. Ein Bild der Zukunft stieg in seiner Seele auf, vor dem er alle seine Sorgen niederlegte. — Aber nein, nein; er hatte immer treu für dieses Kind gesorgt! Ja, wenn das letzte nicht geschehen wäre!

Er war aufgestanden und vor sein bescheidenes Familienbild getreten. Als er es ansah, schien ihm das gemalte Abendrot zu flammen, und die Schattengestalten begannen einen Körper anzunehmen. Er nickte ihnen zu; ja, ja, das war sein Vater, seine Großmutter; das waren ehrliche Leute, die da spazierengingen!

Als bald darauf die Hausgenossen beim Abendbrot zusammensaßen, forschten Brigittens schwesterliche Augen immer eindringlicher in des Bruders Antlitz, das den Ausdruck der Verstörung nicht verhehlen konnte. „Tu's von dir, Carsten!" sagte sie endlich, seine Hand erfassend. „Was für eine Tracht Unheils hat der elende Mensch denn dieses Mal auf dich geladen?"

„Kein Unheil just, Brigitte", erwiderte Carsten, „nur eine Hoffnung, die sich nicht erfüllen kann." Und dann berichtete er den Frauen von dem Angebot des Gewesen, von seinen Wünschen und endlich — daß es sich denn doch nicht zwingen lasse.

Es folgte eine Stille nach diesen Worten. Anna schaute auf das Teekraut in ihrer leeren Tasse; aber sie fand kein Orakel darin, wie die alten Weiber das verstehen. Ihr kleiner Reichtum drückte sie wieder einmal; endlich faßte sie sich Mut, und die Augen zu ihrem Pflegevater aufhebend, sagte sie leise: „Ohm!"

„Was meinst du, Kind?"

„Zürnt mir nicht, Ohm! Aber Ihr habt nicht gut gerechnet!"

„Nicht gut gerechnet! Anna, willst du es etwa besser machen?"

„Ja, Ohm!" sagte sie fest, und ein paar helle Tränen sprangen aus ihren blauen Augen; „sind meine dummen Taler denn auch dieses Mal nicht zu gebrauchen?"

Carsten blickte eine Weile schweigend zu ihr hinüber.

„Ich hätte es mir von dir wohl denken sollen", sagte er dann; „aber, nein, Anna, auch diesesmal nicht."

„Weshalb nicht, saget nur, weshalb nicht."

„Weil eine solche Vermögensanlage keine Sicherheit gewährt."

„Sicherheit?" — Sie war aufgesprungen, und seine beiden Hände ergreifend, war sie vor ihm hingekniet; ihr junges Anlitz, das sie jetzt zu ihm erhob, war ganz von Tränen überströmt. „Ach, Ohm, Ihr seid schon alt; Ihr haltet das nicht aus; Ihr solltet nicht so viele Sorgen haben!"

Aber Carsten drängte sie von sich. „Kind, Kind, du willst mich in Versuchung führen; weder ich noch Heinrich dürfen solches annehmen!"

Hilfesuchend wandte Anna den Kopf nach Tante Brigitte; die aber saß wie ein Bild, die Hände vor sich auf den Tisch gefaltet. „Nun, Ohm", sagte sie, „wenn Ihr mich zurückstoßet, so werde ich an Heinrich selber schreiben."

Carsten legte sanft die Hand auf ihren Kopf. „Gegen meinen Willen, Anna? Das wirst du nimmer tun."

Das Mädchen schwieg einen Augenblick; dann schüttelte sie leise den Kopf unter seiner Hand. „Nein, Ohm, das ist wohl wahr, nicht gegen Euren Willen. Aber seid nicht so hart; es gilt ja doch sein Glück!"

Carsten hob ihr Antlitz von seinen Knien zu sich auf und sagte: „Ja, Anna, das denk' ich auch; aber den Einsatz darf nur einer geben; der eine, der ihm auch das Leben gab. Und nun, mein liebes Kind, nichts mehr von dieser Sache!"

Er drückte sie sanft von sich ab; dann schob er seinen Stuhl zurück und ging hinaus.

Anna blickte ihm nach; bald aber sprang sie auf und warf sich Tante Brigitte in die Arme.

„Wir wollen es dem lieben Gott anheimstellen", sagte die alte Frau; „ich habe dieses Mal meinen Bruder wohl verstanden." Dann hielt sie das große Mädchen noch lange in ihren Armen.

Carsten war in den Hof gegangen. In der schon eingetretenen Dunkelheit saß er unter dem alten Familienbaum, der längst von Früchten leer war und aus dessen Krone er jetzt Blatt um Blatt neben sich zu Boden fallen hörte. Er dachte rückwärts in die Vergangenheit; und bald waren es Bilder, die von selber kamen und vergingen. Die Gestalt seines schönen Weibes zog an ihm vorüber, und er streckte die Arme in die leere Luft; er wußte selbst nicht, ob nach ihr oder nach dem fernen Sohn, der ihn noch unauflöslicher an ihren Schatten band. Dann wieder sah er sich selber auf der Bank sitzen, wo er gegenwärtig saß; aber als einen Knaben, mit einem Buche in der Hand; aus dem Hause hörte er die Stimme seines Vaters, und der kleine Peter kam auf seinem Steckenpferde in den Hof geritten. Bald aber mußte er sich fragen, weshalb dieses friedensvolle Bild ihn jetzt mit solchem Weh erfüllte. Da überkam's ihn plötzlich: Damals — ja, damals hatte er sein Leben selbst gelebt; jetzt tat ein anderer das; er hatte nichts mehr, das ihm selbst gehörte — keine Gedanken — keinen Schlaf.

Er ließ seinen müden Körper gegen den Stamm sinken; fast beruhigend klang der leise Fall der Blätter ihm ins Ohr.

Aber es sollte noch ein anderes geschehen, ehe dieser Tag zu Ende ging. — Drinnen hatte Brigitte sich endlich in gewohnter Weise an ihr Spinnrad gesetzt, und Anna begann den Tisch abzuräumen. Als sie mit dem Geschirr auf den Flur hinaustrat, ging der Postbote vorüber. „Für die Mamsell", sagte er und reichte ihr einen Brief durch die halboffene Haustür. Bei dem Lichte, das auf dem Ladentisch brannte, erkannte Anna mit Verwunderung in der Adresse Heinrichs Handschrift; er hatte niemals so an sie geschrieben. Nachdenklich nahm sie das Licht und zog, als sie hineingetreten war, die Tür der Küche hinter sich ins Schloß.

Es dauerte lange, bevor sie wieder in die Stube kam; aber Brigitte hatte es nicht gemerkt; ihr Spinnrad schnurrte gleichmäßig weiter, während Anna wie alle Tage jetzt den Tisch zusammenklappte und wieder an die Wand setzte. Nur etwas unsicherer und lauter geschah das heute; von dem Brief sagte sie weder der alten Frau noch ihrem Pflegevater, als dieser nach einiger Zeit ins Zimmer kam und sich an seine Bücher setzte.

Endlich gingen die Frauen in das Oberhaus nach ihrer gemeinschaftlichen Schlafkammer, welche gegen den Hof hinaus lag. Die Fenster hatten offengestanden und die Abendfrische eingelassen; aber Anna konnte den Schlaf nicht finden; in das Rauschen des Birnbaumes trug der Wind in langen gemessenen Pausen den Schall der Kirchenuhr herüber, und sie zählte eine Stunde nach der anderen.

Aber Brigitte schien heute nicht zu ihrem Recht zu kommen; denn sie setzte sich auf und sah nach dem Bett des Mädchens, das dem ihrigen gegenüber an der Wand stand. „Kind, hast du noch immer nicht geschlafen?" fragte sie.

„Nein, Tante Brigitte."

„Nicht war, du grämst dich um meinen alten Bruder? Aber ich kenne ihn, bitte ihn nicht mehr darum; es wäre ganz um seine Ruhe geschehen, wenn du ihn bereden könntest."

Anna antwortet nicht.

„Schläfst du, Kind?" fragt Brigitte wieder.

„Ich will es versuchen, Tante."

Brigitte fragt nicht mehr; Anna hörte sie bald im ruhigen Schlummer atmen.

*

Es war fast Vormittag, als das junge Mädchen aus einem tiefen Schlaf erwachte, den sie endlich doch gefunden und aus dem die gute Tante sie nicht hatte wecken wollen. Rasch war sie in den Kleidern und ging ins Unterhaus hinab, wo sie durch die offene Tür des Pesels Brigitte an einem der dort befindlichen großen Schränke beschäftigt sah; aber sie ging nicht zu ihr, sondern in die Küche und ließ sich auf dem hölzernen Stuhl am Herde nieder. Nachdem sie von dem Kaffee, der für sie warmgestellt war in eine Tasse geschenkt, eine Weile müßig davorgesessen und dann dieselbe zur Hälfte ausgetrunken hatte, stand sie mit einer entschlossenen Bewegung auf und trat gleich darauf ins Wohnzimmer.

Carsten stand am Fenster und schaute müßig auf den Hafenplatz hinaus. Jetzt wandte er sich langsam zu der

Eintretenden: „Du hast nicht schlafen können", sagte er, ihr die Hand reichend.

„O doch, Ohm, ich hab' ja nachgeschlafen."

„Aber du bist blaß, Anna. Du bist zu jung, um für anderer Leute Sorgen deinen Schlaf zu geben."

„Anderer Leute, Ohm?" Sie sah ihm eine Weile ruhig in die Augen. Dann sagte sie: „Ich habe auch für mich selber viel zu denken gehabt."

„So sprich es aus, wenn du meinst, daß ich dir raten kann!"

„Sag mir nur", erwiderte sie hastig, „ist das Gewese in der Süderstraße noch zu kaufen? Ich hab's doch nicht verschlafen? Herr Jaspers ist doch nicht schon wieder hier gewesen?"

Carsten sagte fast hart: „Was soll das, Anna? Du weißt, daß ich es nicht kaufen werde."

„Das weiß ich, Ohm, aber —"

„Nun, Anna, was denn: aber?"

Sie war dicht vor ihn hingetreten. „Ihr sagtet gestern, ich dürfe nicht zu Heinrichs Glück den Einsatz geben; aber — wenn Ihr gestern recht hattet, es ist nun anders geworden über Nacht."

„Laß das, Kind!" sagte Carsten; „du wirst mich nicht bereden."

„Ohm, Ohm!" rief Anna, und eine freudige Zärtlichkeit klang aus ihrer Stimme; „es hilft Euch nun nichts mehr; denn Euer Heinrich hat mich zur Frau verlangt, und ich werde ihm mein Jawort geben."

Carsten starrte sie an, als sei der Blitz durch ihn hindurchgeschlagen. Er sank auf den neben ihm stehenden Ledersessel, und mit den Armen um sich fahrend, als müsse er unsichtbare Feinde von sich abwehren, rief er heftig: „Du willst dich uns zum Opfer bringen! Weil ich dein Geld allein nicht wollte, so gibst du dich nun selber in den Kauf!"

Aber Anna schüttelt den Kopf. „Ihr irrt Euch, Ohm! So lieb ihr mir auch alle seid, das könnt' ich nimmer; danach bin ich nicht geschaffen."

Zaghaft, als könne sein Wort das nahende Glück zerstören, entgegnete Carsten: „Wie ist denn das? Ihr waret doch allezeit nur wie Geschwister!"

„Ja, Ohm!" und ein fast schelmisches Lächeln folgt über ihr hübsches Angesicht; „ich habe das auch gemeint; aber auf einmal war's doch nicht mehr so." Dann plötzlich ernst werdend, zog sie einen Brief aus ihrer Tasche. „Da leset selbst", sagte sie, „ich erhielt ihn gestern vor dem Schlafengehen."

Seine Hände griffen danach; aber sie bebten, daß seine Augen kaum die Zeilen fassen konnten.

Was sie ihm gegeben hatte, war der Brief eines Heimwehkranken. „Ich tauge nicht hier!" schrieb Heinrich, „ich muß nach Hause, und wenn du bei mir bleiben willst, du, Anna, mein ganzes Leben lang, dann werde ich gut sein, dann wird alles gut werden."

Der Brief war auf den Tisch gefallen; Carsten hatte mit beiden Armen das Mädchen zu sich herabgezogen. „Mein Kind, mein liebes Kind", flüsterte er ihr zu, während unaufhörlich Tränen aus seinen Augen quollen, „ja, bleibe bei ihm, verlaß ihn nicht; er war ja doch ein so guter kleiner Junge!"

Aber plötzlich, wie von einem inneren Schrecken getrieben, drückte er sie wieder von sich. „Hast du es bedacht, Anna?" sagte er; — „ich könnte dir nicht raten, meines Sohnes Frau zu werden."

Ein leichtes Zucken flog über das Gesicht des Mädchens, während der alte Mann mit geschlossenen Lippen vor ihr saß. Ein paarmal nickte sie ihm zu: „Ja, Ohm", sagte sie dann, „ich weiß wohl, er ist nicht der Bedachteste, sonst hättet ihr ja keine Sorgen; aber was damals vor Jahren hier geschah, Ihr sagtet selbst einmal, Ohm, es war ein halber Bubenstreich; und wenn er auch den Ersatz noch nicht geleistet hat, so etwas ist doch nicht mehr vorgekommen."

Carsten erwiderte nichts. Unwillkürlich gingen seine Blicke nach dem Ofen, worin die Fetzen jener Briefe lagen. — Wenn er sie jetzt hervorholte! Wenn er vor ihren Augen sie jetzt wieder Stück für Stück zusammenfügte! — Weder Anna noch Brigitte wußten von diesen Dingen!

Seine Tränen waren versiegt; aber er nahm sein Schnupftuch, um sich die hervorbrechenden Schweißperlen von der Stirn zu trocknen. Er versuchte zu sprechen; aber die Worte wollten nicht über seine Lippen.

Das schöne blonde Mädchen stand wieder aufgerichtet vor ihm; mit steigender Angst suchte sie die Gedanken von seinem stummen Antlitz abzulesen.

„Ohm, Ohm!" rief sie. „Was ist geschehen? Ihr waret so still und sorgenvoll die letzte Zeit!" — Aber als er wie flehend zu ihr aufblickte, da strich sie mit der Hand ihm die gefurchte Wange. „Nein, sorget Euch nur nicht so sehr; nehmt mich getrost zur Tochter an; Ihr sollet sehen, was eine gute Frau vermag!"

Und als er jetzt in ihre jungen mutigen Augen blickte, da vermochte er das Wort nicht mehr hervorzubringen, vor dem mit einem Schlag seines Kindes Glück verschwinden konnte.

Plötzlich ergriff Anna, die einen Blick durchs Fenster getan hatte, seine Hände. „Da kommt Herr Jaspers!" sagte sie. „Nicht so? Ihr macht nun alles richtig?" Und ohne eine Antwort abzuwarten, ging sie rasch zur Tür hinaus.

Da wurde ihm die Zunge frei. „Anna, Anna!" rief er; wie ein Hilferuf brach es aus seinem Munde. Aber sie hörte es nicht mehr; statt ihr schob sich Herr Jaspers Fuchsperücke durch die Stubentür, und mit ihm hinein drängten sich wieder die schmeichelnden Zukunftsbilder und halfen, unbekümmert um das Dunkel hinter ihnen, den Handel abzuschließen.

*

Mit dem Eckhaus an der anderen Seite der Twiete beginnt vom Hafenplatz nach Osten zu die Krämerstraße, deren gegenüberliegende Häuserreihe, am Markt vorüber, sich in der langen Süderstraße fortsetzt. Dort, in einem geräumigen Hause, wohnten Heinrich und Anna. Vor dem Laden auf dem geräumigen Hausflur wimmelte es an den Markttagen jetzt wieder von einkaufenden Bauern, und Anna hatte dann vollauf zu tun, die Gewichtigeren von ihnen in die Stube zu nötigen, zu bewirten und zu unterhalten; denn das gewandte und umgängliche Wesen ihres

Mannes hatte die Kundschaft nicht nur zurückgebracht, sondern auch noch vermehrt.

Carsten konnte es sich nicht versagen, täglich einmal bei seinen Kindern vorzugucken. Von dem Hafenplatze, dort wo die Schleuse nach Osten zu die Häuserreihe unterbricht, führt ein anmutiger Fußweg hinter den Gärten jener Straßen, auf welchen man derzeit zu einer bestimmten Vormittagsstunde ihn unfehlbar wandern sehen konnte. Aber er gönnte sich Weile; gestützt auf seinen treuen Bambus, stand er oftmals im Schatten der hohen Gartenhecken und schaute nach der anderen Seite auf die Wiesen, durch welche der Meerstrom sich ins grüne Land hinausdrängt; jetzt zwar gebändigt durch die Schleuse, im Herbst oder Winter aber auch wohl darüber hinstürzend, die Wiesen überschwemmend und die Gärten arg verwüstend. — Bei solchen Gedanken kamen Stock und Beine des Alten wieder in Bewegung: er mußte sogleich doch Anna warnen, daß sie zum Oktober ihre schönen Sellerie zeitig aus der Erde nehme. Hatte er dann das Lattenpförtchen zu Annas Garten erreicht, so kam die hohe Frauengestalt ihm meistens auf dem langen Steige schon entgegen; ja als es zum zweiten Male Sommer wurde, kam sie nicht allein; sie trug einen Knaben auf ihrem Arm, der ihr eigen und der auf den Namen des Vaters getauft war. Und wie gut ihr das mütterliche Wesen ließ, wenn sie, die frische Wange an die ihres Kindes lehnend, leise singend den Garten hinabschritt! Selbst Carsten hatte auf diesen Gängen jetzt Gesellschaft; denn durch das Kind war, trotz ihrer vorgeschrittenen Altersschwäche, auch Brigitte in Bewegung gebracht. Unten am Pförtchen schon, wenn droben kaum die junge Frau mit dem Kinde aus den Bäumen trat, riefen die alten Geschwister den beiden zärtliche Worte zu. Brigitte nickte, und Carsten winkte grüßend mit seinem Bambusrohr, und wenn sie endlich nahe gekommen waren, so konnte Brigitte an dem Anblick des Kindes, Carsten noch mehr an dem der Mutter sich kaum ersättigen.

Das Glück ging vorüber, ja es war schon fort, als Carsten und Brigitte noch in seinem Schein zu wandeln glaubten; ihre Augen waren nicht mehr scharf genug, um die feinen

Linien zu gewahren, die sich zwischen Mund und Wangen allmählich auf Annas klarem Antlitz einzugraben begannen.

Heinrich, der anfänglich mit seinem rasch verfliegenden Feuereifer das Geschäft angefaßt hatte, wurde bald des Kleinhandels und des dabei vermachten persönlichen Verkehrs mit dem Landvolk überdrüssig. Zu mehrerem Unheil war um jene Zeit wieder einmal ein großsprechender Spekulant in die Stadt gekommen, nur wenig älter als Heinrich und dessen Verwandter von mütterlicher Seite; er war zuletzt in England gewesen und hatte von dort zwar wenig Mittel, aber einen Kopf voll halbreifer Pläne mit herüber gebracht, für die er bald Heinrichs lebhafte Teilnahme zu entzünden wußte.

Zunächst versuchte man es mit einem Viehexport auf England, der bisher in den Händen einer günstig gelegenen Nachbarschaft gewesen war. Nachdem dies mißlungen war, wurde draußen vor der Stadt unter dem Seedeich ein Austernbehälter angelegt, um mit den englischen Natives den hiesigen Pächtern Konkurrenz zu machen; aber dem an sich aussichtslosen Unternehmen fehlte überdies die sachkundige Hand, und Carsten, dessen Warnung man vorher verachtet hatte, mußte einen Posten nach dem anderen decken und eine Schuld über die andere auf seine Grundstücke einschreiben lassen.

Anna sah jetzt ihren Mann nur selten einen Abend noch im Hause; denn der unverheiratete Vetter nahm ihn mit in eine Wirtsstube, in der er den Beschluß seines Tagewerkes zu machen pflegte. Hier beim heißen Glase wurden die Unterhandlungen beraten, womit man demnächst eine kleine Stadt in Staunen setzen wollte; nachher, wenn dazu der Kopf nicht mehr taugte, kamen die Karten auf den Tisch, wo Einsatz und Erfolg sich rascher zeigte.

Heinrich hatte bei alledem die Augen für sein Weib noch nicht verloren. Warf das Glück ihm einen augenblicklichen Gewinn zu, der ihn in seinem Sinne jedesmal zum reichen Manne machte, so gab er wohl die Hälfte davon hin, sei es für goldene Ketten oder Ringe oder für einen kostbaren Stoff, um ihren schönen Leib damit zu schmücken. Aber was sollte Anna, als die Frau eines Kleinhändlers, mit diesen Dingen, zumal da nach und nach die ganze Leitung des Ladengeschäftes auf ihre Schultern gekommen war?

Eines Sonntags — die erste Ladung Austern war damals eben rasch und glücklich ausverkauft — da sie, ihren Knaben auf dem Arm, im Zimmer auf und ab ging, trat Heinrich rasch und fröhlich zu ihr ein. Nachdem er eine Weile seine Augen auf ihrem Antlitz hatte ruhen lassen, führte er sie vor den Spiegel und legte dann plötzlich ein Halsband mit à jour gefaßten Saphiren um ihren Nacken; glücklich wie ein Kind betrachtete er sie. „Nun, Anna? — Laß dir's gefallen, bis ich dir Diamanten bringen kann!"

Der Knabe griff nach den funkelnden Steinen und stieß Laute des Entzückens aus, aber Anna sah ihren Mann erschrocken an. „O Heinrich, du hast mich lieb; aber du verschwendest! Denk' an dich, an unser Kind!"

Da war die Freude auf seinem Antlitz ausgelöscht; er nahm den Schmuck von ihrem Halse und legte ihn wieder in die Kapsel, aus der er ihn zuvor genommen hatte. „Anna!" sagte er nach einer Weile und ergriff fast demütig die Hand seiner Frau, „ich habe meine Mutter nicht gekannt, aber ich habe von ihr gehört — nicht zu Hause, mein Vater hat mir nie von ihr gesprochen; ein alter Kapitän in Hamburg, der in seiner Jugend einst ihr Tänzer war, erzählte mir von ihr — sie ist schön gewesen; aber sie hat auch nichts anderes wollen, als nur schön und fröhlich sein; für meinen Vater ist ihr Tod vielleicht ein Glück gewesen — ich hatte oftmals Sehnsucht nach meiner Mutter; aber, Anna — ich glaube, ihren Sohn, den hättest du besser nicht zum Mann genommen."

In leidenschaftlicher Bewegung schlang das junge Weib den freien Arm um ihren Mannes Nacken. „Heinrich, ich weiß es, ich bin anders als du, als deine Mutter; aber darum eben bin ich dein und bin bei dir; wolle auch du nur bei mir sein, geh nur abends nicht immer fort, auch um deines alten Vaters willen tu das nicht! Er grämt sich, wenn er dich in der Gesellschaft weiß."

Aber bei Heinrich hatte infolge der letzten Worte die Stimmung schon gewechselt. Er löste Annas Arm von seinem

Halse, und mit einem Scherz, der etwas unsicher über seine Lippen kam, sagte er: „Was kann denn ich dafür, wenn der Wein, den ich trinke, meinem Vater Kopfweh macht?"

Mit einer heftigen Bewegung schloß Anna den Knaben an ihre Brust. „Sei versichert, Heinrich, ich werde traulich sorgen, daß dieses Kind das nicht dereinst von seinem Vater sage!"

„Nun, nun, Anna! Es war ja nicht so bös gemeint."

Wie es immer gemeint sein mochte, anders war es deshalb nicht geworden. Der Nachtwächter, wenn er derzeit auf seiner Runde sich Heinrichs Haus näherte, sah oft den Kopf der jungen Frau aus dem offenen Fenster in die nächtliche stille Gasse hinaushorchen; er kannte sie wohl, denn er war der Vater jenes Nachbarkindes, mit dem Anna sich einst so liebreich umhergeschleppt hatte. Ehrerbietig, ohne von ihr bemerkt zu werden, zog er im Vorübergehen seinen Hut und rief erst weit hinter ihrem Hause die späte Stunde ab. Aber Anna hatte doch jeden Glockenschlag gezählt, und wenn endlich der bekannte Schritt von unten auf der Straße ihr entgegenscholl, so war er meistens nicht so sicher, als sie ihn am Tage doch noch zu hören gewohnt war. Dann floh sie ins Zimmer zurück und warf angstvoll die Arme über die Wiege ihres Kindes.

In der Stadt schüttelten schon längst die klugen wie die dummen Leute ihre Köpfe, und abends im Ratskeller konnte man von vergnüglichem Lachen die Fuchsperücke auf Herrn Jaspers' Haupte hüpfen sehen; ja, er konnte sich nicht enthalten, seinem Freunde, dem Stadtwaagemeister, wiederholt die tröstliche Zuversicht auszusprechen, daß das Haus in der Süderstraße bald noch einmal durch seine⸍ schmutzigen Maklerhände gehen werde.

Indessen hatte Carsten einen stillen, immer wiederkehrenden Kampf mit seinem eigenen Kinde zu bestehen. Damals bei Eingehung der Ehe hatte er es bei den Brautleuten durchgesetzt, daß ein Teil von Annas Vermögen als deren Sondergut unter seiner Verwaltung geblieben war; jetzt sollte auch dieses in das Kompaniegeschäft hineingerissen werden; aber Anna, welche seit sie Mutter geworden war, diesen Rest als das Eigentum ihres Kindes betrachtete, hatte alles in ihres Ohms und Vaters treue Hand gelegt. — Stöhnend, wenn nach langen Verhandlungen der Sohn ihn unwillig verlassen hatte, blickte der Greis wohl nach dem Ofen, in dem vor Jahren die Reste jener Briefe verbrannt waren, oder er stand vor seinem Familienbilde und hielt stumme, schmerzliche Zwiesprache mit dem Schatten seiner eigenen Jugend.

Ein anscheinend unbedeutender Umstand kam noch hinzu. In einer Nacht, es mochte schon gegen zwei Uhr morgens sein, erkrankte die alte Brigitte plötzlich, und da nur über Tag eine Aushilfsfrau im Hause war, so machte Carsten sich selber auf, den Arzt zu holen.

Sein Rückweg führte ihn an jener vorerwähnten Wirtsstube vorüber, aus deren Fenstern allein in der dunklen Häuserreihe noch ein Lampenschein auf die Straße hinaus fiel. Gäste schienen nicht mehr dort zu sein, denn es war ganz still darinnen; und schon hatte Carsten das Haus im Rücken, da sprang von dort ein heiserer Laut in seine Ohren, der ihn plötzlich stillstehen machte; in dieser häßlichen Menschenstimme, in der sich eine andere ihm bekannte zu verstecken schien, war etwas, das ihn auf den Tod erschreckte. Er konnte nicht weiter, er mußte zurück; lauernd und gierig, noch einmal und genauer dann zu hören, stand er unter dem Fenster der verrufenen Kneipe. Und noch einmal kam es, müde, wie von lallender Zunge ausgestoßen. Da schlug der Alte beide Hände über dem Kopf zusammen, und sein Stock fiel schallend auf die Steine.

Brigitte genas allmählich, soweit man im fünfundsiebzigsten Jahre noch genesen kann; Carsten aber hatte seit jener Nacht auch seinen letzten Schlaf verloren. Immer meinte er, von jener Trinkstube her, die doch mehrere Straßen weit entfernt lag, die heisere Stimme seines Sohnes zu hören; er setzte sich auf in seinem Kissen und horchte auf die Stille der Nacht; aber immer wieder in kleinen Pausen löste sich aus ihr jener furchtbare Ton; seine hagere Hand griff in das Dunkel hinein, als wolle sie die des Sohnes fassen; aber schlaff fiel sie alsbald über den Rand des Bettes nieder.

Seine Gedanken flogen zurück in Heinrichs Kinderzeit; er suchte sich das glückliche Gesicht des Knaben zurückzurufen, wenn es hieß: „Am Deich spazierengehen"; er suchte seinen Jubel zu hören, wenn ein Lerchennest gefunden oder eine große Seespinne von der Flut ans Ufer getrieben wurde. Aber auch hier kam etwas, um seinen kargen Schlaf mit ihm zu teilen. Nicht nur, wenn es von den Nordseewatten her an sein Fenster wehte, sondern auch in todstiller Nacht, immer war jetzt das eintönige Tosen des Meeres in seinen Ohren; wie zur Ebbezeit von weit draußen, hinter der Schmaltiefe schien es herzukommen; statt des glücklichen Gesichtes seines Knaben sah er die bloßgelegten Strecken des gärenden Wattenschlammes im Mondschein blänkern, und daraus flach und schwarz erhob sich eine öde Hallig. Es war dieselbe, bei der er einst mit Heinrich angefahren, um Möwen- oder Kiebitzeier dort zu suchen. Aber sie hatten keine gefunden; nur den aufgeschwemmten Leichnam eines Ertrunkenen. Er lag zwischen dem urweltlichen Kraut des Queller, von großen Vögeln umflogen, die Arme ausgestreckt, das furchtbare Totenantlitz gegen den Himmel gekehrt. Schreiend, mit entsetzten Augen, hatte bei diesem Anblick der Knabe sich an den Vater geklammert.

Immer wieder, ja selbst im Traum, wohin diese Vorstellungen ihn verfolgten, suchte der Greis seine Gedanken nach friedlichen Orten hinzulenken; aber jedes Wehen der Luft führte ihn zurück auf jenes furchtbare Eiland.

Auch die Tage waren anders geworden; der alte Carsten Curator führte zwar noch diesen seinen Beinamen; aber er führte ihn fast nur noch wie ein pensionierter Beamter seinen Amtstitel, und freilich ohne alle Pension. Die meisten seiner derartigen Geschäfte waren in jüngere Hände übergegangen; nur das kleine städtische Amt, das er derzeit wirklich erhalten hatte, wurde noch von ihm bekleidet, und auch der Wollwarenhandel ging in Brigittens alternder Hand seinen freilich immer schwächeren Gang.

*

Es war an einem Nachmittag zu Anfang des November. Der Wind kam steif aus Westen; der Arm, mit dem die Nordsee in Gestalt des schmalen Hafens in die Stadt hineinlangt, war von trübgrauem Wasser angefüllt, das kochend und schäumend schon die Hafentreppen überflutet hatte und die kleinen vor Anker liegenden Inselschiffe hin und wieder warf. Hier und da begann man schon vor Haustüren und Kellerfenstern die hölzernen Schotten einzulassen, zwischen deren doppelte Wände dann der Dünger eingestampft wurde, der schon seit Wochen auf allen Vorstraßen lagerte.

Aus dem Hause an der Twiete trat, von Brigitte zur Tür geleitet, ein junger Schiffer, der sich mit einer wollenen Jacke für den Winter ausgerüstet hatte; aber der Sturm riß ihm das Papier von seinem Packen und den Hut vom Kopfe. „Oho, Jungfer Brigitte", rief er, indem er seinem Hute nachlief, „der Wind ist umgesprungen; das gibt bös Wasser heut!"

„Herr, du mein Jesus!" schrie die Alte; „sie dämmen überall schon vor! Christinchen, Christinchen!" — sie wandte sich zu einem Nachbarskinde, das sie in Abwesenheit der Eltern in ihrer Obhut hatte — „die Schotten müssen aus dem Keller! Lauf in die Krämerstraße; der lange Christian, er muß sogleich herüberkommen!"

Das Kind lief; aber der Sturm faßte es und hätte es wie einen armen Vogel gegen die Häuser geworfen, wenn nicht zum Glück der lange Christian schon gekommen wäre und es mitzurückgebracht hätte.

Die Schotten wurden herbeigeholt und vor der Haustür bis zu halber Mannshöhe eingelassen. Als die Dämmerung herabfiel, war fast der ganze Hafenplatz schon überflutet; aus den dem Bollwerk nahegelegenen Häusern brachte man mit Booten die Bewohner nach den höheren Stadtteilen. Die Schiffe drunten rissen an den Ankerketten, die Masten schlugen gegeneinander; große weiße Vögel wurden mitten zwischen sie hineingeschleudert oder klammerten sich schreiend an die schlotternden Taue.

Brigitte und das Kind hatten eine Zeitlang der Arbeit des langen Christian zugesehen; jetzt saßen sie im Dunkeln in der Stube hinter den fest angeschrobenen Fensterläden. Draußen das Klatschen des Wassers, das Pfeifen in den Schiffstauen, das Rufen und Schreien der Menschen; wie grimmig zerrte es an den Läden, als wollte es sie herunterreißen. „Hu", sagte das Kind, „es kommt herein, es holt mich!"

„Kind, Kind", rief die Alte, „was sprichst du da? Was soll hereinkommen?"

„Ich weiß nicht, Tante; das, was da außen ist!"

Brigitte nahm das Kind auf ihren Schoß.

„Das ist der liebe Gott, Christinchen; was der tut, das ist wohlgetan. — Aber komm, wir wollen oben nach meiner Kammer gehen!"

Währenddessen war Carsten hinten im Pesel beschäftigt; er packte die in dem einen Schranke lagernden alten Papiere und Rechnungsbücher aus und trug sie nach der Kammer des Seitenbaues hinauf; denn erst nach etwa einer Stunde war hohe Flut; das untere Haus war heute nicht sicher vor dem Wasser.

Eben trat er, eine brennende Unschlittkerze in der Hand, wieder in den Pesel; das im Zuge qualmende Licht, welches er in Ermangelung eines Tisches auf die Fensterbank niedersetzte, ließ den hohen Raum mit den mächtigen Schränken nur um so düsterer erscheinen; bei dem schräg von Westen einfallenden Sturme rasselten die in Blei gefaßten Scheiben, als sollten sie jeden Augenblick auf die Fliesen hinabgeschleudert werden.

Der Greis schien es desungeachtet und trotz der Schreie und Rufe, die von der Straße zu ihm hereindrangen, nicht eben eilig mit seiner Arbeit zu haben. Sein Haus, das steinerne, würde schon stehenbleiben; ein anderer Untergang seines Hauses stand ihm vor der Seele, dem er nicht zu wehren wußte. Vormittags war Anna dagewesen und hatte, als letzte Rettung ihres Mannes, nun selbst die Auslieferung ihrer Wertpapiere von ihm verlangt, aber auch ihr, die zu dieser Forderung berechtigt war, hatte er sie abgeschlagen.

„Verklage mich; dann können sie mir gerichtlich abgenommen werden!"

Er wiederholte sich jetzt diese Worte, mit denen er sie entlassen hatte, und Annas gramentstelltes Antlitz stand vor ihm auf, eine stumme Anklage, der er nicht entgehen konnte.

Als er sich endlich wieder an dem Schranke niederbückte, hörte er draußen die Tür, welche von der Twiete in den Hof führte, gewaltsam aufreißen; bald darauf wurde auch die Hoftür des Pesel aufgeklinkt, und wie vom Sturm hereingeworfen, stand mitten in dem düsteren Raume eine Gestalt, in der Carsten allmählich seinen Sohn erkannte.

Aber Heinrich sprach nicht und machte auch keine Anstalt, die Tür, durch welche der Sturm hereinblies, wieder zu schließen. Erst nachdem sein Vater ihn aufgefordert hatte, tat er das; doch war ihm mehrmals die Klinke dabei aus der Hand geflogen.

„Du hast mir noch keinen guten Abend geboten, Heinrich", sagte der Alte.

„Guten Abend — Vater."

Carsten erschrak, als er den Ton dieser Stimme hörte; nur einmal, in einer Nacht, hatte er ihn gehört. „Was willst du?" frug er. „Weshalb bist du nicht bei Frau und Kind? Das Wasser wird schon längst in eurem Garten sein."

Was Heinrich darauf erwiderte, war bei dem Tosen, das von allen Seiten um das Haus fuhr, kaum zu hören.

„Ich verstehe dich nicht! Was sagst du?" rief der Greis. — „Das Geld? Die Papiere deiner Frau? — Nein, die gebe ich nicht!"

„Aber — ich bin bankerott — schon morgen!" Die Worte waren gewaltsam hervorgestoßen, und Carsten hatte sie verstanden.

„Bankerott!" Wie betäubt wiederholte er das eine Wort. Aber bald danach trat er dicht zu seinem Sohne, und die hagere Hand wie zu eigener Stütze gegen seine Brust pressend, sagte er fast ruhig: „Ich bin weit mit dir gegangen, Heinrich; Gott und dein armes Weib wollen mir das verzeihen! Ich gehe nur nicht weiter; was morgen kommt — wir büßen beide für die eigene Schuld."

„Vater! Mein Vater!" stammelte Heinrich. Er schien die Worte, die zu ihm gesprochen wurden, nicht zu fassen.

Im jähen Andrang streckte der Greis beide Arme nach dem Sohne aus; und wenn die in dem großen Raume herrschende Dämmerung es gestattet hätte, und wenn seine Augen klar genug gewesen wären, Heinrich hätte vor dem

Ausdruck in seines Vaters Angesicht erschrecken müssen; aber die Schwäche, welche diesen für einen Augenblick überwältigt hatte, ging vorüber. „Dein Vater?" sagte er, und seine Worte klangen hart. „Ja, Heinrich! — Aber ich war noch etwas anderes — die Leute nannten mich danach — nur ein Stück noch habe ich davon behalten; sie zu, ob du es aus meinen alten Händen reißen kannst! Denn — betteln gehen, das soll dein Weib doch nicht, weil ihr Curator sie für seinen schlechten Sohn verraten hat!" Von draußen drang ein Geschrei herein, und aus entfernten Straßen scholl der dumpfe herkömmliche Notruf: „Water! Water!"

„Hörst du nicht?" rief der Alte; „die Schleuse ist gebrochen! Was stehst du noch? Ich habe keine Hilfe mehr für dich!"

Aber Heinrich antwortete nicht; er ging auch nicht; mit schlaff herabhängenden Armen blieb er stehen.

Da, wie in plötzlicher Anwandlung, griff Carsten nach der flackernden Unschlittkerze und hielt sie dicht vor seines Sohnes Angesicht.

Zwei stumpfe gläserne Augen starrten auf ihn hin.

Der Greis taumelte zurück. „Betrunken!" schrie er, „du bist betrunken!"

Er wandte sich ab; mit der einen Hand die qualmende Kerze vor sich haltend, die andere abwehrend hinter sich gestreckt, wankte er nach der Tür des Seitenbaues. Als er hindurchschritt, fühlte er sich an seinem Rocke gezerrt; aber er machte sich los, und es wurde finster im Pesel, und von der anderen Seite drehte sich der Schlüssel in der Tür.

Der Trunkene war plötzlich seiner Sinne mächtig geworden. Wie aus dem Nebel eines Traumes erwachend, fand er sich allein in dem ihm wohlbekannten dunklen Raume; er wußte mit einem Male jedes Wort, das zu ihm gesprochen war. Er tastete an der verschlossenen Tür, rüttelte daran. „Vater! Hör' mich!" rief er, „hilf mir, mein Vater! Nur noch dies eine, letzte Mal!" Und wieder rüttelte er, und noch einmal mit lauter Stimme rief er es. Aber, ob der Sturm es verwehte, oder ob seines Vaters Ohr für ihn verschlossen war, ihm wurde nicht geöffnet; nichts hörte er als das Toben in den Lüften und zwischen den Schluchten der Höfe und Häuser.

Eine Weile noch stand er, das Ohr gegen die Tür gedrückt; dann endlich ging er fort. Aber nicht durch den Hof nach der Twiete, wo die Tür vielleicht noch frei von Wasser war; er ging durch den Flur an die Schotten der offenen Haustür, an denen schon bis zur halben Höhe das Wasser hinauf klatschte. Der Mond war aufgestiegen; aber am Himmel flogen die Wolken; Licht und Dunkel jagten abwechselnd über die schäumenden Wasser. Vor ihm über der Schleuse, wo es ostwärts durch die Häuserlücke nach den Gärten und Wiesen geht, schien jetzt ein mächtiger Strom hinabzuschießen; er glaubte den Todesschrei der Tiere zu hören, welche die erbarmungslosen Naturgewalten wie im Taumel dort vorüberrissen. Ihn schauderte; — was wollte er hier? — Aber gleich darauf warf er den bleichen, noch immer jugendlich schönen Kopf zurück. „Oiho, Jens!" rief er plötzlich; er hatte seitwärts unter den Häusern ein mit zwei Leuten bemanntes Boot erblickt, das zu einem der früheren Austernschiffe gehörte. Ein trotziger Übermut sprühte aus seinen eben noch so stumpfen Augen. „Gib mir das Boot, Jens! Oder habt ihr selbst noch was damit?"

„Diesmal nicht!" scholl es zurück. „Aber wohin will der Herr?"

„Wohin? Ja, wohin? Dort, nur querüber nach der Krämerstraße!"

Das winzige Boot legte sich an die Schotten.

„Steigt ein, Herr; aber setzt uns hier nebenan beim Schlachter ab!"

Heinrich stieg ein, und die beiden anderen wurden, wie sie es verlangten, ausgesetzt. Als sie aber dort hinter den Schotten in der Haustür standen, sahen sie bald, daß das Boot nicht, wie Heinrich angegeben, in den sicheren Paß der Straße lenkte. „Herr, zum Teufel", schrie der eine, „wo wollt Ihr hin?"

Heinrich war im Schutze der Häuserreihe.

„Nach Haus!" rief er zurück. „Hintenum nach Haus!"

„Herr, seid Ihr toll! Das geht nicht! Das Boot kentert, eh' Ihr um die Schleuse seid!"

„Muß gehen!" kam es noch einmal halbverweht zurück; dann schoß das Boot in den wüsten Wasserschwall hinaus. Noch einen Augenblick sahen sie es wie einen Schatten von den Wellen auf und ab geworfen; als es über der Schleuse in die Häuserlücke gelangte, wurde es vom Strom gefaßt. Die Leute stießen einen Schrei aus; das Boot war jählings ihrem Blick entschwunden.

„War mir doch", sagte Brigitte oben in ihrer Kammer zu dem Kinde, „als hätte ich vorhin des Onkels Heinrich Stimme gehört! Aber wie sollte der hierherkommen!" Dann ging sie hinaus und rief von der Treppe in den dunklen Flur hinab: „Heinrich, bist du da, Heinrich?" — Als keine Antwort kam, schüttelte sie den Kopf und horchte noch einmal; aber nur das Wasser klatschte gegen die Schotten.

Sie ging vollends in das Unterhaus hinab, entzündete mit Mühe ein Licht und stellte es in das Ladenfenster; dann, nachdem sie den Wasserstand besichtigt hatte, stieg sie wieder hinauf in ihre Kammer. „Sei ruhig, Christinchen, das Wasser kommt heute nicht ins Haus; aber der Onkel Heinrich ist auch nicht dagewesen."

Wohl eine Viertelstunde war vergangen; draußen schien es ruhiger zu werden, die Leute saßen abwartend in ihren Häusern. Da setzte Brigitte plötzlich das Kind von ihrem Schoße. „Was war das? Hörtest du das, Christinchen?" Und wieder lief sie nach der Treppe. „Ist jemand unten?" rief sie in den Flur hinab.

Eine Männerstimme antwortete durch die offene Haustür.

„Was wollt Ihr? Seid Ihr's denn, Nachbar?" fragt die Alte. „Wie seid Ihr an das Haus gekommen?"

„Ich hab' ein Boot, Brigitte, aber kommt einmal herab!"

So rasch sie vor dem Kinde konnte, das sich wieder an ihren Rock geklammert hatte, stieg sie die Treppe hinab. „Was ist denn, Nachbar? Gott schütze uns vor Unglück!"

„Ja, ja, Brigitte, Gott schütze uns! Aber hinter der Krämerstraße auf den Fennen ist ein Mensch in Not."

„Allbarmherziger Gott, ein Mensch! Wollt Ihr das große Tau von unserem Boden?"

Der Mann schüttelte den Kopf. „Es ist zu weit, der Mensch

sitzt auf dem hohen Scheuerpfahl, der nur noch eben über Wasser ist. Hört nur! Man kann ihn schreien hören! — Nein, nein, es war nur der Wind. Aber drüben von des Bäckers Hausboden können sie ihn sehen."

„Bleibt noch!" sagte die Alte. „Ich will Carsten rufen; vielleicht weiß der noch Rat."

Ein paar Worte noch wechselten sie; dann lief Brigitte nach dem Pesel. Aber er war dunkel, Carsten war nicht dort. Als sie sich mit dem Kinde nach der Ecke des Seitenbaues hingetastet hatte, fand sie die Tür verschlossen.

„Carsten, Carsten!" rief sie und schlug mit beiden Händen drauflos. Endlich kam es die Treppe herab, der Schlüssel drehte sich, und Carsten mit der heruntergebrannten Kerze in der Hand trat ihr totenbleich entgegen.

„Um Gottes willen, Bruder, wie siehst du aus! Warum verschließt du dich? Was hast du oben in der Totenkammer angestellt?"

Er sah sie ruhig, aber wie abwesend aus seinen großen Augen an.

„Was willst du, Schwester?" fragte er. „Ist denn das Wasser schon im Fallen?"

„Nein, Bruder; aber es hat ein Unglück gegeben!" Und sie berichtete mit fliegenden Worten, was der Nachbar ihr erzählt hatte.

Die steinerne Gestalt des Alten wurde plötzlich lebendig.

„Ein Mensch? Ein Mann, Brigitte?" rief er und packte den Arm seiner alten Schwester.

„Freilich, freilich; ein Mann, Bruder!"

Das Kind, das Brigittens Rock nicht losgelassen hatte, streckte jetzt sein Köpfchen vor. „Ja, Carstens Ohm", sagte es wichtig, „und der Mann ruft immer nach seinem Vater! Von Nachbar Bäcker seinem Boden können sie ihn schreien hören!"

Carsten ließ das Licht auf die Fliesen fallen und stürzte fort. Er war schon drunten vor den Schotten und wäre in das Wasser hinausgestiegen, wenn ihm der Nachbar nicht noch zur Not ins Boot geholfen hätte.

Einige Augenblicke später stand er drüben in der Krämerstraße auf dem dunklen Boden des Bäckers und ließ durch die offene Luke seine Blicke in den nächtlichen Graus hinausirren.

„Wo? wo?" fragte er zitternd.

„Guckt nur geradeaus! Der Pfahl auf Peter Hansens Fenne!" antwortete der dicke Bäcker, der, mit den Daumen in den Armlöchern seiner Weste, neben ihm stand; „'s ist nur zu dunkel jetzt; Ihr müßt warten, bis der Mond wieder vorkommt! Aber ich geh' nach unten; ich bin zu weich; ich halt's nicht aus, das Schreien hier mitanzuhören."

„Schreien? Ich höre nichts!"

„Nichts? Nun, helfen kann's dem drüben auch nicht weiter."

Eine blendende Mondhelle brach durch die vorüberjagenden Wolken und beleuchtete das geisterbleiche Gesicht des Greises, der sein fliegendes Haar mit beiden Händen hielt, während die großen Augen angstvoll über die schäumende Wasserwüste schweiften.

Plötzlich zuckte er zusammen.

„Carsten, alle Teufel, Carsten!" rief der Bäcker, der trotz seines weichen Herzens noch zur Stelle war; denn in demselben Augenblick war Carsten lautlos in die Arme des dicken Mannes hineingefallen.

„Ja, so", setzte der hinzu, als er nun auch einen Blick durch die Luke tat; „der Pfahl ist, bei meiner armen Seele, leer! Aber was, zum Henker, ging denn das den Alten an!"

*

Es ist zwar nie ermittelt worden, wer der Mensch gewesen, dessen Notschrei derzeit von den Fluten erstickt wurde; gewiß aber ist es, daß Heinrich weder in jener Nacht noch später wieder nach Hause gekommen oder überhaupt gesehen worden ist.

Im übrigen hat Herrn Jaspers' fröhliche Zuversicht sich mehr noch als bewährt; nicht nur das Haus in der Süderstraße, auch noch das an der Twiete ging bald durch seine Hände. Nur Tante Brigittens Sarg stand noch im kühlen Pesel und wurde von da zur ewigen Ruhe hinausgetragen. Carsten mußte ausziehen; während drinnen der Auktionshammer schallte, ging er, von Anna gestützt, aus seinem alten Hause, um es niemals wieder zu betreten. Oben in der Süderstraße, weit hinter Heinrichs früherem Gewese, dort wo die letzten kleinen Häuser mit Stroh gedeckt sind, war jetzt ihre gemeinschaftliche Heimat. Ein Amt bekleidete Carsten nicht mehr, auch sonst betrieb er keine Geschäfte; denn in jener Nacht war er vom Schlage getroffen worden, und sein Kopf hatte gelitten; dagegen war er noch wohl geeignet, den kleinen Heinrich zu warten, welcher den halben Tag auf seines Großvaters Schoße zubrachte. Not litt der Alte nicht, obgleich Anna auch den letzten Bruchteil ihres Vermögens um des Gedächtnisses ihres Mannes willen hingegeben hatte; aber ihre Hände und ihr Mut waren nimmer müde. Sie war völlig verblüht, nur ihr schönes blondes Haar hatte sie noch behalten; aber eine geistige Schönheit leuchtete jetzt von ihrem Antlitz, die sie früher nicht besessen hatte; und wer sie damals in ihrer hohen Gestalt zwischen dem Kinde und dem zum Kind gewordenen Manne erblickt hatte, dem mußten die Worte der Bibel ins Gedächtnis kommen: Stirbt auch der Leib, doch wird die Seele leben!

Für den Greis aber bildete es eine täglich wiederkehrende Lust, die Züge der Mutter in dem kleinen Antlitz seines Enkels aufzusuchen. „Dein Sohn, Anna; ganz dein Sohn!" pflegte er nach längerer Betrachtung auszurufen. „Er hat ein glückliches Gesicht!" Dann nickte Anna und sagte lächelnd: „Ja, Großvater; aber der Junge hat ganz Eure Augen."

*

Und so geht es fort in den Geschlechtern: die Hoffnung wächst mit jedem Menschen auf; aber keiner denkt daran, daß er mit jedem Bissen seinem Kinde zugleich ein Stück des eigenen Lebens hingibt, das von demselben bald nicht mehr zu lösen ist.

Heil dem, dessen Leben in seines Kindes Hand gesichert ist; aber auch dem noch, welchem von allem, was er einst besessen, nur eine barmherzige Hand geblieben ist, um seinem armen Haupte die letzten Kissen aufzuschütteln.

AQUIS SUBMERSUS

In unserem zu dem früher herzoglichen Schlosse gehörigen, seit Menschengedenken aber ganz vernachlässigten „Schloßgarten" waren schon in meiner Knabenzeit die einst im altfranzösischen Stil angelegtenHagebuchenhecken zu dünnen, gespenstischen Alleen ausgewachsen; da sie indessen immerhin noch einige Blätter tragen, so wissen wir Hiesigen, durch Laub und Bäume nicht verwöhnt, sie gleichwohl auch in dieser Form zu schätzen; und zumal von uns nachdenklichen Leuten wird immer der eine oder andere dort zu treffen sein. Wir pflegen dann unter dem dürftigen Schatten nach dem sogenannten „Berg" zu wandeln, einer kleinen Anhöhe in der nordwestlichen Ecke des Gartens oberhalb dem ausgetrockneten Bette eines Fischteiches, von wo aus der weitesten Aussicht nichts im Wege steht.

Die meisten mögen wohl nach Westen blicken, um sich an dem lichten Grün des Marschen und darüberhin an der Silberflut des Meeres zu ergötzen, auf welcher das Schattenbild der langgestreckten Insel schwimmt; meine Augen wenden unwillkürlich sich nach Norden, wo, kaum eine Meile fern, der graue, spitze Kirchturm aus dem höher gelegenen, aber öden Küstenlande aufsteigt; denn dort liegt eine von den Stätten meiner Jugend.

Der Pastorssohn aus jenem Dorfe besuchte mit mir die „Gelehrtenschule" meiner Vaterstadt, und unzählige Male sind wir am Sonnabend nachmittag zusammen dahinaus gewandert, um dann am Sonntagabend oder Montag früh zu unserem Nepos oder später zu unserem Cicero nach der Stadt zurückzukehren. Es war damals auf der Mitte des Weges noch ein gut Stück ungebrochener Heide übrig, wie sie sich einst nach der einen Seite bis fast zur Stadt, nach der anderen ebenso gegen das Dorf erstreckt hatte. Hier summten auf den Blüten des duftenden Heidekrautes die Immen und weißgrauen Hummeln und rannten unter den dürren Stengeln desselben der schöne goldgrüne Laufkäfer; hier in den Duftwolken der Eriken und des harzigen Gagelstrauches schwebten Schmetterlinge, die nirgends sonst zu finden waren. Mein ungeduldig dem Elternhause zustrebender Freund hatte oft seine liebe Not, seinen träumerischen Genossen durch all die Herrlichkeiten mit sich fortzubringen; hatten wir jedoch das ungebaute Feld erreicht, dann ging es auch um desto munterer vorwärts, und bald, wenn wir nur erst den langen Sandweg hinaufwateten, erblickten wir auch schon über dem dunklen Grün einer Fliederhecke den Giebel des Pastorhauses, aus dem das Studierzimmer des Hausherrn mit seinen kleinen blinden Fensterscheiben auf die bekannten Gäste hinabgrüßte.

Bei den Pastorsleuten, deren einziges Kind mein Freund war, hatten wir allezeit, wie wir hier zu sagen pflegen, fünf Quartiere auf der Elle, ganz abgesehen von der wunderbaren Naturalverpflegung. Nur die Silberpappel, der einzige hohe und also auch verlockende Baum des Dorfes, welche ihre Zweige ein gut Stück oberhalb des bemoosten Strohdaches rauschen ließ, war gleich dem Apfelbaum des Paradieses uns verboten und wurde daher nur heimlich von uns erklettert; sonst war, soviel ich mich entsinne, alles erlaubt und wurde je nach unserer Altersstufe bestens von uns ausgenutzt.

Der Hauptschauplatz unserer Taten war die große „Priesterkoppel", zu der ein Pförtchen aus dem Garten führte. Hier wußten wir mit dem den Buben angeborenen Instinkte die Nester der Lerchen und der Grauammern aufzuspüren, denen wir dann die wiederholtesten Besuche abstatteten, um nachzusehen, wie weit in den letzten Stunden die Eier oder die Jungen nun gediehen seien; hier, auf einer tiefen und, wie ich jetzt meine, nicht weniger als jene Pappel gefährlichen Wassergrube, deren Rand mit alten Weidenstümpfen dicht umstanden war, fingen wir die flinken schwarzen Käfer, die wir „Wasserfranzosen" nannten, oder ließen wir ein andermal unsere auf einer eigens angelegten Werft erbaute Kriegsflotte aus Walnußschalen und Schachteldeckeln schwimmen. Im Spätsommer geschah es dann auch wohl, daß wir aus unserer Koppel einen Raubzug nach des Küsters Garten machten, welcher gegenüber dem des Pastorates an der anderen Seite der Wassergrube lag; denn wir hatten dort von zwei verkrüppelten Apfelbäumen unseren Zehnten einzuheimsen, wofür uns freilich gelegentlich eine freundschaftliche Drohung von dem gutmütigen alten Manne zuteil wurde. — So viele Jugendfreuden wuchsen auf dieser Priesterkoppel, in deren dürrem Sandboden andere Blumen nicht gedeihen wollten; nur den scharfen Duft der goldknopfigen Rainfarne, die hier haufenweis auf allen Wällen standen, spüre ich noch heute in der Erinnerung, wenn jene Zeiten mir lebendig werden.

Doch alles dieses beschäftigte uns nur vorübergehend; meine dauernde Teilnahme dagegen erregte ein anderes, dem wir selbst in der Stadt nichts an die Seite zu setzen hatten. — Ich meine damit nicht etwa die Röhrenbauten der Lehmwespen, die überall aus den Mauerfugen des Stalles hervorragten, obschon es anmutig genug war, in beschaulicher Mittagsstunde das Aus- und Einfliegen der emsigen Tierchen zu beobachten; ich meine den viel größeren Bau der alten und ungewöhnlich stattlichen Dorfkirche. Bis an das Schindeldach des hohen Turmes war sie von Grund auf aus Granitquadern aufgebaut und beherrschte, auf dem höchsten Punkt des Dorfes sich erhebend, die weite Schau über Heide, Strand und Marschen. — Die meiste Anziehungskraft hatte für mich indes das Innere der Kirche; schon der ungeheure Schlüssel, der von dem Apostel Petrus selbst zu stammen schien, erregte meine Phantasie. Und in der Tat erschloß er auch, wenn wir ihn glücklich dem alten Küster abgewonnen hatten, die Pforte zu manchen wunderbaren Dingen, aus denen eine längst vergangene Zeit hier wie mit finstern, dort mit künstlich frommen Augen, aber immer in geheimnisvollem Schweigen zu uns Lebenden aufblickte. Da hing mitten in die Kirche herab ein schrecklich übermenschlicher Crucifixus, dessen hagere Glieder und verzerrtes Antlitz mit Blut überrieselt waren; dem zur Seite an einem Mauerpfeiler haftete gleich einem Nest die braungeschnitzte Kanzel, an der aus Frucht- und Blattgewinden allerlei Tier- und Teufelsfratzen sich hervorzudrängen schienen. Besondere Anziehung aber übte der große geschnitzte Altarschrank im Chor der Kirche, auf dem in bemalten Figuren die Leidensgeschichte Christi dargestellt war; so seltsam wilde Gesichter, wie das des Kaiphas oder der Kriegsknechte, welche in ihren goldenen Harnischen um des Gekreuzigten Mantel würfelten, bekam man draußen im Alltagsleben nicht zu sehen; tröstlich damit kontrastierte nur das holde Antlitz der am Kreuze hingesunkenen Maria; ja, sie hätte leicht mein Knabenherz mit einer phantastischen Neigung bestricken können, wenn nicht ein anderes mit noch stärkerem Reize des Geheimnisvollen mich immer wieder von ihr abgezogen hätte.

Unter all diesen seltsamen oder wohl gar unheimlichen Dingen hing im Schiff der Kirche das unschuldige Bildnis eines toten Kindes, eines schönen, etwa fünfjährigen Knaben, der, auf einem mit Spitzen besetzten Kissen ruhend, eine weiße Wasserlilie in seiner kleinen bleichen Hand hielt. Aus dem zarten Antlitz sprach neben dem Grauen des Todes, wie hilfeflehend, noch eine letzte holde Spur des Lebens; ein unwiderstehliches Mitleid befiel mich, wenn ich vor diesem Bilde stand.

Aber es hing nicht allein hier; dicht daneben schaute aus dunklem Holzrahmen ein finsterer schwarzbärtiger Mann im Priesterkragen und Sammar. Mein Freund sagte mir, es sei der Vater jenes schönen Knaben; dieser selbst, so gehe noch heute die Sage, solle einst in der Wassergrube unserer Priesterkoppel seinen Tod gefunden haben. Auf dem Rahmen lasen wir die Jahreszahl 1666; das war lange her. Immer wieder zog es mich zu diesen beiden Bildern; ein phantastisches Verlangen ergriff mich, von dem Leben und Sterben des Kindes eine nähere, wenn auch noch so karge Kunde zu erhalten; selbst aus dem düsteren Antlitz des Vaters, das trotz des Priesterkragens mich fast an die Kriegsknechte des Altarschrankes gemahnen wollte, suchte ich sie herauszulesen.

Nach solchen Studien in dem Dämmerlicht der alten Kirche erschien dann das Haus der guten Pastorsleute nur um so gastlicher. Freilich war es gleichfalls hoch zu Jahren, und der Vater meines Freundes hoffte, solange ich denken konnte, auf einen Neubau; da aber die Küsterei an derselben Altersschwäche litt, so wurde weder hier noch dort gebaut. — Und doch, wie freundlich waren trotzdem die Räume des alten Hauses; im Winter die kleine Stube rechts, im Sommer die größere links vom Hausflur, wo die aus den Reformationsalmanachen herausgeschnittenen Bilder in Mahagonirähmchen an der weißgetünchten Wand hingen, wo man aus dem westlichen Fenster nur eine ferne Windmühle, außerdem aber den ganzen weiten Himmel vor sich hatte, der sich abends in rosenrotem Schein verklärte und das ganze Zimmer überglänzte! Die lieben Pastorsleute, die Lehnstühle mit den roten Plüschkissen, das alte tiefe Sofa, auf dem Tisch beim Abendbrot der trauliche sausende Teekessel — es war alles helle, freundliche Gegenwart. Nur eines Abends — wir waren derzeit schon Sekundaner — kam mir der Gedanke, welch eine Vergangenheit an diesen Räumen hafte, ob nicht gar jener tote Knabe einst mit frischen Wangen hier leibhaftig umhergesprungen sei, dessen Bildnis jetzt wie mit einer wehmütig holden Sage den düsteren Kirchenraum erfüllte.

Veranlassung zu solcher Nachdenklichkeit mochte geben, daß ich am Nachmittage, wo wir auf meinen Antrieb wieder einmal die Kirche besucht hatten, unten in einer dunklen Ecke des Bildes vier mit roter Farbe geschriebene Buchstaben entdeckt hatten, die mir bis jetzt entgangen waren.

„Sie lauten C. P. A. S.", sagte ich zu dem Vater meines Freundes; „aber wir können sie nicht enträtseln."

„Nun", erwiderte dieser, „die Inschrift ist mir wohlbekannt; und nimmt man das Gerücht zu Hilfe, so möchten die beiden letzten Buchstaben wohl mit Aquis submersus, also mit ‚Ertrunken' oder wörtlich ‚Im Wasser versunken', zu deuten sein; nur mit dem vorangehenden C. P. wäre man dann noch immer in Verlegenheit! Der junge Adjunktus unseres Küsters, der einmal die Quarta passiert ist, meint zwar, es könne Casu Periculoso ‚Durch gefährlichen Zufall' heißen; aber die alten Herren jener Zeit dachten logischer;

wenn der Knabe dabei ertrank, so war der Zufall nicht bloß gefährlich."

Ich hatte begierig zugehört. „Casu", sagte ich; „es könnte auch wohl Culpa heißen?"

„Culpa?" wiederholte der Pastor. „Durch Schuld? — aber durch wessen Schuld!"

Da trat das finstere Bild des alten Predigers mir vor die Seele, und ohne viel Besinnen rief ich: „Warum nicht: Culpa Patris?"

Der gute Pastor war fast erschrocken. „Ei, ei, mein junger Freund", sagte er und erhob warnend den Finger gegen mich. „Durch Schuld des Vaters? — So wollen wir trotz seines düsteren Ansehens meinen seligen Amtsbruder doch nicht beschuldigen. Auch würde er dergleichen wohl schwerlich von sich haben schreiben lassen."

Dies letztere wollte auch meinem jugendlichen Verstande einleuchten; und so blieb denn der eigentliche Sinn der Inschrift nach wie vor ein Geheimnis der Vergangenheit.

Daß übrigens jene beiden Bilder sich auch in der Malerei wesentlich vor einigen alten Predigerbildnissen auszeichneten, welche gleich danebenhingen, war mir selbst schon klar geworden; daß aber Sachverständige in dem Maler einen tüchtigen Schüler altholländischer Meister erkennen wollten, erfuhr ich freilich erst durch den Vater meines Freundes. Wie jedoch ein solcher in dieses arme Dorf verschlagen worden, oder woher er gekommen und wie er geheißen habe, darüber wußte auch er mir nichts zu sagen. Die Bilder selbst enthielten weder einen Namen noch ein Malerzeichen.

*

Die Jahre gingen hin. Während wir die Universität besuchten, starb der gute Pastor, und die Mutter meines Schulgenossen folgte später ihrem Sohne auf dessen inzwischen anderswo errichtete Pfarrstelle; ich hatte keine Veranlassung mehr, nach jenem Dorfe zu wandern. — Da, als ich selbst schon in meiner Vaterstadt wohnhaft war, geschah es, daß ich für den Sohn eines Verwandten ein Schülerquartier bei guten Bürgersleuten zu besorgen hatte.

Der eigenen Jugendzeit gedenkend, schlenderte ich im Nachmittagssonnenscheine durch die Straßen, als mir an der Ecke des Marktes über der Tür eines alten hochgegiebelten Hauses eine plattdeutsche Inschrift in die Augen fiel, die verhochdeutscht etwa lauten würde:

> Gleich so wie Rauch und Staub verschwindt,
> Also sind auch die Menschenkind.

Die Worte mochten für jugendliche Augen wohl nicht sichtbar sein; denn ich hatte sie nie bemerkt, so oft ich auch in meiner Schulzeit mir einen Heißewecken bei dem dort wohnenden Bäcker geholt hatte. Fast unwillkürlich trat ich in das Haus; und in der Tat, es fand sich hier ein Unterkommen für den jungen Vetter. Die Stube ihrer alten „Möddersch" (Mutterschwester) — so sagte mir der freundliche Meister —, von der sie Haus und Betrieb geerbt hätten, habe seit Jahren leer gestanden; schon lange hätten sie sich einen Gast dafür gewünscht.

Ich wurde eine Treppe hinaufgeführt, und wir betraten dann ein ziemlich niedriges, altertümlich ausgestattetes Zimmer, dessen beide Fenster mit ihren kleinen Scheiben auf den geräumigen Marktplatz hinausgingen. Früher, erzählte der Meister, seien zwei uralte Linden vor der Tür gewesen; aber er habe sie schlagen lassen, da sie allzusehr ins Haus gedunkelt und auch hier die schönste Aussicht ganz verdeckt hätten.

Über die Bedingungen wurden wir bald in allen Teilen einig; während wir dann aber noch über die jetzt zu treffende Einrichtung des Zimmers sprachen, war mein Blick auf ein im Schatten eines Schrankes hängendes Ölgemälde gefallen, das plötzlich meine ganze Aufmerksamkeit hinwegnahm. Es war noch wohlerhalten und stellte einen älteren, ernst und milde blickenden Mann dar, in einer dunklen Tracht, wie in der Mitte des siebzehnten Jahrhunderts sie diejenigen aus den vornehmeren Ständen zu tragen pflegten, welche sich mehr mit Staatssachen oder gelehrten Dingen als mit dem Kriegshandwerk beschäftigten.

Der Kopf des alten Herrn, so schön und anziehend und

so trefflich er immer gemalt sein mochte, hatte indessen nicht diese Erregung in mir hervorgebracht; aber der Maler hatte ihm einen blassen Knaben in den Arm gelegt, der in seiner kleinen schlaff herabhängenden Hand eine weiße Wasserlilie hielt; — und diesen Knaben kannte ich ja längst. Auch hier war es wohl der Tod, der ihm die Augen zugedrückt hatte.

„Woher ist dieses Bild?" fragte ich endlich, da ich plötzlich innewurde, daß der vor mir stehende Meister mit seiner Auseinandersetzung innegehalten hatte.

Er sah mich verwundert an. „Das alte Bild? Das ist von unserer Möddersch", erwiderte er; „es stammt von ihrem Urgroßonkel, der ein Maler gewesen war und vor mehr als hundert Jahren hier gewohnt hat. Es sind noch andere Siebensachen von ihm da."

Bei diesen Worten zeigte er nach einer kleinen Lade von Eichenholz, auf welcher allerlei geometrische Figuren recht zierlich eingeschnitten waren.

Als ich sie von dem Schranke, auf dem sie stand, herunternahm, fiel der Deckel zurück, und es zeigten sich mir als Inhalt einige stark vergilbte Papierblätter mit sehr alten Schriftzügen.

„Darf ich die Blätter lesen?" fragte ich.

„Wenn's Ihnen Pläsier macht", erwiderte der Meister, „so mögen Sie die ganze Sache mit nach Hause nehmen; es sind so alte Schriften; Wert steckt nicht darin."

Ich aber erbat mir und erhielt auch die Erlaubnis, diese wertlosen Schriften hier an Ort und Stelle lesen zu dürfen; und während ich mich dem alten Bilde gegenüber in einen mächtigen Ohrenlehnstuhl setzte, verließ der Meister das Zimmer, zwar immer noch erstaunt, doch gleichwohl die freundliche Verheißung zurücklassend, daß seine Frau mich bald mit einer guten Tasse Kaffee regalieren werde.

Ich aber las und hatte im Lesen bald alles um mich her vergessen.

*

So war ich denn wieder daheim in unserem Holstenlande; am Sonntag Kantate war es, Anno 1661! — Mein Malgerät und sonstiges Gepäck hatte ich in der Stadt zurückgelassen und wanderte nun fröhlich fürbaß, die Straße durch den maiengrünen Buchenwald, der von der See ins Land hinaufsteigt. Vor mir her flogen ab und zu ein paar Waldvöglein und letzeten ihren Durst an dem Wasser, so in den tiefen Radgleisen stund; denn ein linder Regen war gefallen über Nacht und noch gar früh am Vormittage, so daß die Sonne den Waldesschatten noch nicht überstiegen hatte.

Der helle Drosselschlag, der von den Lichtungen zu mir scholl, fand seinen Widerhall in meinem Herzen. Durch die Bestellungen, so mein teurer Meister van der Helst im letzten Jahre meines Amsterdamer Aufenthaltes mir zugewendet, war ich aller Sorge quitt geworden; einen guten Zehrpfennig und einen Wechsel auf Hamburg trug ich noch itzt in meiner Taschen; dazu war ich stattlich angetan: mein Haar fiel auf ein Mäntelchen mit feinem Grauwerk, und der Lütticher Degen fehlte nicht an meiner Hüfte.

Meine Gedanken aber eilten mir voraus; immer sah ich Herrn Gerhardus, meinen edlen großgünstigen Protektor, wie er von der Schwelle seines Zimmer mir die Hände würd' entgegenstrecken, mit seinem milden Gruß: „So segne Gott deinen Eingang, mein Johannes!"

Er hatte einst mit meinem lieben, ach gar zu früh in die ewige Herrlichkeit genommenen Vater zu Jena die Rechte studieret und war auch nachmals den Künsten und Wissenschaften mit Fleiße obgelegen, so daß er dem Hochseligen Herzog Friedrich bei seinem edeln, wiewohl wegen der Kriegsläufte vergeblichen Bestreben um Errichung einer Landesuniversität ein einsichtiger und eifriger Berater gewesen. Obschon ein adeliger Mann, war er meinem lieben Vater doch stets in Treuen zugetan blieben, hatte auch nach dessen seligem Hintritt sich meiner verwaisten Jugend mehr, als zu verhoffen, angenommen und nicht allein meine sparsamen Mittel aufgebessert, sondern auch durch seine fürnehme Bekanntschaft unter dem holländischen Adel es dahin gebracht, daß mein teurer Meister van der Helst mich zu seinem Schüler angenommen.

Meine ich doch zu wissen, daß der verehrte Mann unversehrt auf seinem Herrenhofe sitze, wofür dem Allmächtigen nicht genug zu danken; denn derweilen ich in der Fremde mich der Kunst beflissen, waren daheim die Kriegsgreuel über das Land gekommen; so zwar, daß die Truppen, die gegen die kriegswütigen Schweden dem Könige zum Beistande hergezogen, fast ärger als die Feinde selbst gehaust, ja selbst der Diener Gottes mehrere in jämmerlichenTod gebracht. Durch den plötzlichen Hintritt des schwedischen Carolus war nun zwar Friede; aber die grausamen Stapfen des Krieges lagen überall; manch Bauern- und Kätnerhaus, wo man mich als Knaben mit einem Trunke süßer Milch bewirtet, hatte ich auf meiner Morgenwanderung niedergesenget am Wege liegen sehen und manches Feld in ödem Unkraut, darauf sonst um diese Zeit der Roggen seine grünen Spitzen trieb.

Aber solches beschwerete mich heut nicht allzusehr; ich hatte nur Verlangen, wie ich dem edeln Herrn durch meine Kunst beweisen möchte, daß er Gab und Gunst an keinen Unwürdigen verschwendet habe; dachte auch nicht an Strolche und verlaufen Gesindel, das vom Kriege her noch in den Wäldern Umtrieb halten sollte. Wohl aber tückete mich ein anderes, und das war der Gedanke an den Junker Wulf. Er war mir nimmer hold gewesen, hatte wohl gar, was sein edler Vater an mir getan, als einen Diebstahl an ihm selber angesehen; und manches Mal, wenn ich, wie öfters nach meines lieben Vaters Tode, im Sommer die Vakanz auf dem Gute zubrachte, hatte er mir die schönen Tage vergället und versalzen. Ob er anitzt in seines Vaters Hause sei, war mir nicht kundgeworden, hatte nur vernommen, daß er noch vor dem Friedensschlusse bei Spiel und Becher mit den schwedischen Offiziers Verkehr gehalten, was mit rechter Holstentreue nicht zu reimen ist.

Indem ich dies bei mir erwog, war ich aus dem Buchenwalde in den Richtsteig durch das Tannenhölzchen geschritten, das schon dem Hofe nahe liegt. Wie liebliche Erinnerung umhauchte mich der Würzeduft des Harzes; aber bald trat ich aus dem Schatten in den vollen Sonnenschein hinaus: da lagen zu beiden Seiten die mit Haselbüschen eingehegten Wiesen, und nicht lange, so wanderte ich zwischen den zwo Reihen gewaltiger Eichbäume, die zum Herrensitz hinaufführen.

Ich weiß nicht, was für ein bang Gefühl mich plötzlich überkam, ohne alle Ursach, wie ich derzeit dachte; denn es war eitel Sonnenschein umher, und vom Himmel herab klang ein gar herzlich und ermunternd Lerchensingen. Und siehe, dort auf der Koppel, wo der Hofmann seinen Immenhof hat, stand ja auch noch der alte Holzbirnenbaum und flüsterte mit seinen jungen Blättern in der blauen Luft.

„Grüß dich Gott!" sagte ich leis, gedachte dabei aber weniger des Baumes als vielmehr des holden Gottesgeschöpfes, in dem, wie es sich manchmal fügen mußte, all Glück und Leid und auch all nagende Buße meines Lebens beschlossen sein sollte, für jetzt und alle Zeit. Das war des edlen Herrn Gerhardus Töchterlein, des Junkers Wulfen einzig Geschwister.

Item, es war bald nach meines lieben Vaters Tode, als ich zum erstenmal die ganze Vakanz hier verbrachte; sie war derzeit ein neunjährig Dirnlein, das seine braunen Zöpfe lustig fliegen ließ; ich zählte um ein paar Jahre weiter. So trat ich eines Morgens aus dem Torhaus; der alte Hofmann Dieterich, der ober der Einfahrt wohnt und neben dem als einem getreuen Manne mir mein Schlafkämmerlein eingeräumt war, hatte mir einen Eschenbogen zugerichtet, mir auch die Bolzen von tüchtigem Blei dazu gegossen, und ich wollte nun auf die Raubvögel, deren genug bei dem Herrenhause herumschrien; da kam sie vom Hofe auf mich zugesprungen.

„Weißt du, Johannes", sagte sie; „ich zeigte dir ein Vogelnest; dort in dem hohlen Birnbaum; aber das sind Rotschwänzchen, die darfst du ja nicht schießen!"

Damit war sie schon wieder vorausgesprungen; doch eh' sie noch dem Baum auf zwanzig Schritte nahgekommen, sah ich sie jählings stillstehen: „Der Buhz, der Buhz!" schrie sie und schüttelte wie entsetzt ihre beiden Händlein in der Luft.

Es war aber ein großer Waldkauz, der ober dem Loche des hohlen Baumes saß und hinabschaute, ob er ein ausfliegend Vögelein erhaschen möge. „Der Buhz, der Buhz!" schrie die Kleine wieder. „Schieß, Johannes, schieß!" — Der Kauz aber, den die Freßgier taub gemacht, saß noch immer und stierte in die Höhlung. Da spannte ich meinen Eschenbogen und schoß, daß das Raubtier zappelnd auf dem Boden lag; aus dem Baume aber schwang sich ein zwitschernd Vögelein in die Luft.

Seit der Zeit waren Katharina und ich zwei gute Gesellen miteinander; in Wald und Garten, wo das Mägdlein war, da war auch ich. Darob aber mußte mir gar bald ein Feind erstehen; das war der Kurt von der Risch, dessen Vater eine Stunde davon auf seinem reichen Hofe saß. In Begleitung seines gelahrten Hofmeisters, mit dem Herr Gerhardus gern der Unterhaltung pflog, kam er oftmals auf Besuch; und da er jünger war als Junker Wulf, so war er wohl auf mich und Katharinen angewiesen; insonders aber schien das braune Herrentöchterlein ihm zu gefallen. Doch war das schier umsonst; sie lachte nur über seine krumme Vogelnase, die ihm, wie bei fast allen des Geschlechts, unter buschigem Haupthaar zwischen zwo merklich runden Augen saß. Ja, wenn sie seiner nur von fern gewahrte, so reckte sie wohl ihr Köpfchen vor und rief: „Johannes, der Buhz, der Buhz!" Dann versteckten wir uns hinter den Scheunen oder rannten wohl auch spornstreichs in den Wald hinein, der sich in einem Bogen um die Felder und danach wieder dicht an die Mauern des Gartens hinanzieht.

Darob, als der von der Risch des innewurde, kam es oftmals zwischen uns zum Haarraufen, wobei jedoch, da er mehr hitzig denn stark war, der Vorteil meist in meinen Händen blieb.

Als ich, um von Herrn Gerhardus Urlaub zu nehmen, vor meiner Ausfahrt in die Fremde das letztemal, jedoch nur kurze Tage, hier verweilte, war Katharina schon fast wie eine Jungfrau; ihr braunes Haar lag itzt in einem goldnen Netz gefangen; in ihren Augen, wenn sie die Wimpern hob, war oft ein spielend Leuchten, das mich schier beklommen machte. Auch war ein alt gebrechlich Fräulein ihr zur Obhut beigegeben, so man im Hause nur „Bas' Ursel" nannte; sie ließ das Kind nicht aus den Augen und ging überall mit einer langen Trikotage neben ihr.

Als ich so eines Oktobernachmittags im Schatten der Gartenhecken mit beiden auf und ab wandelte, kam ein lang aufgeschossener Gesell, mit spitzenbesetztem Lederwams und Federhut, ganz à la mode gekleidet, den Gang zu uns herauf; und siehe da, es war der Junker Kurt, mein alter Widersacher. Ich merkte sogleich, daß er noch immer bei seiner schönen Nachbarin zu Hofe ging; auch daß insonders dem alten Fräulein solches zu gefallen schien. Das war ein „Herr Baron" auf alle Frag und Antwort; dabei lachte sie höchst obligeant mit einer widrig feinen Stimme und hob die Nase unmäßig in die Luft; mich aber, wenn ich je ein Wort dazwischengab, nannte sie stetig „Er" oder kurzweg auch „Johannes", worauf der Junker dann seine runden Augen einkniff und an seinem Teile tat, als sähe er auf mich herab, obschon ich ihn um halben Kopfes Länge überragte.

Ich blickte auf Katharinen; die aber kümmerte sich nicht um mich, sondern ging sittig neben dem Junker, ihm manierlich Red und Antwort gebend; den kleinen roten Mund aber verzog mitunter ein spöttisch-stolzes Lächeln, so daß ich dachte: „Getröste dich, Johannes; der Herrensohn schnellt itzo deine Waage in die Luft!" Trotzig blieb ich zurück und ließ die andern dreie vor mir gehen. Als aber diese in das Haus getreten waren und ich davor noch an Herrn Gerhardus' Blumenbeeten stand, darüber brütend, wie ich, gleich wie vormals, mit dem von der Risch ein tüchtig Haarraufen beginnen möchte, kam plötzlich Katharina wieder zurückgelaufen, riß neben mir eine Aster von den Beeten und flüsterte mir zu: „Johannes, weißt du was? Der Buhz sieht einem jungen Adler gleich; Bas' Ursel hat's gesagt!" Und fort war sie wieder, eh ich mich's versah. Mir aber war auf einmal all Trotz und Zorn wie weggeblasen. Was kümmerte mich itzund noch der von der Risch! Ich lachte hell und fröhlich in den güldenen Tag hinaus; denn bei den übermütigen Worten war wieder jenes süße Augenspiel gewesen. Aber diesmal hatte es mir gerad ins Herz geleuchtet.

Bald danach ließ mich Herr Gerhardus auf sein Zimmer rufen; er zeigte mir auf einer Karte noch einmal, wie ich die weite Reise nach Amsterdam zu machen habe, übergab mir Briefe an seine Freunde dort und sprach dann lange mit mir, als meines lieben seligen Vaters Freund. Denn noch selbigen Abends hatte ich zur Stadt zu gehen, von wo ein Bürger mich auf seinem Wagen mit nach Hamburg nehmen wollte.

Als nun der Tag hinabging, nahm ich Abschied. Unten im Zimmer saß Katharina an einem Stickrahmen; ich mußte der griechischen Helena gedenken, wie ich sie jüngst in einem Kupferwerk gesehen; so schön erschien mir der junge Nacken, den das Mädchen eben über ihre Arbeit neigte. Aber sie war nicht allein; ihr gegenüber saß Bas' Ursel und las laut aus einem französischen Geschichtenbuche. Da ich nähertrat, hob sie die Nase nach mir zu. „Nun, Johannes", sagte sie, „Er will mir wohl Ade sagen? So kann er auch dem Fräulein gleich seine Reverenz machen!" — Da war schon Katharina von ihrer Arbeit aufgestanden; aber indem sie mir die Hand reichte, traten die Junker Wulf und Kurt mit großem Geräusch ins Zimmer; und sie sagte nur: „Leb wohl, Johannes!" Und so ging ich fort.

Im Torhaus drückte ich dem alten Dieterich die Hand, der Stab und Ranzen schon für mich bereithielt; dann wanderte ich zwischen den Eichbäumen auf die Waldstraße zu. Aber mir war dabei, als könne ich nicht recht fort, als hätt' ich einen Abschied noch zugute, und stand oft still und schaute hinter mich. Ich war auch nicht den Richtweg durch die Tannen, sondern, wie von selber, den viel weiteren auf der großen Fahrstraße hingewandert. Aber schon kam vor mir das Abendrot übern Wald herauf, und ich mußte eilen, wenn mich die Nacht nicht überfallen sollte. „Ade, Katharina, ade!" sagte ich leise und setzte rüstig meinen Wanderstab in Gang.

Da, an der Stelle, wo der Fußsteig in die Straße mündet — in stürmender Freude stund das Herz mir still —, plötzlich aus dem Tannendunkel war sie selber da; mit glühenden Wangen kam sie hergelaufen, sie sprang über den trokkenen Weggraben, daß die Flut des seidenbraunen Haares dem güldenen Netz entstürzete; und so fing ich sie in meinen Armen auf. Mit glänzenden Augen, noch mit dem Odem ringend, schaute sie mich an. „Ich — ich bin ihnen fortgelaufen!" stammelte sie endlich; und dann, ein Päckchen in meine Hand drückend, fügte sie leis hinzu: „Von mir, Johannes! Und du sollst es nicht verachten!" Auf einmal aber wurde ihr Gesichtchen trübe; der kleine schwellende Mund wollte noch was reden, aber da brach ein Tränenquell aus ihren Augen, und wehmütig ihr Köpfchen schüttelnd, riß sie sich hastig los. Ich sah ihr Kleid im finstern Tannensteig verschwinden; dann in der Ferne hört' ich noch die Zweige rauschen, und dann stand ich allein. Es war so still, die Blätter konnte man fallen hören. Als ich das Päckchen auseinanderfaltete, da war's ihr güldner Patenpfennig, so sie mir oft gewiesen hatte; ein Zettlein lag dabei, das las ich nun beim Schein des Abendrotes. „Damit du nicht in Not geratest", stund darauf geschrieben. — Da streckt' ich meine Arme in die leere Luft: „Ade, Katharina, ade, ade!" — wohl hundertmal rief ich es in den stillen Wald hinein; — und erst mit sinkender Nacht erreichte ich die Stadt.

Seitdem waren fast fünf Jahre dahingegangen. — Wie würd' ich heute alles wiederfinden?

Und schon stund ich im Torhaus und sah drunten im Hof die alten Linden, hinter deren lichtgrünem Laub die beiden Zackengiebel des Herrenhauses itzt verborgen lagen. Als ich aber durch den Torweg gehen wollte, jagten vom Hofe her zwei fahlgraue Bullenbeißer mit Stachelhalsbändern gar wild gegen mich herab; sie erhuben ein schreckliches Geheul, und der eine sprang auf mich und fletschte seine weißen Zähne dicht vor meinem Antlitz. Solch einen Willkomm hatte ich noch niemalen hier empfangen. Da, zu meinem Glück, rief aus den Kammern ober dem Tore eine rauhe, aber mir gar traute Stimme: „Hallo!" rief sie; „Tartar, Türk!" Die Hunde ließen von mir ab, ich hörte es die Stiege herabkommen, und aus der Tür, so unter dem Torgang war, trat der alte Dieterich.

Als ich ihn anschaute, sah ich wohl, daß ich lang in der

Fremde gewesen sei; denn sein Haar war schlohweiß geworden, und seine sonst so lustigen Augen blickten gar matt und betrübsam auf mich hin. „Herr Johannes!" sagte er endlich und reichte mir seine beiden Hände.

„Grüß Ihn Gott, Dieterich!" entgegnete ich. „Aber seit wann haltet Ihr solche Bluthunde auf dem Hof, die die Gäste anfallen gleich den Wölfen?"

„Ja, Herr Johannes", sagte der Alte, „die hat der Junker hergebracht."

„Ist denn der daheim?"

Der Alte nickte.

„Nun", sagte ich, „die Hunde mögen schon vonnöten sein; vom Krieg her ist noch viel verlaufen Volk zurückgeblieben."

„Ach, Herr Johannes!" und der alte Mann stund immer noch, als wolle er mich nicht zum Hof hinauf lassen. „Ihr seid in schlimmer Zeit gekommen!"

Ich sah ihn an, sagte aber nur: „Freilich, Dieterich; aus mancher Fensterhöhlung schaut statt des Bauern itzt der Wolf heraus; hab dergleichen auch gesehen; aber es ist ja Frieden worden, und der gute Herr im Schloß wird helfen, seine Hand ist offen."

Mit diesen Worten wollte ich, obschon die Hunde mich wieder anknurrten, auf den Hof hinausgehen; aber der Greis trat mir in den Weg. „Herr Johannes", rief er, „ehe Ihr weitergehet, höret mich an! Euer Brieflein ist zwar richtig mit der Königlichen Post von Hamburg kommen; aber den rechten Leser hat es nicht mehr finden können."

„Dieterich!" schrie ich. „Dieterich!"

„Ja, ja, Herr Johannes! Hier ist die gute Zeit vorbei; denn unser teurer Herr Gerhardus liegt aufgebahret dort in der Kapellen, und die Gueridons brennen an seinem Sarge. Es wird nun anders werden auf dem Hofe; aber — ich bin ein höriger Mann, mir ziemet Schweigen!"

Ich wollte fragen: „Ist das Fräulein, ist Katharina noch im Hause?" Aber das Wort wollte nicht über meine Zunge.

Drüben in einem hinteren Seitenbau des Herrenhauses war eine kleine Kapelle, die aber, wie ich wußte, seit lange nicht benutzt war. Dort aber sollte ich Herrn Gerhard suchen.

Ich fragte den alten Hofmann: „Ist die Kapelle offen?" und als er es bejahte, bat ich ihn, die Hunde anzuhalten; dann ging ich über den Hof, wo niemand mir begegnete; nur einer Grasmücke Singen kam oben aus den Lindenwipfeln.

Die Tür zur Kapelle war nur angelehnt, und leis und gar beklommen trat ich ein. Da stand der offene Sarg, und die rote Flamme der Kerzen warf ihr flackernd Licht auf das edle Antlitz des geliebten Herrn; die Fremdheit des Todes, so darauflag, sagte mir, daß er itzt eines andern Landes Genosse sei. Indem ich aber neben dem Leichnam zum Gebete hinknien wollte, erhob sich über den Rand des Sarges mir gegenüber ein junges, blasses Antlitz, das aus schwarzen Schleiern fast erschrocken auf mich schaute.

Aber nur, wie ein Hauch verweht, so blickten die braunen Augen herzlich zu mir auf, und es war fast wie ein Freudenruf: „O Johannes, seid Ihr's denn? Ach, Ihr seid zu spät gekommen!" Und über dem Sarge hatten unsere Hände sich zum Gruß gefaßt; denn es war Katharina, und sie war so schön geworden, daß hier im Angesicht des Todes ein heißer Puls des Lebens mich durchfuhr. Zwar das spielende Licht der Augen lag itzt zurückgeschrecket in der Tiefe; aber aus dem schwarzen Häubchen drängten sich die braunen Löcklein, und der schwellende Mund war um so röter in dem blassen Antlitz.

Und fast verwirrt auf den Toten schauend, sprach ich: „Wohl kam ich in der Hoffnung, an seinem lebenden Bilde ihm mit meiner Kunst zu danken, ihm manche Stunde gegenüberzusitzen und sein mild und lehrreich Wort zu hören. Laßt mich denn nun die bald vergehenden Züge festzuhalten suchen."

Und als sie unter Tränen, die über die Wangen strömten, stumm zu mir hinübernickte, setzte ich mich in ein Gestühle und begann auf einem von den Blättchen, die ich bei mir führte, des Toten Antlitz nachzubilden. Aber meine Hand zitterte; ich weiß nicht, ob alleine vor der Majestät des Todes.

Währenddem vernahm ich draußen vom Hofe her eine Stimme, die ich für die des Junker Wulf erkannte; gleich danach schrie ein Hund wie nach einem Fußtritt oder Peitschenhiebe; und dann ein Lachen und einen Fluch von einer anderen Stimme, die mir gleicherweise bekannt deuchte.

Als ich auf Katharinen blickte, sah ich sie mit schier entsetzten Augen nach dem Fenster starren; aber die Stimmen und die Schritte gingen vorüber. Da erhub sie sich, kam an meine Seite und sah zu, wie des Vaters Antlitz unter meinem Stift entstund. Nicht lange, so kam draußen ein einzelner Schritt zurück; in demselben Augenblick legte Katharina die Hand auf meine Schulter, und ich fühlte, wie ihr junger Körper bebte.

Sogleich auch wurde die Kapellentür aufgerissen; und ich erkannte den Junker Wulf, obschon sein sonsten bleiches Angesicht itzt rot und aufgedunsen schien.

„Was huckst du allfort an dem Sarge!" rief er zu der Schwester. „Der Junker von der Risch ist dagewesen, uns seine Kondolenzen zu bezeigen; du hättest ihm wohl den Trunk kredenzen mögen!"

Zugleich hatte er meiner wahrgenommen und bohrte mich mit seinen kleinen Augen an. — „Wulf", sagte Katharina, indem sie mit mir zu ihm trat; „es ist Johannes, Wulf."

Der Junker fand nicht vonnöten, mir die Hand zu reichen; er musterte nur mein violenfarben Wams und meinte: „Du trägst da einen bunten Federbalg; man wird dich ‚Sieur' nun titulieren müssen!"

„Nennt mich, wie's Euch gefällt!" sagte ich, indem wir auf den Hof hinaustraten. „Obschon mir dorten, von wo ich komme, das ‚Herr' vor meinem Namen nicht gefehlet — Ihr wißt wohl, Eures Vaters Sohn hat großes Recht an mir."

Er sah mich was verwundert an, sagte dann aber nur: „Nun wohl, so magst du zeigen, was du für meines Vaters Gold erlernet hast; und soll dazu der Lohn für deine Arbeit dir nicht verhalten sein."

Ich meinete, was den Lohn anginge, den hätte ich längst vorausbekommen; da aber der Junker entgegnete, er werd es halten, wie sich's für einen Edelmann gezieme, so fragte ich, was für Arbeit er mir aufzutragen hätte.

„Du weißt doch", sagte er und hielt dann inne, indem er scharf auf seine Schwester blickte — „wenn eine adelige Tochter das Haus verläßt, so muß ihr Bild darin zurückbleiben."

Ich fühlte, daß bei diesen Worten Katharina, die an meiner Seite ging, gleich einer Taumelnden nach meinem Mantel haschte; aber ich entgegnete ruhig: „Der Brauch ist mir bekannt; doch wie meinet Ihr denn, Junker Wulf?"

„Ich meine", sagte er hart, als ob er einen Gegenspruch erwarte, „daß du das Bildnis der Tochter dieses Hauses malen sollst!"

Mich durchfuhr's fast wie ein Schrecken; weiß nicht, ob mehr über den Toten oder die Deutung dieser Worte; dachte auch, zu solchem Beginnen sei itzt kaum die rechte Zeit.

Da Katharina schwieg, aus ihren Augen aber ein flehender Blick mir zuflog, so antwortete ich: „Wenn Eure edle Schwester es mir vergönnen will, so hoffe ich Eueres Vaters Protektion und meines Meisters Lehre keine Schande anzutun. Räumet mir nur wieder mein Kämmerlein ober dem Torweg bei dem alten Dieterich, so soll geschehen, was Ihr wünschet."

Der Junker war das zufrieden und sagte auch seiner Schwester, sie möge einen Imbiß für mich richten lassen.

Ich wollte über den Beginn meiner Arbeit noch eine Frage tun; aber ich verstummte wieder, denn über den empfangenen Auftrag war plötzlich eine Entzückung in mir aufgestiegen, daß ich fürchtete, sie könne mit jedem Wort hervorbrechen. So war ich auch der zwo grimmen Köter nicht gewahr worden, die dort am Brunnen sich auf den heißen Steinen sonnten. Da wir aber näherkamen, sprangen sie auf und fuhren mit offenem Rachen gegen mich, daß Katharina einen Schrei tat, der Junker aber einen schrillen Pfiff, worauf sie heulend ihm zu Füßen krochen. „Beim Höllenelemente!" rief er lachend, „zwei tolle Kerle; gilt ihnen gleich, ein Sauschwanz oder flandrisch Tuch!"

„Nun, Junker Wulf", — ich konnte der Rede mich nicht wohl enthalten —, „soll ich noch einmal Gast in Eures Vaters Hause sein, so möget Ihr Eure Tiere bessere Sitten lehren!"

Er blitzte mich mit seinen Augen an und riß sich ein paarmal in seinen Zwickelbart. „Das ist nur so ihr Willkommsgruß, Sieur Johannes", sagte er dann, indem er sich bückte, um die Bestien zu streicheln. „Damit jedweder wisse, daß ein ander Regiment allhier begonnen; denn — wer mir in die Quere kommt, den hetz ich in des Teufels Rachen!"

Bei den letzten Worten, die er heftig ausgestoßen, hatte er sich hoch aufgerichtet; dann pfiff er seinen Hunden und schritt über den Hof dem Tore zu.

Ein Weilchen schaute ich hinterdrein; dann folgte ich Katharinen, die unter dem Lindenschatten stumm und gesenkten Hauptes die Freitreppe zu dem Herrenhaus emporstieg; ebenso schweigend gingen wir zusammen die breiten Stufen in das Oberhaus hinauf, allwo wir in des seligen Herrn Gerhardus Zimmer traten. — Hier war noch alles, wie ich es vordem gesehen; die goldgeblümten Ledertapeten, die Karten an der Wand, die sauberen Pergamentbände auf den Regalen, über dem Arbeitstische der schöne Waldgrund von dem älteren Ruisdael, und dann davor der leere Sessel. Meine Blicke blieben daran haften; gleichwie drunten in der Kapellen der Leib des Entschlafenen, so schien auch dies Gemach mir jetzt entseelt und, obschon vom Walde draußen der junge Lenz durchs Fenster leuchtete, doch gleichsam von der Stille des Todes wie erfüllet.

Ich hatte auch Katharinen in diesem Augenblicke fast vergessen. Da ich mich umwandte, stand sie schier reglos mitten in dem Zimmer, und ich sah, wie unter den kleinen Händen, die sie daraufgepreßt hielt, ihre Brust in ungestümer Arbeit ging. „Nicht wahr", sagte sie leise, „hier ist jetzt niemand mehr; niemand als mein Bruder und seine grimmigen Hunde?"

„Katharina!" rief ich; „was ist Euch? Was ist das hier in Eures Vaters Haus?"

„Was es ist, Johannes?" Und fast wild ergriff sie meine beiden Hände; und ihre jungen Augen sprühten wie in Zorn und Schmerz. „Nein, nein; laß erst den Vater in seiner Gruft zur Ruhe kommen! Aber dann — du sollst mein Bild ja malen, du wirst eine Zeitlang hier verweilen — dann, Johannes, hilf; um des Toten willen, hilf mir!"

Auf solche Worte, von Mitleid und von Liebe ganz bezwungen, fiel ich vor der Schönen, Süßen nieder und schwur ihr mich und alle meine Kräfte zu. Da lösete sich ein sanfter Tränenquell aus ihren Augen, und wir saßen nebeneinander und sprachen lange zu des Entschlafenen Gedächtnis.

Als wir sodann wieder in das Unterhaus hinabgingen, fragte ich auch dem alten Fräulein nach.

„Oh", sagte Katharina, „Bas' Ursel! Wollt Ihr sie begrüßen? Ja, die ist auch noch da; sie hat hier unten ihr Gemach, denn die Treppen sind ihr schon längsthin zu beschwerlich."

Wir traten also in ein Stübchen, das gegen den Garten lag, wo auf den Beeten vor den grünen Heckenwänden soeben die Tulpen aus der Erde brachen. Bas' Ursel saß, in der schwarzen Tracht und Krepphaube nur wie ein schwindend Häufchen anzuschauen, in einem hohen Sessel und hatte ein Nonnenspielchen vor sich, das, wie sie nachmals mir erzählte, der Herr Baron ihr aus Lübeck zur Verehrung mitgebracht.

„So", sagte sie, da Katharina mich genannt hatte, indes sie behutsam die elfenbeinern Pflöcklein umeinandersteckte, „ist Er wieder da, Johannes? — Nein, es geht nicht aus! Oh, c'est un jeu très complique!"

Dann warf sie die Pflöcklein übereinander und schaute mich an. „Ei", meinte sie, „Er ist gar stattlich angetan; aber weiß Er denn nicht, daß Er in ein Trauerhaus getreten ist?"

„Ich weiß es, Fräulein", entgegnete ich; „aber da ich in das Tor trat, wußte ich es nicht."

„Nun", sagte sie und nickte gar begütigend; „so eigentlich gehöret Er ja auch nicht zur Dienerschaft."

Über Katharinas blasses Antlitz flog ein Lächeln, wodurch ich mich jeder Antwort wohl enthoben halten mochte. Vielmehr rühmte ich der alten Dame die Anmut ihres Wohngemaches; denn auch der Efeu des Türmchens, das draußen an der Mauer aufstieg, hatte sich nach dem Fenster hingesponnen und wiegete seine grünen Ranken vor den Scheiben.

Aber Bas' Ursel meinete, ja, wenn nur nicht die Nachtigallen wären, die jetzt schon wieder anhüben mit ihrer Nachtunruhe; sie könne ohnedem den Schlaf nicht finden; und dann auch sei es schier zu abgelegen; das Gesinde sei von hier aus nicht im Aug zu halten; im Garten draußen aber passiere eben nichts, als etwan, wann der Gärtnerbursche an den Hecken oder Buchsrabatten putze.

Und damit hatte der Besuch seine Endschaft; denn Katharina mahnte, es sei nachgerade an der Zeit, meinen wegemüden Leib zu stärken.

*

Ich war nun in meinem Kämmerchen ober dem Hoftor einlogiert, dem alten Dieterich zur sonderen Freude; denn am Feierabend saßen wir auf seiner Tragkist', und ließ ich mir, gleichwie in der Knabenzeit, von ihm erzählen. Er rauchte dann wohl seine Pfeife Tabak, welche Sitte durch das Kriegsvolk auch hier in Gang gekommen war, und holete allerlei Geschichten aus den Drangsalen, so sie durch die fremden Truppen auf dem Hof und unten in dem Dorf hatten erleiden müssen; einmal aber, da ich seine Rede auf das gute Frölen Katharina gebracht und er erst nicht hatt' ein Ende finden können, brach er gleichwohl plötzlich ab und schauete mich an.

„Wisset Ihr, Herr Johannes", sagte er, „'s ist grausam schad', daß Ihr nicht auch ein Wappen habet gleich dem von der Risch da drüben!"

Und da solche Rede mir das Blut ins Gesicht jagete, klopfte er mit seiner harten Hand mir auf die Schulter, meinend: „Nun, nun, Herr Johannes; 's war ein dummes Wort von mir; wir müssen freilich bleiben, wo uns der Herrgott hingesetzt."

Weiß nicht, ob ich derzeit mit solchem einverstanden gewesen, fragte aber nur, was der von der Risch denn itzund für ein Mann geworden.

Der Alte sah mich gar pfiffig an und paffte aus seinem

kurzen Pfeiflein, als ob das teure Kraut am Feldrain wüchse. „Wollet Ihr's wissen, Herr Johannes?" begann er dann. „Er gehöret zu denen munteren Junkern, die im Kieler Umschlag den Bürgersleuten die Knöpfe von den Häusern schießen; Ihr möget glauben, hat treffliche Pistolen! Auf der Geigen weiß er nicht so gut zu spielen; da er aber ein lustig Stücklein liebt, so hat er letzthin den Ratsmusikanten, der überm Holstentore wohnt, um Mitternacht mit seinem Degen aufgeklopfet, ihm auch nicht Zeit gelassen, sich Wams und Hosen anzutun. Statt der Sonnen stand der Mond am Himmel, es war octavis trium regum und fror Pickelsteine; und hat also der Musikante, den Junker mit dem Degen hinter sich, im blanken Hemde vor ihm durch die Gassen geigen müssen; — — wollet Ihr mehr noch wissen, Herr Johannes?

Zu Haus bei ihm freuen sich die Bauern, wenn der Herrgott sie nicht mit Töchtern gesegnet; und dennoch — aber nach seines Vaters Tode hat er Geld, und unser Junker, Ihr wisset's wohl, hat schon vorher von seinem Erbe aufgezehrt."

Ich wußte freilich nun genug, auch hatte der alte Dieterich schon mit seinem Spruche: „Aber ich bin nur ein höriger Mann", seiner Rede Schluß gemacht.

Mit meinem Malgerät war auch meine Kleidung aus der Stadt gekommen, wo ich im Goldenen Löwen alles abgelegt, so daß ich anitzt, wie es sich geziemte, in dunkler Tracht einherging. Die Tagesstunden aber wandte ich zunächst in meinen Nutzen. Nämlich, es befand sich oben im Herrenhause neben des seligen Herrn Gemach ein Saal, räumlich und hoch, dessen Wände fast völlig von lebensgroßen Bildern verhängt waren, so daß nur noch neben dem Kamin ein Platz zu zweien offen stand. Es waren dies die Voreltern des Herrn Gerhardus, meist ernst und sicher blickende Männer und Frauen, mit einem Antlitz, dem man wohl vertrauen konnte; er selbst in kräftigem Mannesalter und Katharinas frühverstorbene Mutter machten dann den Schluß. Die beiden letzten Bilder waren gar trefflich von unserem Landsmanne, dem Eiderstedter Georg Ovens, in seiner kräftigen Art gemalet; und ich suchte nun mit meinem Pinsel die Züge meines edlen Beschützers nachzuschaffen; zwar in verjüngtem Maßstabe und mir selber zum Genügen; doch hat es später zu einem größeren Bildnis mir gedient, das noch itzt hier in meiner einsamen Kammer die teuerste Gesellschaft meines Alters ist. Das Bildnis seiner Tochter aber lebt mir in meinem Innern.

Oft, wenn ich die Palette hinlegte, stand ich noch lange vor den schönen Bildern. Katharinens Antlitz fand ich in dem der beiden Eltern wieder: des Vaters Stirn, der Mutter Liebreiz um die Lippen: wo aber war hier der harte Mundwinkel, das kluge Auge des Junker Wulf? — Das mußte tiefer aus der Vergangenheit heraufgekommen sein! Langsam ging ich die Reihe der älteren Bildnisse entlang, bis über hundert Jahre weiter hinab. Und siehe, da hing im schwarzen, von den Würmern schon zerfressenen Holzrahmen ein Bild, vor dem ich schon als Knabe, als ob's mich hielte, stillgestanden war. Es stellte eine Edelfrau von etwa vierzig Jahren vor; die kleinen grauen Augen sahen kalt und stechend aus dem harten Antlitz, das nur zur Hälfte zwischen dem weißen Kinntuch und der Schleierhaube sichtbar wurde. Ein leiser Schauer überfuhr mich vor der so lang schon heimgegangenen Seele; und ich sprach zu mir: „Hier, diese ist's! Wie rätselhafte Wege geht die Natur! Ein Säkulum und darüber rinnt es heimlich wie unter einer Decke im Blute der Geschlechter fort; dann, längst vergessen, taucht es plötzlich wieder auf, den Lebenden zum Unheil. Nicht vor dem Sohn des edlen Gerhardus: vor dieser hier und ihres Blutes nachgeborenem Sprößling soll ich Katharinen schützen." Und wieder trat ich vor die beiden jüngsten Bilder, an denen mein Gemüte sich erquickte.

So weilte ich derzeit in dem stillen Saale, wo um mich nur die Sonnenstäublein spielten, unter den Schatten der Gewesenen.

Katharinen sah ich nur beim Mittagessen, das alte Fräulein und den Junker Wulf zur Seite; aber wofern Bas' Ursel nicht in ihren hohen Tönen redete, so war es stets ein stumm und betrübsames Mahl, so daß mir oft der Bissen im Munde quoll. Nicht die Trauer um den Abgeschiedenen war deß Ursach, sondern es lag zwischen Bruder und Schwester, als sei das Tischtuch durchgeschnitten zwischen ihnen. Katharina, nachdem sie fast die Speisen nicht berührt hatte, entfernte sich allzeit bald, mich kaum mit den Augen grüßend; der Junker aber, wenn ihm die Laune stund, suchte mich beim Trunke festzuhalten; hatte mich also hingegen, und, so ich nicht hinaus wollte über mein gestecktes Maß, überdem wieder allerlei Floskuln zu wehren, welche gegen mich gespitzelt wurden.

Inzwischen, nachdem der Sarg schon einige Tage geschlossen gewesen, geschahe die Beisetzung des Herrn Gerhardus drunten in der Kirche des Dorfes, allwo das Erbbegräbnis ist und wo itzt seine Gebeine bei denen seiner Voreltern ruhen, mit denen der Höchste ihnen dereinst eine fröhliche Urstände wolle bescheren!

Es waren aber zu solcher Trauerfestlichkeit zwar mancherlei Leute aus der Stadt und den umliegenden Gütern gekommen, von Angehörigen fast wenige und auch diese nur entfernte, maßen der Junker Wulf der Letzte seines Stammes war, und des Herrn Gerhardus Ehegemahl nicht hiesigen Geschlechts gewesen; darum es auch geschahe, daß in der Kürze alle wieder abgezogen sind.

Der Junker drängte nun selbst, daß ich mein aufgetragen Werk begönne, wozu ich droben in dem Bildersaale an einem nach Norden zu gelegenen Fenster mir schon den Platz erwählt hatte. Zwar kam Bas' Ursel, die wegen ihrer Gicht die Treppen nicht hinaufkonnte, und meinte, es möge am besten in ihrer Stuben oder im Gemach daran geschehen, so sei es uns beiderseits zur Unterhaltung; ich aber, solche Gevatterschaft gar gern entratend, hatte an der dortigen Westsonne einen rechten Malergrund dagegen, und konnte alles Reden ihr nicht nützen. Vielmehr war ich am anderen Morgen schon dabei, die Nebenfenster des Saales zu verhängen und die hohe Staffelei zu stellen, so ich mit der Hilfe Dieterichs mir selber in den letzten Tagen angefertigt.

Als ich eben den Blendrahmen mit der Leinewand daraufgelegt, öffnete sich die Tür aus Herrn Gerhardus' Zimmer, und Katharina trat ein. Aus was für Ursach, wäre schwer zu sagen; aber ich empfand, daß wir uns diesmal fast erschrocken gegenüberstanden; aus der schwarzen Kleidung, die sie nicht abgelegt, schaute das junge Antlitz in gar süßer Verwirrung zu mir auf.

„Katharina", sagte ich, „Ihr wisset, ich soll Euer Bildnis malen: duldet Ihr's auch gern?"

Da zog ein Schleier über ihre braunen Augensterne, und sie sagte leise: „Warum fragt Ihr so, Johannes?"

Wie ein Tau des Glückes sank es in mein Herz. „Nein, nein, Katharina! Aber sagt, was ist, worin kann ich Euch dienen? — Setzet Euch, damit wir nicht so müßig überrascht werden, und dann sprecht! Oder vielmehr, ich weiß es schon. Ihr braucht mir's nicht zu sagen!"

Aber sie setzte sich nicht, sie trat zu mir heran. „Denket Ihr noch, Johannes, wie Ihr einst den Buhz mit Eurem Bogen niederschosset? Das tut diesmal nicht not, obschon er wieder über dem Neste lauert; denn ich bin kein Vöglein, das sich von ihm zerreißen läßt. Aber, Johannes — ich habe einen Blutsfreund — hilf mir wieder den!"

„Ihr meinet Eueren Bruder, Katharina!"

„Ich habe keinen anderen. — — Dem Manne, den ich hasse, will er mich zum Weibe geben! Während unseres Vaters langem Siechbett habe ich den schändlichen Kampf mit ihm gestritten, und erst an seinem Sarg hab ich's ihm abgetrotzt, daß ich in Ruhe um den Vater trauern mag; aber ich weiß, auch das wird er nicht halten."

Ich gedachte eines Stiftsfräuleins zu Preetz, Herrn Gerhardus' einzigen Geschwisters, und meinte, ob die nicht um Schutz und Zuflucht anzugehen sei.

Katharina nickte. „Wollt Ihr mein Bote sein, Johannes? — Geschrieben habe ich ihr schon, aber in Wulfs Hände kam die Antwort, und auch erfahren habe ich sie nicht, nur die ausbrechende Wut meines Bruders, die selbst das Ohr des Sterbenden erfüllet hätte, wenn es noch offen gewesen wäre für den Schall der Welt; aber der gnädige Gott hatte das geliebte Haupt schon mit dem letzten Erdenschlummer zugedecket."

Katharina hatte sich nun doch auf meine Bitte mir gegenüber gesetzt, und ich begann die Umrisse auf die Leinenwand zu zeichnen. So kamen wir zu ruhiger Beratung:

und da ich, wenn die Arbeit weiter fortgeschritten, nach Hamburg mußte, um bei einem Holzschnitzer einen Rahmen zu bestellen, so stelleten wir fest, daß ich alsdann den Umweg über Preetz nähme und also meine Botschaft ausrichtete. Zunächst jedoch sei emsig an dem Werk zu fördern.

*

Es ist gar oft ein seltsam Widerspiel im Menschenherzen. Der Junker mußte es schon wissen, daß ich zu seiner Schwester stand; gleichwohl — hieß nun sein Stolz ihn, mich gering zu schätzen, oder glaubte er mit seiner ersten Drohung mich genug geschrecket — was ich besorgt, traf nicht ein; Katharina und ich waren am ersten wie an den anderen Tagen von ihm ungestört. Einmal zwar trat er ein und schalt mit Katharina wegen ihrer Trauerkleidung, warf aber dann die Tür hinter sich, und wir hörten ihn bald auf dem Hofe ein Reiterstücklein pfeifen. Ein andermal noch hatte er den von der Risch an seiner Seite. Da Katharina eine heftige Bewegung machte, bat ich sie, auf ihrem Platz zu bleiben, und mahlte ruhig weiter. Seit dem Begräbnistage, wo ich einen fremden Gruß mit ihm getauschet, hatte der Junker Kurt sich auf dem Hofe nicht gezeigt; nun trat er näher und beschaute das Bild und redete gar schöne Worte, meine aber auch, weshalb das Fräulein sich so sehr vermummet und nicht vielmehr ihr seidig Haar in feinen Locken auf den Nacken habe wallen lassen; wie es ein engelländischer Poet so trefflich ausgedrücket, „rückwärts den Winden leichte Küsse werfend"? Katharina aber, die bisher geschwiegen, wies auf Herrn Gerhardus' Bild und sagte: „Ihr wisset wohl nicht mehr, daß das mein Vater war!"

Was Junker Kurt hierauf entgegnete, ist mir nicht mehr erinnerlich; meine Person aber schien ihm ganz nicht gegenwärtig oder doch nur gleich einer Maschine, wodurch ein Bild sich auf die Leinewand male. Von letzterem begann er über meinen Kopf hin dies und jenes noch zu reden; da aber Katharina nicht mehr Antwort gab, so nahm er alsbald seinen Urlaub, der Dame angenehme Kurzweil wünschend.

Bei diesen Worten jedennoch sah ich aus seinen Augen einen raschen Blick gleich einer Messerspitze nach mir zücken.

Wir hatten nun weitere Störnis nicht zu leiden, und mit der Jahreszeit rückte auch die Arbeit vor. Schon stund auf den Waldkoppeln draußen der Roggen in silbergrauem Blust, und unten im Garten brachen schon die Rosen auf; wir beide aber — ich mag es heut wohl niederschreiben — wir hätten itzund die Zeit gern stillestehen lassen; an meine Botenreise wagten, auch nur mit einem Wörtlein, weder sie noch ich zu rühren. Was wir gesprochen, wüßte ich kaum zu sagen; nur daß ich von meinem Leben in der Fremde ihr erzählte und wie ich immer heimgedacht; auch daß ihr güldener Pfennig mich ihn Krankheit einst vor Not bewahrt, wie sie in ihrem Kinderherzen es damals fürgesorget, und wie ich später dann gestrebt und mich geängstet, bis ich das Kleinod aus dem Leihhaus mir zurückgewonnen hatte. Dann lächelte sie glücklich; und dabei blühete aus dem dunkeln Grund des Bildes immer süßer das holde Antlitz auf; mir schien's, als sei es kaum mein eigenes Werk. — Mitunter war's, als schaue mich etwas heiß aus ihren Augen an; doch wollte ich es dann fassen, so floh es scheu zurück; und dennoch floß es durch den Pinsel heimlich auf die Leinewand, so daß mir selber kaum bewußt ein sinnberükkend Bild entstand, wie nie zuvor und nie nachher ein solches aus meiner Hand gegangen ist. — — Und endlich war's doch an der Zeit und festgesetzet, am andern Morgen sollte ich meine Reise antreten.

Als Katharina mir den Brief für ihre Base eingehändigt, saß sie noch einmal mir gegenüber. Es wurde heute mit Worten nicht gespielt; wir sprachen ernst und sorgenvoll mitsammen; indessen setzte ich noch hie und da den Pinsel an, mitunter meine Blicke auf die schweigende Gesellschaft an den Wänden werfend, deren ich in Katharinens Gegenwart sonst kaum gedacht hatte.

Da, unter dem Malen, fiel mein Auge auch auf jenes alte Frauenbildnis, das mir zur Seite hing und aus den weißen Schleiertüchern die stechend grauen Augen auf mich gerichtet hielt. Mich fröstelte, ich hätte nahezu den Stuhl verrückt.

Aber Katharinens süße Stimme drang mir in das Ohr: „Ihr seid ja fast erbleichet; was flog Euch übers Herz, Johannes?"

Ich zeigte mit dem Pinsel auf das Bild. „Kennet Ihr die, Katharina? Diese Augen haben hier alle Tage auf uns hingesehen."

„Die da? — Vor der hab ich schon als Kind eine Furcht gehabt, und gar bei Tage bin ich oft wie blind hier durchgelaufen. Es ist die Gemahlin eines früheren Gerhardus; vor weit über hundert Jahren hat sie hier gehauset."

„Sie gleicht nicht Eurer schönen Mutter", entgegnete ich; „dies Antlitz hat wohl vermocht, einer jeden Bitte nein zu sagen."

Katharina sah gar ernst zu mir herüber. „So heißt's auch", sagte sie; „sie soll ihr einzig Kind verfluchet haben; am andern Morgen aber hat man das blasse Fräulein aus einem Gartenteich gezogen, der nachmals zugedämmet ist. Hinter den Hecken, dem Walde zu, soll es gewesen sein."

„Ich weiß, Katharina; es wachsen heut noch Schachtelhalm und Binsen aus dem Boden."

„Wisset Ihr denn auch, Johannes, daß eine unseres Geschlechtes sich noch immer zeigen soll, sobald dem Hause Unheil droht? Man sieht sie erst hier an den Fenstern gleiten, dann draußen in dem Gartensumpf verschwinden."

Ohnwillens wandten meine Augen sich wieder auf die unbeweglichen des Bildes. „Und weshalb", frug ich, „verfluchete sie ihr Kind?"

„Weshalb?" — Katharina zögerte ein Weilchen und blickte mich fast verwirrt an mit allem ihrem Liebreiz. „Ich glaub, sie wollte den Vetter ihrer Mutter nicht zum Ehgemahl."

„War's denn ein gar so übler Mann?"

Ein Blick fast wie ein Flehen flog zu mir herüber, und tiefes Rosenrot bedeckte ihr Antlitz. „Ich weiß nicht", sagte sie beklommen; und leiser, daß ich's kaum vernehmen mochte, setzte sie hinzu: „Es heißt, sie hab einen andern liebgehabt; der war nicht ihres Standes."

Ich hatte den Pinsel sinken lassen: denn sie saß vor mir mit gesenkten Blicken; wenn nicht die kleine Hand sich leis aus ihrem Schoß auf ihr Herz geleget, so wäre sie selber wie ein lebloses Bild gewesen.

So hold es war, ich sprach doch endlich: „So kann ich ja nicht malen; wollet Ihr mich nicht ansehen, Katharina?"

Und als sie nun die Wimpern von den braunen Augensternen hob, da war kein Hehlens mehr; heiß und offen ging der Strahl zu meinem Herzen. „Katharina!" Ich war aufgesprungen. „Hätte jene Frau auch dich verflucht?"

Sie atmete tief auf. „Auch mich, Johannes!" — Da lag ihr Haupt an meiner Brust, und festumschlossen standen wir vor dem Bild der Ahnfrau, die kalt und feindlich auf uns niederschaute.

Aber Katharina zog mich leise fort. „Laß uns nicht trotzen, mein Johannes!" sagte sie. — Mit Selbigem hörte ich im Treppenhause ein Geräusch, und war es, als wenn etwas mit dreien Beinen sich mühselig die Stiegen heraufarbeitete. Als Katharina und ich uns deshalb wieder an unseren Platz gesetzet und ich Pinsel und Palette zur Hand genommen hatte, öffnete sich die Tür, und Bas' Ursel, die wir wohl zuletzt erwartet hätten, kam an ihrem Stock hereingehustet. „Ich höre", sagte sie, „Er will nach Hamburg, um den Rahmen zu besorgen; da muß ich mir nachgerade doch Sein Werk besehen!"

Es ist wohl männiglich bekannt, daß alte Jungfrauen in Liebessachen die allerfeinsten Sinne haben und so der jungen Welt gar oft Bedrang und Trübsal bringen. Als Bas' Ursel auf Katharinas Bild, das sie bislang noch nicht gesehen, kaum einen Blick geworfen hatte, zuckte sie gar stolz empor mit ihrem runzeligen Angesicht und frug mich alsogleich: „Hat denn das Fräulein Ihn so angesehen, als wie sie da im Bilde sitzet?"

Ich entgegnete, es sei ja eben die Kunst der edlen Malerei, nicht bloß die Abschrift des Gesichtes zu geben. Aber schon mußte an unseren Augen oder Wangen ihr Sonderliches aufgefallen sein, denn ihre Blicke gingen spähend hin und wieder. „Die Arbeit ist wohl bald am Ende?" sagte sie dann mit ihrer höchsten Stimme. „Deine Augen haben kranken Glanz, Katharina; das lange Sitzen hat dir wohl nicht gedienet."

Ich entgegnete, das Bild sei bald vollendet, nur an dem Gewande sei noch hie und da zu schaffen.

„Nun, da brauchet Er wohl des Fräuleins Gegenwart nicht mehr dazu! — Komm, Katharina, dein Arm ist besser als der dumme Stecken hier!"

Und so mußt ich denn von der dürren Alten meines Herzens holdselig Kleinod mir entführen sehen, da ich es eben mir gewonnen glaubte; kaum daß die braunen Augen mir noch einen stummen Abschied senden konnten.

*

Am andern Morgen, am Montag vor Johannis, trat ich meine Reise an. Auf einem Gaule, den Dieterich mir besorget, trabte ich in der Frühe aus dem Torweg; als ich durch die Tannen ritt, brach einer von des Junkers Hunden herfür und fuhr meinem Tiere nach den Flechsen; wann schon selbiges aus ihrem eigenen Stalle war, aber der oben im Sattel saß, schien ihnen allzeitig noch verdächtig. Kamen gleichwohl ohne Blessur davon, ich und der Gaul, und landeten abends bei guter Zeit in Hamburg an.

Am andern Vormittage machte ich mich auf und befand auch bald einen Schnitzer, so der Bilderleisten viele fertig hatte, daß man sie nur zusammenzustellen und in den Ecken die Zieraten daraufzutun brauchte. Wurden also handelseinig, und versprach der Meister, mir das alles wohlverpacket nachzusenden.

Nun war zwar in der berühmten Stadt von einem Neubegierigen gar vieles zu beschauen; so in der Schiffergesellschaft des Seeräubers Störtebecker silberner Becher, welcher das zweite Wahrzeichen der Stadt gennenet wird, und ohne den gesehen zu haben, wie es in einem Buche heißet, niemand sagen dürfe, daß er in Hamburg sei gewesen; sodann auch der Wunderfisch mit eines Adlers richtigen Krallen und Fluchten, so eben um diese Zeit in der Elbe war gefangen worden und den die Hamburger, wie ich nachmalen hörete, auf einen Seesieg wider die türkischen Piraten deuteten; allein, obschon ein rechter Reisender solcherlei Seltsamkeiten nicht vorbeigehen soll, so war doch mein Gemüte, beides, von Sorge und von Herzenssehnen, allzusehr beschweret. Derohalben, nachdem ich bei einem Kaufherrn noch meinen Wechsel umgesetzt und in meiner Nachtherbergen Richtigkeit getroffen hatte, bestieg ich am Mittage wieder meinen Gaul und hatte alsobald allen Lärm des großen Hamburg hinter mir.

Am Nachmittage danach langete ich in Preetz an, meldete mich im Stifte bei der hochwürdigen Dame und wurde auch alsbald vorgelassen. Ich erkannte in ihrer stattlichen Person alsogleich die Schwester meines teuren seligen Herrn Gerhardus; nur, wie es sich an unverehelichten Frauen oftmals zeiget, waren die Züge des Antlitzes gleichwohl strenger als die des Bruders. Ich hatte, selbst nachdem ich Katharinas Schreiben überreicht, ein lang und hart Examen zu bestehen; dann aber verhieß sie ihren Beistand und setzete sich zu ihrem Schreibgeräte, indes die Magd mich in ein ander Zimmer führen mußte, allwo man mich gar wohl bewirtete.

Es war schon spät am Nachmittage, da ich wieder fortritt; doch rechnete ich, obschon mein Gaul die vielen Meilen hinter uns bereits verspürete, noch gegen Mitternacht beim alten Dieterich anzuklopfen. — Das Schreiben, das die alte Dame mir für Katharinen mitgegeben, trug ich wohlverwahrt in einem Ledertäschlein unterm Wamse auf der Brust. So ritt ich fürbaß in die aufsteigende Dämmerung hinein, gar bald an sie, die eine, nur gedenkend und immer wieder mein Herz mit neuen lieblichen Gedanken schreckend.

Es war aber eine lauwarme Juninacht; von den dunkelen Feldern erhub sich der Ruch der Wiesenblumen, aus den Knicken duftete das Geißblatt; in Luft und Laub schwebete ungesehen das kleine Nachtgeziefer oder flog auch wohl surrend meinem schnaubenden Gaule an die Nüstern; droben aber an der blauschwarzen ungeheueren Himmelsglocke über mir strahlte im Südost das Sternenbild des Schwanes in seiner unberührten Herrlichkeit.

Da ich endlich wieder auf Herrn Gerhardus' Grund und Boden war, resolvierte ich mich sofort, noch nach dem Dorf hinüberzureiten, welches seitwärts von der Fahrstraßen hinterm Wald gelegen ist. Denn ich gedachte, daß der Krüger Hans Ottsen einen paßlichen Handwagen habe; mit dem solle er morgen einen Boten in die Stadt schicken, um die Hamburger Kiste für mich abzuholen; ich aber wollte nur an sein Kammerfenster klopfen, um ihm solches zu bestellen.

Also ritt ich am Waldesrande hin, die Augen fast verwirrt von den grünlichen Johannisfünkchen, die mit ihren spielerischen Lichtern mich hier umflogen. Und schon ragete groß und finster die Kirche vor mir auf, in deren Mauern Herr Gerhardus bei den Seinen ruhte; ich hörte, wie im Turm soeben der Hammer ausholete, und von der Glocken scholl die Mitternacht ins Dorf hinunter.

„Aber sie schlafen alle", sprach ich bei mir selber, „die Toten in der Kirchen oder unter dem hohen Sternenhimmel hieneben auf dem Kirchhof, die Lebenden noch unter den niederen Dächern, die dort stumm und dunkel vor dir liegen." So ritt ich weiter. Als ich jedoch an den Teich kam, von wo aus man Hans Ottsens Krug gewahren kann, sahe ich von dorten einen dunstigen Lichtschein auf den Weg hinausbrechen, und Fiedeln und Klarinetten schalleten mir entgegen.

Da ich gleichwohl mit dem Wirte reden wollte, so ritt ich herzu und brachte meinen Gaul im Stalle unter. Als ich danach auf die Tenne trat, war es gedrang voll von Menschen, Männern und Weibern, und ein Geschrei und wüst Getreibe, wie ich solches, auch beim Tanz, in früheren Jahren nicht vermerket. Der Schein der Unschlittkerzen, so unter einem Balken auf einem Kreuzholz schwebten, hob manch bärtig und verhauen Antlitz aus dem Dunkel, dem man lieber nicht allein im Wald begegnet wäre. — Aber nicht nur Strolche und Bauernburschen schienen hier sich zu vergnügen; bei den Musikanten, die drüben vor der Döns auf ihren Tonnen saßen, stund der Junker von der Risch; er hatte seinen Mantel über dem einen Arm, an dem andern hing ihm eine derbe Dirne. Aber das Stücklein schien ihm nicht zu gefallen; denn er riß dem Fiedler seine Geige aus den Händen, warf eine Handvoll Münzen auf seine Tonne und verlangte, daß sie ihm den neumodischen Zweitritt aufspielen sollten. Als dann die Musikanten ihm gar rasch gehorchten und wie toll die neue Weise erklingen ließen, schrie er nach Platz und schwang sich in den dichten Haufen; und die Bauernburschen glotzten daraufhin, wie ihm die Dirne im Arme lag, gleich einer Tauben vor dem Geier.

Ich aber wandte mich ab und trat hinten in die Stube, um mit dem Wirt zu reden. Da saß der Junker Wulf beim Kruge Wein und hatte den alten Ottsen neben sich, welchen er mit allerhand Späßen in Bedrängnis brachte; so drohete er, ihm seinen Zins zu steigern, und schüttelte sich vor Lachen, wenn der geängstigte Mann gar jämmerlich um Gnad und Nachsicht supplizierte. — Da er mich gewahr geworden, ließ er nicht ab, bis ich selbdritt mich an den Tisch gesetzet, frug nach meiner Reise, und ob ich in Hamburg mich auch wohl vergnüget; ich aber antwortete nur, ich käme eben von dort zurück, und werde der Rahmen in Kürze in der Stadt eintreffen, von wo Hans Ottsen ihn mit seinem Handwägelchen leichthin möge holen lassen.

Indes ich mit letzterem solches nun verhandelte, kam auch der von der Risch hereingestürmet und schrie dem Wirte zu, ihm einen kühlen Trunk zu schaffen. Der Junker Wulf aber, dem bereits die Zunge schwer im Munde wühlete, faßte ihn am Arm und riß ihn auf den leeren Stuhl hernieder.

„Nun, Kurt!" rief er. „Bist du noch nicht satt von deinen Dirnen! Was soll die Katharina dazu sagen? Komm, machen wir à la mode ein ehrbar Hasard mitsammen!" Dabei hatte er ein Kartenspiel unterm Wams hervorgezogen. „Allons donc! — Dix et dame! — Dame et valet!"

Ich stand noch und sah dem Spiele zu, so dermalen eben Mode worden; nur wünschend, daß die Nacht vergehend und der Morgen kommen möchte. — Der Trunkene schien aber dieses Mal des Nüchternen Übermann; dem von der Risch schlug nacheinander jede Karte fehl.

„Tröste dich, Kurt!" sagte der Junker Wulf, indes er schmunzelnd die Speziestaler auf einen Haufen scharrte:

„Glück in der Lieb'
und Glück im Spiel
Bedenk, für einen
Ist's zu viel!

Laß den Maler dir hier von deiner schönen Braut erzählen. Der weiß sie auswendig; da kriegst du's nach der Kunst zu wissen."

Dem andern, wie mir am besten kund war, mochte aber noch nicht viel vom Liebesglück bewußt sein; denn er schlug fluchend auf den Tisch und sah gar grimmig auf mich her.

„Ei, du bist eifersüchtig, Kurt!" sagte der Junker Wulf vergnüglich, als ob er jedes Wort auf seiner schweren Zunge schmeckete; „aber getröste dich, der Rahmen ist schon fertig zu dem Bilde; dein Freund, der Maler, kommt eben erst von Hamburg."

Bei diesem Worte sah ich den von der Risch aufzucken gleich einem Spürhund bei der Witterung. „Von Hamburg heut? — So muß er Fausti Mantel sich bedienet haben; denn mein Reitknecht sah ihn heut zu Mittag noch in Preetz! Im Stift, bei deiner Base ist er auf Besuch gewesen."

Meine Hand fuhr unversehens nach der Brust, wo ich das Täschlein mit dem Brief verwahret hatte; denn die trunkenen Augen des Junkers Wulf lagen auf mir; und war mir's nicht anders, als sähe er damit mein ganzes Geheimnis offen vor sich liegen. Es währete auch nicht lange, so flogen die Karten klatschend auf den Tisch. „Oho!" schrie er. „Im Stift, bei meiner Base! Du treibst wohl gar doppelt Handwerk, Bursch! Wer hat dich auf den Botengang geschickt?"

„Ihr nicht, Junker Wulf!" entgegnete ich; „und das muß Euch genug sein!" — Ich wollte nach meinem Degen greifen, aber er war nicht da; fiel mir auch bei nun, daß ich ihn an den Sattelknopf gehänget, da ich vorhin den Gaul zu Stall brachte.

Und schon schrie der Junker wieder zu seinem jüngeren Kumpan: „Reiß ihm das Wams auf, Kurt! Es gilt den blanken Haufen hier, du findest eine saubere Briefschaft, die du ungern möchtest bestellet sehen!"

Im selbigen Augenblick fühlte ich auch schon die Hände

des von der Risch an meinem Leibe, und ein wütend Ringen zwischen uns begann. Ich fühlte wohl, daß ich so leicht, wie in der Bubenzeit, ihm nicht mehr über würde; da aber fügete es sich zu meinem Glücke, daß ich ihm beide Handgelenke packte und er also gefesselt vor mir stund. Es hatte keiner von uns ein Wort dabei verlauten lassen; als wir uns aber itzend in die Augen sahen, da wußte jeder, daß er's mit seinem Todfeind zu tun habe.

Solches schien auch der Junker Wulf zu meinen; er strebte von seinem Stuhl empor, als wolle er dem von der Risch zu Hilfe kommen; mochte aber zu viel des Weins genossen haben, denn er taumelte auf seinen Platz zurück. Da schrie er, so laut seine lallende Zunge es noch vermochte: „He, Tartar! Türk! Wo steckt ihr! Tartar, Türk!" Und ich wußte nun, daß die zwo grimmigen Köter, so ich vorhin auf der Tonne an dem Ausschank hatte lungern sehen, mir an die nackte Kehle springen sollten. Schon hörte ich sie durch das Getümmel der Tanzenden daherschnaufen, da riß ich mit einem Ruck jählings meinen Feind zu Boden, sprang dann durch eine Seitentür aus dem Zimmer, die ich schmetternd hinter mir zuwarf, und gewann also das Freie.

Und um mich her war plötzlich wieder die stille Nacht und Mond und Sternenschimmer. In den Stall zu meinem Gaul wagte ich nicht erst zu gehen, sondern sprang flugs über einen Wall und lief über das Feld dem Walde zu. Da ich ihn bald erreichte, suchte ich die Richtung nach dem Herrenhofe einzuhalten; denn es zieht sich die Holzung bis hart zur Gartenmauer. Zwar war die Helle der Himmelslichter hier durch das Laub der Bäume ausgeschlossen; aber meine Augen wurden der Dunkelheit gar bald gewohnt, und da ich das Täschlein sicher unter meinem Wamse fühlte, so tappte ich rüstig vorwärts; denn ich gedachte den Rest der Nacht noch einmal in meiner Kammer auszuruhen, dann aber mit dem alten Dieterich zu beraten, was allfort geschehen sollte; maßen ich wohl sahe, daß meines Bleibens hier nicht fürder sei.

Bisweilen stund ich auch und horchte; aber ich mochte bei meinem Abgang wohl die Tür ins Schloß geworfen und so einen guten Vorsprung mir gewonnen haben: von den

Hunden war kein Laut vernehmbar. Wohl aber, da ich eben aus dem Schatten auf eine vom Mond erhellete Lichtung trat, hörte ich nicht gar fern die Nachtigallen schlagen; und von wo ich ihren Schall hörte, dahin richtete ich meine Schritte; denn mir war wohl bewußt, sie hatten hierherum nur in den Hecken des Herrengartens ihre Nester; erkannte nun auch, wo ich mich befand, und daß ich bis zum Hofe nicht gar weit mehr hatte.

Ging also dem lieblichen Schallen nach, das immer heller vor mir aus dem Dunkel drang. Da plötzlich schlug was anderes an mein Ohr, das jählings näher kam und mir das Blut erstarren machte. Nicht zweifeln konnt ich mehr, die Hunde brachen durch das Unterholz; sie hielten fest auf meiner Spur, und schon hörete ich deutlich hinter mir ihr Schnaufen und ihre gewaltigen Sätze in dem dürren Laub des Waldbodens. Aber Gott gab mir seinen gnädigen Schutz; aus dem Schatten der Bäume stürzte ich gegen die Gartenmauer, und an eines Fliederbaumes Geäst schwang ich mich hinüber. — Da sangen hier im Garten noch die Nachtigallen; die Buchenhecken warfen tiefe Schatten. In solcher Mondnacht war ich einst vor meiner Ausfahrt in die Welt mit Herrn Gerhardus hier gewandelt. „Sieh dir's noch einmal an, Johannes!" hatte dermalen er gesprochen; „es könnt geschehen, daß du bei deiner Heimkehr mich nicht daheim fändest, und daß alsdann ein Willkommen nicht für dich am Tor geschrieben stünde; — ich aber möcht nicht, daß du diese Stätte hier vergäßest."

Das flog mir itzund durch den Sinn, und ich mußte bitter lachen; denn nun war ich hier als ein gehetzet Wild; und schon hörete ich die Hunde des Junkers Wulf gar grimmig draußen an der Gartenmauer rennen. Selbige aber war, wie ich noch tags zuvor gesehen, nicht überall so hoch, daß nicht das wütige Getier hinüber konnte; und rings im Garten war kein Baum, nichts als die dichten Hecken und drüben gegen das Haus die Blumenbeete des seligen Herrn. Da, als eben das Bellen der Hunde wie ein Triumphgeheule innerhalb der Gartenmauer scholl, ersahe ich in meiner Not den alten Efeubaum, der sich mit starken Stamme an dem Turm hinaufreckt; und da dann die Hunde aus den Hecken auf den mondhellen Platz hinausraseten, war ich schon hoch genug, daß sie mit ihrem Anspringen mich nicht mehr erreichen konnten; nur meinen Mantel, so von der Schulter geglitten, hatten sie mit ihren Zähnen mir herabgerisssen.

Ich aber, also angeklammert und fürchtend, es werde das nach oben schwächere Geäste mich auf die Dauer nicht ertragen, blickte suchend um mich, ob ich nicht irgend besseren Halt gewinnen möchte; aber es war nichts zu sehen als die dunklen Efeublätter um mich her. — Da, in solcher Not, hörte ich ober mir ein Fenster öffnen, und eine Stimme scholl zu mir herab — möcht ich sie wieder hören, wenn du, mein Gott, mich bald nun rufen läßt aus diesem Erdental! — „Johannes!" rief sie; leis, doch deutlich genug hörete ich meinen Namen, und ich kletterte höher an dem immer schwächeren Gezweige, indes die schlafenden Vögel um mich auffuhren und die Hunde von unten ein Geheul heraufstießen. — „Katharina! Bist du es wirklich, Katharina?"

Aber schon kam ein zitternd Händlein zu mir herab und zog mich gegen das offene Fenster; und ich sah in ihre Augen, die voll Entsetzen in die Tiefe starrten.

„Komm!" sagte sie. „Sie werden dich zerreißen." Da schwang ich mich in ihre Kammer. — Doch als ich drinnen war, ließ mich das Händlein los, und Katharina sank auf einen Sessel, so am Fenster stund, und hatte ihre Augen dicht geschlossen. Die dicken Flechten ihres Haares lagen auf dem weißen Nachtgewand bis in den Schoß hinab; der Mond, der draußen die Gartenhecken überstiegen hatte, schien voll herein und zeigete mir alles. Ich stund wie fest gezaubert vor ihr; so lieblich fremde und doch so ganz mein eigen schien sie mir; nur meine Augen tranken sich satt an all der Schönheit. Erst als ein Seufzen ihre Brust erhob, sprach ich zu ihr: „Katharina, liebe Katharina, träumet Ihr denn?"

Da flog ein schmerzlich Lächeln über ihr Gesicht: „Ich glaub wohl fast, Johannes! — Das Leben ist so hart; der Traum ist süß!"

Als aber von unten aus dem Garten das Geheul aus neu

heraufkam, fuhr sie erschreckt empor. „Die Hunde, Johannes!" rief sie. „Was ist das mit den Hunden?"

„Katharina", sagte ich, „wenn ich Euch dienen soll, so glaub ich, es muß bald geschehen; denn es fehlt viel, daß ich noch einmal durch die Tür in dieses Haus gelangen sollte." Dabei hatte ich den Brief aus meinem Täschlein hervorgezogen und erzählte auch, wie ich im Kruge drunten mit den Junkern sei in Streit geraten.

Sie hielt das Schreiben in den hellen Mondenschein und las, dann schaute sie mich voll und herzlich an, und wir beredeten, wie wir uns morgen draußen in dem Tannenwalde treffen wollten; denn Katharina sollte noch zuvor erkunden, auf welchen Tag des Junkers Wulfen Abreise zum Kieler Johannismarkte festgesetzet sei.

„Und nun, Katharina", sprach ich, „habt Ihr nicht etwas, das einer Waffe gleichsieht, ein eisern Ellenmaß oder so dergleichen, damit ich der beiden Tiere drunten mich erwehren könne?"

Sie aber schrak jäh wie aus einem Traum empor: „Was sprichst du, Johannes!" rief sie; und ihre Hände, so bislang in ihren Schoß geruhet, griffen nach den meinen. „Nein, nicht fort, nicht fort! Da drunten ist der Tod; und gehst du, so ist auch hier der Tod!"

Da war ich vor ihr hingekniet und lag an ihrer jungen Brust, und wir umfingen uns in großer Herzensnot. „Ach, Käthe", sprach ich, „was vermag die arme Liebe denn! Wenn auch dein Bruder Wulf nicht wäre; ich bin kein Edelmann und darf nicht um dich werben."

Sehr süß und sorglich schauete sie mich an; dann aber kam es wie Schelmerei aus ihrem Munde: „Kein Edelmann, Johannes? — Ich dächte, du seiest auch das! Aber — ach nein! Dein Vater war nur der Freund des meinen — das gilt der Welt wohl nicht!"

„Nein, Käthe; nicht das, und sicherlich nicht hier", entgegnete ich und umfaßte fester ihren jungfräulichen Leib; „aber drüben in Holland, dort gilt ein tüchtiger Maler wohl einen deutschen Edelmann; die Schwelle von Mynheer van Dycks Palaste zu Amsterdam ist wohl dem Höchsten ehrenvoll zu überschreiten. Man hat mich drüben halten wollen, mein Meister van der Helst und andere! Wenn ich dorthin zurückginge, ein Jahr noch oder zwei; dann — wir kommen dann schon von hier fort; bleib mir nur fest gegen eure wüsten Junker!"

Katharinens weiße Hände strichen über meine Locken; sie herzte mich und sagte leise: „Da ich in meine Kammer dich gelassen, so werd ich doch dein Weib auch werden müssen."

Ihr ahnete wohl nicht, welch einen Feuerstrom dies Wort in meine Adern goß, darin ohnedies das Blut in heißen Pulsen ging. — Von dreien furchtbaren Dämonen, von Zorn und Todesangst und Liebe ein verfolgter Mann, lag nun mein Haupt in des vielgeliebten Weibes Schoß.

Da schrillte ein geller Pfiff; die Hunde drunten wurden jählings stille, und da es noch einmal gellte, hörete ich sie wie toll und wild von dannen rennen.

Vom Hofe her wurden Schritte laut, wir horchten auf, daß uns der Atem stillestund. Bald aber wurde dorten eine Tür erst auf-, dann zugeschlagen und dann ein Riegel vorgeschoben. „Das ist Wulf", sagte Katharina leise; „er hat die beiden Hunde in den Stall gesperrt." — Bald hörten wir auch unter uns die Tür des Hausflurs gehen, den Schlüssel drehen und danach Schritte in dem unteren Korridor, die sich verloren, wo der Junker seine Kammer hatte. Dann wurde alles still.

Es war nun endlich sicher, ganz sicher, aber mit unserm Plaudern war es mit einem Male schier zu Ende. Katharina hatte den Kopf zurückgelehnt; nur unser beider Herzen hörete ich klopfen. — „Soll ich nun gehen, Katharina?" sprach ich endlich.

Aber die jungen Arme zogen mich stumm zu ihrem Mund empor; und ich ging nicht.

Kein Laut war mehr als aus des Gartens Tiefe das Schlagen der Nachtigallen und von fern das Rauschen des Wässerleins, das hinten um die Hecken fließt.

Wenn, wie es in den Liedern heißt, mitunter noch in Nächten die schöne heidnische Frau Venus aufersteht und umgeht, um die armen Menschenherzen zu verwirren, so war es dazumalen eine solche Nacht. Der Mondschein war am Himmel ausgetan, ein schwüler Ruch von Blumen hauchte durch das Fenster, und dorten überm Walde spielete die Nacht in stummen Blitzen. — O Hüter, Hüter, war dein Ruf so fern?

Wohl weiß ich noch, daß vom Hofe her plötzlich scharf die Hähne krähten, und daß ich ein blaß und weinend Weib in meinen Armen hielt, die mich nicht lassen wollte, unachtend, daß überm Garten der Morgen dämmerte und roten Schein in unsere Kammer warf. Dann aber, da sie das innewurde, trieb sie, wie von Todesangst geschreckt, mich fort.

Noch einen Kuß, noch hundert; ein flüchtig Wort noch: wann für das Gesind zu Mittag geläutet würde, dann wollten wir im Tannenwald uns treffen; und dann — ich wußte selber kaum, wie mir's geschehen — stund ich im Garten, unten in der kühlen Morgenluft.

Noch einmal, indem ich meinen von den Hunden zerfetzten Mantel aufhob, schaute ich empor und sah ein blasses Händlein mir zum Abschied winken. Nahezu erschrocken aber wurde ich, da meine Augen bei einem Rückblick aus dem Gartensteig von ungefähr die unteren Fenster neben dem Turme streiften; denn mir war, als sähe hinter einem derselbigen ich gleichfalls eine Hand; aber sie drohete nach mir mit aufgehobenem Finger und schien mir farblos und knöchern gleich der Hand des Todes. Doch war's nur wie im Husch, daß solches über meine Augen ging; dachte zwar ernstlich des Märleins von der wiedergehenden Urahne; redete mir dann aber ein, es seien nur meine aufgestörten Sinne, die solch Spiel mir vorgegaukelt hätten.

So, des nicht weiter achtend, schritt ich eilends durch den Garten, merkete aber bald, daß in der Hast ich auf den Binsensumpf geraten; sank auch der eine Fuß bis übers Änkel ein, gleichsam ob ihn was hinunterziehen wollte. „Ei", dachte ich, „faßt das Hausgespinste doch nach dir!" Machte mich aber auf und sprang über die Mauer in den Wald hinab.

Die Finsternis der dichten Bäume sagte meinem träumenden Gemüte zu; hier um mich her war noch die selige Nacht, von welcher meine Sinne sich nicht lösen mochten. — Erst da ich nach geraumer Zeit vom Waldesrande in das offene Feld hinaustrat, wurde ich völlig wach. Ein Häuflein Rehe stund nicht fern im silbergrauen Tau, und über mir vom Himmel scholl das Tageslied der Lerche. Da schüttelte ich all müßig Träumen von mir ab; im selben Augenblick stieg aber auch wie heiße Not die Frage mir ins Hirn: „Was weiter nun, Johannes? Du hast ein teures Leben an dich gerissen; nun wisse, daß dein Leben nichts gilt als nur das ihre!"

Doch was ich seiner mochte, es deuchte mir allfort das beste, wenn Katharina im Stifte sicheren Unterschlupf gefunden, daß ich dann zurück nach Holland ginge, mich dort der Freundeshilfe versichert und alsobald zurückkäm, um sie nachzuholen. Vielleicht, daß sie gar der alten Base Herz erweichet; und schlimmstenfalls — es mußt auch gehen ohne das!

Schon sahe ich uns auf einem fröhlichen Barkschiff die Wellen des grünen Zuidersees befahren, schon hörete ich das Glockenspiel vom Rathausturm Amsterdams und sah am Hafen meine Freunde aus dem Gewühl hervorbrechen und mich und meine schöne Frau mit hellem Zuruf und im Triumph nach unserem kleinen, aber trauten Heim geleiten. Mein Herz war voll von Mut und Hoffnung; und kräftiger und rascher schritt ich aus, als könnte ich bälder so das Glück erreichen.

Es ist doch anders kommen.

In meinen Gedanken war ich allmählich in das Dorf hinabgelanget und trat hier in Hans Ottsens Krug, von wo ich in der Nacht so jählings hatte flüchten müssen. — „Ei, Meister Johannes", rief der Alte auf der Tenne mir entgegen, „was hattet Ihr doch gestern mit unseren gestrengen Junkern? Ich war just draußen bei dem Ausschank; aber da ich wieder eintrat, flucheten sie schier grausam gegen Euch; und auch die Hunde raseten an der Tür, die Ihr hinter Euch ins Schloß geworfen hattet."

Da ich aus solchen Worten abnahm, daß der Alte den Handel nicht wohl begriffen habe, so entgegnete ich nur: „Ihr wisset, der von der Risch und ich, wir haben uns schon als Jungen oft einmal gezauset; da mußt's denn gestern noch so einen Nachschmack geben."

„Ich weiß, ich weiß!" meinte der Alte, „aber der Junker sitzt heut auf seines Vaters Hof; Ihr sollet Euch hüten, Herr Johannes; mit solchen Herren ist nicht sauber Kirschen essen."

Dem zu widersprechen, hatte ich nicht Ursach, sondern ließ mir Brot und Frühtrunk geben und ging dann in den Stall, wo ich mir meinen Degen holete, auch Stift und Skizzenbüchlein aus dem Ranzen nahm.

Aber es war noch lange bis zum Mittagläuten. Also bat ich Hans Ottsen, daß er den Gaul mit seinem Jungen möge zum Hofe bringen lassen; und als er mir solches zugesaget, schritt ich wieder hinaus zum Wald. Ich ging aber bis zu der Stelle auf dem Heidenhügel, von wo man die beiden Giebel des Herrenhauses über die Gartenhecken ragen sieht, wie ich solches schon für den Hintergrund zu Katharinens Bildnis ausgewählt hatte. Nun gedachte ich, daß, wann in zu verhoffender Zeit sie selber in der Fremde leben und wohl das Vaterhaus nicht mehr betreten würde, sie seines Anblicks doch nicht ganz entraten solle; zog also meinen Stift herfür und begann zu zeichnen, gar sorgsam jedes Winkelchen, woran ihr Auge einmal mocht gehaftet haben. Als farbig Schilderei sollt es dann in Amsterdam gefertigt werden, damit es ihr sofort entgegengrüße, wann ich sie dort in unsere Kammer führen würde.

Nach ein paar Stunden war die Zeichnung fertig. Ich ließ noch wie zum Gruß ein zwitschernd Vögelein darüberfliegen; dann suchte ich die Lichtung auf, wo wir uns finden wollten, und streckte mich nebenan im Schatten einer dichten Buche; sehnlich verlangend, daß die Zeit vergehe.

Ich mußte gleichwohl darob eingeschlummert sein; denn ich erwachte von einem fernen Schall und wurd es inne, daß es das Mittagläuten von dem Hofe sei. Die Sonne glühte schon heiß hernieder und verbreitete den Ruch der Himbeeren, womit die Lichtung überdeckt war. Es fiel mir bei, wie einst Katharina und ich uns hier bei unsern Waldgängen süße Wegzehrung geholet hatten; und nun begann ein seltsam Spiel der Phantasie: bald sah ich drüben zwischen den Sträuchern ihre zarte Kindesgestalt, bald stund sie vor mir, mich anschauend, mit den seligen Frauenaugen, wie ich sie letztlich erst gesehen, wie ich sie nun gleich, im nächsten Augenblick, schon leibhaftig an mein klopfend Herze schließen würde.

Da plötzlich überfiel mich's wie ein Schrecken. Wo blieb sie denn? Es war schon lang, daß es geläutet hatte. Ich war aufgesprungen, ich ging umher, ich stund und spähete scharf nach allen Richtungen durch die Bäume; die Angst kroch mir zum Herzen; aber Katharina kam nicht; kein Schritt im Laube raschelte; nur oben in den Buchenwipfeln rauschte ab und zu der Sommerwind.

Böser Ahnung voll ging ich endlich fort und nahm einen Umweg nach dem Hofe zu. Da ich unweit dem Tore zwischen die Eichen kam, begegnete mir Dieterich. „Herr Johannes", sagte er und trat hastig auf mich zu, „Ihr seid die Nacht schon in Hans Ottsens Krug gewesen; sein Junge brachte mir Euren Gaul zurück; — was habet Ihr mit unserem Junker vorgehabt?"

„Warum fragst du, Dieterich?"

„Warum, Herr Johannes? — Weil ich Unheil zwischen euch verhüten möcht."

„Was soll das heißen, Dieterich?" frug ich wieder; aber mir war beklommen, als sollte das Wort mir in der Kehle sticken.

„Ihr werdet's schon selber wissen, Herr Johannes!" entgegnete der Alte. „Mir hat der Wind nur so einen Schall davon gebracht, vor einer Stunde mag's gewesen sein; ich wollte den Burschen rufen, der im Garten an den Hecken putzte. Da ich an den Turm kam, wo droben unser Fräulein ihre Kammer hat, sah ich dorten die alte Bas' Ursel mit unserem Junker dicht beisammenstehn. Er hatte die Arme unterschlagen und sprach kein einzig Wörtlein; die Alte aber redete einen um so größeren Haufen und jammerte ordentlich mit ihrer feinen Stimme. Dabei wies sie bald nieder auf den Boden, bald hinauf in den Efeu, der am Turm hinaufwächst.

Verstanden, Herr Johannes, hab ich von dem allem nichts; dann aber, und nun merket wohl auf, hielt sie mit ihrer knöchern Hand, als ob sie damit drohte, dem

Junker was vor Augen; und da ich näher hinsah, war's ein Fetzen Grauwerk; just, wie Ihr's da an Eurem Mantel traget."

„Weiter, Dieterich!" sagte ich; denn der Alte hatte die Augen auf meinem zerrissenen Mantel, den ich auf dem Arme trug.

„Es ist nicht mehr viel übrig", erwiderte er, „denn der Junker wandte sich jählings nach mir zu und frug mich, wo Ihr anzutreffen wäret. Ihr möget mir es glauben, wäre er in Wirklichkeit ein Wolf gewesen, die Augen hätten blutiger nicht funkeln können."

Da frug ich: „Ist der Junker im Hause, Dieterich?"

„Im Haus? Ich denke wohl; doch was sinnet Ihr, Herr Johannes?"

„Ich sinne, Dieterich, daß ich alsogleich mit ihm zu reden habe."

Aber Dieterich hatte bei beiden Händen mich ergriffen. „Geht nicht, Johannes", sagte er dringend; „erzählt mir zum wenigsten, was geschehen ist; der Alte hat Euch ja sonst wohl guten Rat gewußt."

„Hernach, Dieterich, hernach!" entgegnete ich. Und also mit diesen Worten riß ich meine Hände aus den seinen.

Der Alte schüttelte den Kopf. „Hernach, Johannes", sagte er, „das weiß nur unser Hergott!"

Ich aber schritt nun über den Hof dem Hause zu. — Der Junker sei eben in seinem Zimmer, sagte eine Magd, so ich im Hausflur drum befragte.

Ich hatte dieses Zimmer, das im Unterhaus lag, nur einmal erst betreten. Statt wie bei seinem Vater sel. Bücher und Karten, war hier vielerlei Gewaffen, Handröhre und Arkebusen, auch allerlei Jagdgerät an den Wänden angebracht; sonst war es ohne Zier und zeigte an ihm selber, daß niemand auf die Dauer und mit ihm seinen ganzen Sinnen hier verweile.

Fast wär ich an der Schwelle noch zurückgewichen, da ich auf des Junkers „Herein" die Tür geöffnet; denn als er sich vom Fenster zu mir wandte, sah ich eine Reiterpistole in seiner Hand, an deren Radschloß er hantierte. Er schaute mich an, als ob ich von den Tollen käme. „So", sagte er gedehnt; „wahrhaftig, Sieur Johannes, wenn's nicht schon sein Gespenste ist!"

„Ihr dachtet, Junker Wulf", entgegnete ich, indem ich näher zu ihm trat, „es möchte der Straßen noch andere für mich geben, als die in Eure Kammer führen!"

„So dachte ich, Sieur Johannes! Wie Ihr gut raten könnt! Doch immerhin, Ihr kommt mir eben recht; ich hab Euch suchen lassen!"

In seiner Stimme bebte was, das wie ein lauernd Raubtier auf dem Sprunge lag, so daß die Hand mir unversehens nach dem Degen fuhr. Jedennoch sprach ich: „Höret mich, und gönnet mir ein ruhig Wort, Herr Junker!"

Er aber unterbrach meine Rede: „Du wirst gewogen sein, mich erstlich anzuhören! Sieur Johannes!" — und seine Worte, die erst langsam waren, wurden allmählich gleichwie ein Gebrüll — „vor ein paar Stunden, da ich mit schwerem Kopf erwachte, da fiel's mir bei und reuete mich gleich einem Narren, daß ich im Rausch die wilden Hunde dir auf die Fersen gehetzt hatte; — seit aber die Bas' Ursel mir den Fetzen vorgehalten, den sie dir aus deinem Federbalg gerissen, — beim Höllenelement! mich reut's nur noch, das mir die Bestien solch Stück Arbeit nachgelassen!"

Noch einmal suchte ich zu Wort zu kommen; und da der Junker schwieg, so dachte ich, das er auch hören würde. „Junker Wulf", sagte ich, „es ist schon war, ich bin kein Edelmann; aber ich bin kein geringer Mann in meiner Kunst und hoffe, es auch wohl noch einmal den Größeren gleichzutun; so bitte ich Euch geziementlich, gebet Eure Schwester Katharina mir zum Ehegemahl —"

Da stockte mir das Wort im Munde. Aus seinem bleichen Antlitz starrten mich die Augen des alten Bildes an; ein gellend Lachen schlug mir an das Ohr, ein Schuß — — dann brach ich zusammen und hörte nur noch, wie mir der Degen, den ich ohn' Gedanken fast gezogen hatte, klirrend aus der Hand zu Boden fiel.

*

Es war manche Woche danach, daß ich in dem schon bleicheren Sonnenschein auf einem Bänkchen vor dem letzten Haus des Dorfes saß, mit mattem Blick nach dem Wald hinüberschauend, an dessen jenseitigen Rand das Herrenhaus gelegen war. Meine törichten Augen suchten stets aufs neue den Punkt, wo, wie ich mir vorstellte, Katharinens Kämmerlein von drüben auf die schon herbstlich gelben Wipfel schaue; denn von ihr selbst hatte ich keine Kunde.

Man hatte mich mit meiner Wunde in dies Haus gebracht, das von des Junkers Waldhüter bewohnt wurde; und außer diesem Manne und seinem Weibe und einem mir unbekannten Chirurgus war während meines langen Lagers niemand zu mir gekommen. Von wannen ich den Schuß in meine Brust erhalten, darüber hat mich niemand befragt, und ich habe niemanden Kunde gegeben; des Herzogs Gerichte gegen Herrn Gerhardus' Sohn und Katharinens Bruder anzurufen, konnte nimmer mir zu Sinne kommen. Er mochte sich dessen auch wohl getrösten; noch glaubhafter jedoch, daß er allen diesen Dingen trotzete.

Nur einmal war mein guter Dieterich dagewesen; er hatte mir in des Junkers Auftrage zwei Rollen ungarischer Dukaten überbracht als Lohn für Katharinens Bild, und ich hatte das Geld genommen, in den Gedanken, es sei ein Teil von deren Erbe, von dem sie als mein Weib wohl später nicht zuviel empfangen würde. Zu einem traulichen Gespräch mit Dieterich, nach dem mich sehr verlangte, hatte es mir nicht geraten wollen, maßen das gelbe Fuchsgesicht meines Wirtes allaugenblicks in meine Kammer schaute; doch wurde soviel mir kund, daß der Junker nicht nach Kiel gereist und Katharina seither von niemandem weder in Hof und Garten war gesehen worden; kaum konnte ich den Alten bitten, daß er dem Fräulein, wenn sich's treffen möchte, meine Grüße sage, und daß ich bald nach Holland zu reisen, aber bälder noch zurückzukommen dächte, was alles in Treuen auszurichten er mir dann gelobete.

Überfiel mich aber danach die allergrößte Ungeduld, so daß ich gegen den Willen des Chirurgus und bevor im Walde drüben noch die letzten Blätter von den Bäumen fielen, meine Reise ins Werk setzte; langete auch schon nach kurzer Frist wohlbehalten in der holländischen Hauptstadt an, allwo ich von meinen Freunden gar liebreich empfangen wurde, und mochte es auch ferner vor ein glücklich Zeichen wohl erkennen, daß zwo Bilder, so ich dort zurückgelassen, durch die hilfsbereite Vermittlung meines teuren Meisters van der Helst beide zu ansehnlichen Preisen verkauft waren. Ja, es war dessen noch nicht genug: ein mir schon früher wohlgewogener Kaufherr ließ mir sagen, er habe nur auf mich gewartet, daß ich für sein nach dem Haag verheiratetes Töchterlein sein Bildnis malen möge; und wurde mir auch sofort ein reicher Lohn dafür versprochen. Da dachte ich, wenn ich solches noch vollende, daß dann genug des helfenden Metalles in meinen Händen wäre, um auch ohne andere Mittel Katharinen in ein wohlbestallet Heimwesen einzuführen.

Machte mich also, da mein freundlicher Gönner desselben Sinnes war, mit allem Eifer an die Arbeit, so daß ich bald den Tag meiner Abreise gar fröhlich nah und näher rücken sah, unachtend, mit was für üblen Anständen ich drüben noch zu kämpfen hätte.

Aber des Menschen Augen sehen das Dunkel nicht, das vor ihm ist. — Als nun das Bild vollendet war und reichlich Lob und Gold dessentwillen mir zuteil geworden, da konnte ich nicht fort. Ich hatte in der Arbeit meiner Schwäche nicht geachtet, die schlechtgeheilte Wunde warf mich wiederum darnieder. Eben wurden zum Weihnachtsfeste auf allen Straßenplätzen die Waffelbuden aufgeschlagen, da begann mein Siechtum und hielt mich länger als das erstemal gefesselt. Zwar der besten Arzteskunst und liebreicher Freundespflege war kein Mangel, aber in Ängsten sah ich Tag um Tag vergehen, und keine Kunde konnte von ihr, keine zu ihr kommen.

Endlich nach harter Winterzeit, da der Zuidersee wieder seine grünen Wellen schlug, geleiteten die Freunde mich zum Hafen; aber statt des frohen Mutes nahm ich itzt schwere Herzenssorge mit an Bord. Doch ging die Reise rasch und gut vonstatten.

Von Hamburg aus fuhr ich mit der Königlichen Post; dann, wie vor nun fast einem Jahre hiebevor, wanderte ich zu Fuß durch den Wald, an dem noch kaum die Spitzen grüneten. Zwar probten schon die Finken und die Ammern ihren Lenzgesang; doch was kümmerten sie mich heute! — Ich ging aber nicht nach Herrn Gerhardus' Herrengut; sondern, so stark mein Herz auch klopfte, ich bog seitwärts ab und schritt am Waldesrand entlang dem Dorfe zu. Da stand ich bald in Hans Ottsens Krug und ihm gar selber gegenüber.

Der Alte sah mich recht seltsam an, meinte aber dann, ich lasse ja recht munter. „Nur", fügte er bei, „mit Schießbüchsen müsset Ihr nicht wieder spielen; die machen ärgere Flecken als so ein Malerpinsel."

Ich ließ in gern bei solcher Meinung, so ich wohl merkete, hier allgemein verbreitet war, und trat vors erste eine Frage nach dem alten Dieterich.

Da mußte ich vernehmen, das er noch vor dem ersten Winterschnee, wie es starken Leuten wohl passierte, eines plötzlichen, wenn auch gelinden Todes verfahren sei. „Der freute sich", sagte Hans Ottsen, „daß er zu seinem alten Herrn da droben kommen; und es ist für ihn auch besser so."

„Amen!" sagte ich; „mein herzlieber alter Dieterich!"

Indes aber mein Herz nur, und immer banger, nach einer Kundschaft von Katharinen seufzete, nahm meine furchtsame Zunge einen Umweg, und ich sprach beklommen: „Was macht denn Euer Nachbar, der von Risch?"

„Oho", lachte der Alte; „der hat ein Weib genommen, und eine, die ihn schon zur Richte setzen wird."

Nur im ersten Augenblick erschrak ich, denn ich sagte mir sogleich, daß er nicht von Katharinen reden würde; und da er dann den Namen nannte, so war's ein ältlich, aber reiches Fräulein aus der Nachbarschaft; forschte also mutig weiter; wie's drüben in Herrn Gerhardus' Haus bestellt sei, und wie das Fräulein und der Junker miteinander hauseten.

Da warf der Alte mir wieder seine seltsamen Blicke zu. „Ihr meinet wohl", sagte er, „daß alte Türm und Mauern nicht auch plaudern könnten!"

„Was soll's der Rede?" rief ich; aber sie fiel mir zentnerschwer aufs Herz.

„Nun, Herr Johannes", und der Alte sah mir gar zuversichtlich in die Augen, „wo das Fräulein hingekommen, das werdet Ihr doch am besten wissen! Ihr seid derzeit im Herbst ja nicht zum letzten hier gewesen; nur wundert's mich, daß Ihr noch einmal wiederkommen; den Junker Wulf wird, denk ich, nicht eben gute Mine zum bösen Spiel gemacht haben."

Ich sah den alten Menschen an, als sei ich selber hintersinnig geworden; dann aber kam mir plötzlich ein Gedanke. „Unglücksmann!" schrie ich, „Ihr glaubt doch nicht etwan, das Fräulein Katharina sei mein Eheweib geworden?"

„Nun lasset mich nur los!" entgegnete der Alte — denn ich schüttelte ihn an beiden Schultern. — „Was geht's mich an! Es geht die Rede so! Auf alle Fälle; seit Neujahr ist das Fräulein im Schloß nicht mehr gesehen worden."

Ich schwur ihm zu, derzeit sei ich in Holland krank gelegen; ich wisse nichts von alledem.

Ob er's geglaubet, weiß ich nicht zu sagen; allein er gab mir kund, es solle dermalen ein unbekannter Geistlicher zur Nachtzeit und in großer Heimlichkeit auf den Herrenhof gekommen sein; zwar habe Bas' Ursel das Gesinde schon zeitlich in ihre Kammern getrieben; aber der Mägde eine, so durch den Türspalt gelauschet, wolle auch mich über den Flur nach der Treppe haben gehen sehen; dann später hätten sie deutlich einen Wagen aus dem Torhaus fahren hören, und seien seit jener Nacht nur noch Bas' Ursel und der Junker in dem Schloß gewesen.

*

Was ich von nun an alles und immer doch vergebens unternommen, um Katharinen oder auch nur eine Spur von ihr zu finden, das soll nicht hier verzeichnet werden. Im Dorfe war nur das törichte Geschwätz, davon Hans Ottsen mich die Probe schmecken lassen; darum machte ich mich auf nach dem Stifte zu Herrn Gerhardus' Schwester; aber die Dame wollte mich nicht vor sich lassen; wurde im übrigen mir auch berichtet, das keinerlei junges Frauenzimmer bei ihr gesehen worden. Da reiste ich wieder zurück und demütigte mich also, daß ich nach dem Haus des von der Risch ging und als ein Bittender vor meinen alten Widersacher hintrat. Der sagte höhnisch, es möge wohl der Buhz das Vöglein sich geholet haben; er habe dem nicht nachgeschaut; auch halte er keinen Aufschlag mehr mit denen von Herrn Gerhardus' Hofe.

Der Junker Wulf gar, der davon vernommen haben mochte, ließ nach Hans Ottsens Kruge sagen, so ich mich unterstünde, zu ihm zu dringen, er würde mich noch einmal mit den Hunden hetzen lassen. — Da bin ich in den Wald gegangen und hab gleich einem Strauchdieb am Weg auf ihn gelauert; die Eisen sind von der Scheide bloß geworden; wir haben gefochten, bis ich die Hand ihm wund gehauen und sein Degen in die Büsche flog. Aber er sahe mich nur mit seinen bösen Augen an; gesprochen hat er nicht. — Zuletzt bin ich zu längerem Verbleiben nach Hamburg gekommen, von wo aus ich ohne Anstand und mit größter Umsicht meine Nachforschungen zu betreiben dachte.

Es ist alles doch umsonst gewesen.

*

Aber ich will vors erste nun die Feder ruhen lassen. Denn vor mir liegt dein Brief, mein lieber Josias; ich soll dein Töchterlein, meiner Schwester sel. Enkelin, aus der Taufe heben. — Ich werde auf meiner Reise dem Walde vorbeifahren, so hinter Herrn Gerhardus' Hof gelegen ist. Aber das alles gehöret ja der Vergangenheit.

*

Hier schließt das erste Heft die Handschrift. — Hoffen wir, daß der Schreiber ein fröhliches Tauffest gefeiert und inmitten seiner Freundschaft an frischer Gegenwart sein Herz erquickt habe.

Meine Augen ruhten auf dem alten Bild mir gegenüber; ich konnte nicht zweifeln, der schöne ernste Mann war Herr Gerhardus. Wer aber war jener tote Knabe, den ihm

Meister Johannes hier so sanft in seinen Arm gebettet hatte? — Sinnend nahm ich das zweite und zugleich letzte Heft, dessen Schriftzüge um ein Weniges unsicherer erschienen. Es lautete, wie folgt:

> Geliek as Rook und Stoof verswindt,
> Also sind ock Menschenkind.

Der Stein, darauf diese Worte eingehauen stehen, saß ob dem Türsims eines alten Hauses. Wenn ich daran vorbeiging, mußte ich allzeit meine Augen dahin wenden, und auf meinen einsamen Wanderungen ist dann selbiger Spruch oft lange mein Begleiter geblieben. Da sie im letzten Herbst das Haus abbrachen, habe ich aus den Trümmern diesen Stein erstanden, und ist er heute gleicherweise ob der Türe meines Hauses eingemauert worden, wo er nach mir noch manchen, der vorübergeht, an die Nichtigkeit des Irdischen erinnern möge. Mir aber soll er eine Mahnung sein, ehbevor auch an meiner Uhr der Weiser stillesteht, mit der Aufzeichnung meines Lebens fortzufahren. Denn du, meiner lieben Schwester Sohn, der du nun bald mein Erbe sein wirst, mögest mit meinem kleinen Erdengute dann auch mein Erdenleid dahinnehmen, so ich bei meiner Lebzeit niemandem, auch aller Liebe ohnerachtet, dir nicht habe anvertrauen mögen.

Item: Anno 1666 kam ich zum erstenmal in diese Stadt an der Nordsee; maßen von einer reichen Branntweinbrenner-Witwe mir der Auftrag worden, die Auferweckung Lazari zu malen, welches Bild sie zum schuldigen und freundlichen Gedächtnis ihres Seligen, der hiesigen Kirchen aber zum Zierat zu stiften gedachte, allwo es dann auch noch heute über dem Taufsteine mit den vier Aposteln zu schauen ist. Daneben wünschte auch der Bürgermeister, Herr Titus Axen, so früher in Hamburg Turmherr und mir von dort bekannt war, sein Conterfey von mir gemalet, so daß ich für eine lange Zeit allhier zu schaffen hatte. — Mein Losament aber hatte ich bei meinem einzigen und älteren Bruder, der seit lange schon das Sekretariat der Stadt bekleidete; das Haus, darin er als unbeweibter

Mann lebte, war hoch und räumlich, und war es dasselbige Haus mit den zwo Linden an der Ecken von Markt und Krämerstraße, worin ich, nachdem es mir durch meines lieben Bruders Hintritt angestorben, anitzt als alter Mann noch lebe und der Wiedervereinigung mit den vorangegangenen Lieben in Demut entgegenharre.

Meine Werkstätte hatte ich mir in den großen Pesel der Witwe eingerichtet; es war dorthin ein gutes Oberlicht zur Arbeit, und bekam alles gemacht und gestellet, wie ich es verlangen mochte. Nur daß die gute Frau selber gar zu gegenwärtig war; denn allaugenblick kam sie draußen von ihrem Schenktisch zu mir hergetrottet mit ihren Blechgefäßen in der Hand; drängte mit ihrer Wohlbeleibtheit mir auf den Malstock und roch an meinem Bild herum; gar eines Vormittags, da ich soeben den Kopf des Lazarus untermalet hatte, verlangte sie mit viel überflüssigen Worten, der auferweckte Mann solle das Antlitz ihres Seligen zur Schau stellen, obschon ich diesen Seligen doch niemalen zu Gesichte bekommen, von meinem Bruder auch vernommen hatte, daß selbiger, wie es die Brenner pflegen, das Zeichen seines Gewerbes als eine blaurote Nasen im Gesicht herumgetragen; da habe ich denn, wie man glauben mag, dem unvernünftigen Weibe gar hart den Daumen gegenhalten müssen. Als dann von der Außendiele her wieder neue Kundschaft nach ihr gerufen und mit den Gefäßen auf den Schank geklopft, und sie endlich von mir lassen müssen, da sank mir die Hand mit dem Pinsel in den Schoß, und ich mußte plötzlich des Tages gedenken, da ich eines gar anderen Seligen Antlitz mit dem Stifte nachgebildet, und wer da in der kleinen Kapelle so still bei mir gestanden sei. — Und also rückwärts sinnend setzte ich meinen Pinsel wieder an; als aber selbiger eine gute Weile hin und wider gegangen, mußte ich zu eigener Verwunderung gewahren, daß ich die Züge des edlen Herrn Gerhardus in des Lazari Angesicht hineingetragen hatte. Aus seinem Leilach blickte des Toten Antlitz gleichwie in stummer Klage gegen mich, und ich gedachte: So wird er dir einstmals in der Ewigkeit entgegentreten!

Ich konnte heute nicht weitermalen, sondern ging fort

und schlich auf meine Kammer ober der Haustür, allwo ich mich ans Fenster setzte und durch den Ausschnitt der Lindenbäume auf den Markt hinabsah. Es gab aber groß Gewühl dort, und war bis drüben an der Ratswaage und weiter bis zur Kirchen alles voll von Wagen und Menschen; denn es war ein Donnerstag und noch zur Stunde, daß Gast mit Gaste handeln durfte, also daß der Stadtknecht mit dem Griper müßig auf unseres Nachbarn Beischlag saß, maßen es vor der Hand keine Brüchen zu erhaschen gab. Die Ostenfelder Weiber mit ihren roten Jakken, die Mädchen von den Inseln mit ihren Kopftüchern und feinem Silberschmuck, dazwischen die hochgetürmten Getreidewagen und darauf die Bauern in ihren gelben Lederhosen — dies alles mochte wohl ein Bild für eines Malers Auge geben, zumal wenn selbiger, wie ich, bei den Holländern in die Schule gegangen war; aber die Schwere meines Gemütes machte das bunte Bild mir trübe. Doch war es keine Reu, wie ich vorhin schon an mir erfahren hatte; ein sehnend Leid kam immer gewaltiger über mich; es zerfleischte mich mit wilden Krallen und sah mich gleichwohl mit holden Augen an. Drunten lag der helle Mittag auf dem wimmelnden Markte; vor meinen Augen aber dämmerte silberne Mondnacht, wie Schatten stiegen ein paar Zackengiebel auf, ein Fenster klirrte, und gleich wie aus Träumen schlugen leis und fern die Nachtigallen.

O du mein Gott und mein Erlöser, der du die Barmherzigkeit bist, wo war sie in dieser Stunde, wo hatte meine Seele sie zu suchen? — —

Da hörete ich draußen unter dem Fenster von einer harten Stimme meinen Namen nennen, und als ich hinausschaute, ersahe ich einen großen hageren Mann in der üblichen Tracht eines Predigers, obschon sein herrisch und finster Antlitz mit dem schwarzen Haupthaar und dem tiefen Einschnitt ob der Nase wohl eher einem Kriegsmann angestanden wäre. Er wies soeben einem anderen, untersetzten Manne von bäuerischem Aussehen, aber gleich ihm in schwarzwollenen Strümpfen und Schnallenschuhen, mit seinem Handstocke nach unserer Haustür zu, indem er selbst zumal durch das Marktgewühle von dannen schritt.

Da ich dann gleich darauf die Türglocke schellen hörte, ging ich hinab und lud den Fremden in das Wohngemach, wo er von dem Stuhle, darauf ich ihn genötigt hatte, mich gar genau und aufmerksam betrachtete.

Also war selbiger der Küster aus dem Dorfe norden der Stadt, und ich erfuhr bald, daß man dort einen Maler brauche, da man des Pastors Bildnis in die Kirche stiften wolle. Ich forschete ein wenig, was für ein Verdienst um die Gemeinde dieser sich erworben hätte, daß sie solche Ehr ihm anzutun gedächten, da er doch seines Alters halber noch gar nicht lange im Amte stehen könne; der Küster aber meinte, es habe der Pastor freilich wegen eines Stück Ackergrundes einmal einen Prozeß gegen die Gemeinde angestrenget, sonst wisse er eben nicht, was sonders könne vorgefallen sein; allein es hingen allbereits die drei Amtsverweser in der Kirchen, und da sie, wie er sagen müsse, vernommen hätten, ich verstünde das Ding gar wohl zu machen, so sollte der guten Gelegenheit wegen nun auch der vierte Pastor mit hinein; dieser selber freilich kümmere sich nicht eben viel darum.

Ich hörete dem allen zu; und da ich mit meinem Lazarus am liebsten auf eine Zeit pausieren mochte, das Bildnis des Herrn Titus Axen aber wegen eingetretenen Siechtums desselbigen nicht beginnen konnte, so hub ich an, dem Aufträge näher nachzufragen.

Was mir an Preis für solche Arbeit geboten wurde, war zwar gering, so daß ich ernstlich dachte: sie nehmen dich für einen Pfennigmaler, wie sie im Kriegstrosse mitziehen, um die Soldaten für ihre heimgebliebenen Dirnen abzumalen; aber es mutete mich plötzlich an, auf eine Zeit allmorgendlich in der goldenen Herbstsonne über die Heide nach dem Dorfe hinauszuwandern, das nur eine Wegstunde von unserer Stadt gelegen ist. Sagete also zu, nur mit dem Beding, daß die Malerei draußen auf dem Dorfe vor sich ginge, da hier in meines Bruders Hause päßliche Gelegenheit nicht befindlich sei.

Des schien der Küster ganz vergnügt, meinend, das sei alles hiebevor schon fürgesorget; der Pastor hab sich solches gleichfalls ausbedungen; item, es sei dazu die Schulstube in seiner Küsterei erwählet; selbige sei das zweite Haus im Dorfe und liege nah am Pastorate, nur hintenaus durch die Priesterkoppel davon geschieden, so daß also der Pastor leicht hinübertreten könne. Die Kinder, die im Sommer doch nichts lernten, würden dann nach Hause geschicket.

Also schüttelten wir uns die Hände, und da der Küster auch die Maße des Bildes fürsorglich mitbrachte, so konnte alles Malgerät, des ich bedurfte, schon nachmittags mit der Priesterfuhr hinausbefördert werden.

Als mein Bruder dann nach Hause kam — erst spät am Nachmittage; denn ein ehrsamer Rat hatte dermalen viel Bedrängnis von einer Schinderleichen, so die ehrlichen Leute nicht zu Grabe tragen wollten — meinete er, ich bekäme da einen Kopf zu malen, wie er nicht oft auf einem Priesterkragen sitze, und möchte mich mit Schwarz und Braunrot wohl versehen; erzählete mir auch, er sei der Pastor als Feldkapellan mit den Brandenburgern hier ins Land gekommen, als welcher er's fast wilder als die Offiziers getrieben haben solle; sei übrigens itzt ein scharfer Streiter vor dem Herrn, der seine Bauern gar meisterlich zu packen wisse. — Noch merkete mein Bruder an, daß bei desselbigen Amtseintritt in unserer Gegend adelige Fürsprache eingewirket haben solle, wie es heiße, von drüben aus dem Holsteinischen her; der Archidiakonus habe bei der Klosterrechnung ein Wörtlein davon fallen lassen. War jedoch Weiteres meinem Bruder darob nicht kund geworden.

*

So sahe mich denn die Morgensonne des nächsten Tages rüstig über die Heide schreiten, und war mir nur leid, daß letztere allbereits ihr rotes Kleid und ihren Würzeduft verbrauchet und also diese Landschaft ihren ganzen Sommerschmuck verloren hatte; denn von grünen Bäumen war weithin nichts zu sehen; nur der spitze Kirchturm des Dorfes, dem ich zustrebte — wie ich bereits erkennen mochte, ganz von Granitquadern auferbauet — stieg immer höher vor mir in den dunkelblauen Oktoberhimmel. Zwischen den schwarzen Strohdächern, die an seinem Fuß lagen, krüppelte nur niedrig Busch- und Baumwerk; denn der Nordwestwind, so hier frisch von der See heraufkommt, will freien Weg zu fahren haben.

Als ich das Dorf erreichet und auch alsbald mich nach der Küsterei gefunden, stürzete mir sofort mit lustigem Geschrei die ganze Schul entgegen; der Küster aber hieß an seiner Haustüre mich willkommen. „Merket Ihr wohl, wie gern sie von der Fibel laufen!" sagte er. „Der eine Bengel hatte Euch schon durchs Fenster kommen sehen."

In dem Prediger, der gleich danach ins Haus trat, erkannte ich denselbigen Mann, den ich schon tags zuvor gesehen hatte. Aber auf seine finstere Erscheinung war heute gleichsam ein Licht gesetzet; das war ein schöner blasser Knabe, den er an der Hand mit sich führte; das Kind mochte etwan vier Jahre zählen und sahe fast winzig aus gegen des Mannes hohe knochige Gestalt.

Da ich die Bildnisse der früheren Prediger zu sehen wünschte, so gingen wir mitsammen in die Kirche, welche also hoch gelegen ist, daß man nach den anderen Seiten über Marschen und Heide, nach Westen aber auf den nicht gar fernen Meeresstrand hinunterschauen kann. Es mußte eben Flut sein; den die Watten waren überströmet, und das Meer stund wie ein lichtes Silber. Da ich anmerkete, wie oberhalb desselben Spitze des Festlandes und von der anderen Seite diejenige der Insel sich gegeneinanderstrecketen, wies der Küster auf die Wasserfläche, die dazwischen liegt. „Dort", sagte er, „hat einst meiner Eltern Haus gestanden; aber Anno 34 bei der großen Flut trieb es gleich hundert anderen in den grimmen Wassern; auf der einen Hälfte des Daches ward ich an diesen Strand geworfen, auf der anderen fuhren Vater und Bruder in die Ewigkeit hinaus."

Ich dachte: „So stehet die Kirche wohl am rechten Ort; auch ohne Pastor wird hier vernehmentlich Gottes Wort geprediget."

Der Knabe, welchen letzterer auf den Arm genommen hatte, hielt dessen Nacken mit beiden Ärmchen fest umschlungen und drückte die zarte Wange an das schwarze bärtige Gesicht des Mannes, als finde er so den Schutz vor der ihn schreckenden Unendlichkeit, die dort vor unseren Augen ausgebreitet lag.

Als wir in das Schiff der Kirche eingetreten waren, betrachtete ich mir die alten Bildnisse und sahe auch einen Kopf darunter, der wohl eines guten Pinsels wert gewesen wäre; jedennoch war es alles eben Pfennigmalerei, und sollte demnach der Schüler van der Helsts hier in gar sondere Gesellschaft kommen.

Da ich solches eben in meiner Eitelkeit bedachte, sprach die harte Stimme des Pastors neben mir: „Es ist nicht meines Sinnes, daß der Schein des Staubes dauere, wenn der Odem Gottes ihn verlassen; aber ich habe der Gemeinde Wunsch nicht widerstreben mögen; nur, Meister, machet es kurz, ich habe besseren Gebrauch für meine Zeit."

Nachdem ich dem finsteren Manne, an dessen Antlitz ich gleichwohl für meine Kunst Gefallen fand, meine beste Bemühung zugesaget, fragete ich einem geschnitzten Bilde der Maria nach, so von meinem Bruder mir war gerühmet worden.

Ein fast verachtend Lächeln ging über des Predigers Angesicht. „Da kommet Ihr zu spät", sagte er, „es ging in Trümmer, da ich's aus der Kirche schaffen ließ."

Ich sah ihn fast erschrocken an. „Und wollet Ihr des Heilands Mutter nicht in Eurer Kirche dulden?"

„Die Züge von des Heilands Mutter", entgegnete er, „sind nicht überliefert worden."

„Aber wollet Ihr's der Kunst mißgönnen, sie in frommem Sinn zu suchen?"

Er sah eine Weile finster auf mich herab; denn, obschon ich zu den Kleinen nicht zu zählen, so überragte er mich doch um eines halben Kopfes Höhe; — dann sprach er heftig: „Hat nicht der König die holländischen Papisten dort auf die zerrissene Insel herberufen; nur um durch das Menschenwerk der Deiche des Höchsten Strafgericht zu trotzen? Haben nicht noch letztlich die Kirchenvorsteher drüben in der Stadt sich zwei der Heiligen in ihre Gestühle schnitzen lassen? Betet und wachet! Denn auch hier geht Satan von Haus zu Haus! Diese Marienbilder sind nichts als Säugeammen der Sinnenlust und des Papismus; die Kunst hat allezeit mit der Welt gebuhlt!"

Ein dunkles Feuer glühte in seinen Augen, aber seine Hand lag liebkosend auf dem Kopf des blassen Knaben, der sich an seine Knie schmiegte.

Ich vergaß darob, des Pastors Worte zu erwidern; mahnete aber danach, daß wir in die Küsterei zurückgingen, wo ich alsdann meine edle Kunst an ihrem Widersacher selber zu erproben anhub.

*

Also wanderte ich fast einen Morgen um den anderen über die Heide nach dem Dorfe, wo ich allezeit den Pastor schon meiner harrend antraf. Geredet wurde wenig zwischen uns; aber das Bild nahm desto rascheren Fortgang. Gemeiniglich saß der Küster neben uns und schnitzte allerlei Geräte gar säuberlich aus Eichenholz, dergleichen als eine Hauskunst hier überall betrieben wird; auch habe ich das Kästlein, woran er derzeit arbeitete, von ihm erstanden und darin vor Jahren die ersten Blätter dieser Niederschrift hinterlegt, alswie denn auch mit Gottes Willen diese letzten drin sollen beschlossen sein.

In des Predigers Wohnung wurde ich nicht geladen und betrat selbige auch nicht; der Knabe aber war allzeit mit ihm in der Küsterei; er stand an seinen Knien, oder er spielte mit Kieselsteinchen in der Ecke des Zimmers. Da ich selbigen einmal fragte, wie er heiße, antwortete er: „Johannes!" — „Johannes?" entgegnete ich, so heiße ich ja auch!" — Er sah mich groß an, sagte aber weiter nichts.

Weshalb rühreten diese Augen so an meine Seele? — Einmal gar überraschte mich ein finsterer Blick des Pastors, daß ich den Pinsel müßig auf der Leinwand ruhen ließ. Es war etwas in dieses Kindes Antlitz, das nicht aus seinem kurzen Leben kommen konnte; aber es war kein froher Zug. So, dachte ich, sieht ein Kind, das unter einem kummerschweren Herzen ausgewachsen. Ich hätte oft die Arme nach ihm breiten mögen; aber ich scheute mich vor dem harten Manne, der es gleich einem Kleinod zu behüten schien. Wohl dachte ich oft: „Welch eine Frau mag des Knaben Mutter sein?" —

Des Küsters alte Magd hatte ich einmal nach des Predigers Frau befragt; aber sie hatte mir kurzen Bescheid gegeben: „Die kennt man nicht; in die Bauernhäuser kommt sie kaum, wenn Kindelbier und Hochzeit ist." — Der Pastor selbst sprach nicht von ihr. Aus dem Garten der Küsterei, welcher in eine dichte Gruppe von Fliederbüschen ausläuft, sahe ich sie einmal langsam über die Priesterkoppel nach ihrem Hause gehen; aber sie hatte mir den Rücken zugewendet, so daß ich nur ihre schlanke jugendliche Gestalt gewahren konnte, und außerdem ein paar gekräuselte Löckchen, in der Art, wie sie sonst nur von den Vornehmeren getragen werden und die der Wind von ihren Schläfen wehte. Das Bild ihres finsteren Ehegesponsen trat mir vor die Seele, und mir schien, es passe dieses Paar nicht wohl zusammen.

An den Tagen, wo ich nicht da draußen war, hatte ich auch die Arbeit an meinen Lazarus wiederaufgenommen, so daß nach einiger Zeit diese Bilder miteinander nahezu vollendet waren.

So saß ich eines Abends nach vollbrachtem Tagewerke mit meinem Bruder unten in unserem Wohngemach. Auf dem Tisch am Ofen war die Kerze fast herabgebrannt, und die holländische Schlaguhr hatte schon auf elf gewarnt; wir aber saßen am Fenster und hatten die Gegenwart vergessen; denn wir gedachten der kurzen Zeit, die wir mitsammen in unserer Eltern Haus verlebt hatten; auch unseres einzigen lieben Schwesterleins gedachten wir, das im ersten Kindbette verstorben und nun seit lange schon mit Vater und Mutter einer fröhlichen Auferstehung entgegenharrete. Wir hatten die Läden nicht vorgeschlagen; denn es tat uns wohl, durch das Dunkel, so draußen auf den Erdenwohnungen der Stadt lag, in das Sternenlicht des ewigen Himmels hinaufzublicken.

Am Ende verstummten wir beide in uns selber, und wie auf einem dunklen Strome trieben meine Gedanken zu ihr, bei der sie allzeit Rast und Unrast fanden. — — Da, gleich einem Stern aus unsichtbaren Höhen, fiel es mir jählings in die Brust: Die Augen des schönen blassen Knaben, es waren ja ihre Augen! Wo hatte ich meine Sinne denn gehabt! — — Aber dann, wenn sie es war, wenn ich sie selber schon gesehen! — Welch schreckbare Gedanken stürmten auf mich ein.

Indem legte sich die eine Hand meines Bruders mir auf die Schulter, mit der anderen wies er auf den dunklen Markt hinaus, von wannen aber itzt ein heller Schein zu uns herüberschwankte. „Sieh nur!" sagte er. „Wie gut, daß wir das Pflaster mit Sand und Heide ausgestopft haben! Die kommen von des Glockengießers Hochzeit; aber an ihren Stockleuchten sieht man, daß sie gleichwohl hin und wieder stolpern."

Mein Bruder hatte recht. Die tanzenden Leuchten zeugeten deutlich von der Trefflichkeit des Hochzeitsschmauses; sie kamen uns so nahe, daß die zwei gemalten Scheiben, so letzlich von meinem Bruder als einen Glasers Meisterstück erstanden waren, in ihren satten Farben wie in Feuer glühten. Als dann die Gesellschaft an unserem Hause laut redend in die Krämergasse einbog, hörte ich einen unter ihnen sagen: „Ei freilich, das hat der Teufel uns verpurret! Habe mich leblang darauf gespitzet, einmal eine richtige Hex so in der Flammen singen zu hören!"

Die Leuchten und die lustigen Leute gingen weiter, und draußen die Stadt lag wieder still und dunkel.

„O weh!" sprach mein Bruder; „den trübet, was mich tröstet."

Da fiel es mir erst wieder bei, daß am nächsten Morgen die Stadt ein grausam Spektakel vor sich habe. Zwar war die junge Person, so wegen einbekannten Bündnisses mit dem Satan zu Aschen sollte verbrannt werden, am heutigen Morgen vom Frone tot in ihrem Kerker aufgefunden worden; aber dem toten Leibe mußte gleichwohl sein peinlich Recht geschehen.

Das war nun vielen Leuten gleich einer kaltgestellten Suppen. Hatte doch auch die Buchführer-Witwe Liebernickel, so unter dem Turm der Kirche den grünen Bücherschranken hat, mir am Mittage, da ich wegen der Zeitung bei ihr eingetreten, aufs heftigste geklagt, daß nun das Lied, so sie im voraus darüber habe anfertigen und drucken lassen, nur kaum noch passen werde wie die Faust aufs Auge. Ich aber, und mit mir mein viellieber Bruder, hatte so meine eigenen Gedanken von dem Hexenwesen und freuete mich, daß unser Herrgott — denn der war es wohl doch gewesen — das arme junge Mensch so gnädiglich in seinen Schoß genommen hatte.

Mein Bruder, welcher weichen Herzens war, begann gleichwohl der Pflichten seines Amtes sich zu beklagen; denn er hatte drüber von der Rathaustreppe das Urteil zu verlesen, sobald der Racker den toten Leichnam davor aufgefahren, und hernach auch der Justifikation selber zu assistieren. „Es schneidet mir schon itzund in das Herz", sagte er, „das greuelhafte Gejohle, wenn sie mit dem Karren die Straße heraufkommen; denn die Schulen werden ihre Buben und die Zunftmeister ihre Lehrburschen loslassen. — An deiner statt", fügte er bei, „der du ein freier Vogel bist, würde ich aufs Dorf hinausmachen und an dem Konterfei des schwarzen Pastors weitermalen!"

Nun war zwar festgesetzt worden, daß ich am nächstfolgenden Tage erst wieder hinauskäme; aber mein Bruder redete mir zu, unwissend, wie er die Ungeduld in meinem Herzen schürete; und so geschah es, daß alles sich erfüllen mußte, was ich getreulich in diesen Blättern niederschreiben werde.

*

Am anderen Morgen, als drüben vor meinem Kammerfenster nur kaum der Kirchturmhahn in rotem Frühlicht blinkte, war ich schon von meinem Lager aufgesprungen; und bald schritt ich über den Markt, allwo die Bäcker, vieler Käufer harrend, ihre Brotschragen schon geöffnet hatten; auch sehe ich, wie an dem Rathaus der Wachtmeister und die Fußknechte in Bewegung waren, und hatte einer bereits einen schwarzen Teppich über das Geländer der großen Treppe aufgehangen; ich aber ging durch den großen Schwibbogen, so unter dem Rathaus ist, eilends zur Stadt hinaus.

Als ich hinter dem Schloßgarten auf dem Steige war, sahe ich drüben in der Lehmkule, wo sie den neuen Galgen hingesetzet, einen mächtigen Holzstoß aufgeschlichtet. Ein paar Leute hantierten noch daran herum, und mochten das der Fron und seine Knechte sein, die leichten Brennstoff zwischen die Hölzer taten; von der Stadt her aber kamen schon die ersten Buben über die Felder ihnen zugelaufen. — Ich achtete des nicht weiter, sondern wanderte rüstig fürbaß, und da ich hinter den Bäumen hervortrat, sahe ich mir zur Linken das Meer in ersten Sonnenstrahl entbrennen, der im Osten über die Heide emporstieg. Da mußte ich meine Hände falten:

>„O Herr, mein Gott und Christ,
>Sei gnädig mit uns allen,
>Die wir in Sünde gefallen,
>Der du die Liebe bist!" —

Als ich draußen war, wo die breite Landstraße durch die Heide führt, begegneten mir viele Züge von Bauern; sie hatten ihre kleinen Jungen und Dirnen an den Händen und zogen sie mit sich fort.

„Wohin strebt ihr den so eifrig?" fragte ich den einen Haufen; „es ist doch kein Markttag heute in der Stadt."

Nun, wie ich's wohl zum voraus wußte, sie wollten die Hexe, das junge Satansmensch, verbrennen sehen.

„Aber die Hexe ist ja tot!"

„Freilich, das ist ein Verdruß", meinten sie; „aber es ist unserer Hebamme, der alten Mutter Siebzig, ihre Schwestertochter; da können wir nicht außenbleiben und müssen mit dem Reste schon fürliebnehmen."

Und immer neue Scharen kamen daher; und itzund tauchten auch schon Wagen aus dem Morgennebel, die statt mit Kornfrucht mit Menschen vollgeladen waren. — Da ging ich abseits über die Heide, obwohl noch der Nachttau von dem Kraute rann; denn mein Gemüt verlangte nach der Einsamkeit; und ich sah von fern, wie es den Anschein hatte, das ganze Dorf des Weges nach der Stadt ziehen. Als ich auf dem Hünenhügel stund, der hier inmitten der Heide liegt, überfiel es mich, als müsse auch ich zur Stadt zurückkehren oder etwan nach links hinab an die See gehen, oder nach dem kleinen Dorfe, das dort hart am Strande liegt; aber vor mir in der Luft schwebete etwas wie ein Glück, wie eine rasende Hoffnung, und es schüttelte mein Gebein, und meine Zähne schlugen aneinander. "Wenn sie es wirklich war, so letztlich mit meinen eigenen Augen ich erblicket, und wenn dann heute" — Ich fühlte mein Herz gleich einem Hammer an den Rippen; ich ging weit um durch die Heide; ich wollte nicht sehen, ob auf der Wagen einem auch der Prediger nach der Stadt fahre. — Aber ich ging dennoch endlich seinem Dorfe zu.

Als ich es erreicht hatte, schritt ich eilends nach der Tür des Küsterhauses. Sie war verschlossen. Eine Weile stund ich unschlüssig; dann hub ich mit der Faust zu klopfen an. Drinnen blieb alles ruhig; als ich aber stärker klopfte, kam des Küsters alte halbblinde Trienke aus einem Nachbarhause.

"Wo ist der Küster?" fragte ich.

"Der Küster? Mit dem Priester in die Stadt gefahren."

Ich starrte die alte an; mir war, als sei ein Blitz durch mich dahin geschlagen.

"Fehlt euch etwas, Herr Maler?" frug sie.

Ich schüttelte den Kopf und sagte nur: "So ist wohl heute keine Schule, Trienke?"

"Bewahre! Die Hexe wird ja verbrannt!"

Ich ließ mir von der Alten das Haus aufschließen, holte mein Malergerät und das fast vollendete Bildnis aus des Küsters Schlafkammer und richtete, wie gewöhnlich, meine Staffelei in dem leeren Schulzimmer. Ich pinselte etwas an der Gewandung; aber ich suchte damit nur mich selber zu belügen; ich hatte keinen Sinn zum Malen; war ja um dessentwillen auch nicht hiehergekommen.

Die Alte kam hereingelaufen, stöhnte über die arge Zeit und redete über Bauern- und Dorfsachen, die ich nicht verstund; mir selber drängte es, sie wieder einmal nach des Predigers Frau zu fragen, ob selbige alt oder jung, und auch, woher sie gekommen sei; allein ich brachte das Wort nicht über meine Zunge. Dagegen begann die Alte ein lang Gespinste von der Hex und ihrer Sippschaft hier im Dorfe und von der Mutter Siebenzig, so mit Vorspuksehen behaftet sei; erzählete auch, wie selbige zur Nacht, da die Gicht dem alten Weibe keine Ruh gelassen, drei Leichlaken über des Pastors Hausdach habe fliegen sehen; es gehe aber solch Gesichte allzeit richtig aus, und Hoffart komme vor dem Falle; denn sei die Frau Pastorin bei aller ihrer Vornehmheit doch nur eine blasse und schwächliche Kreatur.

Ich mochte solch Geschwätz nicht fürder hören, ging daher aus dem Haus und auf dem Wege herum, da, wo das Pastorat mit seiner Fronte gegen die Dorfstraße liegt, wandte auch unter bangem Sehen meine Augen nach den weißen Fenstern, konnte aber hinter den blinden Scheiben nichts gewahren als ein paar Blumenscherben, wie sie überall zu sehen sind. — Ich hätte nun wohl umkehren mögen; aber ich ging dennoch weiter. Als ich auf den Kirchhof kam, trug von der Stadtseite der Wind ein wimmernd Glockenläuten an mein Ohr; ich aber wandte mich und blickte hinab nach Westen, wo wiederum des Meer wie lichtes Silber am Himmelssaume hinfluß, und war doch ein tobend Unheil dort gewesen, worin in einer Nacht des Höchsten Hand viel tausend Menschenleben hingeworfen hatte. Was krümmete denn ich mich so gleich einem Wurme? — Wir sehen nicht, wie seine Wege führen!

Ich weiß nicht mehr, wohin mich damals meine Füße noch getragen haben; ich weiß nur, daß ich in einem Kreis gegangen bin; denn da die Sonne fast zur Mittagshöhe war, langete ich wieder bei der Küsterei an. Ich ging aber nicht in das Schulzimmer an meine Staffelei, sondern durch das Hinterpförtlein wieder zum Haus hinaus.

Das ärmliche Gärtlein ist mir unvergessen, obschon seit jenem Tage meine Augen es nicht mehr gesehen. — Gleich dem des Predigerhauses von der anderen Seite, trat es als ein breiter Streifen in die Priesterkoppel; inmitten zwischen beiden aber war eine Gruppe dichter Weidenbüsche, welche zur Einfassung einer Wassergrube dienen mochten; denn ich hatte einmal eine Magd mit vollem Eimer wie aus einer Tiefe daraus hervorsteigen sehen.

Als ich ohne viel Gedanken, nur mein Gemüte erfüllt

von nicht zu zwingender Unrast, an des Küsters abgeheimseten Bohnenbeeten hinging, hörte ich von der Koppel draußen eine Frauenstimme von gar holdem Klang, und wie sie liebreich einem Kinde zusprach.

Unwillens schritt ich solchem Schalle nach; so mochte einst der griechische Heidengott mit seinem Stabe die Toten nach sich gezogen haben. Schon war ich am jenseitigen Rande des Holundergebüsches, das hier ohne Verzäunung in die Koppel ausläuft, da sehe ich den kleinen Johannes mit einem Ärmchen voll Moos, wie es hier in dem kümmerlichen Grase wächst, gegenüber hinter die Weiden gehen; er mochte sich dort damit nach Kinderart ein Gärtchen angeleget haben. Und wieder kam die holde Stimme an mein Ohr: „Nun heb nur an; nun hast du den ganzen Haufen! Ja, ja; ich such derweil noch mehr; dort am Holunder wächst genug!"

Und dann trat sie selber hinter den Weiden hervor; ich hatte ja längst schon nicht gezweifelt. — Mit den Augen auf dem Boden suchend, schritt sie zu mir her, so daß ich ungestört sie betrachten durfte; und mir war, als gliche sie nur gar seltsam dem Kinde wieder, das sie einst gewesen war, für das ich den „Buhz" einst von dem Baum herabgeschossen hatte; aber dieses Kinderantlitz von heute war bleich und weder Glück noch Mut darin zu lesen.

So war sie mählich näherkommen, ohne meiner zu gewahren; dann kniete sie nieder an einem Streifen Moos, der unter den Büschen hinlief, doch ihre Hände pflückten nicht davon; sie ließ das Haupt auf ihre Brust sinken, und es war, als wollte sie sich nur ungesehen vor dem Kinde in ihrem Leide ausruhen.

Da rief ich leise „Katharina!"

Sie blickte auf; ich aber ergriff ihre Hand und zog sie gleich einer Willenlosen zu mir unter den Schatten der Büsche. Doch als ich sie endlich also nun gefunden hatte und keines Wortes mächtig vor ihr stund, da sahen ihre Augen weg von mir, und mit fast einer fremden Stimme sagte sie: „Es ist nun einmal so, Johannes! Ich wußte wohl, du seiest der fremde Maler; ich dachte nur nicht, daß du heute kommen würdest."

Ich hörte das, und dann sprach ich es aus: „Katharina, — — so bist du des Predigers Eheweib?"

Sie nickte nicht, sie sah mich starr und schmerzlich an. „Er hat das Amt dafür bekommen", sagte sie, „und dein Kind den ehrlichen Namen."

„Mein Kind, Katharina?"

„Und fühlest du das nicht? Er hat ja doch auf deinem Schoß gesessen; einmal doch, er selbst hat es mir erzählet."

Möge keines Menschen Brust ein solches Weh zerfleischen! — „Und du, du und mein Kind, ihr solltet mir verloren sein!"

Sie sah mich an, sie weinte nicht, sie war totenbleich.

„Ich will das nicht!" schrie ich; „ich will . . ." Und eine wilde Gedankenjagd rasete mir durchs Hirn.

Aber ihre kleine Hand hatte gleich einem kühlen Blatte sich auf meine Stirn gelegt, und ihre braunen Augensterne aus dem blassen Antlitz sahen mich flehend an. „Du, Johannes", sagte sie, „du wirst es nicht sein, der mich noch elender machen will."

„Und kannst denn du so leben, Katharina?"

„Leben? — — Es ist ja doch ein Glück dabei; er liebt das Kind; — was ist denn mehr noch zu verlangen?"

„Und von uns, von dem, was einst gewesen ist, weiß er davon?"

„Nein, nein!" rief sie heftig. „Er nahm die Sünderin zum Weibe: mehr nicht. O Gott, ist's denn nicht genug, daß jeder neue Tag ihm angehört!"

In diesen Augenblick tönte ein zarter Gesang zu uns herüber. — „Das Kind", sagt sie. „Ich muß zu dem Kinde; es könnte ihm ein Leids geschehen!"

Aber meine Sinne zieleten nur auf das Weib, das sie begehrten. „Bleib doch", sagte ich, „es spielt ja fröhlich dort mit seinem Moose."

Sie war an den Rand des Gebüsches getreten und horchete hinaus. Die goldene Herbstsonne schien so warm hernieder, ein leichter Hauch kam von der See herauf. Da hörten wir von jenseits durch die Weiden das Stimmlein unseres Kindes singen:

„Zwei Englein, die mich decken,
Zwei Englein, die mich strecken,
Und zweie, so mich weisen
In das himmlisch Paradeisen."

Katharina war zurückgetreten, und ihre Augen sahen groß und geisterhaft mich an. „Und nun leb wohl, Johannes", sprach sie leise; „auf Nimmerwiedersehen hier auf Erden!"

Ich wollte sie an mich reißen; ich streckte beide Arme nach ihr aus; doch sie wehrte mich ab und sagte sanft: „Ich bin des anderen Mannes Weib, vergiß das nicht."

Mich aber hatte auf diese Worte ein fast wilder Zorn ergriffen. „Und wessen, Katharina", sprach ich hart, „bist du gewesen, ehe bevor du sein geworden?"

Ein weher Klagelaut brach aus ihrer Brust; sie schlug die Hände vor ihr Angesicht und rief: „Weh mir! O wehe, mein entweihter armer Leib!"

Da wurd ich meiner schier unmächtig; ich riß sie jäh an meine Brust, ich hielt sie wie mit Eisenklammern und hatte sie endlich, endlich wieder! Und ihre Augen sanken in die meinen, und ihre roten Lippen duldeten die meinen; wir umschlangen uns inbrünstiglich; ich hätte sie töten mögen, wenn wir also miteinander hätten sterben können. Und als dann meine Blicke voll Seligkeit auf ihrem Antlitz weideten, da sprach sie, fast erstickt von meinen Küssen: „Es ist ein langes, banges Leben! O Jesu Christ, vergib mir diese Stunde!"

Es kam eine Antwort; aber es war die harte Stimme jenes Mannes, aus dessen Munde ich itzt zum ersten Male ihren Namen hörte. Der Ruf kam von drüben aus dem Predigergarten, und noch einmal und härter rief es: „Katharina!"

Da war das Glück vorbei; mit einem Blicke der Verzweiflung sah sie mich an; dann stille wie ein Schatten war sie fort.

Als ich in die Küsterei trat, war auch schon der Küster wieder da. Er begann sofort von der Justifikation der armen Hexe auf mich einzureden. „Ihr haltet wohl nicht viel davon", sagte er; „sonst wäret Ihr heute nicht aufs Dorf gegangen, wo der Herr Pastor gar die Bauern und ihre Weiber in die Stadt getrieben."

Ich hatte nicht die Zeit zur Antwort; ein gellender Schrei durchschnitt die Luft; ich werde ihn leblang in den Ohren haben.

„Was war das, Küster?" rief ich.

Der Mann riß ein Fenster auf und horchte hinaus, aber es geschah nichts weiter. „So mir Gott", sagte er, „es war ein Weib, das so geschrien hat; und drüben von der Priesterkoppel kam's."

Indem war auch die alte Trienke in die Tür gekommen. „Nun, Herr?" rief sie mir zu. „Die Leichlaken sind auf des Pastors Dach gefallen!"

„Was soll das heißen, Trienke?"

„Das soll heißen, daß sie des Pastors kleinen Johannes soeben aus dem Wasser ziehen."

Ich stürzte aus dem Zimmer und durch den Garten auf die Priesterkoppel; aber unter den Weiden fand ich nur das dunkle Wasser und Spuren feuchten Schlammes daneben auf dem Grase. — Ich bedachte mich nicht, es war ganz wie von selber, daß ich durch das weiße Pförtchen in des Pastors Garten ging. Da ich eben ins Haus wollte, trat er selber mir entgegen.

Der große knochige Mann sah gar wüste aus; seine Augen waren gerötet, und das schwarze Haar hing wirr ihm ins Gesicht. „Was wollt Ihr?" sagte er.

Ich starrte ihn an; denn mir fehlte das Wort. Was wollte ich denn eigentlich?

„Ich kenne Euch!" fuhr er fort. „Das Weib hat endlich alles ausgeredet."

Das machte mir die Zunge frei. „Wo ist mein Kind?" rief ich.

Er sagte: „Die beiden Eltern haben es ertrinken lassen."

„So laßt mich zu meinem toten Kinde!"

Allein, da ich an ihm vorbei in den Hausflur wollte, drängte er mich zurück. „Das Weib", sprach er, „liegt bei dem Leichnam und schreit zu Gott aus ihren Sünden. Ihr sollt nicht hin, um ihrer armen Seelen Seligkeit!"

Was dermalen selber ich gesprochen, ist mir schier vergessen; aber des Predigers Worte gruben sich in mein Gedächtnis. „Höret mich!" sprach er. „So von Herzen ich Euch hasse, wofür dereinst mich Gott in seiner Gnade wolle büßen lassen, und Ihr vermutlich auch mich — noch ist eines uns gemeinsam. — Geht itzo heim und bereitet eine Tafel oder Leinewand! Mit solcher kommet morgen in der Frühe wieder und malet darauf des toten Knaben Antlitz. Nicht mir oder meinem Hause; der Kirchen hier; wo er sein kurz unschuldig Leben ausgelebet, möget Ihr das Bildnis stiften. Mög es dort die Menschen mahnen, daß vor der knöchern Hand des Todes alles Staub ist!"

Ich blickte auf den Mann, der kurz vordem die edle Malerkunst ein Buhlweib mit der Welt gescholten; aber ich sagte zu, daß alles so geschehen möge.

Daheim indessen wartete meiner eine Kunde, so meines Lebens Schuld und Buße gleich einem Blitze jählings aus dem Dunkel hob, so daß ich Glied am Glied die ganze Kette vor mir leuchten sahe.

Mein Bruder, dessen schwache Konstitution von dem abscheulichen Spektakel, dem er hatte assistieren müssen, hart ergriffen war, hatte sein Bette aufgesucht. Da ich zu ihm eintrat, richtete er sich auf. „Ich muß noch eine Weile ruhen", sagte er, indem er ein Blatt der Wochenzeitung in meine Hand gab; „aber lies doch dieses! Da wirst du sehen, daß Herrn Gerhardus' Hof in fremde Hände wird kommen, maßen Junker Wulf ohn Weib und Kind durch eines tollen Hundes Biß gar jämmerlichen Todes verfahren ist."

Ich griff nach dem Blatte, das mein Bruder mir entgegenhielt; aber es fehlte nicht viel, daß ich getaumelt wäre. Mir war's bei dieser Schreckenspost, als sprängen des Paradieses Pforten vor mir auf; aber schon sah ich am Eingange den Engel mit dem Feuerschwerte stehen, und aus meinem Herzen schrie es wieder: O Hüter, Hüter, war dein Ruf so fern! — — Dieser Tod hätte uns das Leben werden können; nun war's nur ein Entsetzen zu den anderen.

Ich saß oben auf meiner Kammer. Es wurde Dämmerung, es wurde Nacht; ich schaute in die ewigen Gestirne, und endlich suchte ich mein Lager. Aber die Erquickung des Schlafes ward mir nicht zuteil. In meinen erregten Sinnen war es mir gar seltsamlich, als sei der Kirchturm drüben meinem Fenster nahgerückt; ich fühlte die Glockenschläge durch das Holz der Bettstatt dröhnen, und ich zählete sie alle die ganze Nacht entlang. Doch endlich dämmerte der Morgen. Die Balken an der Decke hingen noch wie Schatten über mir, da sprang ich auf, und ehbevor die erste Lerche aus den Stoppelfeldern stieg, hatte ich allbereits die Stadt im Rücken.

Aber so früh ich auch ausgegangen, ich traf den Prediger schon auf der Schwelle seines Hauses stehen. Er geleitete mich auf den Flur und sagte, daß die Holztafel richtig angelanget, auch meine Staffelei und sonstiges Malergerät aus dem Hause herübergeschaffet sei. Dann legte er seine Hand auf die Klinke einer Stubentür.

Ich jedoch hielt ihn zurück und sagte: „Wenn es in diesem Zimmer ist, so wollet mir vergönnen, bei meinem schweren Werk allein zu sein!"

„Es wird Euch niemand stören", entgegnete er und zog die Hand zurück. „Was Ihr zur Stärkung Eures Leibes bedürfet, werdet Ihr drüben in jenem Zimmer finden." Er wies auf eine Tür an der anderen Seite des Flures; dann verließ er mich.

Meine Hand lag itzund statt der des Predigers auf der Klinke. Es war totenstill im Hause; eine Weile mußte ich mich sammeln, bevor ich öffnete.

Es war ein großes, fast leeres Gemach, wohl für den Konfirmandenunterricht bestimmt, mit kahlen, weißgetünchten Wänden; die Fenster sahen über öde Felder nach dem fernen Strand hinaus. Inmitten des Zimmers aber stund ein weißes Lager aufgebahrt. Auf dem Kissen lag ein bleiches Kinderangesicht; die Augen zu; die kleinen Zähne schimmerten gleich Perlen aus den blassen Lippen.

Ich fiel an meines Kindes Leiche nieder und sprach ein brünstiglich Gebet. Dann rüstete ich alles, wie es zu der Arbeit nötig war; und dann malte ich — rasch, wie man die Toten malen muß, die nicht zum zweitenmal dasselbig Antlitz zeigen. Mitunter wurde ich wie von der andauernden großen Stille aufgeschrecket; doch wenn ich innehielt und horchte, so wußte ich bald, es sei nichts da gewesen.

Einmal auch war es, als drängten leise Odemzüge an mein Ohr. — Ich trat an das Bette des Toten, aber da ich mich zu dem bleichen Mündlein niederbeugte, berührte nur die Todeskälte meine Wangen.

Ich sah mich um; es war doch eine Tür im Zimmer; sie mochte zu einer Schlafkammer führen, vielleicht daß es von dort gekommen war! Allein so scharf ich lauschte, ich vernahm nichts wieder; meine eigenen Sinne hatten wohl ein Spiel mit mir getrieben.

So setzete ich mich denn wieder, sah auf den kleinen Leichnam und malte weiter; und da ich die leeren Händchen ansah, wie sie auf dem Linnen lagen, so dachte ich: Ein Geschenk doch mußt du deinem Kinde geben! Und ich malte auf seinem Bildnis ihm eine weiße Wasserlilie in die Hand, als sei es spielend damit eingeschlafen. Solcher Art Blumen gab es selten in der Gegend hier, und mochte es also ein erwünschet Angebinde sein.

Endlich trieb mich der Hunger von der Arbeit auf, mein ermüdeter Leib verlangte Stärkung. Legte sonach den Pinsel und die Palette fort und ging über den Flur nach dem Zimmer, so der Prediger mir angewiesen hatte. Indem ich aber eintrat, wäre ich vor Überraschung bald zurückgewichen; den Katharina stund mir gegenüber, zwar in schwarzen Trauerkleidern und doch in all dem Zauberschein, so Glück und Liebe in eines Weibes Antlitz wirken mögen.

Ach, ich wußte es nur zu bald; was ich hier sah, war nur ihr Bildnis, das ich selber einst gemalet. Auch für dieses war also nicht mehr Raum in ihres Vaters Haus gewesen. — Aber wo war sie selber denn? Hatte man sie fortgebracht, oder hielt man sie auch hier gefangen? — Lang, gar lange sah ich das Bildnis an; die alte Zeit stieg auf und quälete mein Herz. Endlich, da ich mußte, brach ich einen Bissen Brot und stürzete ein paar Gläser Wein hinab; dann ging ich zurück zu unserem toten Kinde.

Als ich drüben eingetreten und mich an die Arbeit setzen wollte, zeigte es sich, daß in dem kleinen Angesicht die Augenlider um ein weniges sich gehoben hatten. Da bückete ich mich hinab, im Wahne, ich möchte noch einmal meines

Kindes Blick gewinnen; als aber die kalten Augensterne vor mir lagen, überlief mich Grausen; mir war, als sähe ich die Augen jener Ahne des Geschlechtes, als wollten sie noch hier aus unseres Kindes Leichenantlitz künden: „Mein Fluch hat doch euch beide eingeholet!" — Aber zugleich — ich hätte es um alle Welt nicht lassen können — umfing ich mit beiden Armen den kleinen blassen Leichnam und hob ihn auf an meine Brust und herzete unter bittern Tränen zum ersten Male mein geliebtes Kind. „Nein, nein, mein armer Knabe, deine Seele, die gar den finsteren Mann zur Liebe zwang, die blickte nicht aus solchen Augen; was hier herausschaut, ist alleine noch der Tod. Nicht aus der Tiefe schreckbarer Vergangenheit ist es heraufgekommen; nichts anders ist da als deines Vaters Schuld; sie hat uns alle in die schwarze Flut hinabgerissen."

Sorgsam legte ich dann wieder mein Kind in seine Kissen und drückte ihm sanft die beiden Augen zu. Dann tauchte ich meinen Pinsel in ein dunkles Rot und schrieb unten in den Schatten des Bildes die Buchstaben: C. P. A. S. Das soll heißen: Culpa Patris Aquis Submersus „Durch Vaters Schuld in der Flut versunken". Und mit dem Schalle dieser Worte in meinem Ohre, die wie ein schneidend Schwert durch meine Seele fuhren, malte ich das Bild zu Ende.

Während meiner Arbeit hatte wiederum die Stille im Hause fortgedauert, nur in der letzten Stunde war abermalen durch die Tür, hinter welcher ich eine Schlafkammer vermutet hatte, ein leises Geräusch hereingedrungen. — War Katharina dort, um ungesehen bei meinem schweren Werk mir nah zu sein? — Ich konnte es nicht enträtseln.

Es war schon spät. Mein Bild war fertig, und ich wollte mich zum Gehen wenden; aber mir war, als müsse ich noch einen Abschied nehmen, ohne den ich nicht von hinnen könne.

So stand ich zögernd und schaute durch das Fenster auf die öden Felder draußen, wo schon die Dämmerung begunnte, sich zu breiten; da öffnete sich vom Flure her die Tür, und der Prediger trat zu mir herein.

Er grüßt schweigend; dann mit gefalteten Händen blieb

er stehen und betrachtete wechselnd das Antlitz auf dem Bilde und das des kleinen Leichnams vor ihm, als ob er sorgsame Vergleichung halte. Als aber seine Augen auf die Lilie in der gemalten Hand des Kindes fielen, hub er wie im Schmerze seine beiden Hände auf, und ich sah, wie seinen Augen jählings ein reicher Tränenquell entstürzete.

Da streckte auch ich meine Arme nach dem Toten und rief überlaut: „Leb wohl, mein Kind! O mein Johannes, lebe wohl!"

Doch in demselben Augenblicke vernahm ich leise Schritte in der Nebenkammer; es tastete wie mit kleinen Händen an der Tür; ich hörte deutlich meinen Namen rufen — oder war es der des toten Kindes? — Dann rauschte es wie von Frauenkleidern hinter der Türe nieder, und das Geräusch vom Fall eines Körpers wurde hörbar.

„Katharina!" rief ich. Und schon war ich hinausgesprungen und rüttelte an der Klinke der festverschlossenen Tür; da legte die Hand des Pastors sich auf meinen Arm: „Das ist meines Amtes!" sagte er, „gehet itzo! Aber geht in Frieden; und möge Gott uns allen gnädig sein!"

Ich bin dann wirklich fortgegangen; ehe ich es selbst begriff, wanderte ich schon draußen auf der Heide auf dem Weg zur Stadt.

Noch einmal wandte ich mich um und schaute nach dem Dorfe zurück, das nur noch wie Schatten aus dem Abenddunkel ragte. Dort lag mein totes Kind — Katharina — alles, alles! — Meine alte Wunde brannte mir in meiner Brust; und seltsam, was ich niemals hier vernommen, ich wurde plötzlich mir bewußt, daß ich vom fernen Strand die Brandung tosen hörte. Kein Mensch begegnete mir, keines Vogels Ruf vernahm ich; aber aus dem dumpfen Brausen des Meeres tönte es mir immerfort, gleich einem finsteren Wiegenliede: Aquis submersus — aquis submersus!

*

Hier endete die Handschrift.

Dessen Herr Johannes sich einstens im Vollgefühle seiner Kraft vermessen, daß er's wohl auch einmal in seiner

Kunst der Größeren gleichzutun verhoffe, das sollten Worte bleiben, in die leere Luft gesprochen.

Sein Name gehört nicht zu denen, die genannt werden; kaum dürfte er in einem Künstlerlexikon zu finden sein; ja selbst in seiner engeren Heimat weiß niemand von einem Maler seines Namens. Des großen Lazarusbildes tut zwar noch die Chronik unserer Stadt Erwähnung, das Bild selbst aber ist zu Anfang dieses Jahrhunderts nach dem Abbruch unserer alten Kirche gleich an anderen Kunstschätzen derselben verschleudert und verschwunden.

Aquis submersus

DER SCHIMMELREITER

Was ich zu berichten beabsichtige, ist mir vor reichlich einem halben Jahrhundert im Hause meiner Urgroßmutter, der alten Frau Senator Feddersen, kundgeworden, während ich, an ihrem Lehnstuhl sitzend, mich mit dem Lesen eines in blauer Pappe eingebundenen Zeitschriftenheftes beschäftigte; ich vermag mich nicht mehr zu entsinnen, ob von den „Leipziger" oder von „Pappes Hamburger Lesefrüchten". Noch fühle ich es gleich einem Schauer, wie dabei die linke Hand der über Achtzigjährigen mitunter liebkosend über das Haupthaar ihres Urenkels hinglitt. Sie selbst und jene Zeit sind längst begraben; vergebens auch habe ich seitdem jenen Blättern nachgeforscht und ich kann daher um so weniger weder die Wahrheit der Tatsachen verbürgen, als, wenn jemand sie bestreiten wollte, dafür aufstehen; nur so viel kann ich versichern, daß ich sie seit jener Zeit, obwohl sie durch keinen äußeren Anlaß in mir aufs neue belebt wurden, niemals aus dem Gedächtnis verloren habe.

*

Es war im dritten Jahrzehnt unseres Jahrhunderts, an einem Oktobernachmittag — so begann der damalige Erzähler —, als ich bei starkem Unwetter auf einem nordfriesischen Deich entlang ritt. Zur Linken hatte ich jetzt schon seit über einer Stunde die öde, bereits von allem Vieh geleerte Marsch, zur Rechten, und zwar in unbehaglichster Nähe, das Wattenmeer der Nordsee; zwar sollte man vom Deiche aus auf Halligen und Inseln sehen können; aber ich sah nichts als die gelbgrauen Wellen, die unaufhörlich wie mit Wutgebrüll an den Deich hinaufschlugen und mitunter mich und das Pferd mit schmutzigem Schaum bespritzten; dahinter wüste Dämmerung, die Himmel und Erde nicht unterscheiden ließ; denn auch der halbe Mond, der jetzt in der Höhe stand, war meist von treibendem

Wolkendunkel überzogen. Es war eiskalt; meine verklommenen Hände konnten kaum den Zügel halten, und ich verdachte es nicht den Krähen und Möwen, die sich fortwährend krächzend und gackernd vom Sturm ins Land hineintreiben ließen. Die Nachtdämmerung hatte begonnen, und schon konnte ich nicht mehr mit Sicherheit die Hufe meines Pferdes erkennen; keine Menscheseele war mir begegnet; ich hörte nichts als das Geschrei der Vögel, wenn sie mich oder meine treue Stute fast mit den langen Flügeln streiften, und das Toben von Wind und Wasser. Ich leugne nicht, ich wünschte mich mitunter in sicheres Quartier.

Das Wetter dauerte jetzt in den dritten Tag, und ich hatte mich schon über Gebühr von einem mir besonders lieben Verwandten auf seinem Hofe halten lassen, den er in einer der nördlicheren Harden besaß. Heute aber ging es nicht länger; ich hatte Geschäfte in der Stadt, die auch wohl jetzt noch ein paar Stunden weit nach Süden vor mir lag, und trotz aller Überredungskünste des Vetters und seiner lieben Frau, trotz der schönen selbstgezogenen Perinette- und Grand-Richard-Äpfel, die noch zu probieren waren, am Nachmittag war ich davongeritten. „Wart nur, bis du ans Meer kommst", hatte er noch an seiner Haustür mir nachgerufen; „du kehrst doch wieder um; dein Zimmer wird dir vorbehalten!"

Und wirklich, einen Augenblick, als eine schwarze Wolkenschicht es pechfinster um mich machte und gleichzeitig die heulenden Böen mich samt meiner Stute vom Deich herabzudrängen suchten, fuhr es mir wohl durch den Kopf: „Sei kein Narr! Kehr um und setz dich zu deinen Freunden ins warme Nest." Dann aber fiel's mir ein, der Weg zurück war wohl noch länger als der nach meinem Reiseziel; und so trabte ich weiter, den Kragen meines Mantels um die Ohren ziehend.

Jetzt aber kam auf dem Deich etwas gegen mich heran; ich hörte nichts; aber immer deutlicher, wenn der halbe Mond ein karges Licht herabließ, glaubte ich eine dunkle Gestalt zu erkennen, und bald, da sie näher kam, sah ich es, sie saß auf einem Pferde, einem hochbeinigen hageren

Schimmel; ein dunkler Mantel flatterte um ihre Schultern, und im Vorbeifliegen sahen mich zwei brennende Augen aus einem bleichen Antlitz an.

Wer war das? Was wollte der? — Und jetzt fiel mir bei, ich hatte keinen Hufschlag, kein Keuchen des Pferdes vernommen; und Roß und Reiter waren doch hart an mir vorbeigefahren!

Im Gedanken darüber ritt ich weiter, aber ich hatte nicht lange Zeit zum Denken, schon fuhr es von rückwärts wieder an mir vorbei; mir war, als streifte mich der fliegende Mantel, und die Erscheinung war, wie das erstemal, lautlos an mir vorbeigestoben. Dann sah ich sie fern und ferner vor mir; dann war's, als säh' ich plötzlich ihren Schatten an der Binnenseite des Deiches hinuntergehen.

Etwas zögernd ritt ich hinterdrein. Als ich jene Stelle erreicht hatte, sah ich hart am Deiche im Kooge unten das Wasser einer großen Wehle blinken — so nennen sie dort die Brüche, welche von den Sturmfluten in das Land gerissen werden, und die dann meist als kleine, aber tiefgründige Teiche stehenbleiben.

Das Wasser war, trotz des schützenden Deiches, auffallend bewegt; der Reiter konnte es nicht getrübt haben, ich sah nichts weiter von ihm. Aber ein anderes sah ich, das ich mit Freuden jetzt begrüßte; vor mir, von unten aus dem Kooge, schimmerten eine Menge zerstreuter Lichtscheine zu mir herauf; sie schienen aus jenen langgestreckten friesischen Häusern zu kommen, die vereinzelt auf mehr oder minder hohen Werften lagen; dicht vor mir aber auf halber Höhe des Binnendeiches lag ein großes Haus derselben Art; an der Südseite, rechts von der Haustür, sah ich alle Fenster erleuchtet; dahinter gewahrte ich Menschen und glaubte trotz des Sturmes sie zu hören. Mein Pferd war schon von selbst auf den Weg am Deich dahingeschritten, der mich vor die Tür des Hauses führte. Ich sah wohl, daß es ein Wirtshaus war; denn vor den Fenstern gewahrte ich die sogenannten „Ricks", das heißt, auf zwei Ständern ruhende Balken mit großen eisernen Ringen, zum Anbinden des Viehs und der Pferde, die hier halt machten.

Ich band das meine an einen derselben und überwies es

dann dem Knechte, der mir beim Eintritt in den Flur entgegenkam. „Ist hier Versammlung?" fragte ich ihn, da mir jetzt deutlich ein Geräusch von Menschenstimmen und Gläserklirren aus der Stubentür entgegendrang.

„Is wull so wat", entgegnete der Knecht auf Plattdeutsch — und ich erfuhr nachher, daß dieses neben dem Friesischen hier schon seit über hundert Jahren im Schwange gewesen sei — „Diekgraf und Gevollmächtigten un wecke von de annern Interessenten! Dat is um't hoge Water!"

Als ich eintrat, sah ich etwa ein Dutzend Männer an einem Tische sitzen, der unter den Fenstern entlang lief; eine Punschbowle stand darauf, und ein besonders stattlicher Mann schien die Herrschaft über sie zu führen.

Ich grüßte und bat, mich zu ihnen setzen zu dürfen, was bereitwillig gestattet wurde. „Sie halten hier die Wacht!" sagte ich, mich zu einem Manne wendend, „es ist bös Wetter draußen; die Deiche werden ihre Not haben!"

„Gewiß", erwiderte er; „wir hier an der Ostseite aber glauben, jetzt außer Gefahr zu sein; nur drüben an der anderen Seite ist's nicht sicher; die Deiche sind dort meist noch mehr nach altem Muster; unser Hauptdeich ist schon im vorigen Jahrhundert umgelegt. — Uns ist vorhin da draußen kalt geworden, und Ihnen", setzte er hinzu, „wird es ebenso gegangen sein; aber wir müssen hier noch ein paar Stunden aushalten; wir haben sichere Leute draußen, die uns Bericht erstatten." Und ehe ich meine Bestellung bei dem Wirte machen konnte, war schon ein dampfendes Glas mir hingeschoben.

Ich erfuhr bald, daß mein freundlicher Nachbar der Deichgraf sei; wir waren ins Gespräch gekommen, und ich hatte begonnen, ihm meine seltsame Begegnung auf dem Deiche zu erzählen. Er wurde aufmerksam, und ich bemerkte plötzlich, daß alles Gespräch umher verstummt war. „Der Schimmelreiter!" rief einer aus der Gesellschaft, und eine Bewegung des Erschreckens ging durch die übrigen.

Der Deichgraf war aufgestanden. „Ihr braucht nicht zu erschrecken", sprach er über den Tisch hin; „das ist nicht bloß für uns; Anno 17 hat es auch denen drüben gegolten; mögen sie auf alles vorgefaßt sein!"

Mich wollte nachträglich ein Grauen überlaufen: „Verzeiht!" sprach ich, „was ist das mit dem Schimmelreiter?"

Abseits hinter dem Ofen, ein wenig gebückt, saß ein kleiner, hagerer Mann in einem abgeschabten schwarzen Röcklein; die eine Schulter schien ein wenig ausgewachsen. Er hatte mit keinem Wort an der Unterhaltung teilgenommen, aber seine bei dem spärlichen Haupthaar noch immer mit dunklen Wimpern besäumten Augen zeigten deutlich, daß er nicht zum Schlaf hier sitze.

Gegen diesen streckte der Deichgraf seine Hand: „Unser Schulmeister", sagte er mit erhobener Stimme, „wird von uns hier Ihnen das am besten erzählen können; freilich nur in seiner Weise und nicht so richtig, wie zu Hause meine alte Wirtschafterin Antje Vollmers es beschaffen würde."

„Ihr scherzet, Deichgraf!" kam die etwas kränkliche Stimme des Schulmeisters hinter dem Ofen hervor, „daß Ihr mir Euern dummen Drachen wollt zur Seite stellen!"

„Ja, ja, Schulmeister!" erwiderte der andere, „aber bei den Drachen sollen derlei Geschichten am besten in Verwahrung sein!"

„Freilich!" sagte der kleine Herr; „wir sind hierin nicht ganz derselben Meinung"; und ein überlegenes Lächeln glitt über das feine Gesicht.

„Sie sehen wohl", raunte der Deichgraf mir ins Ohr; „er ist immer noch ein wenig hochmütig; er hat in seiner Jugend einmal Theologie studiert und ist nur einer verfehlten Brautschaft wegen hier in seiner Heimat als Schulmeister hangen geblieben."

Dieser war inzwischen aus seiner Ofenecke hervorgekommen und hatte sich neben mich an den langen Tisch gesetzt. „Erzählt, erzählt nur, Schulmeister", riefen ein paar der Jüngeren aus der Gesellschaft.

„Nun freilich", sagte der Alte, sich zu mir wendend, „will ich gern zu Willen sein; aber es ist viel Aberglaube dazwischen und eine Kunst, es ohne diesen zu erzählen."

„Ich muß Euch bitten, den nicht auszulassen", erwiderte ich; „traut mir nur zu, daß ich schon selbst die Spreu vom Weizen sondern werde!"

Der Alte sah mich mit verständnisvollem Lächeln an:

„Nun also!" sagte er. „In der Mitte des vorigen Jahrhunderts, oder vielmehr, um genauer zu bestimmen, vor und nach derselben, gab es hier einen Deichgrafen, der von Deich- und Sielsachen mehr verstand, als Bauern und Hofbesitzer sonst zu verstehen pflegen; aber es reichte doch wohl kaum, denn was die studierten Fachleute darüber niedergeschrieben, davon hatte er wenig gelesen; sein Wissen hatte er sich, wenn auch von Kindesbeinen an, nur selber ausgesonnen. Ihr höret wohl schon, Herr, die Friesen rechnen gut, und habet auch wohl schon über unseren Hans Mommsen von Fahretoft reden hören, der ein Bauer war und doch Bussolen und Seeuhren, Teleskope und Orgeln machen konnte. Nun, ein Stück von solch einem Manne war auch der Vater des nachherigen Deichgrafen gewesen; freilich wohl nur ein kleines. Er hatte ein paar Fennen, wo er Raps und Bohnen baute, auch eine Kuh graste, ging unterweilen im Herbst und Frühjahr auch aufs Landmessen und saß im Winter, wenn der Nordwest von draußen kam und an seinen Läden rüttelte, zu ritzen und zu prickeln, in seiner Stube. Der Junge saß meist dabei und sah über seine Fibel oder Bibel weg dem Vater zu, wie er maß und berechnete, und grub sich mit der Hand in seinen blonden Haaren. Und eines Abends fragte er den Alten, warum denn das, was er eben hingeschrieben hatte, gerade so sein müsse und nicht anders sein könne, und stellte dann eine eigene Meinung darüber auf. Aber der Vater, der darauf nicht zu antworten wußte, schüttelte den Kopf und sprach: ‚Das kann ich dir nicht sagen; genug, es ist so, und du selber irrst dich. Willst du mehr wissen, so suche morgen aus der Kiste, die auf unserem Boden steht, ein Buch, einer, der Euklid hieß, hat's geschrieben; das wird's dir sagen!'

Der Junge war tags darauf zu Boden gelaufen und hatte auch bald das Buch gefunden; denn viele Bücher gab es überhaupt nicht in dem Hause; aber der Vater lachte, als er es vor ihm auf den Tisch legte. Es war ein holländischer Euklid, und Holländisch, wenngleich es doch halb Deutsch war, verstanden alle beide nicht. ‚Ja, ja', sagte er, ‚das Buch ist noch von meinem Vater, der verstand es; ist denn kein deutscher da?'

Der Junge, der von wenig Worten war, sah den Vater ruhig an und sagte nur: ‚Darf ich's behalten? Ein deutscher ist nicht da.‘

Und als der Alte nickte, wies er noch ein zweites, halbzerrissenes Büchlein vor. ‚Auch das?‘ fragte er wieder.

‚Nimm sie alle beide!‘ sagte Tede Haien; ‚sie werden dir nicht viel nützen.‘

Aber das zweite Buch war eine kleine holländische Grammatik, und da der Winter noch lange nicht vorüber war, so hatte es, als endlich die Stachelbeeren in ihrem Garten wieder blühten, dem Jungen schon so weit geholfen, daß er den Euklid, welcher damals stark im Schwange war, fast überall verstand.

Es ist mir nicht unbekannt, Herr", unterbrach sich der Erzähler, „daß dieser Umstand auch von Hans Mommsen erzählt wird; aber vor dessen Geburt ist hier bei uns schon die Sache von Hauke Haien — so hieß der Knabe — berichtet worden. Ihr wisset auch wohl, es braucht nur einmal ein Größerer zu kommen, so wird ihm alles aufgeladen, was in Ernst oder Schimpf seine Vorgänger einst mögen verübt haben.

Als der Alte sah, daß der Junge weder für Kühe noch Schafe Sinn hatte und kaum gewahrte, wenn die Bohnen blühten, was doch die Freude von jedem Marschmann ist, und weiterhin bedachte, daß die kleine Stelle wohl mit einem Bauer und einem Jungen, aber nicht mit einem Halbgelehrten und einem Knecht bestehen könne, ingleichen, daß er auch selber nicht auf einen grünen Zweig gekommen sei, so schickte er seinen großen Jungen an den Deich, wo er mit anderen Arbeitern von Ostern bis Martini Erde karren mußte. ‚Das wird ihn vom Euklid kurieren‘, sprach er bei sich selber.

Und der Junge karrte; aber den Euklid hatte er allzeit in der Tasche, und wenn die Arbeiter ihr Frühstück oder Vesper aßen, saß er auf seinem umgestülpten Schubkarren mit dem Buche in der Hand. Und wenn im Herbst die Fluten höher stiegen und manch einmal die Arbeit eingestellt werden mußte, dann ging er nicht mit den anderen nach Haus, sondern blieb, die Hände über die Knie gefaltet, an der abfallenden Seeseite des Deiches sitzen und sah stundenlang zu, wie die trüben Nordseewellen immer höher an die Grasnarbe des Deiches hinaufschlugen: erst wenn ihm die Füße überspült waren und der Schlamm ihm ins Gesicht spritzte, rückte er ein paar Fuß höher und blieb dann wieder sitzen. Er hörte weder das Klatschen des Wassers noch das Geschrei der Möwen und Strandvögel, die um oder über ihm flogen und ihn fast mit ihren Flügeln streiften, mit den schwarzen Augen in die seinen blitzend; er sah auch nicht, wie vor ihm über die weite, wilde Wasserwüste sich die Nacht ausbreitete; was er allein hier sah, war der brandende Saum des Wassers, der, als die Flut stand, mit hartem Schlage immer wieder dieselbe Stelle traf und vor seinen Augen die Grasnarbe des steilen Deiches auswusch.

Nach langem Hinstarren nickte er wohl langsam mit dem Kopfe oder zeichnete, ohne aufzusehen, mit der Hand eine weiche Linie in die Luft, als ob er dem Deiche damit einen sanfteren Abfall geben wollte. Wurde es so dunkel, daß alle Erddinge vor seinen Augen verschwanden und nur die Flut ihm in die Ohren donnerte, dann stand er auf und trabte halbdurchnäßt nach Hause.

Als er so eines Abends zu seinem Vater in die Stube trat, der an seinen Meßgeräten putzte, fuhr dieser auf: ‚Was treibst du draußen? Du hättest ja versaufen können; die Wasser beißen heute nacht in den Deich.'

Hauke sah ihn trotzig an.

‚Hörst du mich nicht? Ich sag, du hättest versaufen können.'

‚Ja', sagte Hauke, ‚ich bin doch nicht versoffen!'

‚Nein', erwiderte nach einer Weile der Alte und sah ihm wie abwesend ins Gesicht — ‚diesmal noch nicht.'

‚Aber', sagte Hauke wieder, ‚unsere Deiche sind nichts wert!'

‚Was, Junge?'

‚Die Deiche, sag ich!'

‚Was sind die Deiche?'

‚Sie taugen nichts, Vater!' erwiderte Hauke.

Der Alte lachte ihm ins Gesicht. ‚Was denn, Junge? Du bist wohl das Wunderkind aus Lübeck!'

Aber der Junge ließ sich nicht beirren. ‚Die Wasserseite ist zu steil', sagte er; ‚wenn es einmal kommt, wie es mehr als einmal schon gekommen ist, so können wir auch hinterm Deich ersaufen!'

Der Alte holte seinen Kautabak aus der Tasche, drehte einen Schrot ab und schob ihn hinter die Zähne. ‚Und wieviel Karren hast du heute geschoben?" fragte er ärgerlich; denn er sah wohl, daß auch die Deicharbeit bei dem Jungen die Denkarbeit nicht hatte vertreiben können.

‚Weiß nicht, Vater', sagte dieser, ‚so, was die anderen machten; vielleicht ein halbes Dutzend mehr; aber — die Deiche müssen anders werden!'

‚Nun', meinte der Alte und stieß ein Lachen aus; ‚du kannst es vielleicht zum Deichgraf bringen; dann mach sie anders!'

‚Ja, Vater!' erwiderte der Junge.

Der Alte sah ihn an und schluckte ein paarmal; dann ging er aus der Tür; er wußte nicht, was er dem Jungen antworten sollte.

*

Auch als zu Ende Oktober die Deicharbeit vorbei war, blieb der Gang nordwärts nach dem Haff hinaus für Hauke Haien die beste Unterhaltung; den Allerheiligentag, um den herum die Äquinoktialstürme zu tosen pflegen, von dem wir sagen, daß Friesland ihn wohl beklagen mag, erwartete er wie heut die Kinder das Christfest. Stand eine Springflut bevor, so konnte man sicher sein, er lag trotz Sturm und Wetter weit draußen am Deiche mutterseelenallein; und wenn die Möwen gackerten, wenn die Wasser gegen den Deich tobten und beim Zurückrollen ganze Fetzen von der Grasdecke mit ins Meer hinabrissen, dann hätte man Haukes zorniges Lachen hören können. ‚Ihr könnt nichts Rechtes', schrie er in den Lärm hinaus, ‚so wie die Menschen auch nichts können!' Und endlich, oft im Finstern, trabte er aus der weiten Öde den Deich entlang nach Hause, bis seine aufgeschossene Gestalt die niedrige Tür unter seines Vaters Rohrdach erreicht hatte und darunter in das kleine Zimmer schlüpfte.

Manchmal hatte er eine Faust voll Kleierde mitgebracht; dann setzte er sich neben den Alten, der ihn jetzt gewähren ließ, und knetete bei dem Schein der dünnen Unschlittkerze allerlei Deichmodelle, legte sie in ein flaches Gefäß mit Wasser und suchte darin die Ausspülung der Wellen nachzumachen, oder er nahm seine Schiefertafel und zeichnete darauf das Profil der Deiche nach der Seeseite, wie es nach seiner Meinung sein mußte.

Mit denen zu verkehren, die mit ihm auf der Schulbank gesessen hatten, fiel ihm nicht ein; auch schien es, als ob ihnen an dem Träumer nichts gelegen sei. Als es wieder Winter geworden und der Frost hereingebrochen war, wanderte er noch weiter, wohin er früher nie gekommen, auf den Deich hinaus, bis die unabsehbare eisbedeckte Fläche der Watten vor ihm lag.

Im Februar bei dauerndem Frostwetter wurden angetriebene Leichen aufgefunden; draußen am offenen Haff auf den gefrorenen Watten hatten sie gelegen. Ein junges Weib, die dabei gewesen war, als man sie in das Dorf geholt hatte, stand redselig vor dem alten Haien: ‚Glaubt nicht, daß sie wie Menschen aussahen', rief sie; ‚nein wie die Seeteufel! So große Köpfe', und sie hielt die ausgespreizten Hände von weitem gegeneinander, ‚gnidderschwarz und blank, wie frischgebacken Brot! Und die Krabben hatten sie angeknabbert; und die Kinder schrien laut, als sie sie sahen!'

Dem alten Haien war so was just nichts Neues: ‚Sie haben wohl seit November schon in See getrieben!' sagte er gleichmütig.

Hauke stand schweigend daneben; aber sobald er konnte, schlich er sich auf den Deich hinaus; es war nicht zu sagen, wollte er nach weiteren Toten suchen oder zog ihn nur das Grauen, das noch auf den jetzt verlassenen Stellen brüten mußte. Er lief weiter und weiter, bis er einsam in der Öde stand, wo nur die Winde über den Deich wehten, wo nichts war als die klagenden Stimmen der großen Vögel, die rasch vorüberschossen; zu seiner Linken die leere weite Marsch, zur anderen Seite der unabsehbare Strand mit seiner jetzt vom Eise schimmernden Fläche der Watten; es war, als liege die ganze Welt in weißem Tod.

Hauke blieb oben auf dem Deiche stehen, und seine scharfen Augen schweiften weit umher; aber von Toten war nichts mehr zu sehen; nur wo die unsichtbaren Wattströme sich darunter drängten, hob und senkte die Eisfläche sich in stromartigen Linien.

Er lief nach Hause; aber an einem der nächsten Abende war er wiederum da draußen. Auf jenen Stellen war jetzt das Eis gespalten; wie Rauchwolken stieg es aus den Rissen, und über das ganze Watt spann sich ein Netz von Dampf und Nebel, das sich seltsam mit der Dämmerung des Abends mischte. Hauke sah mit starren Augen darauf hin; denn in dem Nebel schritten dunkle Gestalten auf und ab, sie schienen ihm so groß wie Menschen. Würdevoll, aber mit seltsamen, erschreckenden Gebärden; mit langen Nasen und Hälsen sah er sie fern an den rauchenden Spalten auf und ab spazieren; plötzlich begannen sie wie die Narren unheimlich auf und ab zu springen, die großen über die kleinen und die kleinen gegen die großen; dann breiteten sie sich aus und verloren alle Form.

‚Was wollen die? Sind es die Geister der Ertrunkenen?' dachte Hauke. ‚Hoiho!' schrie er laut in die Nacht hinaus; aber die draußen kehrten sich nicht an seinen Schrei, sondern trieben ihr wunderliches Wesen fort.

Da kamen ihm die furchtbaren norwegischen Seegespenster in den Sinn, von denen ein alter Kapitän ihm einst erzählt hatte, die statt des Angesichts einen stumpfen Pull von Seegras auf den Nacken tragen; aber er lief nicht fort, sondern bohrte die Haken seiner Stiefel fest in den Klei des Deiches und sah starr dem possenhaften Unwesen zu, das in der einfallenden Dämmerung vor seinen Augen fortspielte. ‚Seid ihr auch hier bei uns?' sprach er mit harter Stimme; ‚ihr sollt mich nicht vertreiben!'

Erst als die Finsternis alles bedeckte, schritt er steifen, langsamen Schrittes heimwärts. Aber hinter ihm drein kam es wie Flügelrauschen und hallendes Geschrei. Er sah sich nicht um; aber er ging auch nicht schneller und kam erst spät nach Hause; doch niemals soll er seinem Vater oder einem anderen davon erzählt haben. Erst viele Jahre später hat er sein blödes Mädchen, womit später der Herrgott ihn belastete, um dieselbige Tages- und Jahreszeit mit sich auf den Deich hinausgenommen, und dasselbe Wesen soll sich derzeit draußen auf den Watten gezeigt haben; aber er hat ihr gesagt, sie solle sich nicht fürchten, das seien nur die Fischreiher und die Krähen, die im Nebel so fürchterlich groß erscheinen; die holten sich Fische aus den offenen Spalten.

Weiß Gott, Herr!" unterbrach sich der Schulmeister, „es gibt auf Erden allerlei Dinge, die ein ehrlich Christenherz verwirren können; aber der Hauke war weder ein Narr noch ein Dummkopf."

Da ich nichts erwiderte, wollte er fortfahren; aber unter den Gästen, die bisher lautlos zugehört hatten, nur mit dichterem Tabaksqualm das niedrige Zimmer füllend, entstand eine plötzliche Bewegung; erst einzelne, dann fast alle wandten sich dem Fenster zu. Draußen — man sah es durch die unverhangenen Fenster — trieb der Sturm die Wolken, und Licht und Dunkel jagten durcheinander; aber auch mir war es, als hätte ich den hageren Reiter auf seinem Schimmel vorbeisausen gesehen.

„Wart nur ein wenig, Schulmeister!" sagte der Deichgraf leise.

„Ihr braucht Euch nicht zu fürchten, Deichgraf!" erwiderte der kleine Erzähler, „ich habe ihn nicht geschmäht, und hab auch dessen keine Ursach"; und er sah mit seinen kleinen, klugen Augen zu ihm auf.

„Ja, ja", meinte der andere, „laß Er Sein Glas nur wieder füllen." Und nachdem das geschehen war und die Zuhörer, meist mit etwas verdutzten Gesichtern, sich wieder zu ihm gewandt hatten, fuhr er in seiner Geschichte fort:

„So für sich, und am liebsten nur mit Wind und Wasser und mit den Bildern der Einsamkeit verkehrend, wuchs Hauke zu einem langen, hageren Burschen auf. Er war schon über ein Jahr lang eingesegnet, da wurde es auf einmal anders mit ihm, und das kam von dem alten weißen Angorakater, welchen der alten Trin' Jans einst ihr später verunglückter Sohn von seiner spanischen Seereise mitgebracht hatte. Trin' wohnte ein gut Stück hinaus auf dem Deiche in einer kleinen Kate, und wenn die Alte in ihrem Haus herumarbeitete, so pflegte diese Unform von einem Kater vor der Haustür zu sitzen und in den Sommertag und nach den vorüberfliegenden Kiebitzen hinauszublinzeln. Ging Hauke vorbei, so mauzte der Kater ihn an, und Hauke nickte ihm zu; die beiden wußten, was sie miteinander hatten.

Nun aber war's einmal im Frühjahr, und Hauke lag nach seiner Gewohnheit oft draußen am Deich, schon weiter unten dem Wasser zu, zwischen Strandnelken und dem duftenden Seewermut, und ließ sich von der schon kräftigen Sonne bescheinen. Er hatte sich tags zuvor droben auf der Geest die Taschen voll von Kieseln gesammelt, und als in der Ebbezeit die Watten bloßgelegt waren und die kleinen grauen Strandläufer schreiend darüber hinhuschten, holte er jählings einen Stein hervor und warf ihn nach den Vögeln. Er hatte das von Kindesbeinen an geübt, und meistens blieb einer auf dem Schlicke liegen; aber ebensooft war er dort auch nicht zu holen; Hauke hatte schon daran gedacht, den Kater mitzunehmen und als apportierenden Jagdhund zu dressieren. Aber es gab auch hier und dort feste Stellen oder Sandlager; solchenfalls lief er hinaus und holte sich seine Beute selbst. Saß der Kater bei seiner Rückkehr noch vor der Haustür, dann schrie das Tier vor nicht zu bergender Raubgier so lange, bis Hauke ihm einen der erbeuteten Vögel zuwarf.

Als er heute, seine Jacke auf der Schulter, heimging, trug er nur einen ihm noch unbekannten, aber wie mit bunter Seide und Metall gefiederten Vogel mit nach Hause, und der Kater mauzte wie gewöhnlich, als er ihn kommen sah. Aber Hauke wollte seine Beute — es mag ein Eisvogel gewesen sein — diesmal nicht hergeben und kehrte sich nicht an die Gier des Tieres. ‚Umschicht!' rief er ihm zu, ‚heute mir, morgen dir; das hier ist kein Katerfressen!' Aber der Kater kam vorsichtigen Schrittes herangeschlichen; Hauke stand und sah ihn an, der Vogel hing an seiner Hand, und der Kater blieb mit erhobener Tatze stehen. Doch der Bursche schien seinen Katzenfreund noch nicht so ganz zu kennen; denn während er ihm seinen Rücken zugewandt hatte und eben fürbaß wollte, fühlte er mit einem Ruck die Jagdbeute sich entrissen, und zugleich schlug eine scharfe Kralle ihm ins Fleisch. Ein Grimm, wie gleichfalls eines Raubtieres, flog dem jungen Menschen ins Blut; er griff wie rasend um sich und hatte den Räuber schon am Genicke gepackt. Mit der Faust hielt er das mächtige Tier empor und würgte es, daß die Augen ihm aus den rauhen Haaren vorquollen, nicht achtend, daß die starken Hintertatzen ihm den Arm zerfleischten. ‚Hoiho!' schrie er und packte ihn noch fester; ‚wollen sehen, wer's von uns beiden am längsten aushält!'

Plötzlich fielen die Hinterbeine der großen Katze schlaff herunter, und Hauke ging ein paar Schritte zurück und warf sie gegen die Kate der Alten. Da sie sich nicht mehr rührte, wandte er sich und setzte seinen Weg nach Hause fort.

Aber der Angorakater war das Kleinod seiner Herrin; er war ihr Geselle und das einzige, was ihr Sohn, der Matrose, ihr hinterlassen hatte, nachdem er hier an der Küste seinen jähen Tod gefunden hatte, da er im Sturm seiner Mutter beim Porrenfangen hatte helfen wollen. Hauke mochte kaum hundert Schritte weiter getan haben, während er mit einem Tuch das Blut aus seinen Wunden auffing, als schon von der Kate her ein Geheul und Zetern in die Ohren gellte. Da wandte er sich und sah davor das alte Weib am Boden liegen; das greise Haar flog ihr im Winde um das rote Kopftuch: ‚Tot!' rief sie, ‚tot!' und erhob dräuend ihren mageren Arm gegen ihn: ‚Du sollst verflucht sein! Du hast ihn totgeschlagen, du nichtsnutziger Strandläufer; du warst nicht wert, ihm seinen Schwanz zu bürsten!" Sie warf sich über das Tier und wischte zärtlich mit ihrer Schürze ihm das Blut fort, das noch aus Nase und Schnauze rann; dann hob sie aufs neue an zu zetern.

‚Bist du bald fertig?' rief Hauke ihr zu, ‚dann laß dir sagen: ich will dir einen Kater schaffen, der mit Maus- und Rattenblut zufrieden ist!'

Darauf ging er, scheinbar auf nichts mehr achtend, fürbaß. Aber die tote Katze mußte ihm doch im Kopfe Wirrsal machen, denn er ging, als er zu den Häusern gekommen war, an dem seines Vaters und auch an den übrigen vorbei und eine weite Strecke noch nach Süden auf dem Deich der Stadt zu.

Inzwischen wanderte auch Trin' Jans auf demselben Weg in der gleichen Richtung; sie trug in einem alten blaukarierten Kissenüberzug eine Last in ihren Armen, die sie sorgsam, als wär's ein Kind, umklammerte; ihr greises Haar flatterte in dem leichten Frühlingswind. ‚Was schleppt Sie da, Trina?' fragte ein Bauer, der ihr entgegenkam. ‚Mehr als dein Haus und Hof', erwiderte die Alte; dann ging sie eifrig weiter. Als sie dem untenliegenden Hause des alten Haien nahekam, ging sie den Akt, wie man bei uns die Trift- und Fußwege nennt, die schräg an der Seite des Deiches hinab- oder hinaufführen, zu den Häusern hinunter.

Der alte Tede Haien stand eben vor der Tür und sah ins Wetter: ‚Na, Trin!' sagte er, als sie pustend vor ihm stand und ihren Krückstock in die Erde bohrte, ‚was bringt Sie Neues in Ihrem Sack?'

‚Erst laß Er mich in die Stube, Tede Haien! dann soll Er's sehen!' und ihre Augen sahen ihn mit seltsamem Funkeln an.

‚So komm Sie!' sagte der Alte. Was gingen ihn die Augen des dummen Weibes an.

Und als beide eingetreten waren, fuhr sie fort: ‚Bring Er den alten Tabakskasten und das Schreibzeug von dem Tisch — — Was hat Er denn immer zu schreiben? — — So; und nun wisch Er ihn sauber ab!'

Und der Alte, der fast neugierig wurde, tat alles, was sie sagte; dann nahm sie den blauen Überzug bei beiden Zipfeln und schüttete daraus den großen Katerleichnam auf den Tisch. ‚Da hat Er ihn!' rief sie; ‚sein Hauke hat ihn totgeschlagen.' Hierauf aber begann sie ein bitterliches Weinen, sie streichelte das dicke Fell des toten Tieres, legte ihm die Tatzen zusammen, neigte ihre lange Nase über dessen Kopf und raunte ihm unverständliche Zärtlichkeiten in die Ohren.

Tede Haien sah dem zu. ‚So', sagte er; ‚Hauke hat ihn totgeschlagen?' Er wußte nicht, was er mit dem heulenden Weibe machen sollte.

Die Alte nickte ihn grimmig an: ‚Ja, ja; so Gott, das hat er getan!' und sie wischte sich mit ihrer von Gicht verkrümmten Hand das Wasser aus den Augen. ‚Kein Kind, kein Lebigs mehr!' klagte sie. ‚Und er weiß es ja wohl, uns

Alten, wenn's nach Allerheiligen kommt, frieren abends im Bette die Beine, und statt zu schlafen, hörn wir den Nordwest an unseren Fensterläden rappeln. Ich hör's nicht gern, Tede Haien, er kommt daher, wo mein Junge mir im Schlick versank.'

Tede Haien nickte, und die Alte streichelte das Fell ihres toten Katers: ‚Der aber', begann sie wieder, ‚wenn ich winters am Spinnrad saß, dann saß er bei mir und spann auch und sah mich an mit seinen grünen Augen! Und kroch ich, wenn's mir kalt wurde, in mein Bett — es dauerte nicht lang, so sprang er zu mir und legte sich auf meine frierenden Beine, und wir schliefen so warm mitsammen, als hätte ich noch meinen jungen Schatz im Bett!' Die Alte, als suche sie bei dieser Erinnerung nach Zustimmung, sah den neben ihr am Tisch stehenden Alten mit ihren funkelnden Augen an.

Tede Haien aber sagte bedächtig: ‚Ich weiß Ihr einen Rat, Trin' Jans', und er ging nach seiner Schatulle und nahm eine Silbermünze aus der Schublade — ‚Sie sagte, daß Hauke Ihr das Tier vom Leben gebracht hat, und ich weiß, Sie lügt nicht; aber hier ist ein Krontaler von Christian dem Vierten; damit kauf Sie sich ein gegerbtes Lammfell für Ihre kalten Beine! Und wenn unsere Katze nächstens Junge wirft, so mag Sie sich das größte davon aussuchen, das zusammen tut wohl einen altersschwachen Angorakater! Und nun nehm Sie das Vieh und bring Sie es meinethalben an den Racker in die Stadt, und halt Sie das Maul, daß es hier auf meinem ehrlichen Tisch gelegen hat!'

Während dieser Rede hatte das Weib schon nach dem Taler gegriffen und ihn in einer kleinen Tasche geborgen, die sie unter ihren Röcken trug; dann stopfte sie den Kater wieder in die Bettbühr, wischte mit der Schürze die Blutflecken vom Tisch und stakte zur Tür hinaus. ‚Vergiß Er mir nur den jungen Kater nicht!' rief sie noch zurück.

Eine Weile später, als der alte Haien in dem engen Stüblein auf und ab schritt, trat Hauke herein und warf seinen bunten Vogel auf den Tisch: als er aber auf der weißgescheuerten Platte den noch kennbaren Blutfleck sah, fragte er, wie beiläufig: ‚Was ist denn das?'

Der Vater blieb stehen: ‚Das ist Blut, was du hast fließen machen!‘

Dem Jungen schoß es doch heiß ins Gesicht: ‚Ist denn Trin' Jans mit ihrem Kater hier gewesen?‘

Der Alte nickte: ‚Weshalb hast du ihr den totgeschlagen?‘

Hauke entblößte seinen blutigen Arm. ‚Deshalb‘, sagte er; ‚er hatte mir den Vogel fortgerissen!‘

Der Alte sagte nichts hierauf; er begann eine Zeitlang wieder auf und ab zu gehen; dann blieb er vor dem Jungen stehen und sah eine Weile wie abwesend auf ihn hin. ‚Das mit dem Kater hab ich rein gemacht‘, sagte er dann; ‚aber, siehst du, Hauke, die Kate hier ist zu klein; zwei Herren können darauf nicht sitzen — es ist nun Zeit, du mußt dir einen Dienst besorgen!‘

‚Ja, ‚Vater‘, entgegnete Hauke; ‚hab dergleichen auch gedacht.‘

‚Warum?‘ fragte der Alte.

‚Ja, man wird grimmig in sich, wenn man's nicht an einem ordentlichen Stück Arbeit auslassen kann.‘

‚So?‘ sagte der Alte, ‚und darum hast du den Angorer totgeschlagen? Das könnte leicht noch schlimmer werden!‘

‚Er mag wohl recht haben, Vater; aber der Deichgraf hat seinen Kleinknecht fortgejagt; das könnt ich schon verrichten!‘

Der Alte begann wieder auf- und abzugehen und spritzte dabei die schwarze Tabaksjauche von sich: ‚Der Deichgraf ist ein Dummkopf, dumm wie 'ne Saatgans! Er ist nur Deichgraf, weil sein Vater und Großvater es gewesen sind, und wegen seiner neunundzwanzig Fennen. Wenn Martini herankommt und hernach die Deich- und Sielrechnungen abgetan werden müssen, dann füttert er den Schulmeister mit Gansbraten und Met und Weizenkringeln und sitzt dabei und nickt, wenn der mit seiner Feder die Zahlenreihen hinunterläuft, und sagt: Ja, ja, Schulmeister, Gott vergönn's Ihm! Was kann Er rechnen! Wenn aber einmal der Schulmeister nicht kann oder nicht will, dann muß er selber dran und sitzt und schreibt und streicht wieder aus, und der große dumme Kopf wird ihm rot und heiß, und die Augen quellen wie Glaskugeln, als wollte das bißchen Verstand da hinaus.‘

Der Junge stand gerade vor dem Vater und wunderte sich, was der reden könne; so hatte er's noch nicht von ihm gehört. ‚Ja, Gott tröst!' sagte er, ‚dumm ist er wohl; aber seine Tochter Elke, die kann rechnen!'

Der Alte sah ihn scharf an. ‚Ahoi, Hauke' rief er, ‚was weißt du von Elke Volkerts?'

‚Nichts, Vater; der Schulmeister hat's mir nur erzählt.'

Der Alte antwortete nicht darauf; er schob nur bedächtig seine Tabaksknoten aus einer Backe hinter die andere.

‚Und du denkst', sagte er dann, ‚du wirst dort auch mitrechnen können.'

‚O ja, Vater, das möcht schon gehen', erwiderte der Sohn, und ein ernstes Zucken lief um seinen Mund.

Der Alte schüttelte den Kopf: ‚Nein, aber meinethalben; versuch einmal dein Glück!'

‚Dank auch, Vater!' sagte Hauke und stieg zu seiner Schlafstatt auf den Boden; hier setzte er sich auf die Bettkante und sann, weshalb ihn denn sein Vater um Elke Volkerts angerufen habe. Er kannte sie freilich, das ranke achtzehnjährige Mädchen mit den dunklen Brauen, die über den trotzigen Augen und der schmalen Nase ineinanderliefen; doch er hatte kaum ein Wort mit ihr gesprochen; nun, wenn er zu dem alten Tede Volkerts ging, wollte er sie doch besser darauf ansehen, was es mit dem Mädchen auf sich habe. Und gleich jetzt wollte er gehen, damit kein anderer ihm die Stelle abjage; es war kaum noch Abend. Und so zog er seine Sonntagsjacke und seine besten Stiefel an und machte sich guten Mutes auf den Weg.

Das langgestreckte Haus des Deichgrafen war durch seine hohe Werfte, besonders durch den höchsten Baum des Dorfes, eine gewaltige Esche, schon von weitem sichtbar; der Großvater des jetzigen, der erste Deichgraf des Geschlechtes, hatte in seiner Jugend eine solche östlich der Haustür hier gesetzt; aber die beiden ersten Anpflanzungen waren vergangen, und so hatte er an seinem Hochzeitsmorgen diesen dritten Baum gepflanzt, welcher noch jetzt mit seiner immer mächtiger werdenden Blätterkrone in dem hier unablässigen Winde wie von alten Zeiten rauschte.

Als nach einer Weile der lang aufgeschossene Hauke die

hohe Werfte hinaufstieg, welche an den Seiten mit Rüben und Kohl bepflanzt war, sah er droben die Tochter des Hauswirts neben der niedrigen Haustür stehen. Ihr etwas hagerer Arm hing schlaff herab, die andere Hand schien im Rücken nach dem Eisenring zu greifen, von denen je einer zu beiden Seiten der Tür in der Mauer war, damit, wer vor das Haus ritt, sein Pferd daran befestigen könne. Die Dirne schien von dort ihre Augen über den Deich hinaus nach dem Meer zu heben, wo an dem stillen Abend die Sonne eben in das Wasser hinabsank und zugleich das bräunliche Mädchen mit ihrem letzten Schein vergoldete.

Hauke stieg etwas langsamer an der Werfte hinan und dachte bei sich: ‚So ist sie nicht so dösig!' dann war er oben. ‚Guten Tag auch!' sagte er, zu ihr tretend, ‚wonach guckst du denn mit deinen großen Augen, Jungfer Elke?'

‚Nach dem', erwiderte sie, ‚was hier alle Abend vor sich geht, aber hier nicht alle Abend just zu sehen ist.' Sie ließ den Ring aus der Hand fallen, daß er klingend gegen die Mauer schlug. ‚Was willst du, Hauke Haien?' fragte sie.

‚Was dir hoffentlich nicht zuwider ist', sagte er. ‚Dein Vater hat seinen Kleinknecht fortgejagt, da dachte ich bei euch in Dienst —'

Sie ließ ihre Blicke an ihm herunterlaufen: ‚Du bist noch so was schlanterig, Hauke!' sagte sie; ‚aber uns dienen zwei feste Augen besser als zwei feste Arme!' Sie sah ihn dabei fast düster an, aber Hauke hielt ihr tapfer stand. ‚So komm', fuhr sie fort; ‚der Wirt ist in der Stube, laß uns hineingehen!'

*

Am anderen Tage trat Tede Haien mit seinem Sohn in das geräumige Zimmer des Deichgrafen; die Wände waren mit glasierten Kacheln bekleidet, auf denen hier ein Schiff mit vollen Segeln oder ein Angler an einem Uferplatz, dort ein Rind, das kauend vor einem Bauernhause lag, den Beschauer vergnügen konnte; unterbrochen war diese dauerhafte Tapete durch ein mächtiges Wandbett mit jetzt zugeschobenen Türen und einem Wandschrank, der durch seine beiden Glastüren allerlei Silber und Porzellangeschirr erblicken ließ; neben der Tür zum anstoßenden Pesel war hinter einer Glasscheibe eine holländische Schlaguhr in die Wand gelassen.

Der starke, etwas schlagflüssige Hauswirt saß am Ende des blankgescheuerten Tisches im Lehnstuhl auf seinem bunten Wollenpolster. Er hatte seine Hände über dem Bauch gefaltet und starrte aus seinen runden Augen befriedigt auf das Gerippe einer fetten Ente; Gabel und Messer ruhten vor ihm auf dem Teller.

‚Guten Tag, Deichgraf!' sagte Tede Haien, und der Angeredete drehte langsam Kopf und Augen zu ihm hin.

‚Ihr seid es, Tede?' entgegnete er, und der Stimme war die verzehrte fette Ente anzuhören, ‚setzt Euch; es ist ein gut Stück von Euch zu mir herüber!'

‚Ich komme, Deichgraf', sagte Haien, indem er sich auf die an der Wand entlang laufende Bank dem anderen im Winkel gegenübersetzte. ‚Ihr habt Verdruß mit Eurem Kleinknecht gehabt und seid mit meinem Jungen einig geworden, ihn an dessen Stelle zu setzen!'

Der Deichgraf nickte: ‚Ja, ja, Tede; aber — was meint Ihr mit Verdruß? Wir Marschleute haben, Gott tröst uns, was dagegen einzunehmen!' und er nahm das vor ihm liegende Messer und klopfte wie liebkosend auf das Gerippe der armen Ente. ‚Das war mein Leibvogel', setzte er behaglich lachend hinzu; ‚sie fraß mir aus der Hand!'

‚Ich dachte', sagte der alte Haien, das letzte überhörend, ‚der Bengel hätte euch Unheil im Stall gemacht.'

‚Unheil? Ja, Tede; freilich Unheil genug! Der dicke Mopsbraten hatte die Kälber nicht geböhrmt; aber er lag voll getrunken auf dem Heuboden, und das Viehzeug schrie die ganze Nacht vor Durst, daß ich bis Mittag nachschlafen mußte; dabei kann die Wirtschaft nicht bestehen!'

‚Nein, Deichgraf; aber dafür ist keine Gefahr bei meinem Jungen.'

Hauke stand, die Hände in den Seitentaschen, am Türpfosten, hatte den Kopf im Nacken und studierte an den Fensterrahmen ihm gegenüber.

Der Deichgraf hatte die Augen zu ihm gehoben und nickte hinüber: ‚Nein, nein, Tede', und er nickte nun auch dem Alten zu; ‚Euer Hauke wird mir die Nachtruhe nicht verstören; der Schulmeister hat's mir vordem gesagt, der sitzt lieber vor der Rechentafel als vor einem Glas mit Branntwein.'

Hauke hörte nicht auf diesen Zuspruch; denn Elke war in die Stube getreten und nahm mit ihrer leichten Hand die Reste der Speisen von dem Tisch, ihn mit ihren dunklen Augen flüchtig streifend. Da fielen seine Blicke auch auf sie.

Das Mädchen war hinausgegangen. ‚Ihr wisset, Tede‘, begann der Deichgraf wieder, ‚unser Herrgott hat mir einen Sohn versagt!‘

‚Ja, Deichgraf; aber laßt Euch das nicht kränken‘, entgegnete der andere, ‚denn im dritten Gliede soll der Familienverstand ja verschleißen: Euer Großvater, das wissen wir noch alle, war einer, der das Land geschützt hat!‘

Der Deichgraf, nach einigem Besinnen, sah schier verdutzt aus: ‚Wie meint Ihr das, Tede Haien?‘ sagte er und setzte sich in seinem Lehnstuhl auf; ‚ich bin ja doch im dritten Gliede!‘

‚Ja, so! Nichts für ungut, Deichgraf; es geht nur so die Rede!‘ Und der hagere Tede Haien sah den alten Würdenträger mit etwas boshaften Augen an.

Der aber sprach unbekümmert: ‚Ihr müßt Euch von alten Weibern dergleichen Torheit nicht aufschwatzen lassen, Tede Haien, Ihr kennt nur meine Tochter nicht, die rechnet mich selber dreimal um und um! Ich wollt' nur sagen, Euer Hauke wird außer im Felde auch hier in meiner Stube mit Feder oder Rechenstift so manches profitieren können, was ihm nicht schaden wird!‘

‚Ja, ja, Deichgraf, das wird er; da habt ihr völlig recht!‘ sagte der alte Haien und begann dann noch einige Vergünstigung bei dem Mietkontrakt sich auszudingen, die abends vorher von seinem Sohne nicht bedacht waren. So sollte dieser außer seinen leinenen Hemden im Herbst auch noch acht Paar wollene Strümpfe als Zugabe seines Lohnes genießen; so wollte er selbst ihn im Frühling acht Tage bei der eigenen Arbeit haben, und was dergleichen mehr war. Aber der Deichgraf war zu allem willig; Hauke Haien schien ihm eben der rechte Kleinknecht.

‚Nun, Gott tröste dich, Junge', sagte der Alte, da sie eben das Haus verlassen hatten, ‚wenn der dir die Welt klarmachen soll!'

Aber Hauke erwiderte ruhig: ‚Laß Er nur, Vater; es wird schon alles werden.'

*

Und Hauke hatte so unrecht nicht gehabt; die Welt, oder was ihm die Welt bedeutete, wurde immer klarer, je länger sein Aufenthalt in diesem Hause dauerte; vielleicht um so mehr, je weniger ihm eine überlegene Einsicht zu Hilfe kam, und je mehr er auf seine eigene Kraft angewiesen war, mit der er sich von jeher beholfen hatte. Einer freilich war im Hause, für den er nicht der Rechte zu sein schien; das war der Großknecht Ole Peters, ein tüchtiger Arbeiter und ein maulfertiger Geselle. Ihm war der träge, aber dumme und stämmige Kleinknecht von vorhin besser nach seinem Sinne gewesen, dem er ruhig die Tonne Hafer auf den Rücken hatte laden und den er nach Herzenslust hatte herumstoßen können. Dem noch stilleren, aber ihn geistig überragenden Hauke vermochte er in solcher Weise nicht beizukommen; er hatte eine gar zu eigene Art, ihn anzublicken. Trotzdem verstand er es, Arbeiten für ihn auszusuchen, die seinem noch nicht gefestigten Körper hätten gefährlich werden können, und Hauke, wenn der Großknecht sagte: ‚Da hättest du den dicken Niß nur sehen sollen, dem ging es von der Hand!' faßte nach Kräften an und brachte es, wenn auch mit Mühsal, doch zu Ende. Ein Glück war es für ihn, daß Elke selbst oder durch ihren Vater das meistens abzustellen wußte. Man mag wohl fragen, was mitunter ganz fremde Menschen aneinander bindet; vielleicht — sie waren beide geborene Rechner, und das Mädchen konnte seinen Kameraden in der groben Arbeit nicht verderben sehen.

Der Zwiespalt zwischen Groß- und Kleinknecht wurde auch im Winter nicht besser, als nach Martini die verschiedenen Deichrechnungen zur Revision eingelaufen waren.

Es war an einem Maiabend, aber es war Novemberwetter; von drinnen im Hause hörte man draußen hinterm Deich die Brandung donnern. ‚He, Hauke', sagte der Hausherr, ‚komm herein; nun magst du weisen, ob du rechnen kannst!'

‚Uns' Weert', entgegnete dieser; — denn so nennen hier die Leute die Herrschaft — ‚ich soll aber erst das Jungvieh füttern!'

‚Elke!' rief der Deichgraf; ‚wo bist du, Elke! — Geh zu Ole und sag ihm, er soll das Jungvieh füttern; Hauke soll rechnen!'

Und Elke eilte in den Stall und machte dem Großknecht die Bestellung, der eben damit beschäftigt war, das über Tag gebrauchte Pferdegeschirr wieder an seinen Platz zu hängen.

Ole Peters schlug mit einer Trense gegen den Ständer, neben dem er sich beschäftigte, als wolle er sie kurz und klein haben: ‚Hol der Teufel den verfluchten Schreiberknecht!'

Sie hörte die Worte noch, bevor sie die Stalltür wieder geschlossen hatte.

‚Nun?' fragte der Alte, als sie in die Stube trat.

‚Ole wollte es schon besorgen', sagte die Tochter, ein wenig sich in die Lippen beißend, und setzte sich Hauke gegenüber auf einen grobgeschnitzten Holzstuhl, wie sie noch derzeit hier an Winterabenden im Hause selbst gemacht wurden. Sie hatte aus einem Schubkasten einen weißen Strumpf mit rotem Vogelmuster genommen, an dem sie nun weiterstrickte; die langbeinigen Kreaturen darauf mochten Reiher oder Störche bedeuten. Hauke saß ihr gegenüber, in seine Rechnerei vertieft, der Deichgraf selbst ruhte in seinem Lehnstuhl und blinzelte schläfrig nach Haukes Feder; auf dem Tisch brannten, wie immer im Deichgrafenhause, zwei Unschlittkerzen, und vor den beiden in Blei gefaßten Fenstern waren von außen die Läden vorgeschlagen und von innen zugeschoben; mochte der Wind nun poltern wie er wollte. Mitunter hob Hauke seinen Kopf von der Arbeit und blickte einen Augenblick nach den Vogelstrümpfen oder nach dem schmalen ruhigen Gesicht des Mädchens.

Da tat es aus dem Lehnstuhl plötzlich einen lauten Schnarcher, und ein Blick und ein Lächeln flog zwischen den beiden jungen Menschen hin und wider; dann folgte allmählich ein ruhigeres Atmen; man konnte wohl ein wenig plaudern; Hauke wußte nur nicht was.

Als sie aber das Strickzeug in die Höhe zog und die Vögel sich nun in ihrer ganzen Länge zeigten, flüsterte er über den Tisch hinüber: ‚Wo hast du das gelernt, Elke?'

‚Was gelernt?' fragte das Mädchen zurück.

‚Das Vogelstricken', sagte Hauke.

‚Das? Von Trin' Jans draußen am Deich; sie kann allerlei; sie war vorzeiten einmal bei meinem Großvater hier in Dienst.'

‚Da warst du aber wohl noch nicht geboren?' fragte Hauke.

‚Ich denk wohl nicht; aber sie ist noch oft ins Haus gekommen.'

‚Hat denn die die Vögel gern?' fragte Hauke; ‚ich meint, sie hielt es nur mit Katzen!'

Elke schüttelte den Kopf: ‚Sie zieht ja Enten und verkauft sie; aber im vorigen Frühjahr, als du den Angora totgeschlagen hattest, sind ihr hinten im Stall die Ratten dazwischengekommen; nun will sie sich vorn am Haus einen anderen bauen.'

‚So', sagte Hauke und zog einen leisen Pfiff durch die Zähne, ‚dazu hat sie von der Geest sich Lehm und Steine hergeschleppt! Aber dann kommt sie in den Binnenweg! — Hat sie denn Konzession?'

‚Weiß ich nicht', meinte Elke. Aber er hatte das letzte Wort so laut gesprochen, daß der Deichgraf aus seinem Schlummer auffuhr. ‚Was Konzession?' fragte er und sah fast wild von einem zu der anderen. ‚Was soll die Konzession?'

Als aber Hauke ihm dann die Sache vorgetragen hatte, klopfte er ihm lachend auf die Schulter: ‚Ei, was, der Binnenweg ist breit genug; Gott tröst den Deichgrafen, sollt' er sich auch noch um die Entenställe kümmern!'

Hauke fiel es aufs Herz, daß er die Alte mit ihren jungen Enten den Ratten sollte preisgegeben haben, und er ließ sich mit dem Einwand abfinden. ‚Aber, uns' Weert‘, begann er wieder, ‚es tät wohl dem und jenem ein kleiner Zwicker gut, und wollet Ihr ihn nicht selber greifen, so zwicket den Gevollmächtigten, der auf die Deichordnung passen soll!‘

‚Wie, was sagt der Junge?‘ Und der Deichgraf setzte sich vollends auf, und Elke ließ ihren künstlichen Strumpf sinken und wandte das Ohr hinüber.

‚Ja, uns' Weert‘, fuhr Hauke fort, ‚Ihr habt doch schon die Frühlingsschau gehalten; aber trotzdem hat Peter Hansen auf seinem Stück das Unkraut auch noch heute nicht gebuscht; im Sommer werden die Stieglitzer da wieder lustig um die roten Distelblumen spielen! Und dicht daneben, ich weiß nicht, wem's gehört, ist an der Außenseite eine ganze Wiege in dem Deich; bei schön Wetter liegt es immer voll von kleinen Kindern, die sich darin wälzen; aber — Gott bewahr' uns vor Hochwasser!‘

Die Augen des alten Deichgrafen waren immer größer geworden.

‚Und dann —‘ sagte Hauke wieder.

‚Was dann noch, Junge?‘ fragte der Deichgraf; ‚bist du noch nicht fertig?‘ Und es klang, als sei der Rede seines Kleinknechts ihm schon zuviel geworden.

‚Ja, dann, uns' Weert‘, sprach Hauke weiter; ‚Ihr kennt die dicke Vollina, die Tochter vom Gevollmächtigten Harders, die immer ihres Vaters Pferde aus der Ferne holt — wenn sie nur eben mit ihren runden Waden auf der alten gelben Stute sitzt, hü hopp; so geht's allemal schräg an der Dossierung den Deich hinan!‘

Hauke bemerkte erst jetzt, daß Elke ihre klugen Augen auf ihn gerichtet hatte und leise ihren Kopf schüttelte.

Er schwieg, aber ein Faustschlag, den der Alte auf den Tisch tat, dröhnte ihm in die Ohren; ‚da soll das Wetter dreinschlagen!‘ rief er.

Hauke erschrak beinahe über die Bärenstimme, die plötzlich hier hervorbrach: ‚Zur Brüche! Notier mir das dicke Mensch zur Brüche, Hauke! Die Dirne hat mir im letzten Sommer drei junge Enten weggefangen! Ja, ja, notier nur‘, wiederholte er, als Hauke zögerte; ‚ich glaub sogar, es waren vier!‘

‚Ei, Vater', sagte Elke, ‚war's nicht die Otter, die die Enten nahm?'

‚Eine große Otter!' rief der Alte schnaufend; ‚werd' doch die dicke Vollina und eine Otter auseinanderkennen! Nein, nein, vier Enten, Hauke — aber was du im übrigen schwatzest, der Herr Oberdeichgraf und ich, nachdem wir zusammen in meinem Hause hier gefrühstückt hatten, sind im Frühjahr an deinem Unkraut und an der Wiege vorbeigefahren und haben's doch nicht sehen können. Ihr beide aber', und er nickte ein paarmal bedeutsam gegen Hauke und seine Tochter, ‚danket Gott, daß ihr nicht Deichgrafen seid! Zwei Augen hat man nur, und mit hundert soll man sehen. — — Nimm nur die Rechnungen über die Bestickungsarbeiten, Hauke, und sieh sie nach; die Kerls rechnen oft zu liederlich!'

Dann lehnte er sich wieder in seinen Stuhl zurück, ruckte den schweren Körper ein paarmal und überließ sich bald dem sorgenlosen Schlummer.

*

Dergleichen wiederholte sich an manchem Abend. Hauke hatte scharfe Augen und unterließ es nicht, wenn sie beisammen saßen, das eine oder das andere von schädlichem Tun oder Unterlassen in Deichsachen dem Alten vor die Augen zu rücken, und da dieser sie nicht immer schließen konnte, so kam unversehens ein lebhafter Geschäftsgang in die Verwaltung, und die, welche früher im alten Schlendrian fortgesündigt hatten und jetzt unerwartet ihre frevlen oder faulen Finger geklopft fühlten, sahen sich unwillig und verwundert um, woher die Schläge denn gekommen seien. Und Ole, der Großknecht, säumte nicht, möglichst weit die Offenbarung zu verbreiten und dadurch gegen Hauke und seinen Vater, der doch die Mitschuld tragen mußte, in diesen Kreisen seinen Widerwillen zu erregen; die andern aber, welche nicht getroffen waren, oder denen es um die Sache selbst zu tun war, lachten und hatten ihre Freude, daß der Junge den Alten doch einmal etwas in Trab gebracht habe. ‚Schad nur', sagten sie, ‚daß der Bengel nicht den gehörigen Klei unter den Füßen hat; das gäbe sonst einmal wieder einen Deichgrafen, wie vordem sie dagewesen sind; aber die paar Demat seines Alten, die täten's denn doch nicht!'

Als im nächsten Herbst der Herr Amtmann und Oberdeichgraf zur Schauung kamen, sah er sich den alten Tede Volkerts von oben bis unten an, während dieser ihn zum Frühstück nötigte. ‚Wahrhaftig, Deichgraf', sagte er, ‚ich dacht's mir schon, Ihr seid in der Tat um ein Halbstieg Jahre jünger geworden; Ihr habt mir diesmal mit all Euren Vorschlägen warm gemacht; wenn wir mit alldem nur heute fertig werden!'

‚Wird schon, wird schon, gestrenger Herr Oberdeichgraf', erwiderte der Alte schmunzelnd; ‚der Gansbraten da wird schon die Kräfte stärken! Ja, Gott sei Dank, ich bin noch allzeit frisch und munter!' Er sah sich in der Stube um, ob auch nicht etwa Hauke um die Wege sei; dann setzte er in würdevoller Ruhe noch hinzu: ‚So hoffe ich zu Gott, noch meines Amtes ein paar Jahre in Segen warten zu können!'

‚Und darauf, lieber Deichgraf', erwiderte sein Vorgesetzter, sich erhebend, ‚wollen wir dieses Glas zusammen trinken!'

Elke, die das Frühstück bestellt hatte, ging eben, während die Gläser aneinanderklangen, mit leisem Lachen aus der Stubentür. Dann holte sie eine Schüssel Abfall aus der Küche und ging durch den Stall, um es vor der Außentür dem Federvieh vorzuwerfen. Im Stall stand Hauke Haien und steckte den Kühen, die man der argen Witterung wegen schon jetzt hatte heraufnehmen müssen, mit der Furke Heu in ihre Raufen. Als er aber das Mädchen kommen sah, stieß er die Furke auf den Grund. ‚Nun, Elke?' sagte er.

Sie blieb stehen und nickte ihm zu: ‚Ja, Hauke; aber eben hättest du drinnen sein müssen!'

‚Meinst du? Warum denn, Elke?'

‚Der Herr Oberdeichgraf hat den Wirt gelobt!'

‚Den Wirt? Was tut das mir?'

‚Nein, ich mein', den Deichgrafen hat er gelobt!'

Ein dunkles Rot flog über das Gesicht des jungen Menschen: ‚Ich weiß wohl', sagte er, ‚wohin du damit segeln willst!'

‚Werd' nur nicht rot, Hauke, du warst es ja doch eigentlich, den der Oberdeichgraf lobte!'

Hauke sah sie mit halbem Lächeln an. ‚Auch du doch, Elke!' sagte er.

Aber sie schüttelte den Kopf: ‚Nein, Hauke; als ich allein der Helfer war, da wurden wir nicht gelobt. Ich kann ja auch nur rechnen; aber du siehst draußen alles, was der Deichgraf doch wohl selber sehen sollte; du hast mich ausgestochen!'

‚Ich hab das nicht gewollt, dich am mindesten', sagte Hauke zaghaft, und er stieß den Kopf einer Kuh zur Seite: ‚Komm, Rotbunt, friß mir nicht die Furke auf, du sollst ja alles haben!'

‚Denk nur nicht, daß mir's leid tut, Hauke', sagte nach kurzem Sinnen das Mädchen; ‚das ist ja Mannessache!'

Da streckte Hauke ihr den Arm entgegen: ‚Elke, gib mir die Hand darauf!'

Ein tiefes Rot schoß unter die dunklen Brauen des Mädchens. ‚Warum? Ich lüg' ja nicht!' rief sie.

Hauke wollte antworten; aber sie war schon zum Stall hinaus, und er stand mit seiner Furke in der Hand und hörte nur, wie draußen die Enten und Hühner um sie schnatterten und krähten.

*

Es war im Januar von Haukes drittem Dienstjahr, als ein Winterfest gehalten werden sollte; ‚Eisboseln' nennen sie es hier. Ein ständiger Frost hatte beim Ruhen der Küstenwinde alle Gräben zwischen den Fennen mit einer festen ebenen Kristallfläche belegt, so daß die zerschnittenen Landstücke nun eine weite Bahn für das Werfen der kleinen mit Blei ausgegossenen Holzkugeln bildeten, womit das Ziel erreicht werden sollte. Tagaus, tagein wehte ein leichter Nordost; alles war schon in Ordnung; die Geestleute in dem zu Osten über der Marsch gelegenen Kirchdorf, die im vorigen Jahr gesiegt hatten, waren zum Wettkampf gefordert und hatten angenommen; von jeder Seite waren neun Werfer aufgestellt; auch der Obmann und die Kretler waren gewählt. Zu letzteren, die bei Streitfällen über einen zweifelhaften

Wurf miteinander zu verhandeln hatten, wurden allzeit Leute genommen, die ihre Sache ins beste Licht zu rücken verstanden, am liebsten Burschen, die außer gesundem Menschenverstand auch noch ein lustig Mundwerk hatten. Dazu gehörte vor allem Ole Peters, der Großknecht des Deichgrafen. ‚Werft nur wie die Teufel‘, sagte er; ‚das Schwatzen tu ich schon umsonst!‘

Es war gegen Abend vor dem Festtag; in der Nebenstube des Kirchspielkruges droben auf der Geest war eine Anzahl von den Werfern erschienen, um über die Aufnahme einiger zuletzt noch Angemeldeten zu beschließen. Hauke Haien war auch unter diesen; er hatte erst nicht wollen, obwohl er seiner wurfgeübten Arme sich wohl bewußt war; aber er fürchtete, durch Ole Peters, der einen Ehrenposten in dem Spiel bekleidete, zurückgewiesen zu werden; die Niederlage wollte er sich ersparen. Aber Elke hatte ihm noch in der elften Stunde den Sinn gewandt: ‚Er wird's nicht wagen, Hauke‘, hatte sie gesagt; ‚er ist ein Taglöhnersohn; dein Vater hat Kuh und Pferd und ist dazu der klügste Mann im Dorf!‘

‚Aber, wenn er's dennoch fertigbringt?‘

Sie sah ihn halb lächelnd aus ihren dunklen Augen an. ‚Dann‘, sagte sie, ‚dann soll er sich den Mund wischen, wenn er abends mit seines Wirts Tochter zu tanzen denkt!‘ — Da hatte Hauke ihr mutig zugenickt.

Nun standen die jungen Leute, die noch in das Spiel hineinwollten, frierend und fußtrampelnd vor dem Kirchspielkrug und sahen nach der Spitze des aus Felsblöcken gebauten Kirchturms hinauf, neben dem das Krughaus lag. Des Pastors Tauben, die sich im Sommer auf den Feldern des Dorfes nährten, kamen eben von den Höfen und Scheuern der Bauern zurück, wo sie jetzt ihre Körner gesucht hatten; im Westen über dem Haff stand ein glühendes Abendrot.

‚Wird gut Wetter morgen!‘ sagte der eine der jungen Burschen und begann heftig auf und ab zu wandern; ‚aber kalt! kalt!‘ Ein zweiter, als er keine Taube mehr fliegen sah, ging in das Haus und stellte sich horchend neben die Tür der Stube, aus der jetzt ein lebhaftes Durcheinanderreden herausscholl; auch des Deichgrafen Kleinknecht war neben ihn getreten. ‚Hör, Hauke', sagte er zu diesem; ‚nun schreien sie um dich!' Und deutlich hörte man von drinnen Ole Peters' knarrende Stimme: ‚Kleinknechte und Jungen gehören nicht dazu!'

‚Komm!' flüsterte der andere und suchte Hauke am Rockärmel an die Stubentür zu ziehen, ‚hier kannst du lernen, wie hoch sie dich taxieren!'

Aber Hauke riß sich los und ging wieder vor das Haus; ‚sie haben uns nicht ausgesperrt, damit wir's hören sollen!' rief er zurück.

Vor dem Hause stand der Dritte der Angemeldeten. ‚Ich fürcht', mit mir hat's einen Haken', rief er ihm entgegen: ‚ich hab kaum achtzehn Jahre; wenn sie nur den Taufschein nicht verlangen! Dich, Hauke, wird dein Großknecht schon herauskreteln!'

‚Ja, heraus!' brummte Hauke und schleuderte mit dem Fuße einen Stein über den Weg; ‚nur nicht hinein!'

Der Lärm in der Stube wurde stärker; dann allmählich trat eine Stille ein; die draußen hörten wieder den leisen Nordost, der sich oben an der Kirchturmspitze brach. Der Horcher trat wieder zu ihnen. ‚Wen hatten sie da drinnen?' fragte der Achtzehnjährige.

‚Den da!' sagte jener und wies auf Hauke; ‚Ole Peters wollte ihn zum Jungen machen, aber alle schrien dagegen. Und sein Vater hat Vieh und Land, sagte Jeß Hansen. Ja, Land, rief Ole Peters, das man auf dreizehn Karren wegfahren kann! — Zuletzt kam Ole Hensen: Still da! schrie er; ich will's euch lehren: sagt nur, wer ist der erste Mann im Dorf? Da schwiegen sie erst und schienen sich zu besinnen; dann sagte eine Stimme: Das ist doch wohl der Deichgraf! Und alle anderen riefen: Nun ja, unserthalb der Deichgraf! — Und wer ist denn der Deichgraf? rief Ole Hensen wieder; aber nun bedenkt euch recht! — — Da begann einer zu lachen, und dann wieder einer, bis zuletzt nichts in der Stube war als lauter Lachen. Nun, so ruft ihn, sagte Ole Hensen; ihr wollt doch nicht den Deichgrafen von der Tür stoßen! Ich glaub, sie lachen noch; aber Ole Peters' Stimme war nicht mehr zu hören!' schloß der Bursche seinen Bericht.

Fast in demselben Augenblicke wurde drinnen im Hause die Stubentür aufgerissen, und: ‚Hauke! Hauke Haien!' rief es laut und fröhlich in die kalte Nacht hinaus.

Da trabte Hauke in das Haus und hörte nicht mehr, wer denn der Deichgraf sei; was in seinem Kopfe brütete, hat indessen niemand wohl erfahren.

Als er nach einer Weile sich dem Hause seiner Herrschaft nahte, sah er Elke drunten am Heck der Auffahrt stehen, das Mondlicht schimmerte über die unermeßliche weißbereifte Weidefläche. ‚Stehst du hier, Elke?' fragte er,

Sie nickte nur: ‚Was ist geworden?' sagte sie; ‚hat er's gewagt?'

‚Was sollt' er nicht!'

‚Nun, und?'

„Ja, Elke; ich darf es morgen doch versuchen!'

‚Gute Nacht, Hauke!, und sie lief flüchtig die Werfte hinan und verschwand im Hause. Langsam folgte er ihr.

*

Auf der weiten Weidefläche, die sich zu Osten an der Landseite des Deiches entlang zog, sah man am Nachmittag darauf eine dunkle Menschenmasse bald unbeweglich stillestehen, bald, nachdem zweimal eine hölzerne Kugel aus derselben über den durch die Tagessonne jetzt vom Reif befreiten Boden hingeflogen war, abwärts von den hinter ihr liegenden langen und niedrigen Häusern allmählich weiterrücken; die Partien der Eisbosler in der Mitte, umgeben von alt und jung, was mit ihnen, sei es in jenen Häusern oder in denen droben auf der Geest Wohnung oder Verbleib hatte; die ältesten Männer in langen Röcken, bedächtig aus kurzen Pfeifen rauchend, die Weiber in Tüchern und Jakken, auch wohl Kinder an den Händen ziehend oder auf den Armen tragend. Aus den gefrorenen Gräben, welche allmählich überschritten wurden, funkelte durch die scharfen Schilfspitzen der bleiche Schein der Nachmittagssonne; es fror mächtig, aber das Spiel ging unablässig vorwärts, und aller Augen verfolgten immer wieder die fliegende Kugel, denn an ihr hing heute für das ganze Dorf die Ehre des

Tages. Der Kretler der Parteien trug hier einen weißen, bei den Geestleuten einen schwarzen Stab mit eiserner Spitze; wo die Kugel ihren Lauf geendet hatte, wurde dieser, je nachdem, unter schweigender Anerkennung oder dem Hohngelächter der Gegenpartei in den gefrorenen Boden eingeschlagen, und wessen Kugel zuerst das Ziel erreichte, der hatte für seine Partei das Spiel gewonnen.

Gesprochen wurde von all den Menschen wenig; nur wenn ein Kapitalwurf geschah, hörte man wohl einen Ruf der jungen Männer oder Weiber; oder von den Alten einer nahm seine Pfeife aus dem Mund und klopfte damit unter ein paar guten Worten dem Werfer auf die Schulter: ‚Das war ein Wurf, sagte Zacharias und warf sein Weib aus der Luke!' oder: ‚So warf dein Vater auch; Gott tröst ihn in der Ewigkeit!' oder was sie sonst für Gutes sagten.

Bei seinem ersten Wurfe war das Glück nicht mit Hauke gewesen: als er eben den Arm hinten ausschwang, um die Kugel fortzuschleudern, war eine Wolke von der Sonne fortgezogen, die sie vorhin bedeckt hatte, und diese traf mit ihrem vollen Strahl in seine Augen; der Wurf wurde zu kurz, die Kugel fiel auf einen Graben und blieb im Bummeis stecken.

‚Gilt nicht! Gilt nicht! Hauke, noch einmal', riefen seine Partner.

Aber der Kretler der Geestleute sprang dagegen auf: ‚Muß wohl gelten; geworfen ist geworfen!'

‚Ole! Ole Peters!' schrie die Marschjugend. ‚Wo ist Ole? Wo, zum Teufel, steckt er?'

Aber er war schon da: ‚Schreit nur nicht so! Soll Hauke wo geflickt werden! Ich dacht's mir schon.'

‚Ei was! Hauke muß noch einmal werfen; nun zeig, daß du das Maul am rechten Fleck hast!'

‚Das hab ich schon!' rief Ole und trat dem Geestkretler gegenüber und redete einen Haufen Gallimathias aufeinander. Aber die Spitzen und Schärfen, die sonst aus seinen Worten blitzten, waren diesmal nicht dabei. Ihm zur Seite stand das Mädchen mit den Rätselbrauen und sah scharf aus zornigen Augen auf ihn hin; aber reden durfte es nicht, denn die Frauen hatten keine Stimme in dem Spiel.

‚Du leierst Unsinn', rief der andere Kretler, ‚weil dir der Sinn nicht dienen kann! Sonne, Mond und Sterne sind für uns alle gleich und allezeit am Himmel; der Wurf war ungeschickt, und alle ungeschickten Würfe gelten!'

So redeten sie noch eine Weile gegeneinander; aber das Ende war, daß nach Bescheid des Obmannes Hauke seinen Wurf nicht wiederholen durfte.

‚Vorwärts!' riefen die Geestleute, und ihr Kretler zog den schwarzen Stab aus dem Boden, und der Werfer trat auf seinen Nummerruf dort an und schleuderte die Kugel vorwärts. Als der Großknecht des Deichgrafen dem Wurfe zusehen wollte, hatte er an Elke Volkerts vorbei müssen: ‚Wem zuliebe ließest du heute deinen Verstand zu Hause?' raunte sie ihm zu.

Da sah er sie fast grimmig an, und aller Spaß war aus seinem breiten Gesicht verschwunden. ‚Dir zulieb!' sagte er, ‚denn du hast deinen auch vergessen!'

‚Geh nur, ich kenne dich, Ole Peters!' erwiderte das Mädchen, sich hoch aufrichtend; er aber kehrte den Kopf ab und tat, als habe er das nicht gehört.

Und das Spiel und der schwarze und der weiße Stab gingen weiter. Als Hauke wieder am Wurf war, flog seine Kugel schon so weit, daß das Ziel, die große weißgekalkte Tonne, klar in Sicht kam. Er war jetzt ein fester junger Kerl, und Mathematik und Wurfkunst hatte er täglich während seiner Knabenzeit getrieben. ‚Oho, Hauke!' rief es aus dem Haufen; ‚das war ja, als habe der Erzengel Michael selbst geworfen!' Eine alte Frau mit Kuchen und Branntwein drängte sich durch den Haufen zu ihm; sie schenkte ein Glas voll und bot es ihm: ‚Komm', sagte sie, ‚wir wollen uns vertragen: das heut ist besser, als da du mir die Katze totschlugst!' Als er sie ansah, erkannte er, daß es Trin' Jans war. ‚Ich dank dir, Alte', sagte er; ‚aber ich trink das nicht.' Er griff in seine Tasche und drückte ihr ein frischgeprägtes Markstück in die Hand. ‚Nimm das und trink selber das Glas aus, Trin'; so haben wir uns vertragen!'

‚Hast recht, Hauke!' erwiderte die Alte, indem sie seiner Anweisung folgte; ‚hast recht; das ist auch besser für ein altes Weib wie ich!'

‚Wie geht's mit deinen Enten?' rief er ihr noch nach, als sie sich schon mit ihrem Korbe fortmachte; aber sie schüttelte nur den Kopf, ohne sich umzuwenden, und patschte mit ihren alten Händen in die Luft. ‚Nichts, nichts, Hauke; da sind zu viele Ratten in eueren Gräben; Gott tröste mich; man muß sich anders nähren!' und somit drängte sie sich in den Menschenhaufen und bot wieder ihren Schnaps und ihre Honigkuchen an.

Die Sonne war endlich schon hinter den Deich hinabgesunken; statt ihrer glomm ein rotvioletter Schimmer empor; mitunter flogen schwarze Krähen vorüber und waren auf Augenblicke wie vergoldet, es wurde Abend. Auf den Fennen aber rückte der dunkle Menschentrupp noch immer weiter von den schwarzen, schon fernliegenden Häusern nach der Tonne zu; ein besonders tüchtiger Wurf mußte sie jetzt erreichen können. Die Marschleute waren an der Reihe: Hauke sollte werfen.

Die kreidige Tonne zeichnete sich weiß in dem breiten Abendschatten, der jetzt vor dem Deiche über die Fläche fiel. ‚Die werdet ihr uns diesmal wohl noch lassen!' rief einer von den Geestleuten, denn es ging scharf her; sie waren um mindestens ein halb Stieg Fuß im Vorteil.

Die hagere Gestalt des Genannten trat eben aus der Menge; die grauen Augen sahen aus dem langen Friesengesicht vorwärts nach der Tonne; in der herabhängenden Hand lag die Kugel.

‚Der Vogel ist dir wohl zu groß', hörte er in diesem Augenblicke Ole Peters' Knarrstimme dicht vor seinen Ohren; ‚sollen wir ihn um einen grauen Topf vertauschen?'

Hauke wandte sich und blickte ihn mit festen Augen an: ‚Ich werfe für die Marsch!' sagte er. ‚Wohin gehörst denn du?'

‚Ich denke, auch dahin, du wirfst doch wohl für Elke Volkerts!'

‚Beiseit!' schrie Hauke und stellte sich wieder in Positur. Aber Ole drängte mit dem Kopf noch näher auf ihn zu. Da plötzlich, bevor noch Hauke selber etwas dagegen unternehmen konnte, packte den Zudringlichen eine Hand und riß ihn rückwärts, daß der Bursche gegen seine lachenden Kameraden taumelte. Es war keine große Hand gewesen, die das getan hatte; denn als Hauke flüchtig den Kopf wandte, sah er neben sich Elke Volkerts ihren Ärmel zurechtzupfen, und die dunklen Brauen standen ihr wie zornig in dem heißen Antlitz.

Da flog es wie eine Stahlkraft in Haukes Arm; er neigte sich ein wenig, er wiegte die Kugel ein paarmal in der Hand; dann holte er aus, und eine Totenstille war auf beiden Seiten; alle folgten der fliegenden Kugel, man hörte ihr Sausen, wie sie die Luft durchschnitt; plötzlich, schon weit vom Wurfplatz, verdeckten sie die Flügel einer Silbermöwe, die, ihren Schrei ausstoßend, vom Deich herüberkam; zugleich aber hörte man es in der Ferne an der Tonne klatschen. ‚Hurra für Hauke!' riefen die Marschleute, und lärmend ging es durch die Menge: ‚Hauke! Hauke Haien hat das Spiel gewonnen!'

Der aber, da ihn alle dicht umdrängten, hatte seitwärts nur nach einer Hand gegriffen! Auch da sie wieder riefen: ‚Was stehst du, Hauke? Die Kugel liegt ja in der Tonne!' nickte er nur und ging nicht von der Stelle; erst als er fühlte, daß sich die kleine Hand fest an die seine schloß, sagte er: ‚Ihr mögt schon recht haben; ich glaube auch, ich hab gewonnen!'

Dann strömte der ganze Trupp zurück, und Elke und Hauke wurden getrennt und von der Menge auf den Weg zum Kruge fortgerissen, der an des Deichgrafen Werfte nach der Geest hinaufbog. Hier aber entschlüpften beide dem Gedränge, und während Elke auf ihre Kammer ging, stand Hauke hinten vor der Stalltür auf der Werfte und sah, wie der dunkle Menschentrupp allmählich nach dort hinaufwanderte, wo im Kirchspielskrug ein Raum für die Tanzenden bereitstand. Das Dunkel breitete sich allmählich über die weite Gegend; es wurde immer stiller um ihn her, nur hinter ihm im Stall regte sich das Vieh; oben von der Geest her glaubte er schon das Pfeifen der Klarinetten aus dem Kruge zu vernehmen. Da hörte er um die Ecke des Hauses das Rauschen eines Kleides, und kleine, feste Schritte gingen den Fußsteig hinab, der durch die Fennen nach der Geest hinaufführte. Nun sah er auch im Dämmer die Gestalt dahinschreiten und sah, daß es Elke war; sie ging auch zum Tanze nach dem Krug. Das Blut schoß ihm in den Hals hinauf; sollte er ihr nachlaufen und mit ihr gehen? Aber Hauke war kein Held den Frauen gegenüber; mit dieser Frage sich beschäftigend, blieb er stehen, bis sie im Dunkel seinem Blick entschwunden war.

Dann, als die Gefahr, sie einzuholen, vorüber war, ging auch er denselben Weg, bis er droben den Krug bei der Kirche erreicht hatte und das Schwatzen und Schreien der vor dem Hause und auf dem Flur sich Drängenden und das Schrillen der Geigen und Klarinetten betäubend ihn umrauschte. Unbeachtet drückte er sich in den ‚Gildesaal'; er war nicht groß und so voll, daß man kaum einen Schritt weit vor sich hinsehen konnte. Schweigend stellte er sich an den Türpfosten und blickte in das unruhige Gewimmel; die Menschen kamen ihm wie Narren vor; er hatte auch nicht zu sorgen, daß jemand noch an den Kampf des Nachmittages dachte und wer vor einer Stunde erst das Spiel gewonnen; jeder sah nur auf seine Dirne und drehte sich mit ihr im Kreis herum. Seine Augen suchten nur die eine, und endlich — dort! Sie tanzte mit ihrem Vetter, dem jungen Deichgevollmächtigten; aber schon sah er sie nicht mehr, nur andere Dirnen aus Marsch und Geest, die ihn nicht kümmerten. Dann schnappten Violinen und Klarinetten plötzlich ab, und der Tanz war zu Ende; aber gleich begann auch schon ein anderer. Hauke flog es durch den Kopf, ob denn Elke ihm auch Wort halten, ob sie nicht mit Ole Peters ihm vorbeitanzen werde. Fast hätte er einen Schrei bei dem Gedanken ausgestoßen; dann — — ja, was wollte er dann? Aber sie schien bei diesem Tanze gar nicht mitzuhalten, und endlich ging auch der zu Ende und ein anderer, ein Zweitritt, der eben erst hier in Mode gekommen war, folgte. Wie rasend setzte die Musik ein, die jungen Kerle stürzten zu den Dirnen, die Lichter an den Wänden flirrten. Hauke reckte sich fast den Hals aus, um die Tanzenden zu erkennen; und dort, im dritten Paare, das war Ole Peters; aber wer war die Tänzerin? Ein breiter Marschbursche stand vor ihr und deckte ihr Gesicht! Doch der Tanz raste weiter, und Ole mit seiner Partnerin drehte sich heraus. ‚Vollina, Vollina!' rief Hauke fast laut und seufzte dann gleich erleichtert auf. Aber wo blieb Elke? Hatte sie keinen Tänzer, oder hatte sie alle ausgeschlagen, weil sie nicht mit Ole hatte tanzen wollen? — Und die Musik setzte wieder ab, und ein neuer Tanz begann; aber wieder sah er Elke nicht! Doch dort kam Ole, noch immer die dicke Vollina in den Armen! ,Nun, nun', sagte Hauke; ,da wird Jeß Harders mit seinen fünfundzwanzig Demat auch wohl bald aufs Altenteil müssen! — Aber wo ist Elke?'

Er verließ seinen Türpfosten und drängte sich weiter in den Saal hinein; da stand er plötzlich vor ihr, die mit einer älteren Freundin in einer Ecke saß. ,Hauke!' rief sie, mit ihrem schmalen Antlitz zu ihm aufblickend; ,bist du hier? Ich sah dich doch nicht tanzen!"

,Ich tanze auch nicht', erwiderte er.

,Weshalb nicht, Hauke?' und sich halb erhebend setzte sie hinzu: ,Willst du mit mir tanzen? Ich hab es Ole Peters nicht gegönnt; der kommt nicht wieder!'

Aber Hauke machte keine Anstalt: ,Ich danke, Elke', sagte er; ,ich verstehe das nicht gut genug; sie könnten über dich lachen; und dann...' Er stockte plötzlich und sah sie nur aus seinen Augen herzlich an, als ob er's ihnen überlassen müsse, das übrige zu sagen.

,Was meinst du, Hauke?' fragte sie leise.

,Ich meine', Elke, es kann ja doch der Tag nicht schöner für mich ausgehen, als er's schon getan hat.'

,,Ja', sagte sie, ,du hast das Spiel gewonnen.'

,Elke!' mahnte er kaum hörbar.

Da schlug ihr eine heiße Lohe in das Angesicht: ,Geh!' sagte sie; ,was willst du?' und schlug die Augen nieder.

Als aber die Freundin jetzt von einem Burschen zum Tanze fortgezogen wurde, sagte Hauke lauter: ,Ich dachte, Elke, ich hätt' etwas Besseres gewonnen!'

Noch ein paar Augenblicke suchten ihre Augen auf dem Boden; dann hob sie sie langsam, und ein Blick, mit der stillen Kraft ihres Wesens, traf in die seinen, der ihn wie Sommerluft durchströmte. ,Tu, wie dir ums Herz ist, Hauke!' sprach sie; ,wir sollten uns wohl kennen!'

Elke tanzte an diesem Abend nicht mehr, und als beide

dann nach Hause gingen, hatten sie sich Hand in Hand gefaßt; aus der Himmelshöhe funkelten die Sterne über der schweigenden Marsch; ein leichter Ostwind wehte und brachte strenge Kälte; die beiden aber gingen, ohne viel Tücher und Umhang, dahin, als sei es plötzlich Frühling geworden.

*

Hauke hatte sich auf ein Ding besonnen, dessen passende Verwendung zwar in ungewisser Zukunft lag, mit dem er sich aber eine stille Feier zu bereiten gedachte. Deshalb ging er am nächsten Sonntag in die Stadt zum alten Goldschmied Anderson und bestellte einen starken Goldring. ‚Streck den Finger her, damit wir messen!' sagte der Alte und faßte ihm nach dem Goldfinger. ‚Nun', meinte er, ‚der ist nicht gar so dick, wie sie bei euch Leuten sonst zu sein pflegen!' Aber Hauke sagte: ‚Messet lieber am kleinen Finger!' und hielt ihm den entgegen.

Der Goldschmied sah ihn etwas verdutzt an; aber was kümmerten ihn die Einfälle der jungen Bauernburschen: ‚Da werden wir schon so einen unter den Mädchenringen haben!' sagte er, und Hauke schoß das Blut durch beide Wangen. Aber der kleine Goldring paßte auf seinen kleinen Finger, und er nahm ihn hastig und bezahlte ihn mit blankem Silber; dann steckte er ihn unter lautem Herzklopfen, und als ob er einen feierlichen Akt begehe, in die Westentasche. Dort trug er ihn seitdem an jedem Tage mit Unruhe und doch mit Stolz, als sei die Westentasche nur dazu da, um einen Ring darin zu tragen.

Er trug ihn so über Jahr und Tag, ja der Ring mußte sogar aus dieser noch in eine neue Westentasche wandern; die Gelegenheit zu seiner Befreiung hatte sich noch immer nicht ergeben wollen. Wohl war's ihm durch den Kopf geflogen, nun geraden Wegs vor seinen Wirt hinzutreten; sein Vater war ja doch auch ein Eingesessener! Aber wenn er ruhiger werde, dann mußte er wohl, der alte Deichgraf würde seinen Kleinknecht ausgelacht haben. Und so lebten er und des Deichgrafen Tochter nebeneinander hin; auch sie in mädchenhaftem Schweigen, und beide doch, als ob sie allezeit Hand in Hand gingen.

Ein Jahr nach jenem Winterfesttag hatte Ole Peters seinen Dienst gekündigt und mit Vollina Harders Hochzeit gemacht; Hauke hatte recht gehabt: Der Alte war auf Altenteil gegangen, und statt der dicken Tochter ritt nun der muntere Schwiegersohn die gelbe Stute in die Fenne und wie es hieß, rückwärts allzeit gegen den Deich hinan. Hauke war Großknecht geworden und ein jüngerer an seine Stelle getreten; wohl hatte der Deichgraf ihn erst nicht wollen aufrücken lassen: ‚Kleinknecht ist besser!' hatte er gebrummt; ‚ich brauch ihn hier bei meinen Büchern!' Aber Elke hatte ihm vorgehalten: ‚Dann geht auch Hauke, Vater!' Da war dem Alten bange geworden, und Hauke war zum Großknecht aufgerückt, hatte aber trotz dessen nach wie vor auch an der Deichgrafschaft mitgeholfen.

Nach einem anderen Jahr aber begann er gegen Elke davon zu reden, sein Vater werde kümmerlich, und ein paar Tage, die der Wirt ihn im Sommer in dessen Wirtschaft lasse, täten's nun nicht mehr; der Alte quäle sich, er dürfe das nicht länger ansehen. — Es war ein Sommerabend; die beiden standen im Dämmerschein unter der großen Esche vor der Haustür. Das Mädchen sah eine Weile stumm in die Zweige des Baumes hinauf; dann entgegnete es: ‚Ich hab's nicht sagen wollen, Hauke; ich dachte, du würdest selber wohl das Rechte treffen.'

‚Ich muß dann fort aus eurem Hause', sagte er, ‚und kann nicht wiederkommen.'

Sie schwiegen eine Weile und sahen in das Abendrot, das drüben hinterm Deiche in das Meer versank. ‚Du mußt es wissen', sagte es; ‚ich war heut morgen noch bei deinem Vater und fand ihn in seinem Lehnstuhl eingeschlafen; die Reißfeder in der Hand, das Reißbrett mit einer halben Zeichnung lag vor ihm auf dem Tisch; — und da er erwacht war und mühsam ein Viertelstündchen mit mir geplaudert hatte, und ich nun gehen wollte, da hielt er mich so angstvoll an der Hand zurück, als fürchte er, es sei zum letztenmal; aber...'

‚Was aber, Elke?' fragte Hauke, da sie fortzufahren zögerte.

Ein paar Tränen rannen über die Wangen des Mädchens.

‚Ich dachte nur an meinen Vater', sagte es; ‚glaub mir, es wird ihm schwer ankommen, dich zu missen.' Und als ob es zu dem Worte sich ermannen müsse, fügte es hinzu: ‚Mir ist es oft, als ob er auf seine Totenkammer rüste.'

Hauke antwortete nicht; ihm war es plötzlich, als rühre sich der Ring in seiner Tasche; aber noch bevor er seinen Unmut über diese unwillkürliche Lebensregung unterdrückt hatte, fuhr Elke fort: ‚Nein, zürn nicht, Hauke! Ich trau, du wirst auch so uns nicht verlassen!'

Da ergriff er eifrig ihre Hand, und sie entzog sie ihm nicht. Noch eine Weile standen die jungen Menschen in dem sinkenden Dunkel beieinander, bis ihre Hände auseinanderglitten und jedes seine Wege ging. — Ein Windstoß fuhr empor und rauschte durch die Eschenblätter und machte die Läden klappern, die an der Vorderseite des Hauses waren; allmählich aber kam die Nacht, und Stille lag über der ungeheuren Ebene.

*

Durch Elkes Zutun war Hauke von dem alten Deichgrafen seines Dienstes entlassen worden, obgleich er ihm rechtzeitig nicht gekündigt hatte, und zwei neue Knechte waren jetzt im Hause. — Noch ein paar Monate weiter, dann starb Tede Haien; aber bevor er starb, rief er den Sohn an seine Lagerstatt: ‚Setz dich zu mir, mein Kind', sagte der Alte mit matter Stimme, ‚dicht zu mir! Du brauchst dich nicht zu fürchten; wer bei mir ist, das ist nur der dunkle Engel des Herrn, der mich zu rufen kommt.'

Und der erschütterte Sohn setzte sich dicht an das dunkle Wandbrett: ‚Sprecht, Vater, was Ihr noch zu sagen habt!'

‚Ja, mein Sohn, noch etwas', sagte der Alte und streckte seine Hände über das Deckbett. ‚Als du, noch ein halber Junge, zu dem Deichgrafen in Dienst gingst, da lag's in deinem Kopf, das selbst einmal zu werden. Das hatte mich angesteckt, und ich dachte auch allmählich, du seiest der rechte Mann dazu. Aber dein Erbe war für solch ein Amt zu klein — ich habe während deiner Dienstzeit knapp gelebt — ich dachte es zu vermehren.'

Hauke faßte heftig seines Vaters Hände, und der Alte suchte sich aufzurichten, daß er ihn sehen könne. ‚Ja, ja, mein Sohn', sagte er, ‚dort in der obersten Schublade der Schatulle liegt das Dokument. Du weißt, die alte Antje Wohlers hat eine Fenne von fünf und einem halben Demat; aber sie konnte mit dem Mietgelde allein in ihrem krüppelhaften Alter nicht mehr durchfinden; da habe ich allzeit um Martini eine bestimmte Summe, und auch mehr, wenn ich es hatte, dem armen Mensch gegeben; und dafür hat sie die Fenne mir übertragen; es ist alles gerichtlich fertig. Nun liegt auch sie am Tode; die Krankheit unserer Marschen, der Krebs, hat sie befallen; du wirst nicht mehr zu zahlen brauchen.'

Eine Weile schloß er die Augen; dann sagte er noch: ‚Es ist nicht viel; doch hast du mehr dann, als du bei mir gewohnt warst. Mög es dir zu deinem Erdenleben dienen!'

Unter den Dankesworten des Sohnes schlief der Alte ein. Er hatte nichts mehr zu besorgen; und schon nach einigen Tagen hatte der dunkle Engel des Herrn ihm seine Augen für immer zugedrückt, und Hauke trat sein väterliches Erbe an.

Am Tage nach dem Begräbnis kam Elke in dessen Haus. ‚Dank, daß du einguckst, Elke!' rief Hauke ihr als Gruß entgegen.

Aber sie erwiderte: ‚Ich guck nicht ein; ich will bei dir ein wenig Ordnung schaffen, damit du ordentlich in deinem Haus wohnen kannst! Dein Vater hat vor seinen Zahlen und Rissen nicht viel um sich gesehen, und auch der Tod schafft Wirrsal; ich will's dir wieder ein wenig lebig machen!'

Er sah aus seinen grauen Augen voll Vertrauen auf sie hin: ‚So schaff nur Ordnung!' sagte er; ‚ich hab's auch lieber.'

Und dann begann sie aufzuräumen: das Reißbrett, das noch dalag, wurde abgestäubt und auf den Boden getragen, Reißfedern und Bleistift und Kreide sorgfältig in einer Schatullenschublade weggeschlossen; dann wurde die junge Dienstmagd zur Hilfe hereingerufen und mit ihr das Geräte der ganzen Stube in eine andere und bessere Stellung gebracht, so daß es schien, als sei dieselbe nun heller und größer geworden. Lächelnd sagte Elke: ‚Das können nur wir Frauen!' und Hauke, trotz seiner Trauer um den Vater, hatte mit glücklichen Augen zugesehen, auch wohl selber, wo es nötig war, geholfen.

Und als gegen die Dämmerung — es war zu Anfang des Septembers — alles war, wie sie es für ihn wollte, faßte sie seine Hand und nickte ihm mit ihren dunklen Augen zu: ‚Nun komm und iß bei uns zu Abend; denn meinem Vater hab ich's versprechen müssen, dich mitzubringen; wenn du dann heimgehst, kannst du ruhig in dein Haus treten!'

Als sie dann in die geräumige Wohnstube des Deichgrafen traten, wo bei verschlossenen Läden schon die beiden Lichter auf dem Tische brannten, wollte dieser aus seinem Lehnstuhl in die Höhe, aber mit seinem schweren Körper zurücksinkend, rief er nur seinen früheren Knecht entgegen: ‚Recht, recht, Hauke, daß du deine alten Freunde aufsuchst! Komm nur näher, immer näher!' Und als Hauke an seinen Stuhl getreten war, faßte er dessen Hand mit seinen beiden runden Händen: ‚Nun, nun, mein Junge', sagte er, ‚sei ruhig jetzt, denn sterben müssen wir alle und dein Vater war keiner von den Schlechtesten! — Aber Elke, nun sorg, das du den Braten auf den Tisch kriegst; wir müssen uns stärken! Es gibt viel Arbeit für uns, Hauke; die Herbstschau ist im Anmarsch; Deich- und Sielrechnungen haushoch; der neuliche Deichschaden am Westerkoog — ich weiß nicht, wo mir der Kopf steht, aber deiner, gottlob, ist um ein gut Stück jünger; du bist ein braver Junge, Hauke!'

Und nach dieser langen Rede, womit der Alte sein ganzes Herz dargelegt hatte, ließ er sich in seinen Stuhl zurückfallen und blinzelte sehnsüchtig nach der Tür, durch welche Elke eben mit der Bratenschüssel hereintrat. Hauke stand lächelnd neben ihm. ‚Nun setz dich', sagte der Deichgraf, ‚damit wir nicht unnötig Zeit vertun; kalt schmeckt das nicht!'

Und Hauke setzte sich; es schien ihm selbstverständlich, die Arbeit von Elkes Vater mitzutun. Und als die Herbstschau dann gekommen war und ein paar Monde mehr ins Jahr gingen, da hatte er freilich auch den besten Teil daran getan."

*

Der Erzähler hielt inne und blickte um sich. Ein Möwenschrei war gegen das Fenster geschlagen, und draußen vom Hausflur aus wurde ein Trampeln hörbar, als ob einer den Keil von seinen schweren Stiefeln abtrete.

Deichgraf und Gevollmächtigte wandten die Köpfe gegen die Stubentür. „Was ist?" rief der erste.

Ein starker Mann, den Südwester auf dem Kopf, war eingetreten. „Herr", sagte er, „wir beide haben es gesehen, Hans Nickels und ich: der Schimmelreiter hat sich in den Bruch gestürzt!"

„Wo saht Ihr das?" fragte der Deichgraf.

„Es ist ja nur die eine Wehle; in Jansens Fenne, wo der Hauke-Haienkoog beginnt."

„Saht Ihr's nur einmal?"

„Nur einmal; es war auch nur wie Schatten, aber es brauchte drum nicht das erstemal gewesen zu sein."

Der Deichgraf war aufgestanden. „Sie wollen entschuldigen", sagte er, sich zu mir wendend, „wir müssen draußen nachsehen, wo das Unheil hin will!" Dann ging er mit dem Boten zur Tür hinaus; aber auch die übrige Gesellschaft brach auf und folgte ihm.

Ich blieb mit dem Schullehrer allein in dem großen öden Zimmer; durch die unverhangenen Fenster, welche nun nicht mehr durch den Rücken der davorsitzenden Gäste verdeckt wurden, sah man frei hinaus, und wie der Sturm die dunklen Wolken über den Himmel jagte.

Der Alte saß noch auf seinem Platze, ein überlegenes, fast mitleidiges Lächeln auf seinen Lippen. „Es ist hier zu leer geworden", sagte er; „darf ich Sie zu mir auf mein Zimmer laden? Ich wohne hier im Hause; und glauben Sie mir; ich kenne die Wetter hier am Deiche; für uns ist nichts zu fürchten."

Ich nahm das dankend an, denn auch mich wollte hier zu frösteln anfangen, und wir stiegen unter Mitnahme eines

Lichtes die Stiege zu einer Giebelstube hinauf, die zwar gleichfalls gegen Westen hinauslag, deren Fenster aber jetzt mit dunklen Wollteppichen verhangen waren. In einem Bücherregal sah ich eine kleine Bibliothek, daneben die Porträte zweier alter Professoren; vor einem Tische stand ein großer Ohrenlehnstuhl. „Machen Sie sich's bequem!" sagte mein freundlicher Wirt und warf einige Torfstücke in den noch glimmenden kleinen Ofen, der oben von einem Blechkessel gekrönt war. „Nur noch ein Weilchen! Er wird bald sausen; dann brau ich uns ein Gläschen Grog, das hält Sie munter!"

„Dessen bedarf es nicht", sagte ich; „ich werd' nicht schläfrig, wenn ich ihren Hauke auf seinen Lebensweg begleite!"

„Meinen Sie?" und er nickte mit seinen klugen Augen zu mir herüber, nachdem ich behaglich in seinem Lehnstuhl untergebracht war. „Nun, wo blieben wir denn? — Ja, ja, ich weiß schon! Also:

Hauke hatte sein väterliches Erbe angetreten, und da die alte Antje Wohlers auch ihrem Leiden erlegen war, so hatte deren Fenne es vermehrt. Aber seit dem Tode oder, richtiger, seit den letzten Worten seines Vaters war ihm etwas aufgewachsen, dessen Keim er schon seit seiner Knabenzeit in sich getragen hatte; er wiederholte es sich mehr als zu oft, er sei der rechte Mann, wenn's einen neuen Deichgrafen geben müsse. Das war es; sein Vater, der es verstehen mußte, der ja der klügste Mann im Dorfe gewesen war, hatte ihm dieses Wort wie eine letzte Gabe seinem Erbe beigelegt; die Wohlerssche Fenne, die er ihm auch verdankte, sollte den ersten Trittstein zu dieser Höhe bilden! Denn, freilich, auch mit dieser — ein Deichgraf mußte noch einen anderen Grundbesitz aufweisen können! — Aber sein Vater hatte sich einsame Jahre knapp beholfen, und mit dem, was er sich entzogen hatte, war er des neuen Besitzes Herr geworden; das konnte er auch, er konnte noch mehr; denn seines Vaters Kraft war schon verbraucht gewesen, er aber konnte noch jahrelang die schwerste Arbeit tun! — Freilich, wenn er es dadurch nach dieser Seite hin erzwang, durch die Schärfen und Spitzen, die er der Verwaltung seines alten Dienstherrn zugesetzt hatte, war ihm eben keine Freundschaft im Dorfe zuwege gebracht worden, und Ole Peters, sein alter Widersacher, hatte jüngsthin eine Erbschaft getan und begann ein wohlhabender Mann zu werden! Eine Reihe von Gesichtern ging vor seinem inneren Blick vorüber, und sie sahen ihn alle mit bösen Augen an; da faßte ihn ein Groll gegen diese Menschen: er streckte die Arme aus, als griffe er nach ihnen, denn sie wollten ihm vom Amte drängen, zu dem von allen nur er berufen war. — Und die Gedanken ließen ihn nicht; sie waren immer wieder da, und so wuchsen in seinem jungen Herzen neben der Ehrenhaftigkeit und Liebe auch die Ehrsucht und der Haß. Aber diese beiden verschloß er tief in seinem Inneren; selbst Elke ahnte nichts davon.

Als das neue Jahr gekommen war, gab es eine Hochzeit; die Braut war eine Verwandte von den Haiens, und Hauke und Elke waren beide dort geladene Gäste; ja, bei dem Hochzeitsessen traf es sich durch das Ausbleiben eines näheren Verwandten, daß sich ihre Plätze nebeneinander fanden. Nur ein Lächeln, das über beider Antlitz glitt, verriet ihre Freude darüber. Aber Elke saß heute teilnahmslos in dem Geräusch des Plauderns und Gläserklirrens.

‚Fehlt dir etwas?‘ fragte Hauke.

‚Oh, eigentlich nichts; es sind mir nur zu viele Menschen hier.‘

‚Aber du siehst so traurig aus!‘

Sie schüttelte den Kopf; dann sprachen sie wieder nicht.

Da stieg es über ihr Schweigen wie Eifersucht in ihm auf, und heimlich unter dem überhängenden Tischtuch ergriff er ihre Hand; aber sie zuckte nicht, sie schloß sich wie vertrauensvoll um seine. Hatte ein Gefühl der Verlassenheit sie befallen, da ihre Augen täglich auf der hinfälligen Gestalt des Vaters haften mußten? — Hauke dachte nicht daran, sich so zu fragen; aber ihm stand der Atem still, als er jetzt seinen Goldring aus der Tasche zog. ‚Läßt du ihn sitzen?‘ fragte er zitternd, während er den Ring auf den Goldfinger der schmalen Hand schob.

Gegenüber am Tisch saß die Frau Pastorin; sie legte

plötzlich ihre Gabel hin und wandte sich zu ihrem Nachbar: ‚Mein Gott, das Mädchen!' rief sie; ‚es wird ja totenblaß!'

Aber das Blut kehrte schon zurück in Elkes Antlitz. ‚Kannst du warten, Hauke?' fragte sie leise.

Der kluge Friese besann sich doch noch ein paar Augenblicke. ‚Auf was?' sagte er dann.

‚Du weißt das wohl; ich brauch dir's nicht zu sagen.'

‚Du hast recht', sagte er; ‚ja, Elke, ich kann warten — wenn's nur ein menschlich Absehn hat!'

‚O Gott, ich fürchte ein nahes! Sprich nicht so, Hauke; du sprichst von meines Vaters Tod!' Sie legte die andere Hand auf ihre Brust: ‚Bis dahin', sagte sie, ‚trag ich den Goldring hier; du sollst nicht fürchten, daß du bei meiner Lebzeit ihn zurückbekommst!'

Da lächelten sie beide, und ihre Hände preßten sich ineinander, daß bei anderer Gelegenheit das Mädchen wohl laut aufgeschrien hätte.

Die Frau Pastorin hatte indessen unablässig nach Elkes Augen hingesehen, die jetzt unter dem Spitzenstrich des goldbrokatenen Käppchens wie in dunklem Feuer brannten. Bei dem zunehmenden Getöse am Tische aber hatte sie nichts verstanden, auch an ihren Nachbarn wandte sie sich nicht wieder, denn keimende Ehen — und um eine solche schien es ihr sich denn doch noch nicht zu handeln — schon um des daneben keimenden Traupfennigs für ihren Mann, den Pastor, pflegte sich nicht zu stören.

*

Elkes Vorahnung war in Erfüllung gegangen; eines Morgens nach Ostern hatte man den Deichgrafen Tede Volkerts tot in seinem Bett gefunden; man sah's an seinem Antlitz, ein ruhiges Ende war darauf geschrieben. Er hatte auch mehrfach in den letzten Monden Lebensüberdruß geäußert, sein Leibgericht, der Ofenbraten, selbst seine Enten hatten ihm nicht mehr schmecken wollen.

Und nun gab es eine große Leiche im Dorf. Droben auf der Geest, auf dem Begräbnisplatz um die Kirche, war zu

Westen eine mit Schmiedegitter umhegte Grabstätte; ein breiter blauer Grabstein stand jetzt aufgehoben gegen eine Traueresche, auf welchem das Bild des Todes mit stark gezahnten Kiefern ausgehauen war; darunter in großen Buchstaben:

> Dat is de Dot, de allens fritt,
> Nimmt Kunst un Wetenschop di mit,
> De kloke Mann is nu vergan,
> Gott gäw em selik Uperstan.

Es war die Begräbnisstätte des früheren Deichgrafen Volkert Tedsen; nun war eine frische Grube gegraben, wo hinein dessen Sohn, der jetzt verstorbene Deichgraf Tede Volkerts, begraben werden sollte. Und schon kam unten aus der Marsch der Leichenzug heran, eine Menge Wagen aus allen Kirchspielsdörfern; auf dem vordersten stand der schwere Sarg, die beiden blanken Rappen des deichgräflichen Stalles zogen ihn schon den sandigen Anberg zur Geest hinauf; Schweife und Mähnen wehten in dem scharfen Frühjahrswind. Der Gottesacker um die Kirche war bis an die Wälle mit Menschen angefüllt, selbst auf dem gemauerten Tore hockten Buben mit kleinen Kindern in den Armen; sie wollten alle das Begraben ansehen.

Im Hause drunten in der Marsch hatte Elke in Pesel und Wohngelaß das Leichenmahl gerüstet; alter Wein wurde bei den Gedecken hingestellt; an den Platz des Oberdeichgrafen — denn auch er war heut nicht ausgeblieben — und an den des Pastors je eine Flasche Langkork. Als alles besorgt war, ging sie durch den Stall vor die Hoftür; sie traf niemanden auf ihrem Wege; die Knechte waren mit zwei Gespannen in der Leichenfuhr. Hier blieb sie stehen und sah, während ihre Trauerkleider im Frühlingswinde flatterten, wie drüben an dem Dorfe jetzt die letzten Wagen zur Kirche hinauffuhren. Nach einer Weile entstand dort ein Gefühl, dem eine Totenstille zu folgen schien. Elke faltete die Hände; sie senkten wohl den Sarg jetzt in die Grube: ‚Und zur Erde wieder sollst du werden!' Unwillkürlich, leise, als hätte sie von dort es hören können, sprach sie die Worte nach; dann füllten ihre Augen sich mit Tränen, ihre über der Brust gefalteten Hände sanken in den Schoß: ‚Vater unser, der du bist im Himmel!' betete sie voll Inbrunst. Und als das Gebet des Herrn zu Ende war, stand sie noch lange unbeweglich, sie, die jetzige Herrin dieses großen Marschhofes; und Gedanken des Todes und des Lebens begannen sich in ihr zu streiten.

Ein fernes Rollen weckte sie. Als sie die Augen öffnete, sah sie schon wieder einen Wagen um den anderen in rascher Fahrt von der Marsch herab und gegen ihren Hof herankommen. Sie richtete sich auf, blickte noch einmal scharf hinaus und ging dann, wie sie gekommen war, durch den Stall in die feierlich hergestellten Wohnräume zurück. Auch hier war niemand; nur durch die Mauer hörte sie das Rumoren der Mägde in der Küche. Die Festtafel stand so still und einsam; der Spiegel zwischen den Fenstern war mit weißen Tüchern zugesteckt und ebenso die Messingknöpfe an dem Beilegerofen; es blinkte nichts mehr in der Stube. Elke sah die Türen vor dem Wandbett, in dem ihr Vater seinen letzten Schlaf getan hatte, offenstehen und ging hinzu und schob sie fest zusammen; wie gedankenlos las sie den Sinnspruch, der zwischen Rosen und Nelken mit goldenen Buchstaben darauf geschrieben stand:

> Hest du din Dagwerk richtig dan,
> Da kommt de Slap von sülvst heran.

Das war noch von dem Großvater! — Einen Blick warf sie auf den Wandschrank; er war fast leer, aber durch die Glastüren sah sie noch den geschliffenen Pokal darin, der ihrem Vater, wie er gern erzählt hatte, einst bei einem Ringreiten in seiner Jugend als Preis zuteil geworden war. Sie nahm ihn heraus und setzte ihn zu dem Gedeck des Oberdeichgrafen. Dann ging sie ans Fenster, denn schon hörte sie die Wagen an der Werfte heraufrollen; einer um den anderen hielt vor dem Hause, und munterer, als sie gekommen waren, sprangen jetzt die Gäste von ihren Sitzen auf den Boden. Händereibend und plaudernd drängte sich alles in die Stube; nicht lange, so setzte man sich an die festliche Tafel, auf der die wohlbereiteten Speisen dampften, im Pesel der Oberdeichgraf mit dem

Pastor; und Lärm und lautes Schmatzen lief den Tisch entlang, als ob hier nimmer der Tod seine furchtbare Stille ausgebreitet hätte. Stumm, das Auge auf ihre Gäste, ging Elke mit den Mägden um den Tisch herum, daß an dem Leichenmahle nichts versehen werde. Auch Hauke Haien saß im Wohnzimmer neben Ole Peters und anderen kleineren Besitzern.

Nachdem das Mahl beendet war, wurden die weißen Tonpfeifen aus der Ecke geholt und gebrannt, und Elke war wiederum geschäftig, die gefüllten Kaffeetassen den Gästen anzubieten; denn auch der wurde heute nicht gespart. Im Wohnzimmer an dem Pulte des eben Begrabenen stand der Oberdeichgraf im Gespräch mit dem Pastor und dem weißhaarigen Deichgevollmächtigten Jewe Manners. ‚Alles gut, ihr Herren', sagte der erste, ‚den alten Deichgrafen haben wir mit Ehren beigesetzt; aber woher nehmen wir den neuen? Ich denke, Manners, Ihr werdet Euch dieser Würde unterziehen müssen!'

Der alte Manners hob lächelnd das schwarze Samtkäppchen von seinen weißen Haaren: ‚Herr Oberdeichgraf', sagte er, ‚das Spiel würde zu kurz werden; als der verstorbene Tede Volkerts Deichgraf, da wurde ich Gevollmächtigter und bin es nun schon vierzig Jahre!'

‚Das ist kein Mangel, Manners; so kennt Ihr die Geschäfte um so besser und werdet nicht Not mit ihnen haben!'

Aber der Alte schüttelte den Kopf: ‚Nein, nein, Euer Gnaden, lasset mich, wo ich bin, so laufe ich wohl noch ein paar Jahre mit!'

Der Pastor stand ihm bei: ‚Weshalb', sagte er, ‚nicht den ins Amt nehmen, der es tatsächlich in den letzten Jahren doch geführt hat?'

Der Oberdeichgraf sah ihn an: ‚Ich verstehe nicht, Herr Pastor!'

Aber der Pastor wies mit dem Finger in den Pesel, wo Hauke in langsam ernster Weise zwei älteren Leuten etwas zu erklären schien. ‚Dort steht er', sagte er, ‚die lange Friesengestalt mit den klugen, grauen Augen neben der hageren Nase und den zwei Schädelwölbungen darüber! Er war des

Alten Knecht und sitzt auf seiner eigenen kleinen Stelle; er ist zwar etwas jung!'

‚Er scheint ein Dreißiger', sagte der Oberdeichgraf, den ihm so Vorgestellten musternd.

‚Er ist kaum vierundzwanzig', bemerkte der Gevollmächtigte Manners; ‚aber der Pastor hat recht: was in den letzten Jahren Gutes für Deich und Siele und dergleichen vom Deichgrafenamt in Vorschlag kam, das war von ihm; mit dem Alten war's doch zuletzt nichts mehr.'

‚So, so?' machte der Oberdeichgraf; ‚und Ihr meinet, er wäre nun auch der Mann, um in das Amt seines alten Herrn einzurücken?'

‚Der Mann wäre er schon', entgegnete Jewe Manners; ‚aber ihm fehlt das, was man hier Klei unter den Füßen nennt; sein Vater hatte so um fünfzehn, er mag gut zwanzig Demat haben; aber damit ist bis jetzt hier niemand Deichgraf geworden.'

Der Pastor tat schon den Mund auf, als wolle er etwas einwenden, da trat Elke Volkerts, die eine Weile schon im Zimmer gewesen, plötzlich zu ihnen: ‚Wollen Euer Gnaden mir ein Wort erlauben?' sprach sie zu dem Oberbeamten; ‚es ist nur, damit aus einem Irrtum nicht ein Unrecht werde!'

‚So sprecht, Jungfer Elke!' entgegnete dieser; ‚Weisheit von hübschen Mädchenlippen hört sich allzeit gut!'

‚Es ist nicht Weisheit, Euer Gnaden; ich will die Wahrheit sagen.'

‚Auch die muß man ja hören können, Jungfer Elke!'

Das Mädchen ließ seine dunklen Augen noch einmal zur Seite gehen, als ob es wegen überflüssiger Ohren sich versichern wolle: ‚Euer Gnaden', begann es dann, und seine Brust hob sich in stärkerer Bewegung, ‚mein Pate, Jewe Manners, sagte Ihnen, daß Hauke Haien nur etwa zwanzig Demat im Besitz habe; das ist im Augenblick auch richtig, aber sobald es sein muß, wird Hauke noch um so viel mehr sein eigen nennen, als dieser, meines Vaters, jetzt mein Hof, an Dematzahl beträgt; für einen Deichgrafen wird das zusammen denn wohl reichen.'

Der alte Manners reckte den weißen Kopf gegen sie, als

müsse er erst sehen, wer denn eigentlich da rede: ‚Was ist das?' sagte er; ‚Kind, was sprichst du da?'

Aber Elke zog an einem schwarzen Bändchen einen blinkenden Goldring aus ihrem Mieder: ‚Ich bin verlobt, Pate Manners', sagte sie; ‚hier ist der Ring, und Hauke Haien ist mein Bräutigam.'

‚Und wann — ich darf's wohl fragen, da ich dich aus der Taufe hob, Elke Volkerts — wann ist denn das passiert?'

‚Das war schon vor geraumer Zeit; doch war ich mündig, Pate Manners', sagte sie; ‚mein Vater war schon hinfällig geworden, und da ich ihn kannte, so wollt' ich ihn nicht mehr damit beunruhigen: itzt, da er bei Gott ist, wird er einsehen, daß sein Kind bei diesem Manne wohl geborgen ist. Ich hätte es auch das Trauerjahr hindurch schon ausgeschwiegen; jetzt aber, um Haukes und um des Kooges willen, hab ich reden müssen.' Und zum Oberdeichgrafen gewandt, setzte sie hinzu: ‚Euer Gnaden wollen mir das verzeihen!'

Die drei Männer sahen sich an; der Pastor lachte, der alte Gevollmächtigte ließ es bei einem ‚Hm, hm!' bewenden, während der Oberdeichgraf wie vor einer wichtigen Entscheidung sich die Stirn rieb. „Ja, liebe Jungfer', sagte er endlich, ‚aber wie steht es denn hier im Kooge mit den ehelichen Güterrechten? Ich muß gestehen, ich bin augenblicklich nicht recht kapitelfest in diesem Wirrsal!'

‚Das brauchen Euer Gnaden auch nicht', entgegnete des Deichgrafen Tochter, ‚ich werde vor der Hochzeit meinem Bräutigam die Güter übertragen. Ich habe auch meinen kleinen Stolz', setzte sie lächelnd hinzu; ‚ich will den reichsten Mann im Dorfe heiraten!'

‚Nun, Manners', meinte der Pastor, ‚ich denke, Sie werden auch als Pate nichts dagegen haben, wenn ich den jungen Deichgrafen mit des alten Tochter zusammengebe!'

Der Alte schüttelte leis den Kopf: ‚Unser Herrgott gebe seinen Segen!' sagte er andächtig.

Der Oberdeichgraf aber reichte dem Mädchen seine Hand: ‚Wahr und weise habt Ihr gesprochen, Elke Volkerts; ich danke Euch für so kräftige Erläuterungen und hoffe auch in Zukunft, bei freundlicheren Gelegenheiten als heute, der Gast Eures Hauses zu sein; aber daß ein Deichgraf von solch junger Jungfer gemacht wurde, das ist das Wunderbare an der Sache!'

‚Euer Gnaden', erwiderte Elke und sah den gütigen Oberbeamten noch einmal mit ihren ernsten Augen an, ‚einem rechten Manne wird auch die Frau wohl helfen dürfen!' Dann ging sie in den anstoßenden Pesel und legte schweigend ihre Hand in Hauke Haiens.

*

Es war um mehrere Jahre später; in dem kleinen Hause Tede Haiens wohnte jetzt ein tüchtiger Arbeiter mit Frau und Kind; der junge Deichgraf Hauke Haien saß mit seinem Weibe Elke Volkerts auf deren väterlicher Hofstelle. Im Sommer rauschte die gewaltige Esche nach wie vor am Hause; aber auf der Bank, die jetzt darunter stand, sah man abends meist nur die junge Frau, einsam mit einer häuslichen Arbeit in den Händen: noch immer fehlte ein Kind in dieser Ehe; der Mann aber hatte anderes zu tun, als feierabend vor der Tür zu halten, denn trotz seiner früheren Mithilfe lagen aus des Alten Amtsführung eine Menge unerledigter Dinge, an die auch er derzeit zu rühren nicht für gut gefunden hatte; jetzt aber mußte allmählich alles aus dem Wege: er fegte mit einem scharfen Besen. Dazu kam die Bewirtschaftung der durch seinen Landbesitz vergrößerten Stelle, bei der er gleichwohl den Kleinknecht zu sparen suchte; so sahen sich die beiden Eheleute, außer am Sonntag, wo Kirchtag gehalten wurde, meist nur bei dem von Hauke eilig besorgten Mittagessen und beim Auf- und Niedergang des Tages; es war ein Leben fortgesetzter Arbeit, doch gleichwohl ein zufriedenes.

Dann kam ein störendes Wort in Umlauf. — Als von den jüngeren Besitzern der Marsch- und Geestgemeinde eines Sonntags nach der Kirche ein etwas unruhiger Trupp im Kruge droben am Trunke festgeblieben war, redeten sie beim vierten und fünften Glase zwar nicht über König und Regierung — so hoch wurde damals noch nicht gegriffen —, wohl aber über Kommunal- und Oberbeamte, vor allem über Gemeindeabgaben und -lasten, und je länger sie redeten, desto weniger fand davon Gnade vor ihren Augen, insonders nicht die neuen Deichlasten; alle Siele und Schleusen, die sonst immer gehalten hätten, seien jetzt reparaturbedürftig; am Deiche fänden sie immer neue Stellen, die Hunderte von Karren nötig hätten; der Teufel möchte die Geschichte holen!

,Das kommt von eurem klugen Deichgrafen', rief einer von den Geestleuten, ,der immer grübeln geht und seine Finger in alles steckt!'

,Ja, Marten', sagte Ole Peters, der dem Sprecher gegenübersaß; ,recht hast du, er ist hinterspinnig und sucht beim Oberdeichgraf sich 'nen weißen Fuß zu machen; aber wir haben ihn nun einmal!'

,Warum habt ihr ihn euch aufhucken lassen?' sagte der andere; ,nun müßt ihr's bar bezahlen.'

Ole Peters lachte. ,Ja, Marten Fedders, das ist nun so bei uns, und davon ist nichts abzukratzen: der alte wurde Deichgraf seines Vaters, der neue seines Weibes wegen.' Das Gelächter, das jetzt um den Tisch lief, zeigte, welchen Beifall das geprägte Wort gefunden hatte.

Aber es war an öffentlicher Wirtstafel gesprochen worden, es blieb nicht da, es lief bald um im Geest- und unten in dem Marschdorf; so kam es auch an Hauke. Und wieder ging vor seinem inneren Auge die Reihe übelwollender Gesichter vorüber, und noch höhnischer, als es gewesen war, hörte er das Gelächter an dem Wirtshaustische. ,Hunde!' schrie er, und seine Augen sahen grimmig zur Seite, als wolle er sie peitschen lassen.

Da legte Elke ihre Hand auf seinen Arm: ,Laß sie; die wären alle gern, was du bist!'

,Das ist es eben!' entgegnete er grollend.

,Und', fuhr sie fort, ,hat denn Ole Peters sich nicht selber eingefreit?'

,Das hat er, Elke; aber was er mit Vollina freite, das reichte nicht zum Deichgrafen!'

,Sag lieber: er reichte nicht dazu!' und Elke drehte ihren Mann, so daß er sich im Spiegel sehen mußte, denn sie standen zwischen den Fenstern in ihrem Zimmer. ,Da steht der Deichgraf!' sagte sie, ‚nun sieh ihn an; nur wer ein Amt regieren kann, der hat es!'

‚Du hast nicht unrecht', entgegnete er sinnend, ‚und doch ... Nun, Elke, ich muß zur Osterschleuse; die Türen schließen wieder nicht!'

Sie drückte ihm die Hand: ‚Komm, sieh mich erst einmal an! Was hast du, deine Augen sehen so ins Weite?'

‚Nichts, Elke; du hast ja recht.'

Er ging; aber nicht lange war er gegangen, so war die Schleusenreparatur vergessen. Ein anderer Gedanke, den er halb nur ausgedacht und seit Jahren mit sich herumgetragen hatte, der aber vor den drängenden Amtsgeschäften ganz zurückgetreten war, bemächtigte sich seiner jetzt aufs neue und mächtiger als je zuvor, als seien plötzlich Flügel ihm gewachsen.

Kaum daß er es selber wußte, befand er sich oben auf dem Haffdeich, schon eine weite Strecke südwärts nach der Stadt zu; das Dorf, das nach dieser Seite hinauslag, war ihm zur Linken längst verschwunden; noch immer schritt er weiter, seine Augen unablässig nach der Seeseite auf das breite Vorland gerichtet; wäre jemand neben ihm gegangen, er hätte es sehen müssen, welche eindringliche Geistesarbeit hinter seinen Augen vorging. Endlich blieb er stehen: Das Vorland schwand hier zu einem schmalen Streifen an dem Deich zusammen. ‚Es muß gehen', sprach er bei sich selbst. ‚Sieben Jahre im Amt; sie sollen nicht mehr sagen, daß ich nur Deichgraf bin meines Weibes wegen!'

Noch immer stand er, und seine Blicke schweiften scharf und bedächtig nach allen Seiten über das grüne Vorland; dann ging er zurück, bis dort, wo auch hier ein schmaler Streifen grünen Weidelandes die vor ihm liegende breite Landfläche ablöste. Hart an dem Deiche aber schoß ein starker Meeresstrom durch diese, der fast das ganze Vorland von dem Festlande trennte und zu einer Hallig machte; eine rohe Holzbrücke führte nach dort hinüber, damit man mit Vieh und Heu- und Getreidewagen hinüber und wieder zurück gelangen könne. Jetzt war es Ebbezeit, und die goldene Septembersonne glitzerte auf dem etwa hundert Schritte breiten Schlickstreifen und auf dem breiten

Priel in seiner Mitte, durch den auch jetzt das Meer noch seine Wasser trieb. ‚Das läßt sich dämmen!' sprach Hauke bei sich selber, nachdem er diesem Spiele eine Zeitlang zugesehen; dann blickte er auf, und von dem Deiche, auf dem er stand, über den Priel hinweg, zog er in Gedanken eine Linie längs dem Rande des abgetragenen Landes, nach Süden herum und ostwärts wiederum zurück über die dortige Fortsetzung des Prieles und an den Deich heran. Die Linie aber, welche er unsichtbar gezogen hatte, war ein neuer Deich, neu auch in der Konstruktion seines Profils, welches bis jetzt nur noch in seinem Kopfe vorhanden war.

‚Das gäbe einen Koog von zirka tausend Demat', sprach er lächelnd zu sich selber; ‚nicht groß just: aber ...'

Eine andere Kalkulation überkam ihn: das Vorland gehörte hier der Gemeinde, ihren einzelnen Mitgliedern eine Zahl von Anteilen, je nach der Größe ihres Besitzes im Gemeindebezirk oder nach sonst zu Recht bestehender Erwerbung; er begann zusammenzuzählen, wieviel Anteil er von seinem, wie viele er von Elkes Vater übernommen, und was an solchen er während seiner Ehe schon selbst gekauft hatte, teils in dem dunklen Gefühle eines künftigen Vorteils, teils bei Vermehrung seiner Schafzucht. Es war schon eine ansehnliche Menge; denn auch von Ole Peters hatte er dessen sämtliche Teile angekauft, da es diesem zum Verdruß geschlagen war, als bei einer teilweisen Überströmung ihm sein bester Schafbock ertrunken war. Aber das war ein seltsamer Unfall gewesen, denn so weit Haukes Gedächtnis reichte, waren selbst bei hohen Fluten dort nur die Ränder überströmt worden. Welch trefflisches Weide- und Kornland mußte es geben und vom welchen Werte, wenn das alles von seinem neuen Deiche umgeben war! Wie ein Rausch stieg es ihm ins Gehirn; aber er preßte die Nägel in seine Handflächen und zwang seine Augen, klar und nüchtern zu sehen, was dort vor ihm lag: eine große deichlose Fläche, wer wußte es, welchen Stürmen und Fluten schon in den nächsten Jahren preisgegeben, an deren äußerstem Rande jetzt ein Trupp von schmutzigen Schafen langsam grasend entlang wanderte; dazu für ihn ein Haufen Arbeit, Kampf und Ärger! Trotz alledem, als er vom Deiche hinab und den

Fußsteig über die Fennen auf seine Werfte zuging, ihm war's, als brächte er einen großen Schatz mit sich nach Hause.

Auf dem Flur trat Elke ihm entgegen: ‚Wie war es mit der Schleuse?' fragte sie.

Er sah mit geheimnisvollem Lächeln auf sie nieder: ‚Wir werden bald eine andere Schleuse brauchen', sagte er; ‚und Sielen und einen neuen Deich!'

‚Ich versteh' dich nicht', entgegnete Elke, während sie in das Zimmer ging: ‚was willst du, Hauke?'

‚Ich will', sagte er langsam und hielt dann einen Augenblick inne, ‚ich will, daß das große Vorland, das unserer Hofstatt gegenüber beginnt und dann nach Westen ausgeht, zu einem festen Kooge eingedeicht werde; die hohen Fluten haben uns fast ein Menschenalter in Ruh' gelassen; wenn aber eine von den schlimmen wiederkommt und den Anwachs stört, so kann mit einem Mal die ganze Herrlichkeit zu Ende sein; nur der alte Schlendrian hat das bis heut' so lassen können!'

Sie sah ihn voll Erstaunen an: ‚So schiltst du dich ja selber!' sagte sie.

‚Das tu ich, Elke; aber es war bisher auch so viel anderes zu schaffen!'

‚Ja, Hauke, gewiß, du hast genug getan!'

Er hatte sich in den Lehnstuhl des alten Deichgrafen gesetzt, und seine Hände griffen fest um beide Lehnen.

‚Hast du den guten Mut dazu?' fragte ihn sein Weib.

‚Das hab ich, Elke!' sprach er hastig.

‚Sei nicht zu hastig, Hauke; das ist ein Werk auf Tod und Leben; und fast alle werden dir entgegen sein, man wird dir deine Müh' und Sorg' nicht danken!'

Er nickte: ‚Ich weiß!' sagte er.

‚Und wenn es nun nicht gelänge!' rief sie wieder; ‚von Kindesbeinen an hab ich gehört, der Priel sei nicht zu stopfen, und darum dürfe nicht daran gerührt werden.'

‚Das war ein Vorwand für die Faulen!' sagte Hauke; ‚weshalb denn sollte man den Priel nicht stopfen können?'

‚Das hört' ich nicht; vielleicht weil er gerade durchgeht; die Spülung ist zu stark.' — Eine Erinnerung überkam sie, und ein fast schelmisches Lächeln brach aus ihren ernsten Augen. ‚Als ich Kind war', sprach sie, ‚hörte ich einmal die Knechte darüber reden; sie meinten, wenn ein Damm dort halten solle, müsse was Lebigs da hineingeworfen und mit verdämmt werden; bei einem Deichbau auf der anderen Seite, vor wohl hundert Jahren, sei ein Zigeunerkind verdämmt worden, das sie um schwarzes Geld der Mutter abgehandelt hätten; jetzt aber würde wohl keine ihr Kind verkaufen!'

Hauke schüttelte den Kopf: ‚Da ist es gut, daß wir keins haben, sie würden es sonst noch schier von uns verlangen!'

‚Sie sollten's nicht bekommen!' sagte Elke und schlug wie in Angst die Arme über ihren Leib.

Und Hauke lächelte; doch sie fragte noch einmal: ‚Und die ungeheuren Kosten? Hast du das bedacht?'

‚Das hab ich, Elke; was wir dort herausbringen, wird sie bei weitem überholen, auch die Erhaltungskosten des alten Deiches gehen für ein gut Stück in dem neuen unter; wir arbeiten ja selbst und haben über achtzig Gespanne in der Gemeinde, und an jungen Fäusten ist hier auch kein Mangel. Du sollst mich wenigsten nicht umsonst zum Deichgrafen gemacht haben, Elke; ich will ihnen zeigen, daß ich einer bin!'

Sie hatte sich vor ihm niedergesetzt und ihn sorgvoll angeblickt; nun erhob sie sich mit einem Seufzer: ‚Ich muß weiter zu meinem Tagewerk', sagte sie, und ihre Hand strich langsam über seine Wange; ‚tu du das deine, Hauke!'

‚Amen, Elke!' sprach er mit ernstem Lächeln; ‚Arbeit ist für uns beide da!'

Und es war genug Arbeit für beide, die schwerste Last aber fiel jetzt auf des Mannes Schulter. An Sonntagnachmittagen, oft nach Feierabend, saß Hauke mit einem tüchtigen Feldmesser zusammen, vertieft in Rechnungen, Zeichnungen und Risse; war er allein, dann ging es ebenso und endete oft weit nach Mitternacht. Dann schlich er in die gemeinsame Schlafkammer — denn die dumpfen Wandbetten im Wohngemach wurden in Haukes Wirtschaft nicht mehr gebraucht — und sein Weib, damit er endlich nur zur Ruhe komme, lag wie schlafend mit geschlossenen Augen, obwohl sie mit klopfendem Herzen nur auf ihn gewartet hatte: dann küßte er mitunter ihre Stirn und sprach ein leises Liebeswort dabei, und legte sich selbst zum Schlafe, der ihm so oft nur beim ersten Hahnenkrähen zu Willen war. Im Wintersturm lief er auf den Deich hinaus, mit Bleistift und Papier in der Hand, und stand und zeichnete und notierte, während ein Windstoß ihm die Mütze vom Kopf riß und das lange, fahle Haar ihm um sein heißes Antlitz flog; bald fuhr er, solange nur das Eis ihm nicht den Weg versperrte, mit einem Knecht zu Boot ins Wattenmeer hinaus und maß dort mit Lot und Stange die Tiefen der Ströme, über die er noch nicht sicher war. Elke zitterte oft genug für ihn; aber war er wieder da, so hätte er das nur aus ihrem festen Händedruck oder dem leuchtenden Blitz aus ihren sonst so stillen Augen merken können. ‚Geduld, Elke', sagte er, da ihm einmal war, als ob sein Weib ihn nicht lassen könne; ‚ich muß erst selbst im reinen sein, bevor ich meinen Antrag stelle!' Da nickte sie und ließ ihn gehen. Der Ritte in die Stadt zum Oberdeichgrafen wurden auch nicht wenige, und allem diesem und den Mühen in Haus- und Landwirtschaft folgten immer wieder die Arbeiten in die Nacht hinein. Sein Verkehr mit anderen Menschen außer in Arbeit und Geschäft verschwand fast ganz; selbst der mit seinem Weibe wurde immer weniger. ‚Es sind schlimme Zeiten, und sie werden noch lange dauern', sprach Elke bei sich selber und ging an ihre Arbeit.

Endlich, Sonne und Frühlingswinde hatten schon überall das Eis gebrochen, war auch die letzte Vorarbeit getan, die Eingabe an den Oberdeichgrafen zur Befürwortung an höherem Orte, enthaltend den Vorschlag zur Bedeichung des erwähnten Vorlandes, zur Förderung des öffentlichen Besten, insbesondere des Kooges, wie nicht weniger der Herrschaftlichen Kasse, da Höchstderselben in kurzen Jahren die Abgabe von zirka tausend Demat daraus erwachsen würden, — war sauber abgeschrieben und nebst anliegenden Rissen und Zeichnungen aller Lokalitäten, jetzt und künftig, der Schleusen und Siele und was noch sonst dazugehörte, in ein festes Konvolut gepackt und mit dem deichgräflichen Amtssiegel versehen worden.

‚Da ist es, Elke‘, sagte der junge Deichgraf, ‚nun gib ihm den Segen!‘

Elke legte ihre Hand in seine: ‚Wir wollen fest zusammenhalten‘, sagte sie.

‚Das wollen wir.‘

*

Dann wurde die Eingabe durch einen reitenden Boten in die Stadt gesandt.

Sie wollen bemerken, lieber Herr", unterbrach der Schulmeister seine Erzählung, mich freundlich mit seinen Augen fixierend, „daß ich das bisher Berichtete während meiner fast vierzigjährigen Wirksamkeit in diesem Kooge aus den Überlieferungen verständiger Leute oder aus Erzählungen der Enkel oder Urenkel solcher zusammengefunden habe; was ich, damit Sie dieses mit dem endlichen Verlauf in Einklang zu bringen vermögen, Ihnen jetzt vorzutragen habe, das war derzeit und ist auch jetzt noch das Geschwätz des ganzen Marschdorfes, sobald nur um Allerheiligen die Spinnräder zu schnurren anfangen.

Von der Hofstelle des Deichgrafen, etwa fünf bis sechshundert Schritte weiter nordwärts, sah man derzeit, wenn man auf dem Deiche stand, ein paar tausend Schritte ins Wattenmeer hinaus und etwas weiter von dem gegenüberliegenden Marschufer entfernt eine kleine Hallig, die sie ‚Jeverssand‘, auch ‚Jevershallig‘ nannten. Von den derzeitigen Großvätern war sie noch zur Schafweide benutzt worden, denn Gras war damals noch darauf gewachsen; aber auch das hatte aufgehörte, weil die niedrige Hallig ein paarmal und just im Hochsommer, unter Seewasser gekommen und der Graswuchs dadurch verkümmert und auch zur Schafweide unnutzbar geworden war. So kam es denn, daß außer von Möwen und anderen Vögeln, die am Strande fliegen, und etwa einmal von einem Fischadler, dort kein Besuch mehr stattfand; und an mondhellen Abenden sah man vom Deiche aus nur die Nebeldünste leichter oder schwerer darüber hinziehen. Ein paar weißgebleichte Knochengerüste ertrunkener Schafe und das Gerippe eines Pferdes, von dem freilich niemand begriff, wie es dort hingekommen sei, wollte man, wenn der Mond von Osten auf die Hallig schien, dort auch erkennen können.

Es war zu Ende März, als an dieser Stelle nach Feierabend der Tagelöhner aus dem Tede Haienschen Hause und Iven Johns, der Knecht des jungen Deichgrafen, nebeneinanderstanden und unbeweglich nach der im trüben Mondduft kaum erkennbaren Hallig hinüberstarrten; etwas Auffälliges schien sie dort festzuhalten. Der Tagelöhner steckte die Hände in die Tasche und schüttelte sich: ‚Komm, Iven‘, sagte er, ‚das ist nichts Gutes; laß uns nach Haus gehen!‘

Der andere lachte, wenn auch ein Grauen bei ihm hindurchklang: ‚Ei was, es ist eine lebige Kreatur, eine große! Wer, zum Teufel, hat sie nach dem Schlickstück hinaufgejagt! Sieh nur, nun reckt's den Hals zu uns herüber! Nein, es senkt den Kopf; es frißt! ich dächt', es wär dort nichts zu fressen! Was es nur sein mag?‘

‚Was geht das uns an!‘ entgegnete der andere. ‚Gute Nacht, Iven, wenn du nicht mit willst; ich gehe nach Haus!‘

‚Ja, ja; du hast ein Weib, du kommst ins warme Bett! Bei mir ist auch in meiner Kammer lauter Märzluft!‘

‚Gut' Nacht denn!‘ rief der Tagelöhner zurück, während er auf dem Deich nach Hause trabte. Der Knecht sah sich ein paarmal nach dem Fortlaufenden um; aber die Begier, Unheimliches zu schauen, hielt ihn noch fest. Da kam eine untersetzte dunkle Gestalt auf dem Deich vom Dorfe her gegen ihn heran; es war der Dienstjunge des Deichgrafen. ‚Was willst du, Carsten?‘ rief ihm der Knecht entgegen.

‚Ich? Nichts‘, sagte der Junge; ‚aber unser Wirt will dich sprechen, Iven Johns!‘

Der Knecht hatte die Augen schon wieder nach der Hallig: ‚Gleich; ich komme gleich!‘ sagte er.

‚Wonach guckst du denn so?‘ fragte der Junge.

Der Knecht hob den Arm und wies stumm nach der Hallig. ‚Oha!‘ flüsterte der Junge; ‚da geht ein Pferd — ein Schimmel — das muß der Teufel reiten — wie kommt ein Pferd nach Jevershallig?‘

,Weiß nicht, Carsten; wenn's nur ein richtiges Pferd ist!'

,Ja, ja, Iven; sieh nur, es frißt ganz wie ein Pferd! Aber wer hat's dahingebracht; wir haben im Dorf so große Böte gar nicht! Vielleicht auch ist es ein Schaf; Peter Ohm sagt, im Mondschein wird aus zehn Torfringeln ein ganzes Dorf. Nein, sieh! Nun springt es — es muß ein Pferd sein!'

Beide standen eine Weile schweigend, die Augen nur nach dem gerichtet, was sie drüben undeutlich vor sich gehen sahen. Der Mond stand hoch am Himmel und beschien das weite Wattenmeer, das eben in der steigenden Flut seine Wasser über die glitzernden Schlickflächen zu spülen begann. Nur das leise Geräusch des Wassers. Keine Tierstimme war in der ungeheuren Weite hier zu hören: auch in der Marsch, hinter dem Deiche, war es leer: Kühe und Rinder waren alle noch in den Ställen. Nichts regte sich; nur was sie für ein Pferd, einen Schimmel, hielten, schien dort auf Jevershallig noch beweglich. ,Es wird heller', unterbrach der Knecht die Stille; ,ich sehe deutlich die weißen Schafgerippe schimmern!'

,Ich auch', sagte der Junge und reckte den Hals; dann aber, als komme es ihm plötzlich, zupfte er den Knecht am Ärmel: ,Iven' raunt er, ,das Pferdegerippe, das sonst dabei lag, wo ist es? Ich kann's nicht sehen!'

,Ich seh es auch nicht! Seltsam!' sagte der Knecht.

,Nicht so seltsam, Iven! Mitunter, ich weiß nicht in welchen Nächten, sollen die Knochen sich erheben und tun, als ob sie lebendig wären!'

,So?' machte der Knecht; ,das ist ja Altweiberglaube!'

,Kann sein, Iven', meinte der Junge.

,Aber ich mein', du sollst mich holen; komm, wir müssen nach Haus! Es bleibt hier immer doch dasselbe.'

Der Junge war nicht fortzubringen, bis der Knecht ihn mit Gewalt herumdrehte und auf den Weg gebracht hatte. ,Hör, Carsten', sagte dieser, als die gespensterhafte Hallig ihnen schon ein gut Stück im Rücken lag, ,du giltst ja für einen Allerweltsbengel; ich glaub, du möchtest das am liebsten selber untersuchen!'

‚Ja', entgegnete Carsten, nachträglich noch ein wenig schaudernd, ‚ja, das möchte ich, Iven!'

‚Ist das dein Ernst? — Dann', sagte der Knecht, nachdem der Junge ihm nachdrücklich darauf die Hand geboten hatte, ‚lösen wir morgen abend unser Boot; du fährst nach Jeverssand; ich bleib solange auf dem Deich stehen.'

‚Ja', erwiderte der Junge, ‚das geht! Ich nehme meine Peitsche mit!'

‚Tu das!'

Schweigend kamen sie an das Haus ihrer Herrschaft, zu dem sie langsam die hohe Werft hinanstiegen.

*

Um dieselbe Zeit des folgenden Abends saß der Knecht auf dem großen Steine vor der Stalltür, als der Junge mit seiner Peitsche knallend zu ihm kam. ‚Das pfeift ja wunderlich!' sagte jener.

‚Freilich, nimm dich in acht', entgegnete der Junge; ‚ich hab auch Nägel in die Schnur geflochten.'

‚So komm!' sagte der andere. Der Mond stand, wie gestern, am Osthimmel und schien klar aus seiner Höhe. Bald waren beide wieder draußen auf dem Deich und sahen hinüber nach Jevershallig, die wie ein Nebelfleck im Wasser stand. ‚Da geht es wieder', sagte der Knecht; ‚nach Mittag war ich hier, da war's nicht da; aber ich sah deutlich das weiße Pferdegerippe liegen!'

Der Junge reckte den Hals: ‚Das ist jetzt nicht da, Iven', flüsterte er.

‚Nun, Carsten, wie ist's?' sagte der Knecht. ‚Juckt's dich noch, hinüberzufahren?'

Carsten besann sich einen Augenblick; dann klatschte er mit seiner Peitsche in die Luft: ‚Mach nur das Boot los, Iven!'

Drüben war es, als hebe, was dorten ging, den Hals und recke gegen das Festland hin den Kopf. Sie sahen es nicht mehr; sie gingen schon den Deich hinab und bis zur Stelle, wo das Boot gelegen war. ‚Nun steig nur ein', sagte der Knecht, nachdem er es losgebunden hatte. ‚Ich bleib, bis du zurück bist! Zu Osten mußt du anlegen, da hat man immer landen können!' Und der Junge nickte schweigend und fuhr mit seiner Peitsche in die Mondnacht hinaus; der Knecht wanderte unterm Deich zurück und bestieg ihn wieder an der Stelle, wo sie vorher gestanden hatten. Bald sah er, wie drüben bei einer schroffen, dunklen Stelle, an die ein breiter Priel hinanführte, das Boot sich beilegte und eine untersetzte Gestalt daraus ans Land sprang. — War's nicht, als klatschte der Junge mit seiner Peitsche? Aber es konnte auch das Geräusch der steigenden Flut sein. Mehrere hundert Schritte nordwärts sah er, was sie für einen Schimmel angesehen hatten; und jetzt! — ja die Gestalt des Jungen kam gerade darauf zugegangen. Nun hob es den Kopf, als ob es stutze; und der Junge — es war deutlich jetzt zu hören — klatschte mit der Peitsche. Aber was fiel ihm ein? Er kehrte um, er ging den Weg zurück, den er gekommen war. Das drüben schien unablässig fortzuweiden, kein Wiehern war von dort zu hören gewesen; wie weiße Wasserstreifen schien es mitunter über die Erscheinung hinzuziehen. Der Knecht sah wie gebannt hinüber.

Da hörte er das Anlegen des Bootes am diesseitigen Ufer, und bald sah er aus der Dämmerung den Jungen gegen sich am Deich heraufsteigen. ‚Nun, Carsten', fragte er, ‚was war es?'

Der Junge schüttelte den Kopf. ‚Nichts war es!' sagte er. ‚Noch kurz vom Boot aus hatte ich es gesehen; dann aber, als ich auf der Hallig war — weiß der Henker, wo sich das Tier verkrochen hatte, der Mond schien doch hell genug; aber als ich an die Stelle kam, war nichts da als die bleichen Knochen von einem halben Dutzend Schafen, und etwas weiter lag auch das Pferdegerippe mit seinem weißen, langen Schädel und ließ den Mond in seine leeren Augenhöhlen scheinen!'

‚Hm!' meinte der Knecht; ‚hast auch recht zugesehen?'

‚Ja, Iven, ich stand dabei; ein gottvergessener Kiewiet, der hinter dem Gerippe sich zur Nachtruh hingeduckt hatte, flog schreiend auf, daß ich erschrak und ein paarmal mit der Peitsche hintennach klatschte.'

‚Und das war alles?'

‚Ja, Iven; ich weiß nicht mehr.'

‚Es ist auch genug', sagte der Knecht, zog den Jungen am Arm zu sich heran und wies hinüber nach der Hallig. ‚Dort, siehst du etwas, Carsten?'

‚Wahrhaftig, da geht's ja wieder!'

‚Wieder?' sagte der Knecht; ‚ich hab die ganze Zeit hinübergeschaut, aber es ist gar nicht fortgewesen; du gingst ja gerade auf das Unwesen los!'

Der Junge starrte ihn an; ein Entsetzen lag plötzlich auf seinem sonst so kecken Angesicht, das auch dem Knechte nicht entging. ‚Komm!' sagte dieser, ‚wir wollen nach Haus: von hier aus geht's wie lebig, und drüben liegen nur die Knochen — das ist mehr, als du und ich begreifen können. Schweig aber still davon, man darf dergleichen nicht verreden.'

So wandten sie sich und der Junge trabte neben ihm; sie sprachen nicht, und die Marsch lag in lautlosem Schweigen an ihrer Seite.

— — Nachdem aber der Mond zurückgegangen und die Nächte dunkel geworden waren, geschah ein anderes.

Hauke Haien war zur Zeit des Pferdemarktes in die Stadt geritten, ohne jedoch mit diesem dort zu tun zu haben. Gleichwohl, da er gegen Abend heimkam, brachte er ein zweites Pferd mit sich nach Hause; aber es war rauhhaarig und mager, daß man jede Rippe zählen konnte, und die Augen lagen ihm matt und eingefallen in den Schädelhöhlen. Elke war vor die Tür getreten, um ihren Eheliebsten zu empfangen: ‚Hilf Himmel!' rief sie, ‚was soll uns der alte Schimmel?' Denn da Hauke mit ihm vor das Haus geritten kam und unter der Esche hielt, hatte sie gesehen, daß die arme Kreatur auch lahme.

Der junge Deichgraf aber sprang lachend von seinem braunen Wallach: ‚Laß nur, Elke; er kostet auch nicht viel!'

Die kluge Frau erwiderte: ‚Du weißt doch, das Wohlfeilste ist auch meist das Teuerste.'

‚Aber nicht immer, Elke; das Tier ist höchstens vier Jahre alt; sieh es dir nur genauer an! Es ist verhungert und mißhandelt; da soll ihm unser Hafer guttun; ich werd' es selbst versorgen, damit sie mir's nicht überfüttern.'

Das Tier stand indessen mit gesenktem Kopf; die Mähnen hingen lang am Hals herunter. Frau Elke, während ihr Mann nach den Knechten rief, ging betrachtend um dasselbe herum; aber sie schüttelte den Kopf: ‚So eins ist noch nie in unserem Stall gewesen!'

Als jetzt der Dienstjunge um die Hausecke kam, blieb er plötzlich mit erschrockenen Augen stehen. ‚Nun, Carsten', rief der Deichgraf, ‚was fährt dir in die Knochen? Gefällt dir mein Schimmel nicht?'

‚Ja — o ja, uns' Weert, warum denn nicht!'

‚So bring die Tiere in den Stall; gib ihnen kein Futter; ich komme gleich selber hin!'

Der Junge faßte mit Vorsicht den Halfter des Schimmels und griff dann hastig, wie zum Schutze, nach dem Zügel des ihm ebenfalls vertrauten Wallachs, Hauke aber ging mit seinem Weibe in das Zimmer; ein Warmbier hatte sie für ihn bereitet, und Brot und Butter waren auch zur Stelle.

Er war bald gesättigt; dann stand er auf und ging mit seiner Frau im Zimmer auf und ab. ‚Laß dir erzählen, Elke', sagte er, während der Abendschein auf den Kacheln an den Wänden spielte, ‚wie ich zu dem Tier gekommen bin: ich war wohl eine Stunde beim Oberdeichgrafen gewesen; er hatte gute Kunde für mich — es wird wohl dies und jenes anders werden als in meinen Rissen; aber die Hauptsache, mein Profil, ist akzeptiert, und schon in den nächsten Tagen kann der Befehl zum neuen Deichbau da sein!'

Elke seufzte unwillkürlich: ‚Also doch?' sagte sie sorgenvoll.

‚Ja, Frau', entgegnete Hauke; ‚hart wird's hergehen; aber dazu, denk ich, hat der Herrgott uns zusammengebracht! Unsere Wirtschaft ist jetzt so gut in Ordnung; ein groß Teil kannst du schon auf deine Schultern nehmen; denk nur um zehn Jahre weiter — dann stehen wir vor einem anderen Besitz.'

Sie hatte bei seinen ersten Worten die Hand ihres Mannes versichernd in die ihrigen gepreßt; seine letzten Worte konnten sie nicht erfreuen. ‚Für wen soll der Besitz?' sagte sie. ‚Du müßtest denn ein ander Weib nehmen; ich bring dir keine Kinder.'

Tränen schossen ihr in die Augen; aber er zog sie fest in seine Arme: ‚Das überlassen wir dem Herrgott', sagte er; ‚jetzt aber und auch dann noch sind wir jung genug, um uns der Früchte unserer Arbeit selber zu erfreuen.'

Sie sah ihn lange, während er sie hielt, aus ihren dunklen Augen an. ‚Verzeih, Hauke', sprach sie; ‚ich bin mitunter ein verzagtes Weib!'

Er neigte sich zu ihrem Antlitz und küßte sie: ‚Du bist mein Weib und ich dein Mann, Elke! Und anders wird es nun nicht mehr.'

Da legte sie die Arme fest um seinen Nacken: ‚Du hast recht, Hauke, und was kommt, kommt über uns beide.' Dann löste sie sich errötend von ihm. ‚Du wolltest von dem Schimmel erzählen', sagte sie leise.

‚Das wollt ich, Elke. Ich sagte dir schon, mir war Kopf und Herz voll Freude über die gute Nachricht, die der Oberdeichgraf mir gegeben hatte; so ritt ich eben wieder aus der Stadt hinaus, da, auf dem Damm, hinter dem Hafen, begegnet mir ein ruppiger Kerl; ich wußt nicht, war's ein Vagabund, ein Kesselflicker oder was denn sonst. Der Kerl zog den Schimmel am Halfter hinter sich; das Tier aber hob den Kopf und sah mich aus blöden Augen an; mir war's, als ob es mich um etwas bitten wolle: ich war ja auch in diesem Augenblicke reich genug.

‚He, Landsmann!' rief ich, ‚wo wollt Ihr mit der Kracke hin?'

Der Kerl blieb stehen und der Schimmel auch. ‚Verkaufen!' sagte jener und nickte mir listig zu.

‚Nur nicht an mich!' rief ich lustig.

‚Ich denke doch!' sagte er; ‚das ist ein wacker Pferd und unter hundert Talern nicht bezahlt.'

Ich lachte ihm ins Gesicht.

‚Nun', sagte er, ‚lacht nicht so hart; Ihr sollt's mir ja nicht zahlen! Aber ich kann's nicht brauchen, bei mir verkommt's; es würde bei Euch bald ander Ansehen haben!'

Da sprang ich von meinem Wallach und sah dem Schimmel ins Maul, und sah wohl, es war noch ein junges Tier. ‚Was soll's denn kosten?' rief ich, da auch das Pferd mich wiederum wie bittend ansah.

‚Herr, nehmt's für dreißig Taler!' sagte der Kerl, ‚und den Halfter geb ich Euch darein!' Und da, Frau, hab ich dem Burschen in die dargebotene braune Hand, die fast wie eine Klaue aussah, eingeschlagen. So haben wir den Schimmel und ich denk auch wohlfeil genug! Wunderlich nur war es, als ich mit den Pferden wegritt, hört ich bald hinter mir ein Lachen, und als ich den Kopf wandte, sah ich den Slowaken; der stand noch sperrbeinig, die Arme auf dem Rücken, und lachte wie ein Teufel hinter mir darein.'

‚Pfui', rief Elke; ‚wenn der Schimmel nur nichts von seinem alten Herrn zubringt! Mög er dir gedeihen, Hauke!'

‚Er selber soll es, wenigstens, soweit ich's leisten kann!' Und der Deichgraf ging in den Stall, wie er vorhin dem Jungen es gesagt hatte.

Aber nicht allein an jenem Abend fütterte er den Schimmel, er tat es fortan immer selbst und ließ kein Auge von dem Tiere. — Und schon nach wenigen Wochen hob sich die Haltung des Tieres; allmählich verschwanden die rauhen Haare; ein blankes, blau geapfeltes Fell kam zum Vorschein, und da er es eines Tages auf der Hofstatt umherführte, schritt es schlank auf seine festen Beinen. Hauke dachte des abenteuerlichen Verkäufers: ‚Der Kerl war ein Narr oder ein Schuft, der es gestohlen hatte!' murmelte er bei sich selber. — Bald auch, wenn das Pferd im Stall nur seine Schritte hörte, warf es den Kopf herum und wieherte ihm entgegen; nun sah er auch, es hatte, was die Araber verlangen, ein fleischlos Angesicht; daraus blitzten ein Paar feurige braune Augen. Dann führte er es aus dem Stall und legte ihm einen leichten Sattel auf; aber kaum saß er droben, so fuhr dem Tier ein Wiehern wie ein Lustschrei aus der Kehle; es flog mit ihm davon, die Werfte hinab auf den Weg und dann dem Deiche zu; doch der Reiter saß fest, und als sie oben waren, ging es ruhiger, leicht, wie tanzend, und warf den Kopf dem Meere zu. Er klopfte und streichelte ihm den blanken Hals, aber es bedurfte dieser Liebkosung schon nicht mehr; das Pferd schien völlig eins mit seinem Reiter, und nachdem er eine Strecke nordwärts den Deich hinausgeritten war, wandte er es leicht und gelangte wieder an die Hofstatt.

Die Knechte standen unten an der Ausfahrt und warteten der Rückkunft ihres Wirtes. ‚So, John‘, rief dieser, indem er von seinem Pferde sprang, ‚nun reite du es in die Fenne zu den anderen; es trägt dich wie in einer Wiege!‘

Der Schimmel schüttelte den Kopf und wieherte laut in die sonnige Marschlandschaft hinaus, während ihm der Knecht den Sattel abschnallte und der Junge damit zur Geschirrkammer lief; dann legte er den Kopf auf seines Herrn Schulter und duldete behaglich dessen Liebkosung. Als aber der Knecht sich jetzt auf seinen Rücken schwingen wollte, sprang er mit einem jähen Satz zur Seite und stand dann wieder unbeweglich, die schönen Augen auf seinen Herrn gerichtet. ‚Hoho, Iven‘, rief dieser, ‚hat er dir Leid getan?‘ und suchte seinem Knecht vom Boden aufzuhelfen.

Der rieb sich eifrig an der Hüfte: ‚Nein, Herr, es geht noch; aber den Schimmel reitet der Teufel!‘

‚Und ich!‘ setzte Hauke lachend hinzu. ‚So bring ihn am Zügel in die Fenne!‘

Und als der Knecht etwas beschämt gehorchte, ließ sich der Schimmel ruhig von ihm führen.

Einige Abende später standen Knechte und Junge miteinander vor der Stalltür; hinterm Deiche war das Abendrot erloschen, innerhalb desselben war schon der Koog von tiefer Dämmerung überwallt; nur selten kam aus der Ferne das Gebrüll eines aufgestörten Rindes oder der Schrei einer Lerche, deren Leben unter dem Überfall eines Wiesels oder einer Wasserratte endete. Der Knecht lehnte gegen den Türpfosten und rauchte aus einer kurzen Pfeife, deren Rauch er schon nicht mehr sehen konnte; gesprochen hatten er und der Junge noch nicht zusammen. Dem letzteren aber drückte was auf der Seele, er wußte nur nicht, wie er dem schweigsamen Knechte ankommen sollte. ‚Du, Iven!‘ sagte er endlich, ‚weißt du, das Pferdsgeripp auf Jeverssand!‘

‚Was ist damit?‘ fragte der Knecht.

‚Ja, Iven, was ist damit? Es ist gar nicht mehr da; weder Tages noch bei Mondenschein; wohl zwanzigmal bin ich auf den Deich hinausgelaufen!‘

,Die alten Knochen sind wohl zusammengepoltert?' sagte Iven und rauchte ruhig weiter.

‚Aber ich war auch bei Mondschein draußen; es geht auch drüben nichts auf Jeverssand!'

„Ja', sagte der Knecht, ‚sind die Knochen auseinandergefallen, so wird's wohl nicht mehr aufstehen können.'

‚Mach keinen Spaß, Iven! Ich weiß jetzt; ich kann dir sagen, wo es ist.'

Der Knecht drehte sich jäh zu ihm. ‚Nun, wo ist es denn?'

‚Wo?' wiederholte der Junge nachdrücklich. ‚Es steht in unserem Stall; da steht's, seit es nicht mehr auf der Hallig ist. Es ist auch nicht umsonst, daß der Wirt es allzeit selber füttert; ich weiß Bescheid, Iven!'

Der Knecht paffte eine Weile heftig in die Nacht hinaus. ‚Du bist nicht klug, Carsten', sagte er dann; ‚unser Schimmel? Wenn je ein Pferd ein lebendiges war, so ist es der! Wie kann so ein Allerweltsjunge, so wie du, in solchen Altem-Weiberglauben sitzen!'

Aber der Junge war nicht zu bekehren: wenn der Teufel in dem Schimmel steckte, warum sollte er denn nicht lebendig sein? Im Gegenteil, um so schlimmer! — Er fuhr jedesmal erschreckt zusammen, wenn er gegen Abend den Stall betrat, in dem auch sommers das Tier mitunter eingestellt wurde, und es dann den feurigen Kopf so jäh nach ihm herumwarf. ‚Hol's der Teufel', brummte er dann; ‚wir bleiben auch nicht lange mehr zusammen!'

So tat er sich denn heimlich nach einem neuen Dienste um, kündigte und trat um Allerheiligen als Knecht bei Ole Peters ein. Hier fand er andächtige Zuhörer für seine Geschichte von dem Teufelspferd des Deichgrafen; die dicke Frau Vollina und deren geistesstumpfer Vater, der frühere Deichgevollmächtigte Jeß Harders, hörten in behaglichem Gruseln zu und erzählten sie später allen, die gegen den Deichgrafen einen Groll im Herzen oder die an derart Dingen ihr Gefallen hatten.

*

Inzwischen war schon Ende März durch die Oberdeichgrafschaft der Befehl zur neuen Eindeichung eingetroffen.

Hauke berief zunächst die Deichgevollmächtigten zusammen, und im Kruge oben bei der Kirche waren eines Tages alle erschienen und hörten zu, wie er ihnen die Hauptpunkte aus den bisher erwachsenen Schriftstücken vorlas: aus seinem Antrage, aus dem Bericht des Oberdeichgrafen, zuletzt den schließlichen Bescheid, worin vor allem auch die Annahme des von ihm vorgeschlagenen Profils enthalten war, und der neue Deich nicht steil wie früher, sondern allmählich verlaufend nach der Seeseite abfallen sollte; aber mit heiteren oder auch nur zufriedenen Gesichtern hörten sie nicht.

‚Ja, ja‘, sagte ein alter Gevollmächtigter, ‚da haben wir nun die Bescherung, und Proteste werden nicht helfen, da der Oberdeichgraf unserem Deichgrafen den Daumen hält!‘

‚Hast wohl recht, Detlev Wiens‘, setzte ein zweiter hinzu; ‚die Frühlingsarbeit steht vor der Tür, und nun soll auch ein millionenlanger Deich gemacht werden — da muß ja alles liegenbleiben.‘

‚Das könnt ihr dies Jahr noch zu Ende bringen‘, sagte Hauke; ‚so rasch wird der Stecken nicht vom Zaun gebrochen!‘

Das wollten wenige zugeben. ‚Aber dein Profil!‘ sprach ein Dritter, was Neues auf die Bahn bringend; ‚der Deich wird ja auch an der Außenseite nach dem Wasser so breit, wie Lawrenz sein Kind nicht lang war! Wo soll das Material herkommen? Wann soll die Arbeit fertig werden?‘

‚Wenn nicht in diesem, so im nächsten Jahr; es wird am meisten von uns selber abhängen!‘ sagte Hauke.

Ein ärgerliches Lachen ging durch die Gesellschaft. ‚Aber wozu die unnütze Arbeit; der Deich soll ja nicht höher werden als der alte‘, rief eine neue Stimme; ‚und ich mein‘, der steht schon über dreißig Jahre!‘

‚Da sagt ihr recht,‘ sprach Hauke, ‚vor dreißig Jahren ist der alte Deich gebrochen; dann rückwärts vor fünfunddreißig, und wiederum vor fünfundvierzig Jahren; seitdem aber, obgleich er noch immer steil und unvernünftig dasteht, haben die höchsten Fluten uns verschont. Der neue Deich aber soll trotz solcher hundert und aberhundert Jahre stehen; denn er wird nicht durchbrochen werden, weil der milde

Abfall nach der Seeseite den Wellen keinen Angriffspunkt entgegenstellt, und so werdet ihr für euch und eure Kinder ein sicheres Land gewinnen, und das ist es, weshalb die Herrschaft und der Oberdeichgraf mir den Daumen halten; das ist es auch, was ihr zu eurem eigenen Vorteil einsehen solltet!'

Als die Versammelten hierauf nicht sogleich zu antworten bereit waren, erhob sich ein alter weißhaariger Mann mühsam von seinem Stuhle; es war Frau Elkes Pate, Jewe Manners, der auf Haukes Bitten noch immer in seinem Gevollmächtigtenamt geblieben war. ‚Deichgraf Hauke Haien', sprach er, ‚du machst uns viel Unruhe und Kosten, und ich wollte, du hättest damit gewartet, bis mich der Herrgott hätt' zur Ruhe gehen lassen; aber — recht hast du, das kann nur die Unvernunft bestreiten. Wir haben Gott mit jedem Tag zu danken, daß er uns trotz unserer Trägheit das kostbare Stück Vorland gegen Sturm und Wasserdrang erhalten hat; jetzt ist es wohl die elfte Stunde, in der wir selbst die Hand anlegen müssen, es auch nach all unserem Wissen und Können selber uns zu wahren und auf Gottes Langmut weiter nicht zu trotzen. Ich, meine Freunde, bin ein Greis; ich habe Deiche bauen und brechen sehen; aber den Deich, den Hauke Haien nach ihm von Gott verliehener Einsicht projektiert und bei der Herrschaft für euch durchgesetzt hat, den wird niemand von euch Lebenden brechen sehen; und wolltet ihr ihm selbst nicht danken, eure Enkel werden ihm den Ehrenkranz doch einstens nicht versagen können!'

Jewe Manners setzte sich wieder; er nahm sein blaues Schnupftuch aus der Tasche und wischte sich ein paar Tropfen aus der Stirn. Der Greis war noch immer als ein Mann von Tüchtigkeit und unantastbarer Rechtschaffenheit bekannt, und da die Versammlung eben nicht geneigt war, ihm zuzustimmen, so schwieg sie weiter. Aber Hauke Haien nahm das Wort; doch sahen alle, daß er bleich geworden. ‚Ich danke Euch, Jewe Manners', sprach er, ‚daß Ihr noch hier seid und daß Ihr das Wort gesprochen habt; ihr anderen Herren Gevollmächtigten wollet den neuen Deichbau, der freilich mir zur Last fällt, zum mindesten ansehen als ein

Ding, das nun nicht mehr zu ändern steht, und lasset uns demgemäß beschließen, was not ist!'

‚Sprechet!' sagte einer der Gevollmächtigten. Und Hauke breitete die Karte des neuen Deiches auf dem Tische aus: ‚Es hat vorhin einer gefragt', begann er, ‚woher die viele Erde nehmen? — Ihr seht, so weit das Vorland in die Watten hinausgeht, ist außerhalb der Deichlinie ein Streifen Landes freigelassen; daher und von dem Vorlande, das nach Nord und Süd von dem neuen Koog an dem Deiche hinläuft, können wir die Erde nehmen; haben wir an den Wasserseiten nur eine tüchtige Lage Klei, nach innen oder in der Mitte kann auch Sand genommen werden! — Nun aber ist zunächst ein Feldmesser zu berufen, der die Linien des neuen Deiches auf dem Vorland absteckt! Der mir bei Ausarbeitung des Planes behilflich gewesen, wird wohl am besten dazu passen. Ferner werden wir zur Heranholung des Kleis oder sonstigen Materials die Anfertigung einspänniger Sturzkarren mit Gabeldeichsel bei einigen Stellmachern verdingen müssen; wir werden für die Durchdämmung des Prieles und nach den Binnenseiten, wo wir etwa mit Sand fürliebnehmen müssen, ich kann jetzt nicht sagen, wieviel hundert Fuder Stroh zur Bestickung des Deiches gebrauchen, vielleicht mehr, als in der Marsch hier wird entbehrlich sein! — Lasset uns denn beraten, wie zunächst dies alles zu beschaffen und einzurichten ist; auch die neue Schleuse hier an der Westseite gegen das Wasser zu ist später einem tüchtigen Zimmermann zur Herstellung zu übergeben.'

Die Versammelten hatten sich um den Tisch gestellt, betrachteten mit halbem Aug die Karte und begannen allgemach zu sprechen, doch war's, als geschähe es, damit nur überhaupt etwas gesprochen werde. Als es sich um Zuziehung des Feldmessers handelte, meinte einer der jüngeren: ‚Ihr habt es ausgesonnen, Deichgraf; Ihr müsset selbst am besten wissen, wer dazu taugen mag.'

Aber Hauke entgegnete: ‚Da ihr Geschworene seid, so müsset ihr aus eigener, nicht aus meiner Meinung sprechen, Jakob Meyen; und wenn ihr's dann besser sagt, so werd' ich meinen Vorschlag fallen lassen!'

‚Nun ja, es wird schon recht sein', sagte Jakob Meyen.

Aber einem der älteren war es doch nicht völlig recht; er hatte einen Bruderssohn; so einer im Feldmessen sollte hier in der Marsch noch nicht gewesen sein, der sollte noch über des Deichgrafen Vater, den seligen Tede Haien, gehen!

So wurde denn über die beiden Feldmesser verhandelt und endlich beschlossen, ihnen gemeinschaftlich das Werk zu übertragen. Ähnlich ging es bei den Sturzkarren, bei der Strohlieferung und allem anderen, und Hauke kam spät und fast erschöpft auf seinem Wallach, den er noch derzeit ritt, zu Hause an. Aber als er in dem alten Lehnstuhl saß, der noch von seinem gewichtigen, aber leichter lebenden Vorgänger stammte, war auch sein Weib ihm schon zur Seite: ‚Du siehst so müd aus, Hauke', sprach sie und strich mit ihrer schmalen Hand das Haar ihm von der Stirn.

‚Ein wenig wohl!' erwiderte er.

‚Und geht es denn?'

‚Es geht schon', sagte er mit bitterem Lächeln; ‚aber ich selber muß die Räder schieben und froh sein, wenn sie nicht zurückgehalten werden!'

‚Aber doch nicht von allen?'

‚Nein, Elke; dein Pate, Jewe Manners, ist ein guter Mann; ich wollt, er wär um dreißig Jahre jünger.'

*

Als nach einigen Wochen die Deichlinie abgesteckt und der größte Teil der Sturzkarren geliefert war, waren sämtliche Anteilbesitzer des einzudeichenden Kooges, ingleichen die Besitzer der hinter dem alten Deich gelegenen Ländereien, durch den Deichgrafen im Kirchspielkrug versammelt worden; es galt, ihnen einen Plan über die Verteilung der Arbeit und Kosten vorzulegen und ihre etwaigen Einwendungen zu vernehmen; denn auch die letzteren hatten, sofern der neue Deich und die neuen Siele die Unterhaltungskosten der älteren Werke verminderten, ihren Teil zu schaffen und zu tragen. Dieser Plan war für Hauke ein schwer Stück Arbeit gewesen, und wenn ihm durch Vermittlung des Oberdeichgrafen neben einem Deichboten nicht auch noch ein Deichschreiber wäre zugeordnet worden, er würde es so bald nicht fertiggebracht haben, obwohl auch jetzt wieder an jedem neuen Tage in die Nacht hinein gearbeitet wurde. Wenn er dann todmüde sein Lager suchte, so hatte nicht wie vordem sein Weib in nur verstelltem Schlafe seiner gewartet; auch sie hatte so vollgemessen ihre tägliche Arbeit, daß sie nachts wie am Grunde eines tiefen Brunnens in unstörbarem Schlafe lag.

Als Hauke jetzt seinen Plan verlesen und die Papiere, die freilich schon drei Tage hier im Kruge zur Einsicht ausgelegen hatten, wieder auf den Tisch breitete, waren zwar ernste Männer zugegen, die mit Ehrerbietung diesen gewissenhaften Fleiß betrachteten und sich nach ruhiger Überlegung den billigen Ansätzen ihres Deichgrafen unterwarfen; andere aber, deren Anteile an dem neuen Lande von ihnen selbst oder ihren Vätern oder sonstigen Vorbesitzern waren veräußert worden, beschwerten sich, daß sie zu den Kosten des neuen Kooges hinzugezogen seien, dessen Land sie nichts mehr angehe, uneingedenk, daß durch die neuen Arbeiten auch ihre alten Ländereien nach und nach entbürdet würden; und wieder andere, die mit Anteilen in dem neuen Koog gesegnet waren, schrien, man möge ihnen doch dieselben abnehmen, sie sollten um ein Geringes feil sein; denn wegen der unbilligen Leistungen, die ihnen dafür aufgebürdet würden, könnten sie nicht damit bestehen. Ole Peters aber, der mit grimmigen Gesicht am Türpfosten lehnte, rief dazwischen: ‚Besinnt euch erst und dann vertraut unserem Deichgrafen! Der versteht zu rechnen; er hatte schon die meisten Anteile, da wußte er auch mir die meinen abzuhandeln, und als er sie hatte, beschloß er, diesen neuen Koog zu deichen!'

Es war nach diesen Worten einen Augenblick totenstill in der Versammlung. Der Deichgraf stand an dem Tisch, auf den er zuvor seine Papiere gebreitet hatte; er hob seinen Kopf und sah nach Ole Peters hinüber: ‚Du weißt wohl, Ole Peters', sprach er, ‚daß du mich verleumdest; du tust es dennoch, weil du überdies auch weißt, daß doch ein gut Teil des Schmutzes, womit du mich bewirfst, an mir wird hängen bleiben! Die Wahrheit ist, daß du deine Anteile los sein wolltest, und daß ich ihrer derzeit für Schafzucht bedurfte; und willst du Weiteres wissen, das ungewaschene Wort, das dir im Krug vom Munde gefahren, ich sei nur Deichgraf meines Weibes wegen, das hat mich aufgerüttelt, und ich hab euch zeigen wollen, daß ich wohl um meiner selbst willen Deichgraf sein könne; und somit, Ole Peters, hab ich getan, was schon der Deichgraf vor mir hätte tun sollen. Trägst du mir aber Groll, daß derzeit deine Anteile die meinen geworden sind — du hörst es ja, es sind genug, die jetzt die ihrigen um ein Billiges feilbieten, nur weil die Arbeit ihnen jetzt zu viel ist!‘

Von einem kleinen Teil der versammelten Männer ging ein Beifallsmurmeln aus, und der alte Jewe Manners, der dazwischenstand, rief laut: ‚Bravo, Hauke Haien! Unser Herrgott wird dir dein Werk gelingen lassen!‘

Aber man kam doch nicht zu Ende, obgleich Ole Peters schwieg und die Leute erst zum Abendbrote auseinandergingen; erst in einer zweiten Versammlung wurde alles geordnet; aber auch nur, nachdem Hauke statt der ihm zukommenden drei Gespanne für den nächsten Monat deren vier auf sich genommen hatte.

Endlich, als schon die Pfingstglocken durch das Land läuteten, hatte die Arbeit begonnen: unablässig fuhren die Sturzkarren von dem Vorlande an die Deichlinie, um den geholten Klei dort abzustürzen, und gleicherweise war dieselbe Anzahl schon wieder auf der Rückfahrt, um auf dem Vorlande neuen aufzuladen; an der Deichlinie selber standen Männer mit Schaufeln und Spaten, um das Abgeworfene an seinen Platz zu bringen und zu ebnen; ungeheure Fuder Stroh wurden angefahren und abgeladen; nicht nur zur Bedeckung des leichteren Materials, wie Sand und lose Erde, dessen man an den Binnenseiten sich bediente, wurde das Stroh benutzt; allmählich wurden einzelne Strecken des Deiches fertig, und die Grassoden, womit man sie belegt hatte, wurden stellenweise zum Schutz gegen die nagenden Wellen mit fester Strohbestickung überzogen. Bestellte Aufseher gingen hin und her, und wenn es stürmte, standen sie mit aufgerissenen Mäulern und schrien ihre Befehle durch Wind und Wetter; dazwischen ritt der Deichgraf auf seinem Schimmel, den er jetzt ausschließlich im Gebrauch hatte, und das Tier flog mit dem Reiter hin und wieder, wenn er rasch und trocken seine Anordungen machte, wenn er die Arbeiter lobte oder, wie es wohl geschah, einen Faulen oder Ungeschickten ohn'Erbarmen aus der Arbeit wies. ‚Das hilft nicht!' rief er dann; ‚um deine Faulheit darf uns nicht der Deich verderben!' Schon von weitem, wenn er unten aus dem Koog heraufkam, hörten sie das Schnauben seines Rosses, und alle Hände faßten fester in die Arbeit: ‚Frisch zu! Der Schimmelreiter kommt!'

War es um die Frühstückszeit, wo die Arbeiter mit ihrem Morgenbrot haufenweise beisammen auf der Erde lagen, dann ritt Hauke an den verlassenen Werken entlang, und seine Augen waren scharf, wo liederliche Hände den Spaten geführt hatten. Wenn er aber zu den Leuten ritt und ihnen auseinandersetzte, wie die Arbeit müsse geschafft werden, sahen sie wohl zu ihm auf und kauten geduldig an ihrem Brote weiter; aber eine Zustimmung oder auch nur eine Äußerung hörte er nicht von ihnen. Einmal zu solcher Tageszeit, es war schon spät, da er an einer Deichstelle die Arbeit in besonderer Ordnung befunden hatte, ritt er zu dem nächsten Haufen der Frühstückenden, sprang von seinem Schimmel und fragte heiter, wer dort so sauberes Tagewerk verrichtet hätte; aber sie sahen ihn nur scheu und düster an, und nur langsam und wie widerwillig wurden ein paar Namen genannt. Der Mensch, dem er sein Pferd gegeben hatte, das ruhig wie ein Lamm stand, hielt es mit beiden Händen und blickte wie angstvoll nach den schönen Augen des Tieres, die es, wie gewöhnlich, auf seinen Herrn gerichtet hielt.

‚Nun, Marten!' rief Hauke; ‚was stehst du, als ob dir der Donner in die Beine gefahren sei?'

‚Herr, Euer Pferd, es ist so ruhig, als ob es Böses vorhabe!'

Hauke lachte und nahm das Pferd selbst am Zügel, das sogleich liebkosend den Kopf an seiner Schulter rieb. Von den Arbeitern sahen einige scheu zu Roß und Reiter hinüber, andere, als ob das alles sie nicht kümmere, aßen schweigend ihre Frühkost, dann und wann den Möwen einen Brocken hinaufwerfend, die sich den Futterplatz gemerkt hatten und mit ihren schlanken Flügeln sich fast auf ihre

Köpfe senkten. Der Deichgraf blickte eine Weile wie gedankenlos auf die bettelnden Vögel und wie sie die zugeworfenen Bissen mit ihren Schnäbeln haschten; dann sprang er in den Sattel und ritt, ohne sich nach den Leuten umzusehen, davon; einige Worte, die jetzt unter ihnen laut wurden, klangen ihm fast wie Hohn. ‚Was ist das?' sprach er bei sich selber. ‚Hatte denn Elke recht, daß sie alle gegen mich sind? Auch diese Knechte und kleinen Leute, von denen vielen durch meinen neuen Deich doch eine Wohlhabenheit ins Haus wächst?'

Er gab seinem Pferde die Sporen, daß es wie toll in den Koog hinabflog. Von dem unheimlichen Glanze freilich, mit dem sein früherer Dienstjunge den Schimmelreiter bekleidet hatte, wußte er selber nichts; aber die Leute hätten ihn jetzt nur sehen sollen, wie aus seinem hageren Gesicht die Augen starrten, wie sein Mantel flog und wie der Schimmel sprühte!

So war der Sommer und der Herbst vergangen; noch bis gegen Ende November war gearbeitet worden; dann geboten Frost und Schnee dem Werke Halt; man war nicht fertig geworden und beschloß, den Koog offen liegen zu lassen. Acht Fuß ragte der Deich aus der Fläche hervor; nur wo westwärts gegen das Wasser hin die Schleuse gelegt werden sollte, hatte man eine Lücke gelassen; auch oben vor dem alten Deiche war der Priel noch unberührt. So konnte die Flut, wie in den letzten dreißig Jahren, in den Koog hineindringen, ohne dort oder an dem neuen Deiche großen Schaden anzurichten. Und so überließ man dem großen Gott das Werk der Menschenhände und stellte es in seinen Schutz, bis die Frühlingssonne die Vollendung würde möglich machen.

Inzwischen hatte im Hause des Deichgrafen sich ein frohes Ereignis vorbereitet: im neunten Ehejahr war noch ein Kind geboren worden. Es war rot und hutzelig und wog seine sieben Pfund, wie es für neugeborene Kinder sich gebührt, wenn sie, wie dies, dem weiblichen Geschlecht angehören; nur sein Geschrei war wunderlich verhohlen und hatte der Wehmutter nicht gefallen wollen. Das Schlimmste war: am dritten Tage lag Elke im hellem Kindbettfieber, redete Irrsal und kannte weder ihren Mann noch ihre alte Helferin. Die unbändige Freude, die Hauke beim Anblick seines Kindes ergriffen hatte, war zu Trübsal geworden; der Arzt aus der Stadt war geholt, er saß am Bett und fühlte den Puls und verschrieb und sah ratlos um sich her. Hauke schüttelte den Kopf: ‚Der hilft nicht; nur Gott kann helfen!' Er hatte sich sein eigen Christentum zurecht gerechnet, aber es war etwas, das sein Gebet zurückhielt. Als der alte Doktor davongefahren war, stand er am Fenster, in den winterlichen Tag hinausstarrend, und während die Kranke aus ihren Phantasien aufschrie, schränkte er die Hände zusammen; er wußte selber nicht, war es aus Andacht oder war es nur, um in der ungeheuren Angst sich selbst nicht zu verlieren.

‚Wasser! Das Wasser!' wimmerte die Kranke. ‚Halt mich!' schrie sie; ‚halt mich, Hauke!' Dann sank die Stimme; es klang, als ob sie weinte: ‚In See, ins Haff hinaus? O lieber Gott, ich seh ihn nimmer wieder!'

Da wandte er sich und schob die Wärterin von ihrem Bette; er fiel auf seine Knie, umfaßte sein Weib und riß sie an sich: ‚Elke, Elke, so kenn mich doch, ich bin ja bei dir!'

Aber sie öffnete nur die fieberglühenden Augen weit und sah wie rettungslos verloren um sich.

Er legte sie zurück auf ihre Kissen; dann krampfte er die Hände ineinander: ‚Herr, mein Gott', schrie er; ‚nimm sie mir nicht! Du weißt ja, ich kann sie nicht entbehren!' Dann war's, als ob er sich besinne, und leise setzte er hinzu: ‚Ich weiß ja wohl, du kannst nicht allezeit, wie du willst, auch du nicht; du bist allweise; du mußt nach deiner Weisheit tun — o Herr, sprich nur durch einen Hauch zu mir!'

Es war, als ob plötzlich eine Stille eingetreten sei; er hörte nur ein leises Atmen; als er sich zum Bette kehrte, lag sein Weib in ruhigen Schlaf, nur die Wärterin sah mit entsetzten Augen auf ihn. Er hörte die Tür gehen. ‚Wer war das', fragte er.

‚Herr, die Magd Ann Grete ging hinaus; sie hatte den Warmkorb hereingebracht.'

‚Was sieht Sie mich denn so verfahren an, Frau Levke?'

‚Ich? Ich hab mich ob Eurem Gebet erschrocken; damit betet Ihr keinen vom Tode los!'

Hauke sah sie mit seinen durchdringenden Augen an: ‚Besucht Sie denn auch, wie unsere Ann Grete, die Konventikel bei dem holländischen Flickschneider Jantje?'

„Ja Herr; wir haben beide den lebendigen Glauben!'

Hauke antwortete ihr nicht. Das damals stark im Schwange gehende Konventikelwesen hatte auch unter den Friesen seine Blüten getrieben; heruntergekommene Handwerker, oder wegen Trunkes abgesetzte Schulmeister spielten darin die Hauptrollen, und Dirnen, junge und alte Weiber, Faulenzer und einsame Menschen liefen eifrig in die heimlichen Versammlungen, in denen jeder den Priester spielen konnte. Aus des Deichgrafen Hause brachten Annie Grete und der in sie verliebte Dienstjunge ihre freien Abende dort zu. Freilich hatte Elke ihre Bedenken darüber gegen Hauke nicht zurückgehalten; aber er hatte gemeint, in Glaubenssachen solle man keinem dreinreden: das schade niemandem, und besser dort noch als im Schnapskrug!

So war es dabei geblieben, und so hatte er auch jetzt geschwiegen. Aber freilich über ihn schwieg man nicht, seine Gebetsworte liefen um von Haus zu Haus: er hatte Gottes Allmacht bestritten; was war ein Gott denn ohne Allmacht? Er war ein Gottesleugner; die Sache mit dem Teufelspferde mochte auch am Ende richtig sein!

Hauke erfuhr nichts davon; er hatte in diesen Tagen nur Ohren und Augen für sein Weib, selbst das Kind war für ihn nicht mehr auf der Welt.

Der alte Arzt kam wieder, kam jeden Tag, mitunter zweimal, blieb dann eine ganze Nacht, schrieb wieder ein Rezept, und der Knecht Iven Johns ritt damit im Flug zur Apotheke. Dann aber wurde sein Gesicht freundlicher, er nickte dem Deichgrafen vertraulich zu: ‚Es geht! Es geht! Mit Gottes Hilfe!' Und eines Tages — hatte nun seine Kunst die Krankheit besiegt, oder hatte auf Haukes Gebet der liebe Gott doch noch einen Ausweg finden können —, als der Doktor mit der Kranken allein war, sprach er zu ihr, und seine alten Augen lachten: ‚Frau, jetzt kann ich's getrost Euch sagen: heut hat der Doktor seinen Festtag; es stand schlimm um Euch, aber nun gehöret Ihr wieder zu uns, zu den Lebendigen!'

Da brach es wie ein Strahlenmeer aus ihren dunklen Augen: ‚Hauke! Hauke, wo bist du?' rief sie, und als er auf den hellen Ruf ins Zimmer und an ihr Bett stürzte, schlang sie die Arme um seinen Nacken: ‚Hauke, mein Mann, gerettet! Ich bleibe bei dir!'

Da zog der alte Doktor sein seiden Schnupftuch aus der Tasche und fuhr sich damit über Stirn und Wangen und ging kopfnickend aus dem Zimmer.

Am dritten Abend nach diesem Tage sprach ein frommer Redner — es war ein vom Deichgrafen aus der Arbeit gejagter Pantoffelmacher — im Konvertikel bei dem holländischen Schneider, da er seinen Zuhörern die Eigenschaften Gottes auseinandersetzte: ‚Wer aber Gottes Allmacht widerstreitet, wer da sagt: ich weiß, du kannst nicht, was du willst — wir kennen den Unglückseligen ja alle; er lastet gleich einem Stein auf der Gemeinde — der ist von Gott gefallen und sucht den Feind Gottes, den Freund der Sünde, zu seinem Tröster; denn nach irgendeinem Stabe muß die Hand des Menschen greifen. Ihr aber hütet euch vor dem, der also betet; sein Gebet ist Fluch!'

Auch das lief um von Haus zu Haus. Was läuft nicht um in einer kleinen Gemeinde? Und auch zu Haukes Ohren kam es. Er sprach kein Wort darüber, nicht einmal zu seinem Weibe; nur mitunter konnte er sie heftig umfassen und an sich ziehen: ‚Bleib mir treu, Elke! Bleib mir treu!' — Dann sahen ihre Augen voll Staunen zu ihm auf: ‚Dir treu? Wem sollte ich denn anders treu sein?' — Nach einer kurzen Weile aber hatte sie sein Wort verstanden: ‚Ja, Hauke, wir sind uns treu; nicht nur, weil wir uns brauchen.' Und dann ging jedes seinen Arbeitsweg.

Das wäre soweit gut gewesen; aber es war doch trotz aller lebendigen Arbeit eine Einsamkeit um ihn, und in seinem Herzen nistete sich ein Trotz und abgeschlossenes Wesen gegen andere Menschen ein; nur gegen sein Weib blieb er allezeit der gleiche, und an der Wiege seines Kindes lag er abends und morgens auf den Knien, als sei dort die Stätte seines ewigen Heils. Gegen Gesinde und Arbeiter aber wurde er strenger; die Ungeschickten und Fahrlässigen, die er früher durch ruhigen Tadel zurechtgewiesen hatte, wurden jetzt durch hartes Anfahren aufgeschreckt, und Elke ging mitunter leise bessern.

*

Als der Frühling nahte, begannen wieder die Deicharbeiten; mit einem Kajedeich wurde zum Schutz der jetzt aufzubauenden neuen Schleuse die Lücke in der westlichen Deichlinie geschlossen, halbmondförmig nach innen und ebenso nach außen; und gleich der Schleuse wuchs allmählich auch der Hauptdeich zu seiner immer rascher herzustellenden Höhe empor. Leichter wurde dem leitenden Deichgrafen seine Arbeit nicht, denn an Stelle des im Winter verstorbenen Jewe Manners war Ole Peters als Deichgevollmächtigter eingetreten. Hauke hatte nicht versuchen wollen, es zu verhindern; aber anstatt der ermutigenden Worte, und der dazugehörigen zutunlichen Schläge auf seine linke Schulter, die er so oft von dem alten Paten seines Weibes einkassiert hatte, kamen ihm jetzt von dem Nachfolger ein heimliches Widerhalten und unnötige Einwände und waren mit unnötigen Gründen zu bekämpfen; denn Ole gehörte zwar zu den Wichtigen, aber in Deichsachen nicht zu den Klugen; auch war von früher her der ‚Schreiberknecht' ihm immer noch im Wege.

Der glänzendste Himmel breitete sich wieder über Meer und Marsch, und der Koog wurde wieder bunt von starken Rindern, deren Gebrüll von Zeit zu Zeit die weite Stille unterbrach; unablässig sangen in hoher Himmelsluft die Lerchen, aber man hörte es erst, wenn einmal auf eines Atemzuges Länge der Gesang verstummt war. Kein Unwetter störte die Arbeit, und die Schleuse stand schon mit ihrem ungestrichenen Balkengefüge, ohne das auch nur in einer Nacht sie seines Schutzes von dem Interimsdeich bedurft hätte; der Herrgott schien seine Gunst dem neuen Werke zuzuwenden. Auch Frau Elkes Augen lachten ihrem Manne zu, wenn er auf seinem Schimmel draußen von dem Deiche nach Hause kam: ‚Bist doch ein braves Tier geworden!' sagte sie dann und klopfte den blanken Hals des Pferdes. Hauke aber, wenn sie das Kind am Halse hatte, sprang herab und ließ das winzige Dinglein auf seinem Armen tanzen; wenn dann der Schimmel seine braunen Augen auf das Kind gerichtet hielt, dann sprach er wohl: ‚Komm her; sollst auch die Ehre haben!' und setzte die kleine Wienke — denn so war sie getauft worden — auf seinen Sattel und führte den Schimmel auf der Werft im Kreise herum. Auch der alte Eschenbaum hatte mitunter die Ehre; er setzte das Kind auf einen schwankenden Ast und ließ es schaukeln. Die Mutter stand mit lachenen Augen in der Haustür; das Kind aber lachte nicht, seine Augen, zwischen denen ein feines Näschen stand, schaute ein wenig stumpf ins Weite, und die kleinen Hände griffen nicht nach dem Stöckchen, das der Vater ihm hinhielt. Hauke achtete nicht darauf, er wußte auch nichts von so kleinen Kindern; nur Elke, wenn sie das helläugige Mädchen auf dem Arm ihrer Arbeitsfrau erblickte, die mit ihr zugleich das Wochenbett bestanden hatte, sagte mitunter schmerzlich: ‚Das meine ist noch nicht so weit wie deins, Stina!' und die Frau, ihren dicken Jungen, den sie an der Hand hatte, mit derber Liebe schüttelnd, rief dann wohl: ‚Ja, Frau, die Kinder sind verschieden; der da, der stahl mir schon die Äpfel aus der Kammer, bevor er übers zweite Jahr hinaus war!' Und Elke strich dem dicken Buben sein Kraushaar aus den Augen und drückte dann heimlich ihr stilles Kind ans Herz.

Als es in den Oktober hineinging, stand an der Westseite die neue Schleuse schon fest in dem von beiden Seiten schließenden Hauptdeich, der bis auf die Lücken bei dem Priele nun mit seinem sanften Profile ringsum nach den Wasserseiten abfiel und um fünfzehn Fuß die ordinäre Flut überragte. Von seiner Nordwestecke sah man an Jevershallig vorbei ungehindert in das Wattenmeer hinaus; aber freilich auch die Winde faßten hier schärfer; die Haare flogen, und wer hier ausschauen wollte, der mußte die Mütze fest auf dem Kopf haben.

Zu Ende November, wo Sturm und Regen eingefallen waren, blieb nur noch hart am alten Deiche die Schlucht zu schließen, auf deren Grunde an der Nordseite das Meerwasser durch den Priel in den neuen Koog hineinschoß. Zu beiden Seiten standen die Wände des Deiches; der Abgrund zwischen ihnen mußte jetzt verschwinden. Ein trocken Sommerwetter hätte die Arbeit wohl erleichtert; aber auch so mußte sie getan werden, denn ein aufbrechender Sturm konnte das ganze Werk gefährden. Und Hauke setzte alles daran, um jetzt den Schluß herbeizuführen. Der Regen strömte, der Wind pfiff; aber seine hagere Gestalt auf dem feurigen Schimmel tauchte bald hier, bald dort aus den schwarzen Menschenmassen empor, die oben wie unten an der Nordseite des Deiches beschäftigt waren. Jetzt sah man ihn unten bei den Sturzkarren, die schon weither die Kleierde aus dem Vorlande hohlen mußten, und von denen eben ein gedrängter Haufen bei dem Priele anlangte und seine Last dort abzuwerfen suchte. Durch das Geklatsch des Regens und des Brausen des Windes klangen von Zeit zu Zeit die scharfen Befehlsworte des Deichgrafen, der heute hier allein gebieten wollte; er rief die Karren nach den Nummern vor und wies die Drängenden zurück; ein ‚Halt!‘ scholl von seinem Munde, dann ruhte unten die Arbeit; ‚Stroh! Ein Fuder Stroh hinab!‘ rief er denen droben zu, und von einem der oben haltenden Fuder stürzte es auf den nassen Klei hinunter. Unten sprangen Männer dazwischen und zerrten es auseinander und schrien nach oben, sie nur nicht zu begraben. Und wieder kamen neue Karren, und Hauke war schon wieder oben und sah von seinem Schimmel in die Schlucht hinab, und wie sie dort schaufelten und stürzten; dann warf er seine Augen nach dem Haff hinaus. Es wehte scharf, und er sah, wie mehr und mehr der Wassersaum am Deich hinaufklomm und wie die Wellen sich noch höher hoben; er sah auch, wie die Leute troffen und kaum atmen konnten in der schweren Arbeit vor dem Winde, der ihnen die Luft am Munde abschnitt, und vor dem kalten Regen, der sie überströmte. ‚Aushalten, Leute! Aushalten!‘ schrie er zu ihnen hinab. ‚Nur ein Fuß noch höher; dann ist's genug für diese Flut!‘ Und durch alles Getöse des Wetters hörte man das Geräusch der Arbeiter: das Klatschen der hineingestürzten Kleimassen, das Rasseln der Karren und das Rauschen des von oben hinabgelassenen Strohs ging unaufhaltsam vorwärts; dazwischen war mitunter das Winseln eines kleinen gelben Hundes laut geworden, der frierend und wie verloren zwischen Menschen und Fuhrwerken herumgestoßen wurde; plötzlich aber scholl ein jammervoller Schrei des kleinen Tieres von unten aus der Schlucht herauf. Hauke blickte hinab; er hatte es von oben hinunterschleudern sehen; eine jähe Zornröte stieg ihm ins Gesicht. ‚Halt! Haltet ein!' schrie er zu den Karren hinunter; denn der nasse Klei wurde unaufhaltsam aufgeschüttet.

‚Warum?' schrie eine rauhe Stimme von unten herauf; ‚doch um die elende Hundekreatur nicht?'

‚Halt! sag ich', schrie Hauke wieder; ‚bring mir den Hund! Bei unserem Werke soll kein Frevel sein!'

Aber es rührte sich keine Hand; nur ein paar Spaten zähen Kleies flogen noch neben das schreiende Tier. Da gab er seinem Schimmel die Sporen, daß das Tier einen Schrei ausstieß, und stürmte den Deich hinab, und alles wich vor ihm zurück. ‚Den Hund!' schrie er; ‚ich will den Hund!'

Eine Hand schlug sanft auf seine Schulter, als wäre es die Hand des alten Jewe Manners, doch als er umsah, war es nur ein Freund des Alten.

‚Nehmt Euch in acht, Deichgraf!' raunte der ihm zu. ‚Ihr habt nicht Freunde unter diesen Leuten; laßt es mit dem Hunde gehen!'

Der Wind pfiff, der Regen klatschte; die Leute hatten die Spaten in den Grund gesteckt, einige sie fortgeworfen. Hauke neigte sich zu dem Alten: ‚Wollt Ihr meinen Schimmel halten, Harke Jens?' fragte er; und als jener noch kaum den Zügel in der Hand hatte, war Hauke schon in die Kluft gesprungen und hielt das kleine winselnde Tier in seinem Arm; und fast im selben Augenblick saß er auch wieder hoch im Sattel und sprengte auf den Deich zurück. Seine Augen flogen über die Männer, die bei den Wagen standen. ‚Wer war es?' rief er. ‚Wer hat die Kreatur hinabgeworfen?'

Einen Augenblick schwieg alles, denn aus dem hageren Gesicht des Deichgrafen sprühte der Zorn, und sie hatten abergläubische Furcht vor ihm. Da trat von einem Fuhrwerk ein stiernackiger Kerl vor ihn hin. ‚Ich tat es nicht, Deichgraf', sagte er und biß von einer Rolle Kautabak ein Endchen ab, das er sich erst ruhig in den Mund schob;

‚aber der es tat, hat recht getan; soll Euer Deich sich halten, so muß was Lebiges hinein!'

‚Was Lebiges? Aus welchem Katechismus hast du das gelernt?'

‚Aus keinem, Herr!' entgegnete der Kerl, und aus seiner Kehle stieß ein freches Lachen; ‚das haben unsere Großväter schon gewußt, die sich mit Euch im Christentum wohl messen durften! Ein Kind ist besser noch; wenn das nicht da ist, tut's auch wohl ein Hund!'

‚Schweig du mit deinen Heidenlehren', schrie ihn Hauke an, ‚es stopfte besser, wenn man dich hineinwürfe.'

‚Oho!' erscholl es; aus einem Dutzend Kehlen war der Laut gekommen, und der Deichgraf gewahrte ringsrum grimmige Gesichter und geballte Fäuste; er sah wohl, daß das keine Freunde waren; der Gedanke an seinen Deich überfiel ihn wie ein Schrecken: was sollte werden, wenn jetzt alle ihre Spaten hinwürfen? — Und als er nun den Blick nach unten richtete, sah er wieder den Freund des alten Jewe Manners; der ging dort zwischen den Arbeitern, sprach zu dem und jenem, lachte hier einem zu, klopfte dort mit freundlichem Gesicht einem auf die Schulter, und einer nach dem anderen faßte wieder seinen Spaten; noch einige Augenblicke, und die Arbeit war wieder in vollem Gange. — Was wollte er denn noch? Der Priel mußte geschlossen werden, und den Hund barg er sicher genug in den Falten seines Mantels. Mit plötzlichem Entschluß wandte er seinen Schimmel gegen den nächsten Wagen: ‚Stroh an die Kante!' rief er herrisch, und wie mechanisch gehorchte ihm der Fuhrknecht; bald rauschte es hinab in die Tiefe, und von allen Seiten regte es sich aufs neue und mit allen Armen.

Eine Stunde wurde noch so gearbeitet; es war nach sechs Uhr, und schon brach tiefe Dämmerung herein; der Regen hatte aufgehört, da rief Hauke die Aufseher an sein Pferd: ‚Morgen früh vier Uhr', sagte er, ‚ist alles wieder auf dem Platz; der Mond wird noch am Himmel sein; da machen wir mit Gott den Schluß! Und dann noch eins!' rief er, als sie gehen wollten: ‚Kennt ihr den Hund?' und er nahm das zitternde Tier aus seinem Mantel.

Sie verneinten das; nur einer sagte: ‚Der hat sich tagelang schon im Dorf herumgebettelt; der gehört gar keinem!'
‚Dann ist er mein!' entgegnete der Deichgraf. ‚Vergesset nicht: morgen früh vier Uhr!' und ritt davon.
Als er heimkam, trat Ann Grete aus der Tür; sie hatte saubere Kleidung an, und es fuhr ihm durch den Kopf, sie gehe jetzt zum Konventikelschneider: ‚Halt die Schürze auf!' rief er ihr zu, und da sie es unwillkürlich tat, warf er das kleibeschmutzte Hündlein ihr hinein: ‚Bring ihn der kleinen Wienke; er soll ihr Spielkamerad werden! Aber wasch und wärm ihn zuvor; so tust du auch ein gottgefällig Werk, denn die Kreatur ist schier verkommen.'
Und Ann Grete konnte nicht lassen, ihrem Wirt Gehorsam zu leisten, und kam deshalb heute nicht in den Konventikel.

*

Und am anderen Tage wurde der letzte Spatenstich am neuen Deiche getan; der Wind hatte sich gelegt; in anmutigem Fluge schwebten Möwen über Land und Wasser hin und wieder; von Jevershallig tönte das tausendstimmige Geknorr der Rotgänse, die sich's noch heute an der Küste der Nordsee wohl sein ließen, und aus den weißen Morgennebeln, welche die weite Marsch bedeckten, stieg allmählich ein goldener Herbsttag und beleuchtete das neue Werk der Menschenhände.
Nach einigen Wochen kamen mit dem Oderdeichgrafen die herrschaftlichen Kommissäre zur Besichtigung desselben; ein großes Festmahl, das erste nach dem Leichenmahl des alten Volkerts, wurde im deichgräflichen Hause gehalten; alle Deichgevollmächtigten und die größeren Interessenten waren dazu geladen. Nach Tische wurden sämtliche Wagen der Gäste und des Deichgrafen angespannt; Frau Elke wurde von dem Oberdeichgrafen in die Karriole gehoben, vor der der braune Wallach mit seinen Hufen stampfte; dann sprang er selber hintennach und nahm die Zügel in die Hand; er wollte die gescheite Frau seines Deichgrafen selber fahren. So ging es munter von der Werfte und in den Weg hinaus, den Akt zum neuen Deich hinan und auf dem-

selben um den jungen Koog herum. Es war inzwischen ein leichter Nordwestwind aufgekommen, und an der Nord- und Westseite des neuen Deiches wurde die Flut hinaufgetrieben; aber es war unverkennbar, der sanfte Abfall bedingte einen sanfteren Anschlag; aus dem Munde der herrschaftlichen Kommissäre strömte das Lob des Deichgrafen, daß die Bedenken, welche hier und da von den Gevollmächtigten dagegen langsam vorgebracht wurden, gar bald darin erstickten.

Auch das ging vorüber; aber noch eine Genugtuung empfing der Deichgraf eines Tages, da er in stillem, selbstbewußtem Sinnen auf dem neuen Deich entlang ritt. Es mochte ihm wohl die Frage kommen, weshalb der Koog, der ohne ihn nicht da wäre, in dem sein Schweiß und seine Nachtwachen steckten, nun schließlich nach einer der herrschaftlichen Prinzessinnen ‚der neue Karolinenkoog' getauft sei; aber es war doch so: auf allen dahingehörigen Schriftstücken stand der Name, auf einigen sogar in roter Frakturschrift. Da, als er aufblickte, sah er zwei Arbeiter mit ihren Feldgerätschaften, der eine etwa zwanzig Schritte hinter dem anderen sich entgegenkommen: ‚So wart' doch!' hörte er den Nachfolgenden rufen; der andere aber — er stand eben an einem Akt, der in den Koog hinunterführte — rief ihm entgegen: ‚Ein andermal, Jens! Es ist schon spät; ich soll hier Klei schlagen!'

‚Wo denn?'

‚Nun hier, im Hauke-Haien-Koog!'

Er rief es laut, indem er den Akt hinabtrabte, als solle die ganze Marsch es hören, die darunter lag. Hauke aber war es, als höre er seinen Ruhm verkünden; er hob sich im Sattel, gab seinem Schimmel die Sporen und sah mit festen Augen über die weite Landschaft hin, die zu seiner Linken lag. ‚Hauke-Haien-Koog!' wiederholte er leis; das klang, als könnte es alle Zeit nicht anders heißen! Mochten sie trotzen, wie sie wollten, um seinen Namen war doch nicht herumzukommen; der Prinzessinnen-Name — würde er nicht bald nur noch in alten Schriften modern? — Der Schimmel ging in stolzem Galopp; vor seinen Ohren aber summte es: ‚Hauke-Haien-Koog!' In seinen Gedanken wuchs fast der neue Deich zu einem echten Weltwunder; in ganz Friesland war nicht seinesgleichen! Und er ließ den Schimmel tanzen; ihm war, er stünde inmitten aller Friesen; er überragte sie um Kopfeshöhe, und seine Blicke flogen scharf und mitleidig über sie hin.

Allmählich waren drei Jahre seit der Eindeichung hingegangen; das neue Werk hatte sich bewährt, die Reparaturkosten waren nur gering gewesen; im Kooge aber blühte jetzt fast überall der weiße Klee, und ging man über die geschützten Weiden, so trug der Sommerwind einem ganze Wolken süßen Duftes entgegen. Da war die Zeit gekommen, die bisher nur idealen Anteile in wirkliche zu verwandeln und allen Teilnehmern ihre bestimmten Stücke für immer eigentümlich zuzusetzen. Hauke war nicht müßig gewesen, vorher noch einige neue zu erwerben; Ole Peters hatte sich verbissen zurückgehalten, ihm gehörte nichts im neuen Kooge. Ohne Verdruß und Streit hatte auch so die Teilung nicht abgehen können, aber fertig war er gleichwohl geworden; auch dieser Tag lag hinter dem Deichgrafen.

*

Fortan lebte er einsam seinen Pflichten als Hofwirt wie als Deichgraf und denen, die ihm am nächsten angehörten; die alten Freunde waren nicht mehr in der Zeitlichkeit, neue zu erwerben, war er nicht geeignet. Aber unter seinem Dach war Frieden, den auch das stille Kind nicht störte; es sprach wenig, das stete Fragen, was den aufgeweckten Kindern eigen ist, kam selten und meist so, daß dem Gefragten die Antwort darauf schwer wurde; aber ihr liebes einfältiges Gesichtlein trug fast immer den Ausdruck der Zufriedenheit. Zwei Spielkameraden hatte sie, die waren ihr genug: wenn sie über die Werfte wanderte, sprang das gerettete gelbe Hündlein stets um sie herum, und wenn der Hund sich zeigte, war auch Klein-Wienke nicht fern. Der zweite Kamerad war eine Lachmöwe, und wie der Hund ‚Perle‘, so hieß die Möwe ‚Claus‘.

Claus war durch ein greises Menschenkind auf dem Hofe installiert worden: die achtzigjährige Trin' Jans hatte in ihrer Kate auf dem Außendeich sich nicht mehr durchbringen können; da hatte Frau Elke gemeint, die verlebte Dienstmagd ihres Großvaters könnte bei ihnen noch ein paar stille Abendstunden und eine gute Sterbekammer finden, und so, halb mit Gewalt, war sie von ihr und Hauke nach dem Hofe geholt und in dem Nordwest-Stübchen der neuen Scheuer untergebracht worden, die der Deichgraf vor einigen Jahren neben dem Haupthause bei der Vergrößerung seiner Wirtschaft hatte bauen müssen. Ein paar der Mägde hatten daneben ihre Kammer erhalten und konnten der Greisin nachts zur Hand gehen. Rings an den Wänden hatte sie ihr altes Hausgerät: eine Schatulle von Zuckerkistenholz, darüber zwei bunte Bilder vom verlorenen Sohn, ein längst zur Ruhe gestelltes Spinnrad und ein sehr sauberes Gardinenbett, vor dem ein ungefüger, mit dem weißen Fell des weiland Angorakaters überzogener Schemel stand. Aber auch was Lebiges hatte sie noch um sich gehabt und mit hierhergebracht: das war die Möwe Claus, die sich schon jahrelang zu ihr gehalten hatte und von ihr gefüttert worden war; freilich, wenn es Winter wurde, flog sie mit den anderen Möwen südwärts und kam erst wieder, wenn am Strand der Wermut duftete.

Die Scheuer lag etwas tiefer in der Werfte; die Alte konnte von ihrem Fenster aus nicht über den Deich auf die See hinausblicken. ‚Du hast mich hier als wie gefangen, Deichgraf!' murrte sie eines Tages, als Hauke zu ihr eintrat, und wies mit ihrem verkrümmten Finger nach den Fennen hinaus, die sich dort unten breiteten. ‚Wo ist denn Jeverssand? Da über den roten oder über den schwarzen Ochsen hinaus?'

‚Was will Sie denn mit Jeverssand?' fragte Hauke.

‚Ach was, Jeverssand!' brummte die Alte. ‚Aber ich will doch sehen, wo mein Jung mir derzeit ist zu Gott gegangen!'

‚Wenn Sie das sehen will', entgegnete Hauke, ‚so muß Sie sich oben unter den Eschenbaum setzen, da sieht Sie das ganze Haff!'

‚Ja', sagte die Alte; ‚ja, wenn ich deine jungen Beine hätte, Deichgraf!'

Dergleichen blieb lange der Dank für die Hilfe, die ihr

die Deichgrafsleute angedeihen ließen; dann aber wurde es auf einmal anders. Der kleine Kindskopf Wienkes guckte eines Morges durch die halbgeöffnete Tür zu ihr herein. ‚Na', rief die Alte, welche mit den Händen ineinander auf ihrem Holzstuhl saß, ‚was hast du denn zu bestellen?'

Aber das Kind kam schweigend näher und sah sie mit ihren gleichgültigen Augen unablässig an.

‚Bist du das Deichgrafskind?' fragte sie Trin' Jans, und da das Kind wie nickend das Köpfchen senkte, fuhr sie fort: ‚So setz dich hier auf meinen Schemel! Ein Angorakater ist's gewesen — so groß! Aber dein Vater hat ihn totgeschlagen. Wenn er noch lebig wäre, so könntest du auf ihm reiten.'

Wienke richtete stumm ihre Augen auf das weiße Fell; dann kniete sie nieder und begann es mit ihren kleinen Händen zu streicheln, wie Kinder es bei einer lebenden Katze oder einem Hund zu machen pflegen. ‚Armer Kater!' sagte sie dann und fuhr wieder in ihren Liebkosungen fort.

‚So!' rief nach einer Weile die Alte; ‚jetzt ist es genug; und sitzen kannst du auch noch heute auf ihm; vielleicht hat dein Vater ihn auch nur deshalb totgeschlagen!' Dann hob sie das Kind an beiden Armen in die Höhe und setzte es derb auf den Schemel nieder. Da es aber stumm und unbeweglich sitzenblieb und sie nur immer ansah; begann sie mit dem Kopf zu schütteln: ‚Du strafst ihn, Gott der Herr! Ja, ja, du strafst ihn!' murmelte sie, aber ein Erbarmen mit dem Kinde schien sie doch zu überkommen; ihre knöcherne Hand strich über das dürftige Haar desselben, und aus den Augen der Kleinen kam es, als ob ihr damit wohl geschehe.

Von nun an kam Wienke täglich zu der Alten in die Kammer; sie setzte sich bald von selbst auf den Angoraschemel, und Trin' Jans gab ihr kleine Fleisch- und Brotstückchen in ihre Händchen, welche sie allezeit in Vorrat hatte, und ließ sie diese auf den Fußboden werfen; dann kam mit Gekreisch und ausgespreizten Flügeln die Möwe aus irgendeinem Winkel hervorgeschossen und machte sich darüber her. Erst erschrak das Kind und schrie auf vor dem großen stürmenden Vogel; bald aber war es wie ein gelerntes Spiel, und wenn sie nur ihr Köpfchen durch den Türspalt steckte, schoß schon der Vogel auf sie zu und setzte sich ihr auf Kopf oder Schulter, bis die Alte ihr zu Hilfe kam und die Fütterung beginnen konnte. Trin' Jans, die es sonst nicht hatte leiden können, daß einer auch nur die Hand nach ihrem ‚Claus' ausstreckte, sah jetzt geduldig zu, wie das Kind allmählich ihr den Vogel völlig abgewann. Er ließ sich willig von ihr haschen; sie trug ihn umher und wickelte ihn in ihre Schürze, und wenn dann auf der Werfte etwa das gelbe Hündlein um sie herum und eifersüchtig gegen den Vogel aufsprang, dann rief es wohl: ‚Nicht du, nicht du, Perle!' und hob mit ihren Ärmchen die Möwe so hoch, daß diese, sich selbst befreiend, schreiend über die Werfte hinflog und statt ihrer nun der Hund durch Schmeicheln und Springen den Platz auf ihren Armen zu erobern suchte.

Fielen zufällig Haukes oder Elkes Augen auf dies wunderliche Vierblatt, das nur durch einen gleichen Mangel am selben Stengel festgehalten wurde, dann flog wohl ein zärtlicher Blick auf ihr Kind; hatten sie sich gewandt, so blieb nur noch ein Schmerz auf ihrem Antlitz, den jedes einsam mit sich von dannen trug, denn das erlösende Wort war zwischen ihnen noch nicht gesprochen worden. Da eines Sommervormittags, als Wienke mit der Alten und den beiden Tieren auf den großen Stein vor der Scheunentür saß, gingen ihre beiden Eltern, der Deichgraf seinen Schimmel hinter sich, die Zügel über dem Arme, hier vorüber; er wollte auf den Deich hinaus und hatte das Pferd sich selber von der Fenne heraufgeholt; sein Weib hatte auf der Werfte sich an seinen Arm gehängt. Die Sonne schien warm hernieder; es war fast schwül, und mitunter kam ein Windstoß aus Südsüdost. Dem Kinde mochte es auf dem Platze unbehaglich werden: ‚Wienke will mit!' rief sie, schüttelte die Möwe von ihrem Schoß und griff nach der Hand ihres Vaters.

‚So komm!' sagte dieser.

Frau Elke aber rief: ‚In dem Wind? Sie fliegt dir weg!'

‚Ich halt sie schon; und heute haben wir warme Luft und lustig Wasser, da kann sie's tanzen sehen.'

Und Elke lief ins Haus und holte noch ein Tüchlein und

ein Käppchen für ihr Kind. ‚Aber es gibt ein Wetter‘, sagte sie; ‚macht, daß ihr fortkommt, und seit bald wieder hier!‘

Hauke lachte: ‚Das soll uns nicht zu fassen kriegen!‘ und hob das Kind zu sich auf den Sattel. Frau Elke blieb noch eine Weile auf der Werfte und sah, mit der Hand ihre Augen beschattend, die beiden auf den Weg und nach dem Deich hinübertraben; Trin' Jans saß auf dem Stein und murmelte Unverständliches mit ihren welken Lippen.

Das Kind lag regungslos im Arm des Vaters; es war, als atme es beklommen unter dem Druck der Gewitterluft; er neigte den Kopf zu ihr: ‚Nun, Wienke?‘ fragte er.

Das Kind sah ihn eine Weile an: ‚Vater‘, sagte es, ‚du kannst das doch! Kannst du nicht alles?‘

‚Was soll ich können, Wienke?‘

Aber sie schwieg; sie schien die eigene Frage nicht verstanden zu haben.

Es war Hochflut; als sie auf den Deich hinaufkamen, schlug der Widerschein der Sonne von dem weiten Wasser ihr in die Augen, ein Wirbelwind trieb die Wellen strudelnd in die Höhe, und neue kamen heran und schlugen klatschend gegen den Strand; da klammerte sie ihre Händchen angstvoll um die Faust ihres Vaters, die den Zügel führte, daß der Schimmel mit einem Satz zur Seite fuhr. Die blaßblauen Augen sahen in wirrem Schreck zu Hauke auf: ‚Das Wasser, Vater! Das Wasser!‘ rief sie.

Aber er löste sich sanft und sagte: ‚Still, Kind, du bist bei deinem Vater; das Wasser tut dir nichts!‘

Sie strich sich das fahlblonde Haar aus der Stirn und wagte es wieder, auf die See hinauszusehen. ‚Es tut mir nichts‘, sagte sie zitternd; ‚nein, sag, daß es uns nichts tun soll; du kannst das, und dann tut es uns auch nichts!‘

‚Nicht ich kann das, Kind‘, entgegnete Hauke ernst; ‚aber der Deich, auf dem wir reiten, der schützt uns, und den hat dein Vater ausgedacht und bauen lassen.‘

Ihre Augen gingen wider ihn, als ob sie das nicht ganz verstünde; dann barg sie ihr auffallend kleines Köpfchen in dem weiten Rocke ihres Vaters.

‚Warum versteckst du dich, Wienke?‘ raunte er ihr zu; ‚ist dir noch immer bange?‘ Und ein zitterndes Stimmchen kam aus den Falten des Rockes: ‚Wienke will lieber nicht sehen; aber du kannst doch alles, Vater?'

Ein ferner Donner rollte gegen den Wind herauf. ‚Hoho?' rief Hauke, ‚da kommt es!' und wandte sein Pferd zur Rückkehr. ‚Nun wollen wir heim zur Mutter!'

Das Kind tat einen tiefen Atemzug; aber erst, als sie die Werfte und das Haus erreicht hatten, hob es das Köpfchen von seines Vaters Brust. Als dann Frau Elke ihr im Zimmer das Tüchelchen und die Kapuze abgenommen hatte, blieb sie wie ein kleiner stummer Kegel vor der Mutter stehen. ‚Nun Wienke', sagte diese und schüttelte sie leise, ‚magst du das große Wasser leiden?'

Aber das Kind riß die Augen auf: ‚Es spricht', sagte sie; ‚Wienke ist bange!'

‚Es spricht nicht; es rauscht und toset nur!'

Das Kind sah ins Weite: ‚Hat es Beine?' fragte es wieder; ‚kann es über den Deich kommen?'

‚Nein, Wienke; dafür paßt dein Vater auf, er ist Deichgraf.'

„Ja', sagte das Kind und klatschte mit blödem Lächeln in seine Händchen; ‚Vater kann alles — alles!' Dann plötzlich, sich von der Mutter abwendend, rief es: ‚Laßt Wienke zu Trin' Jans, die hat rote Äpfel!'

Und Elke öffnete die Tür und ließ das Kind hinaus. Als sie dieselbe wieder geschlossen hatte, schlug sie mit einem Ausdruck des tiefen Grams die Augen zu ihrem Manne auf, aus denen ihr sonst nur Trost und Mut zur Hilfe gekommen war.

Er reichte ihr die Hand und drückte sie, als ob es zwischen ihnen keines weiteren Wortes bedürfe; sie aber sagte leis: ‚Nein, Hauke, laß mich sprechen: das Kind, das ich nach Jahren dir geboren habe, es wird für immer ein Kind bleiben. O lieber Gott! Es ist schwachsinnig; ich muß es einmal vor dir sagen.'

‚Ich wußte es längst', sagte Hauke und hielt die Hand seines Weibes fest, die sie ihm entziehen wollte.

‚So sind wir denn doch allein geblieben', sprach sie wieder.

Aber Hauke schüttelte den Kopf: ‚Ich hab sie lieb, und sie

schlägt ihre Ärmchen um mich und drückt sich fest an meine Brust; um alle Schätze wollt' ich das nicht missen!'

Die Frau sah finster vor sich hin: ‚Aber warum?' sprach sie; ‚was hab ich arme Mutter denn verschuldet?'

‚Ja, Elke, das hab ich freilich auch gefragt, den, der allein es wissen kann; aber du weißt ja auch, der Allmächtige gibt den Menschen keine Antwort — vielleicht, weil wir sie nicht begreifen würden.'

Er hatte auch die andere Hand seines Weibes gefaßt und zog sie sanft zu sich heran: ‚Laß dich nicht beirren, dein Kind, wie du es tust, zu lieben, das versteht es!'

Da warf sich Elke an ihres Mannes Brust und weinte sich satt und war mit ihrem Leid nicht mehr allein. Dann plötzlich lächelte sie ihn an; nach einem heftigen Händedruck lief sie hinaus und holte ihr Kind aus der Kammer der alten Trin' Jans und nahm es auf ihren Schoß und hätschelte und küßte es, bis es stammelnd sagte: ‚Mutter, meine liebe Mutter!'

*

So lebten die Menschen auf dem Deichgrafshofe still beisammen; wär das Kind nicht dagewesen, es hätte viel gefehlt.

Allmählich verfloß der Sommer; die Zugvögel waren durchgezogen, die Luft wurde leer vom Gesang der Lerchen; nur vor den Scheunen, wo sie beim Dreschen Körner pickten, hörte man hier und da noch einige kreisend davonfliegen; schon war alles hart gefroren. In der Küche des Haupthauses saß eines Nachmittags die alte Trin' Jans auf der Holzstufe einer Treppe, die neben dem Feuerherd nach dem Boden lief. Es war in den letzten Wochen, als sei sie aufgelebt; sie kam jetzt gern einmal in die Küche und sah Frau Elke hier hantieren; es war keine Rede mehr davon, daß ihre Beine sie nicht hätten dahin tragen können, seit eines Tages Klein-Wienke sie an der Schürze hier heraufgezogen hatte. Jetzt kniete das Kind an ihrer Seite und sah mit seinen stillen Augen in die Flammen, die aus dem Herdloch aufflackerten; ihr eines Händchen klammerte sich an den Ärmel der Alten, das andere lag in ihrem eigenen fahlblonden Haar. Trin' Jans erzählte: ‚Du weißt', sagte sie, ‚ich stand im Dienst bei deinem Urgroßvater als Hausmagd, und dann mußte ich die Schweine füttern; der war klüger als sie alle — da war es, es ist grausam lange her, aber eines Abends, der Mond schien, da ließen sie die Haffschleuse schließen, und sie konnte nicht wieder zurück in See. Oh, wie sie schrie und mit ihren Fischhänden sich in ihre harten, struppigen Haare griff! Ja, Kind, ich sah es und hörte sie selber schreien! Die Gräben zwischen den Fennen waren alle voll Wasser, und der Mond schien darauf, daß sie wie Silber glänzten, und sie schwamm aus einem Graben in den anderen und hob die Arme und schlug, was ihre Hände waren, aneinander, daß man es weither klatschen hörte, als wenn sie beten wollte; aber Kind, beten können diese Kreaturen nicht. Ich saß vor der Haustür auf ein paar Balken, die zum Bauen angefahren waren, und sah weithin über die Fennen; und das Wasserweib schwamm noch immer in den Gräben, und wenn sie die Arme aufhob, so glitzerten auch die wie Silber und Demanten. Zuletzt sah ich sie nicht mehr, und die Wildgänse und Möwen, die ich all die Zeit nicht gehört hatte, zogen wieder mit Pfeifen und Schnattern durch die Luft.'

Die Alte schwieg; das Kind hatte ein Wort sich aufgefangen: ‚Konnte sie beten?' fragte sie. ‚Was sagst du? Wer war es?'

‚Kind', sagte die Alte; ‚die Wasserfrau war es; das sind Undinger, die nicht selig werden können.'

‚Nicht selig!' wiederholte das Kind, und ein tiefer Seufzer, als habe sie das verstanden, hob die kleine Brust.

‚Trin' Jans!' kam eine tiefe Stimme von der Küchentür, und die Alte zuckte leicht zusammen. Es war der Deichgraf Hauke Haien, der dort am Ständer lehnte: ‚Was redet Sie dem Kinde vor? Hab ich Ihr nicht geboten, Ihre Mären für sich zu behalten oder sie den Gäns' und Hühnern zu erzählen?'

Die Alte sah ihn mit einem bösen Blick an und schob die Kleine von sich fort: ‚Das sind keine Mären', murmelte sie in sich hinein, ‚das hat mein Großohm mir erzählt.'

‚Ihr Großohm, Trin'? Sie wollte es ja eben selbst erlebt haben.'

‚Das ist egal', sagte die Alte; ‚aber Ihr glaubt nicht, Hauke Haien; Ihr wollt wohl meinen Großohm noch zum Lügner machen!' Dann rückte sie näher an den Herd und streckte die Hände über die Flammen des Feuerloches.

Der Deichgraf warf einen Blick gegen das Fenster; draußen dämmerte es noch kaum. ‚Komm, Wienke!' sagte er und zog sein schwachsinniges Kind zu sich heran; ‚komm mit mir, ich will dir draußen vom Deich aus etwas zeigen! Nur müssen wir zu Fuß gehen; der Schimmel ist beim Schmied.' Dann ging er mit ihr in die Stube, und Elke band dem Kinde dicke wollene Tücher um Hals und Schultern; und bald danach ging der Vater mit ihr auf dem alten Deiche nach Nordwest hinauf, Jeverssand vorbei, bis wo die Watten breit, fast unübersehbar wurden.

Bald hatte er sie getragen, bald ging sie an seiner Hand; die Dämmerung wuchs allmählich; in der Ferne verschwand alles in Dunst und Duft. Aber dort, wohin noch das Auge reichte, hatten die unsichtbar schwellenden Wattströme das Eis zerrissen, und, wie Hauke es in seiner Jugend einst gesehen hatte, aus den Spalten stiegen wie damals die rauchenden Nebel, und daran entlang waren wiederum die unheimlichen närrischen Gestalten und hüpften gegeneinander und dienerten und dehnten sich plötzlich schreckhaft in die Breite.

Das Kind klammerte sich angstvoll an seinen Vater und deckte dessen Hand über sein Gesichtlein: ‚Die Seeteufel!' raunte es zitternd zwischen seine Finger; ‚die Seeteufel!''

Er schüttelte den Kopf: ‚Nein, Wienke, weder Wasserweiber noch Seeteufel; so etwas gibt es nicht; wer hat dir davon gesagt?'

Sie sah mit stumpfem Blick zu ihm herauf; aber sie antwortete nicht. Er strich ihr zärtlich über die Wangen; ‚Sieh nur wieder hin!' sagte er, ‚das sind nur arme hungrige Vögel! Sieh nur, wie jetzt der große seine Flügel breitet; die holen sich die Fische, die in die rauchenden Spalten kommen.'

‚Fische', wiederholte Wienke.

‚Ja, Kind, das alles ist lebig, so wie wir; es gibt nichts anderes; aber der liebe Gott ist überall!'

Klein-Wienke hatte ihre Augen fest auf den Boden gerichtet und hielt den Atem an; es war, als sähe sie erschrocken in einen Abgrund. Es war vielleicht nur so; der Vater blickte lange auf sie hin, er bückte sich und sah in ihr Gesichtlein; aber keine Regung der verschlossenen Seele wurde darin kund. Er hob sie auf den Arm und steckte ihre verklommenen Händchen in einen seiner dicken Wollhandschuhe: ‚So, meine Wienke' — und das Kind vernahm wohl nicht den Ton von heftiger Innigkeit in seinen Worten —, ‚so wärm dich bei mir! Du bist doch unser Kind, unser einziges. Du hast uns lieb...!' die Stimme brach dem Manne; aber die Kleine drückte zärtlich ihr Köpfchen in seinen rauhen Bart.

So gingen sie friedlich heimwärts.

*

Nach Neujahr war wieder einmal die Sorge in das Haus getreten; ein Marschfieber hatte den Deichgrafen ergriffen; auch mit ihm ging es nah am Rande der Grube her, und als er unter Frau Elkes Pfleg und Sorge wieder erstanden war, schien er kaum derselbe Mann. Die Mattigkeit des Körpers lag auch auf seinem Geiste, und Elke sah mit Besorgnis, wie er allzeit nicht zufrieden war. Dennoch, gegen Ende des März, drängte es ihn, seinen Schimmel zu besteigen und zum ersten Male auf seinem Deich entlang zu reiten; es war an einem Nachmittage, und die Sonne, die zuvor geschienen hatte, lag längst schon wieder hinter trübem Dunst.

Im Winter hatte es ein paarmal Hochwasser gegeben; aber es war nicht von Belang gewesen; nur drüben am anderen Ufer war auf einer Hallig eine Herde Schafe ertrunken und ein Stück vom Vorland abgerissen worden; hier an dieser Seite und am neuen Kooge war ein nennenswerter Schaden nicht geschehen. Aber in der letzten Nacht hatte ein stärkerer Sturm getobt; jetzt mußte der Deichgraf selbst hinaus und alles mit eigenem Aug besichtigen. Schon war er unten von der Südoststecke aus auf dem neuen Deich herumgeritten, und es war alles wohl erhalten; als er aber an die Nordoststecke gekommen war, dort wo der neue Deich auf den alten stößt, war zwar der erstere unversehrt, aber wo früher der Priel den alten erreicht hatte und an ihm entlang geflossen war, sah er in großer Breite die Grasnarbe zerstört und fortgerissen und in dem Körper des Deiches eine von der Flut gewühlte Höhlung, durch welche überdies ein Gewirr von Mäusegängen bloßgelegt war. Hauke stieg vom Pferde und besichtigte den Schaden in der Nähe: das Mäuseunheil schien unverkennbar noch unsichtbar weiter fortzulaufen.

Er erschrak heftig; gegen alles dieses hätte schon beim Bau des neuen Deiches Obacht genommen werden müssen; da es damals übersehen worden, so mußte es jetzt geschehen! Das Vieh war noch nicht auf den Fennen, das Gras war ungewohnt zurückgeblieben; wohin er blickte, es sah ihn leer und öde an. Er bestieg wieder sein Pferd und ritt am Ufer hin und her: es war Ebbe, und er gewahrte wohl, wie der Strom von außen her sich wieder ein neues Bett im Schlick gewühlt hatte und jetzt von Nordwesten auf den alten Deich gestoßen war; der neue aber, soweit es ihn traf, hatte mit seinem sanfteren Profile dem Anprall widerstehen können.

Ein Haufen neuer Plag und Arbeit erhob sich vor der Seele des Deichgrafen; nicht nur der alte Deich mußte hier verstärkt, auch dessen Profil dem des neuen angenähert werden; vor allem aber mußte der als gefährlich aufgetretene neue Priel durch neuzulegende Dämme oder Lahnungen abgeleitet werden. Noch einmal ritt er auf dem neuen Deich bis an die äußerste Nordwestecke, dann wieder rückwärts, die Augen unablässig auf das neugewühlte Bett des Prieles heftend, der ihm zur Seite sich deutlich genug in dem bloßgelegten Schlickgrund abzeichnete. Der Schimmel drängte vorwärts und schob und schlug mit den Vorderhufen; aber der Reiter drückte ihn zurück, er wollte langsam reiten, er wollte auch die innere Unruhe bändigen, die immer wilder in ihm aufgor.

Wenn eine Sturmflut wiederkäme — eine, wie 1655 dagewesen, wo Gut und Menschen ungezählt verschlungen wurden — wenn sie wiederkäme, wie sie schon mehrmals einst gekommen war! — Ein heißer Schauer überrieselte den Reiter — der alte Deich, er würde den Stoß nicht aushalten, der gegen ihn heranschösse! Was dann, was sollte dann geschehen? — Nur eines, ein einzig Mittel würde es geben, um vielleicht den alten Koog und Gut und Leben darin zu retten. Hauke fühlte sein Herz stillstehen, sein sonst so fester Kopf schwindelte; er sprach es nicht aus, aber in ihm sprach es stark genug: dein Koog, der Hauke-Haien-Koog, müßte preisgegeben und der neue Deich durchstochen werden!

Schon sah er im Geiste die stürzende Hochflut hereinbrechen und Gras und Klee mit ihrem salzen schäumenden Gischt bedecken. Ein Sporenstich fuhr in die Weichen des Schimmels, und einen Schrei ausstoßend, flog er auf dem Deich entlang und dann den Akt hinab, der deichgräflichen Werfte zu.

Den Kopf voll von innerem Schrecknis und ungeordneten Plänen kam er nach Hause. Er warf sich in seinen Lehnstuhl, und als Elke mit der Tochter in das Zimmer trat, stand er wieder auf und hob das Kind zu sich empor und küßte es; dann jagte er das gelbe Hündlein mit ein paar leichten Schlägen von sich. ‚Ich muß noch einmal droben nach dem Krug!' sagte er und nahm seine Mütze vom Türhaken, wohin er sie eben erst gehängt hatte.

Seine Frau sah ihn sorgenvoll an: ‚Was willst du dort? Es wird schon Abend, Hauke!'

‚Deichgeschichten!' murmelte er vor sich hin, ‚ich treffe von den Gevollmächtigten dort.'

Sie ging ihm nach und drückte ihm die Hand, denn er war mit diesen Worten schon zur Tür hinaus. Hauke Haien, der sonst alles bei sich selber abgeschlossen hatte, drängte es jetzt, ein Wort von jenen zu erhalten, die er sonst kaum eines Anteils wertgehalten hatte. Im Gastzimmer traf er Ole Peters mit zweien der Gevollmächtigten und einem Koogeinwohner am Kartentisch.

‚Du kommst wohl von draußen, Deichgraf?' sagte der erstere, nahm die halb ausgeteilten Karten auf und warf sie wieder hin.

‚Ja, Ole', erwiderte Hauke; ‚ich war dort; es sieht übel aus.'

‚Übel? — Nun, ein paar hundert Soden und eine Bestickung wird's wohl kosten; ich war dort auch am Nachmittag.'

‚So wohlfeil wird's nicht abgehen, Ole', erwiderte der Deichgraf, ‚der Priel ist wieder da, und wenn er jetzt auch nicht von Norden auf den alten Deich stößt, so tut er's doch von Nordwesten!'

‚Du hättest ihn lassen sollen, wo du ihn fandest!' sagte Ole trocken.

‚Das heißt', entgegnete Hauke, ‚der neue Koog geht dich nichts an; und darum sollte er nicht existieren. Das ist deine eigene Schuld! Aber wenn wir Lahnungen legen müssen, um den alten Deich zu schützen, der grüne Klee hinter dem neuen bringt das übermäßig ein!'

‚Was sagt Ihr, Deichgraf?' riefen die Gevollmächtigten; ‚Lahnungen? Wie viele denn? Ihr liebt es, alles beim teuersten Ende anzufassen!'

Die Karten lagen unberührt auf dem Tisch.

‚Ich will's dir sagen, Deichgraf', sagte Ole Peters und stemmte beide Arme auf, ‚dein neuer Koog ist ein fressend Werk, das du uns gestiftet hast! Noch laboriert alles an den schweren Kosten deiner breiten Deiche; nun frißt er uns auch den alten Deich, und wir sollen ihn erneuern! — Zum Glück ist's nicht so schlimm; er hat diesmal gehalten und wird es auch noch ferner tun! Steig nur morgen wieder auf deinen Schimmel und sieh es dir noch einmal an!'

Hauke war aus dem Frieden seines Hauses hierhergekommen; hinter den immerhin noch gemäßigten Worten, die er eben hörte, lag — er konnte es nicht verkennen — ein zäher Widerstand; ihm war, als fehle ihm dagegen noch die alte Kraft. ‚Ich will tun, wie du es rätst, Ole', sprach er; ‚nur fürcht ich, ich werd es finden, wie ich es heut gesehen habe.'

Eine unruhige Nacht folgte diesem Tage; Hauke wälzte sich schlaflos in seinen Kissen. ‚Was fehlt dir?' fragte ihn Elke, welche die Sorge um ihren Mann wachhielt; ‚drückt dich etwas, so sprich es von dir, wir haben's ja immer so gehalten!'

‚Es hat nichts auf sich, Elke!' erwiderte er, ‚am Deiche, an den Schleusen ist was zu reparieren; du weißt, daß ich das allzeit nachts in mir zu verarbeiten habe.' Weiter sagte er nichts; er wollte sich die Freiheit seines Handelns vorbehalten; ihm unbewußt war die klare Einsicht und der kräftige Geist seines Weibes ihm in seiner augenblicklichen Schwäche ein Hindernis, dem er unwillkürlich auswich.

Am folgenden Vormittag, als er wieder auf den Deich hinauskam, war die Welt eine andere, als er sie tags zuvor gefunden hatte; zwar war wieder Ebbe, aber der Tag war noch am Steigen, und eine lichte Frühlingssonne ließ ihre Strahlen fast senkrecht auf die unabsehbaren Watten fallen; die weißen Möwen schwebten ruhig hin und wieder, und unsichtbar über ihnen, hoch unter dem azurblauen Himmel, sangen die Lerchen ihre ewige Melodie. Hauke, der nicht wußte, wie uns die Natur mit ihrem Reiz betrügen kann, stand auf der Nordwestecke des Deiches und suchte nach dem neuen Bett des Prieles, das ihn gestern so erschreckt hatte, aber bei dem vom Zenit herabschießenden Sonnenlichte fand er es anfänglich nicht einmal. Erst da er gegen die blendenden Strahlen seine Augen mit der Hand beschattete, konnte er es nicht verkennen; aber dennoch, die Schatten in der gestrigen Dämmerung mußten ihn getäuscht haben: es kennzeichnete sich jetzt nur schwach; die bloßgelegte Mäusewirtschaft mußte mehr als die Flut den Schaden in dem Deich veranlaßt haben. Freilich, Wandel mußte hier geschaffen werden, aber durch sorgfältiges Aufgraben und, wie Ole Peters gesagt hatte, durch frische Soden und einige Ruten Strohbestickung war der Schaden auszuheilen.

‚Es war so schlimm nicht', sprach er erleichtert zu sich selber, ‚du bist gestern doch dein eigener Narr gewesen!' — Er berief die Gevollmächtigten, und die Arbeiten wurden ohne Widerspruch beschlossen, was bisher noch nie geschehen war. Der Deichgraf meinte eine stärkere Ruhe in seinem noch ungeschwächten Körper sich verbreiten zu fühlen, und nach einigen Wochen war alles sauber ausgeführt.

Das Jahr ging weiter, aber je weiter es ging und je ungestörter die neugelegten Rasen durch die Strohdecken grünten, um so unruhiger ging oder ritt Hauke an dieser Stelle vorüber, er wandte die Augen ab, er ritt hart an der Binnenseite des Deiches, ein paarmal, wo er dort hätte vorüber müssen, ließ er sein schon gesatteltes Pferd wieder in den Stall zurückführen; dann wieder, wo er nichts dort zu tun hatte, wanderte er, um nur rasch und ungesehen von seiner Werfte fortzukommen, plötzlich und zu Fuß dahin; manchmal auch war er umgekehrt, er hatte es sich nicht zumuten können, die unheimliche Stelle aufs neue zu betrachten; und endlich, mit den Händen hätte er alles wieder aufreißen mögen, denn wie ein Gewissensbiß, der außer ihm Gestalt gewonnen hatte, lag dieses Stück des Deiches ihm vor Augen. Und doch, seine Hand konnte nicht mehr daran rühren; und niemanden, selbst nicht seinem Weibe, durfte er davon reden. So war der September gekommen; nachts hatte ein mäßiger Sturm getobt und war zuletzt nach Nordwest umgesprungen. An trübem Vormittag danach, zur Ebbezeit, ritt Hauke auf den Deich hinaus, und es durchfuhr ihn, als er seine Augen über die Watten schweifen ließ; dort, von Nordwest herauf, sah er plötzlich wieder, und schärfer, und tiefer ausgewühlt, das gespenstische neue Bett des Priels; so sehr er seine Augen anstrengte, es wollte nicht mehr weichen.

Als er nach Hause kam, ergriff Elke seine Hand: ‚Was hast du, Hauke?' sprach sie, als sie in sein düsteres Antlitz sah; ‚es ist doch kein neues Unheil? Wir sind jetzt so glücklich; mir ist, du hast nun Frieden mit ihnen allen!'

Diesen Worten gegenüber vermochte er seine verworrene Furcht nicht in Worten kundzugeben.

‚Nein, Elke', sagte er, ‚mich feindet niemand an; es ist nur ein verantwortlich Amt, die Gemeinde vor unseres Herrgotts Meer zu schützen.'

Er machte sich los, um weiteren Fragen des geliebten Weibes auszuweichen. Er ging in Stall und Scheuer, als ob er alles revidieren müsse; aber er sah nichts um sich her; er war nur beflissen, seinen Gewissensbiß zur Ruhe, ihn sich selber als eine krankhaft übertriebene Angst zur Überzeugung zu bringen.

Das Jahr, von dem ich Ihnen erzähle", sagte nach einer Weile mein Gastfreund, der Schulmeister, „war das Jahr 1756, das in dieser Gegend nicht vergessen wird; im Hause Hauke Haiens brachte es eine Tote. Zu Endes des Septembers war in der Kammer, welche ihr in der Scheune eingeräumt war, die fast neunzigjährige Trin' Jans am Sterben. Man hatte sie nach ihrem Wunsche in den Kissen aufgerichtet, und ihre Augen gingen durch die kleinen bleigefaßten Scheiben in die Ferne; es mußte dort am Himmel eine dünnere Luftschicht über einer dichteren liegen, denn es war hohe Klimmung, und die Spiegelung hob in diesem Augenblick das Meer wie einen flimmernden Silberstreifen über den Rand des Deiches, so daß es blendend in die Kammer schimmerte; auch die Südspitze von Jeverssand war sichtbar.

Am Fuße des Bettes kauerte die kleine Wienke und hielt mit der einen Hand sich fest an der ihres Vaters, der danebenstand. In das Antlitz der Kranken grub eben der Tod das hippokratische Gesicht, und das Kind starrte atemlos auf die unheimliche, ihr unverständliche Verwandlung des unschönen, aber ihr vertrauten Angesichts.

‚Was macht sie? Was ist das, Vater?' flüsterte sie angstvoll und grub die Fingernägel in ihres Vaters Hand.

‚Sie stirbt!' sagte der Deichgraf.

‚Stirbt!' wiederholte das Kind und schien in verworrenes Sinnen zu verfallen.

Aber die Alte rührte noch einmal ihre Lippen: ‚Jins! Jins!' und kreischend, wie ein Notschrei, brach es hervor, und ihre knöchernen Arme streckten sich gegen die draußen flimmernde Meeresspiegelung: ‚Hölp mi! Hölp mi! Du bist ja bawen Water... Gott gnad de annern!'

Ihre Arme sanken, ein leises Krachen der Bettstatt wurde hörbar; sie hatte aufgehört zu leben.

Das Kind tat einen tiefen Seufzer und warf die blassen Augen zu ihrem Vater auf: ‚Stirbt sie noch immer?' fragte es.

‚Sie hat vollbracht!' sagte der Deichgraf und nahm das Kind auf seinen Arm: ‚Sie ist nun weit von uns, beim lieben Gott.'

‚Beim lieben Gott!' wiederholte das Kind und schwieg eine Weile, als müsse es den Worten nachsinnen. ‚Ist das gut beim lieben Gott?'

„Ja, das ist das Beste.' — In Haukes Innerem aber klang schwer die letzte Rede der Sterbenden. ‚Gott gnad de annern!' sprach es leise in ihm. ‚Was wollte die alte Hexe? Sind denn die Sterbenden Propheten — —?'

Bald nachdem Trin' Jans oben bei der Kirche eingegraben war, begann man immer lauter von allerlei Unheil und seltsamem Geschmeiß zu reden, das die Menschen in Nordfriesland erschreckt haben sollte; und sicher war es, am Sonntag Lätare war droben von der Turmspitze der goldene Hahn durch einen Wirbelwind herabgeworfen worden; auch das war richtig, im Hochsommer fiel, wie ein Schnee, ein groß Geschmeiß vom Himmel, daß man die Augen davor nicht auftun konnte und es hernach fast handhoch auf den Fennen lag, und hatte niemand je so was gesehen. Als aber nach Ende September der Großknecht mit Korn und die Magd Ann Grete mit Butter in die Stadt zu Markt gefahren waren, kletterten sie bei ihrer Rückkunft mit schreckensbleichen Gesichtern von ihrem Wagen. ‚Was ist? Was habt ihr?' riefen die anderen Dirnen, die hinausgelaufen waren, da sie den Wagen rollen hörten.

Ann Grete in ihrem Reiseanzug trat atemlos in die geräumige Küche. ‚Nun, so erzähl doch!' riefen die Dirnen wieder, ‚wo ist das Unglück los?'

‚Ach, unser lieber Jesus wolle uns behüten!' rief Ann Grete. ‚Ihr wißt, von drüben, überm Wasser, das alt Mariken vom Ziegelhof, wir stehen mit unserer Butter ja allzeit zusammen an den Apothekerecke, die hat es mir erzählt, und Iven Johns sagte auch, das gibt ein Unglück! sagte er; ein Unglück über ganz Nordfriesland; glaubt mir's, Ann Grete! Und' — sie dämpfte ihre Stimme — ‚mit des Deichgrafens Schimmel ist's am Ende auch nicht richtig!'

‚Scht! Scht!' machten die anderen Dirnen.

‚Ja, ja; was kümmert's mich! Aber drüben, an der anderen Seite, geht's noch schlimmer als bei uns! Nicht bloß Fliegen und Geschmeiß, auch Blut ist wie Regen vom Himmel gefallen; und da am Sonntagmorgen danach der Pastor sein

Waschbecken genommen hat, sind fünf Totenköpfe, wie Erbsen groß, darin gewesen, und alle sind gekommen, um das zu sehen; im Monat Augusti sind grausige rotköpfige Raupenwürmer über das Land gezogen und haben Korn und Mehl und Brot, und was sie fanden, weggefressen, und hat kein Feuer sie vertilgen können!'

Die Erzählerin verstummte plötzlich; keine der Mägde hatte bemerkt, daß die Hausfrau in die Küche getreten war. ‚Was redet ihr da?' sprach diese. ‚Laßt das den Wirt nicht hören!' Und da sie alle jetzt erzählen wollten: ‚Es tut nicht not; ich habe genug davon vernommen; geht an eure Arbeit, das bringt euch besseren Segen!' Dann nahm sie Ann Grete mit sich in die Stube und hielt mit dieser Abrechnung über die Marktgeschäfte.

So fand im Hause des Deichgrafen das abergläubische Geschwätz bei der Herrschaft keinen Anhalt; aber in die übrigen Häuser, und je länger die Abende wurden, desto leichter drang es mehr und mehr hinein. Wie schwere Luft lag es auf allen, und heimlich sagte man es sich, ein Unheil, ein schweres, würde über Nordfriesland kommen.

*

Es war vor Allerheiligen, im Oktober. Tagsüber hatte es stark aus Südwest gestürmt; abends stand ein halber Mond am Himmel, dunkelbraune Wolken jagten drüberhin, und Schatten und trübes Licht flogen auf der Erde durcheinander; der Sturm war im Wachsen. Im Zimmer des Deichgrafen stand noch der geleerte Abendtisch; die Knechte waren in den Stall gewiesen, um dort des Viehes zu achten; die Mägde mußten am Hause und auf den Böden nachsehen, ob Türen und Luken wohlverschlossen seien, daß nicht der Sturm hineinfasse und Unheil anrichte. Drinnen stand Hauke neben seiner Frau am Fenster; er hatte eben sein Abendbrot hinabgeschlungen; er war draußen auf dem Deich gewesen. Zu Fuß war er hinausgetrabt, schon früh am Nachmittag; spitze Pfähle und Säcke voll Klei und Erde hatte er hier und dort, wo der Deich eine Schwäche zu verraten schien, zusammentragen lassen; überall hatte er Leute angestellt, um die Pfähle einzurammen und mit den Säcken vorzudämmen, sobald die Flut den Deich zu schädigen beginne; an dem Winkel zu Nordwesten, wo der alte und der neue Deich zusammenstießen, hatte er die meisten Menschen hingestellt, nur im Notfall durften sie von den angewiesenen Plätzen weichen. Das hatte er zurückgelassen; dann, vor kaum einer Viertelstunde, naß, zerzaust, war er in seinem Hause angekommen, und jetzt, das Ohr nach den Windböen, welche die in Blei gefaßten Scheiben rasseln machten, blickte er wie gedankenlos in die wüste Nacht hinaus; die Wanduhr hinter ihrer Glasscheibe schlug eben acht. Das Kind, das neben der Mutter stand, fuhr zusammen und barg den Kopf in deren Kleidern. ‚Claus!' rief sie weinend; wo ist mein Claus?'

Sie konnte wohl so fragen, denn die Möwe hatte, wie schon im vorigen Jahre, so auch jetzt ihre Winterreise nicht mehr angetreten. Der Vater überhörte die Frage; die Mutter aber nahm das Kind auf ihren Arm. ‚Dein Claus ist in der Scheune', sagte sie; ‚da sitzt er warm.'

‚Warum?' sagte Wienke, ‚ist das gut?'

‚Ja, das ist gut.'

Der Hausherr stand noch am Fenster: ‚Es geht nicht länger, Elke!' sagte er; ‚ruf eine von den Dirnen; der Sturm drückt uns die Scheiben ein, die Luken müssen angeschroben werden!'

Auf das Wort der Hausfrau war die Magd hinausgelaufen; man sah vom Zimmer aus, wie ihr die Röcke flogen; aber als die die Klammern gelöst hatte, riß ihr der Sturm den Laden aus der Hand und warf ihn gegen die Fenster, daß ein paar Scheiben zersplittert in die Stube flogen und eines der Lichter qualmend auslosch. Hauke mußte selbst hinaus, zu helfen, und nur mit Not kamen allmählich die Luken vor die Fenster. Als sie beim Wiedereintritt in das Haus die Tür aufrissen, fuhr eine Bö hinterdrein, daß Glas und Silber im Wandschrank durcheinanderklirrten; oben im Hause über ihren Köpfen zitterten und krachten die Balken, als wolle der Sturm das Dach von den Mauern reißen. Aber Hauke kam nicht wieder in das Zimmer. Elke hörte, wie er durch die Tenne nach dem Stalle schritt. ‚Den Schimmel!

Den Schimmel, John! Rasch!' So hörte sie ihn rufen; dann kam er wieder in die Stube, das Haar zerzaust, aber die grauen Augen leuchtend. ‚Der Wind ist umgesprungen!' rief er — ‚nach Nordwest, auf halber Springflut! Kein Wind; — wir haben solchen Sturm noch nicht erlebt!'

Elke war totenblaß geworden: ‚Und du mußt noch einmal hinaus?'

Er ergriff ihre beiden Hände und drückte sie wie im Krampfe in den seinen: ‚Das muß ich, Elke.'

Sie erhob langsam ihre dunklen Augen zu ihm, und ein paar Sekunden lang sahen sie sich an; doch war's wie eine Ewigkeit. ‚Ja, Hauke', sagte das Weib; ‚ich weiß es wohl, du mußt!'

Da trabte es draußen vor der Haustür, sie fiel ihm um den Hals, und einen Augenblick war's, als könne sie ihn nicht lassen; aber auch das war nur ein Augenblick. ‚Das ist unser Kampf!' sprach Hauke; ‚ihr seid hier sicher; an dies Haus ist noch keine Flut gestiegen. Und bete zu Gott, daß er auch mit mir sei!'

Hauke hüllte sich in seinen Mantel, und Elke nahm ein Tuch und wickelte es ihm sorgsam um den Hals; sie wollte ein Wort sprechen, aber die zitternden Lippen versagten es ihr.

Draußen wieherte der Schimmel, daß es wie Trompetenschall in das Heulen des Sturmes hineinklang. Elke war mit ihrem Mann hinausgegangen; die alte Esche knarrte, als ob sie auseinanderstürzen solle. ‚Steig auf, Herr!' rief der Knecht, ‚der Schimmel ist wie toll; die Zügel könnten reißen.' Hauke schlang die Arme um sein Weib: ‚Bei Sonnenaufgang bin ich wieder da!'

Schon war er auf sein Pferd gesprungen; das Tier stieg mit den Vorderhufen in die Höhe, dann gleich einem Streithengst, der sich in die Schlacht stürzt, jagte es mit seinem Reiter die Werfte hinunter, in Nacht und Sturmgeheul hinaus. ‚Vater, mein Vater!' schrie eine klägliche Kinderstimme hinter ihm darein; ‚mein lieber Vater!'

Wienke war im Dunkel hinter dem Fortjagenden hergelaufen; aber schon nach hundert Schritten strauchelte sie über einen Erdhaufen und fiel zu Boden.

Der Knecht Iven Johns brachte das weinende Kind der Mutter zurück; die lehnte am Stamme der Esche, deren Zweige über ihr die Luft peitschten, und starrte wie abwesend in die Nacht hinaus, in der ihr Mann verschwunden war; wenn das Brüllen des Sturmes und das ferne Klatschen des Meeres einen Augenblick aussetzten, fuhr sie wie in Schreck zusammen; ihr war jetzt, als suche alles nur ihn zu verderben und werde jäh verstummen, wenn es ihn gefaßt habe.

Ihre Knie zitterten, ihre Haare hatte der Sturm gelöst und trieb damit sein Spiel. ‚Hier ist das Kind, Frau!' schrie John ihr zu; ‚haltet es fest!' und drückte die Kleine der Mutter in den Arm.

‚Das Kind? — Ich hatte dich vergessen, Wienke!' rief sie; ‚Gott verzeih mir's.' Dann hob sie es an ihre Brust, so fest nur Liebe fassen kann, und stürzte mit ihm in die Knie: ‚Herr Gott und du mein Jesus, laß uns nicht Witwe und nicht Waise werden! Schütz ihn, o lieber Gott; nur du und ich, wir kennen ihn allein!' Und der Sturm setzte nicht mehr aus; es tönte und donnerte, als solle die ganze Welt in ungeheurem Hall und Schall zugrunde gehen.

‚Geht in das Haus, Frau!' sagte John; ‚kommt!' und er half ihnen auf und leitete die beiden in das Haus und in die Stube.

Der Deichgraf Hauke Haien jagte auf seinem Schimmel dem Deiche zu. Der schmale Weg war grundlos; denn die Tage vorher war unermeßlicher Regen gefallen; aber der nasse saugende Klei schien gleichwohl die Hufe des Tieres nicht zu halten, es war, als hätte es festen Sommerboden unter sich. Wie eine wilde Jagd trieben die Wolken am Himmel; unten lag die weite Marsch wie eine unerkennbare, von unruhigem Schatten erfüllte Wüste; von dem Wasser hinter dem Deiche, immer ungeheurer, kam ein dumpfes Tosen, als müsse es alles andere verschlingen. ‚Vorwärts, Schimmel!' rief Hauke; ‚wir reiten unseren schlimmsten Ritt!'

Da klang es wie ein Todesschrei unter den Hufen seines Rosses. Er riß den Zügel zurück; er sah sich um: ihm zur Seite dicht über dem Boden, halb fliegend, halb vom Sturme geschleudert, zog eine Schar von weißen Möwen, ein höhnisches Gegacker ausstoßend; sie suchten Schutz im Lande. Eine von ihnen — der Mond schien flüchtig durch die Wolken — lag am Wege zertreten: dem Reiter war's, als flattere ein rotes Band an ihrem Halse. ‚Claus!' rief er. ‚Armer Claus!'

War es der Vogel seines Kindes? Hatte er Roß und Reiter erkannt und sich bei ihnen bergen wollen? — Der Reiter wußte es nicht. ‚Vorwärts!' rief er wieder, und schon hob der Schimmel zu neuem Rennen seine Hufe; da setzte der Sturm plötzlich aus, eine Totenstille trat an seine Stelle; nur eine Sekunde lang, dann kam er mit erneuter Wut zurück; aber Menschenstimmen und verlorenes Hundegebell waren inzwischen an des Reiters Ohr geschlagen, und als er rückwärts nach seinem Dorf den Kopf wandte, erkannte er in dem Mondlicht, das hervorbrach, auf den Werften und vor den Häusern Menschen an hochbeladenen Wagen umher hantierend; er sah, wie im Fluge noch andere Wagen eilend nach der Geest hinauffuhren; Gebrüll von Rindern traf sein Ohr, die aus den warmen Ställen nach dort hinaufgetrieben wurden. ‚Gott Dank! Sie sind dabei, sich und ihr Vieh zu retten!' rief es in ihm; und dann mit einem Angstschrei: ‚Mein Weib! Mein Kind! — Nein, nein, auf unsere Werfte steigt das Wasser nicht!'

Aber nur einen Augenblick war es; nur wie eine Vision flog alles an ihm vorbei.

Eine furchtbare Böe kam brüllend vom Meere herüber, und ihr entgegen stürmten Roß und Reiter den schmalen Akt zum Deich hinan. Als sie oben waren, stoppte Hauke mit Gewalt sein Pferd. Aber wo war das Meer? Wo Jeverssand? Wo blieb das Ufer drüben? — Nur Berge von Wasser sah er vor sich, die dräuend gegen den nächtlichen Himmel stiegen, die in der furchtbaren Dämmerung sich übereinander zu türmen suchten und übereinander gegen das feste Land schlugen. Mit weißen Kronen kamen sie daher, heulend, als sei in ihnen der Schrei alles furchtbaren Raubgetiers der Wildnis. Der Schimmel schlug mit den Vorderhufen und schnob mit seinen Nüstern in den Lärm hinaus; den Reiter aber wollte es überfallen, als sei hier alle Menschenmacht zu Ende; als müsse jetzt die Nacht, der Tod, das Nichts hereinbrechen.

Doch er besann sich: es war ja Sturmflut; nur hatte er sie selbst noch nimmer so gesehen; sein Weib, sein Kind, sie saßen sicher auf der hohen Werfte, in dem festen Hause; sein Deich aber — und wie ein Stolz flog es ihm durch die Brust — der Hauke-Haien-Deich, wie ihn die Leute nannten, der mochte jetzt beweisen, wie man Deiche bauen müsse!

Aber — was war das? — Er hielt an dem Winkel zwischen beiden Deichen; wo waren die Leute, die er hierhergestellt, die hier die Wacht zu halten hatten? — Er blickte nach Norden den alten Deich hinan, denn auch dorthin hatte er einzelne beordert. Weder hier noch dort vermochte er einen Menschen zu erblicken; er ritt ein Stück hinaus, aber er blieb allein; nur das Wehen des Sturmes und das Brausen des Meeres aus unermessener Ferne schlug betäubend an sein Ohr. Er wandte sein Pferd zurück; er kam wieder zu der verlassenen Ecke und ließ seine Augen längs der Linie des neuen Deiches gleiten; er erkannte deutlich: langsamer, weniger gewaltig rollten hier die Wellen heran; fast schien's, als wäre dort ein anderes Wasser. ‚Der soll schon stehen!‘ murmelte er, und wie ein Lachen stieg es in ihm herauf.

Aber das Lachen verging ihm, als seine Blicke weiter an der Linie seines Deiches entlang glitten: an der Nordwestecke — was war das dort? Ein dunkler Haufen wimmelte durcheinander; er sah, wie es sich emsig rührte und drängte — kein Zweifel, es waren Menschen! Was wollten, was arbeiteten die jetzt an seinem neuen Deiche? — Und schon saßen seine Sporen dem Schimmel in den Weichen, und das Tier flog mit ihm dahin; der Sturm kam von der Breitseite; mitunter drängten die Böen so gewaltig, daß sie fast vom Deiche in den neuen Koog hinabgeschleudert worden wären; aber Roß und Reiter wußten, wo sie ritten. Schon gewahrte Hauke, daß wohl ein paar Dutzend Menschen in eifriger Arbeit beisammen seien, und schon sah er deutlich, daß eine Rinne quer durch den neuen Deich gegraben war. Gewaltsam stoppte er sein Pferd: ‚Halt!‘ schrie er, halt! Was treibt ihr hier für Teufelsunfug?‘

Sie hatten im Schreck die Spaten ruhen lassen, als sie auf einmal den Deichgraf unter sich gewahrten; seine Worte hatte der Sturm ihnen zugetragen, und er sah wohl, daß mehrere ihm zu antworten strebten, aber er gewahrte nur ihre heftigen Gebärden, denn sie standen alle ihm zur Linken, und was sie sprachen, nahm der Sturm hinweg, der hier draußen jetzt die Menschen mitunter wie im Taumel gegeneinanderwarf, so daß sie sich dicht zusammenscharten. Hauke muß mit seinen Augen die gegrabene Rinne und den Stand des Wassers, das, trotz des neuen Profiles, fast an die Höhe des Deiches hinaufklatschte und Roß und Reiter überspritzte. Nur noch zehn Minuten Arbeit — er sah es wohl — dann brach die Hochflut durch die Rinne, und der Hauke-Haien-Koog wurde vom Meer begraben.

Der Deichgraf winkte einen der Arbeiter an die andere Seite seines Pferdes. ‚Nun, so sprich!' schrie er, ‚was treibt ihr hier, was soll das heißen?'

Und der Mensch schrie dagegen: ‚Wir sollen den neuen Deich durchstechen, Herr! Damit der alte Deich nicht bricht!'

‚Was sollt ihr?'

‚Den neuen Deich durchstechen!'

‚Und den Koog verschütten? — Welcher Teufel hat euch das befohlen?'

‚Nein, Herr, kein Teufel; der Gevollmächtigte Ole Peters ist hier gewesen, der hat's befohlen!'

Der Zorn stieg dem Reiter in die Augen: ‚Kennt ihr mich?' schrie er. ‚Wo ich bin, hat Ole Peters nichts zu befehlen! Fort mit euch! An eure Plätze, wo ich euch hingestellt!'

Und da sie zögerten, sprengte er mit seinem Schimmel zwischen sie: ‚Fort, zu eurer oder des Teufels Großmutter!'

‚Herr, hütet Euch!' rief einer aus dem Haufen und stieß mit seinem Spaten gegen das wie rasend sich gebärdende Tier; aber sein Hufschlag schleuderte ihm den Spaten aus der Hand, ein anderer stürzte zu Boden. Da plötzlich erhob sich ein Schrei aus dem übrigen Haufen, ein Schrei, wie ihn nur die Todesangst einer Menschenkehle zu entreißen pflegte; einen Augenblick war alles, auch der Deichgraf und der Schimmel, wie gelähmt, nur ein Arbeiter hatte gleich einem

Wegweiser seinen Arm gestreckt; der wies nach der Nordwestecke der beiden Deiche, dort, wo der neue auf den alten stieß. Nur das Tosen des Sturmes und das Rauschen des Wassers war zu hören. Hauke drehte sich im Sattel: was gab es dort? Seine Augen wurden groß: ‚Herr Gott! Ein Bruch! Ein Bruch im alten Deich!'

‚Eure Schuld, Deichgraf!' schrie eine Stimme aus dem Haufen: ‚Eure Schuld! Nehmt's mit vor Gottes Thron!'

Haukes zornrotes Antlitz war totenbleich geworden; der Mond, der es beschien, konnte es nicht bleicher machen; seine Arme hingen schlaff, er wußte kaum, daß er den Zügel hielt. Aber auch das war nur ein Augenblick; schon richtete er sich auf, ein hartes Stöhnen brach aus seinem Munde; dann wandte er stumm sein Pferd, und der Schimmel schnob und raste ostwärts auf dem Deich mit ihm dahin. Des Reiters Augen flogen scharf nach allen Seiten; in seinem Kopfe wühlten die Gedanken: Was hatte er für Schuld vor Gottes Thron zu tragen? — Der Durchstich des neuen Deiches — vielleicht, sie hätten's fertiggebracht, wenn er sein Halt nicht gerufen hätte; aber — es war noch eins, und es schoß ihm heiß zu Herzen, er wußte es nur zu gut — im vorigen Sommer, hätte damals Ole Peters' böses Maul ihn nicht zurückgehalten — da lag's! Er allein hatte die Schwäche des alten Deiches erkannt; er hätte trotzalledem das neue Werk betreiben müssen: ‚Herr Gott, ja, ich bekenn es', rief er plötzlich laut in den Sturm hinaus, ‚ich habe meines Amtes schlecht gewaltet!'

Zu seiner Linken, dicht an des Pferdes Hufen, tobte das Meer; vor ihm, und jetzt in voller Finsternis, lag der alte Koog mit seinen Werften und heimatlichen Häusern; das bleiche Himmelslicht war völlig ausgetan; nur von einer Stelle brach ein Lichtschein durch das Dunkel. Und wie ein Trost kam es an des Mannes Herz; es mußte von seinem Haus herüberscheinen, es war ihm wie ein Gruß von Weib und Kind. Gottlob, die saßen sicher auf der hohen Werfte! Die anderen, gewiß, sie waren schon im Geestdorf droben; von dorther schimmerte so viel Lichtschein, wie er niemals noch gesehen hatte; ja selbst hoch oben aus der Luft, es mochte wohl vom Kirchturm sein, brach solcher in die

Nacht hinaus. ‚Sie werden alle fort sein, alle!' sprach Hauke bei sich selber; ‚freilich auf mancher Werft wird ein Haus in Trümmern liegen, schlechte Jahre werden für die überschwemmten Fennen kommen, Siele und Schleusen zu reparieren sein! Wir müssen's tragen, und ich will helfen, auch denen, die mir Leid's getan; nur, Herr, mein Gott, sei gnädig mit uns Menschen!'

Dann warf er seine Augen seitwärts nach dem neuen Koog; um ihn schäumte das Meer; aber in ihm lag es wie nächtlicher Friede. Ein unwillkürliches Jauchzen brach aus des Reiters Brust: ‚Der Hauke-Haien-Deich, er soll schon halten; er wird es noch nach hundert Jahren tun!'

Ein donnerartiges Rauschen zu seinen Füßen weckte ihn aus diesen Träumen; der Schimmel wollte nicht mehr vorwärts. Was war das? — Das Pferd sprang zurück, und er fühlte es, ein Deichstück stürzte vor ihm in die Tiefe. Er riß die Augen auf und schüttelte alles Sinnen von sich: er hielt am alten Deich, der Schimmel hatte mit den Vorderhufen schon daraufgestanden. Unwillkürlich riß er das Pferd zurück; da flog der letzte Wolkenmantel von dem Mond, und das milde Gestirn beleuchtete den Graus, der schäumend, zischend vor ihm in die Tiefe stürzte, in den alten Koog hinab.

Wie sinnlos starrte Hauke darauf hin; eine Sündflut war's, um Tier und Menschen zu verschlingen. Da blinkte wieder ihm der Lichtschein in die Augen; es war derselbe, den er vorhin gewahrt hatte; noch immer brannte der auf seiner Werfte; und als er jetzt ermutigt in den Koog hinabsah, gewahrte er wohl, daß hinter dem sinnverwirrenden Strudel, der tosend vor ihm hinabstürzte, nur eine Breite von etwa hundert Schritten überflutet war; dahinter konnte er deutlich den Weg erkennen, der vom Koog heranführte. Er sah noch mehr: ein Wagen, nein, eine zweirädrige Karriole kam wie toll gegen den Deich herangefahren; ein Weib, ja auch ein Kind saßen darin. Und jetzt — war das nicht das kreischende Gebell eines kleinen Hundes, das im Sturm vorüberflog? Allmächtiger Gott! Sein Weib, sein Kind waren es; schon kamen sie dicht heran, und die schäumende Wassermasse drängte auf sie zu. Ein Schrei, ein Verzweiflungsschrei brach aus der Brust des Reiters: ‚Elke!' schrie er. ‚Elke! Zurück! Zurück!'

Aber Sturm und Meer waren nicht barmherzig, ihr Toben zerwehte seine Worte; nur sein Mantel hatte der Sturm erfaßt, es hätte ihn bald vom Pferd herabgerissen; und das Fuhrwerk flog ohne Aufenthalt der stürzenden Flut entgegen. Da sah er, daß das Weib wie gegen ihn hinauf die Arme streckte: Hatte sie ihn erkannt? Hatte die Sehnsucht, die Todesangst um ihn sie aus dem sicheren Haus getrieben? Und jetzt — rief sie ein letztes Wort ihm zu? — Die Fragen fuhren durch sein Hirn; sie blieben ohne Antwort: von ihr zu ihm, von ihm zu ihr waren die Worte all verloren; nur ein Brausen wie vom Weltuntergang füllte ihre Ohren und ließ keinen anderen Laut hinein.

‚Mein Kind! O Elke, o getreue Elke!' schrie Hauke in den Sturm hinaus. Da sank aufs neue ein großes Stück des Deiches vor ihm in die Tiefe, und donnernd stürzte das Meer sich hinterdrein; noch einmal sah er drunten den Kopf des Pferdes, die Räder des Gefährtes aus dem wüsten Greuel emportauchen und dann quirlend darin untergehen. Die starren Augen des Reiters, der so einsam auf dem Deiche hielt, sahen weiter nichts. ‚Das Ende!' sprach er leise vor sich hin; dann ritt er an den Abgrund, wo unter ihm die Wasser, unheimlich rauschend, sein Heimatdorf zu überfluten begannen; noch immer sah er das Licht von seinem Hause schimmern; es war ihm wie entseelt. Er richtete sich hoch auf und stieß dem Schimmel die Sporen in die Weichen; das Tier bäumte sich, es hätte sich fast überschlagen; aber die Kraft des Mannes drückte es herunter. ‚Vorwärts!' rief er noch einmal, wie er es so oft zum ersten Ritt gerufen hatte: ‚Herr Gott, nimm mich, verschon die anderen!'

Noch ein Sporenstich; ein Schrei des Schimmels, der Sturm- und Wellenbrausen überschrie; dann unten aus dem hinabstürzenden Strom ein dumpfer Schall, ein kurzer Kampf.

Der Mond sah leuchtend aus der Höhe; aber unten auf dem Deiche war kein Leben mehr, als nur die wilden Wasser, die bald den alten Koog fast völlig überflutet hatten. Noch immer aber ragte die Werfte von Hauke Haiens Hofstatt aus dem Schwall hervor, noch schimmerte von dort der Lichtschein, und von der Geest her, wo die Häuser allmählich dunkel wurden, warf noch die einsame Leuchte aus dem Kirchturm ihre zitternden Lichtfalten über die schäumenden Wellen."

Der Erzähler schwieg; ich griff nach dem gefüllten Glase, das seit lange vor mir stand; aber ich führte es nicht zum Munde; meine Hand blieb auf dem Tische ruhen.

„Das ist die Geschichte von Hauke Haien", begann mein Wirt noch einmal, „wie ich sie nach bestem Wissen nur berichten konnte. Freilich, die Wirtschafterin unseres Deichgrafen würde sie Ihnen anders erzählt haben; denn auch das weiß man zu berichten: jenes weiße Pferdegerippe ist nach der Flut wiederum, wie vormals, im Mondschein auf Jevershallig zu sehen gewesen; das ganze Dorf will es gesehen haben. — So viel ist sicher: Hauke Haien mit Weib und Kind ging unter in dieser Flut; nicht einmal ihre Grabstätte hab ich droben auf dem Kirchhof finden können; die toten Körper werden von dem abströmenden Wasser durch den Bruch ins Meer hinausgetrieben und auf dessen Grunde allmählich in ihre Urbestandteile aufgelöst worden sein — so haben sie Ruhe vor den Menschen gehabt. Aber der Hauke-Haien-Deich steht noch jetzt nach hundert Jahren, und wenn Sie morgen nach der Stadt reiten und die halbe Stunde Umweg nicht scheuen wollen, so werden Sie ihn unter den Hufen ihres Pferdes haben.

Der Dank, den einstmals Jewe Manners bei den Enkeln seinem Erbauer versprochen hatte, ist, wie sie gesehen haben, ausgeblieben; denn so ist es, Herr: dem Sokrates gaben sie ein Gift zu trinken, und unseren Herrn Christus schlugen sie ans Kreuz! Das geht in den letzten Zeiten nicht mehr so leicht; aber — einen Gewaltmenschen oder einen bösen stiernackigen Pfaffen zum Heiligen, oder einen tüchtigen Kerl, nur weil er uns um Kopfeslänge überwachsen war, zum Spuk und Nachtgespenst zu machen — das geht noch alle Tage."

Als das ernsthafte Männlein das gesagt hatte, stand es auf und horchte nach draußen. „Es ist dort etwas anders worden", sagte er und zog die Wolldecke vom Fenster; es war heller Mondschein. „Seht nur", fuhr er fort, „dort kommen die Gevollmächtigten zurück; aber sie zerstreuen sich, sie gehen nach Hause: — drüben am anderen Ufer muß ein Bruch gewesen sein: das Wasser ist gefallen."

Ich blickte neben ihm hinaus; die Fenster hier oben lagen über dem Rand des Deiches; es war, wie er gesagt hatte. Ich nahm das Glas und trank den Rest: „Haben Sie Dank für diesen Abend!" sagte ich; „ich denk, wir können ruhig schlafen!"

„Das können wir", entgegnete der kleine Herr; „ich wünsche von Herzen eine wohlschlafende Nacht!"

Beim Hinabgehen traf ich unten auf dem Flur den Deichgrafen; er wollte noch eine Karte, die er in der Schenkstube gelassen hatte, mit nach Hause nehmen. „Alles vorüber!" sagte er. „Aber unser Schulmeister hat Ihnen wohl schön was weisgemacht; er gehört zu den Aufklärern!"

„Er scheint ein verständiger Mann!"

„Ja, ja, gewiß; aber Sie können Ihren eigenen Augen doch nicht mißtrauen; und drüben an der anderen Seite, ich sagte es ja voraus, ist der Deich gebrochen!"

Ich zuckte die Achseln: „Das muß beschlafen werden! Gute Nacht, Herr Deichgraf!"

Er lachte: „Gute Nacht!"

Am anderen Morgen, beim goldensten Sonnenlichte, das über einer weiten Verwüstung aufgegangen war, ritt ich über den Hauke-Haien-Deich zur Stadt hinunter.

INHALT

	Seite
Carsten Curator	5
Aquis submersus	68
Der Schimmelreiter	143